KB077691

우리의
백사장

우리의 백사장

초판 1쇄 찍은 날 | 2015년 9월 11일
초판 1쇄 펴낸 날 | 2015년 9월 21일

지은이 | 박정아
펴낸이 | 서경석

편 집 책 임 | 조윤희
편   집 | 이은주
          주은영
디 자 인 | 신현아

펴 낸 곳 | 도서출판 청어람
등록번호 | 제387-1999-000006호
등록일자 | 1999. 5. 31
어람번호 | 제5-426호

주소 | 경기도 부천시 원미구 부일로 483번길 40 서경B/D 3F
       (우) 14640
전화 | 032-656-4452 팩스 | 032-656-4453
http://www.chungeoram.com
E—mail | chungeorambook@daum.net

ⓒ 박정아, 2015

ISBN 979-11-04-90393-9 03810

Chungeoram
romance
novel

우리의 백사장

박정아 장편 소설

도서출판
청어람

Contents

작가 후기

프롤로그

한동안 서류를 들여다보던 서준은 피곤한 듯 목을 뒤로 젖히며 몸을 폈다. 그리고 펜을 들어 서류의 맨 마지막 부분에 사인했다. 한 달을 속썩여오던 기획안이 드디어 처리되었다. 커피가 절실히 필요한 순간이라 그는 손을 뻗어 인터폰의 호출 버튼을 눌렀지만 상대는 아무런 대답이 없었다.

"아!"

이제야 떠올랐다. 벌써 3일째 비어 있는 비서의 자리. 먼저 있던 김 비서가 갑작스러운 일로 퇴사를 하고 그 자리는 아직 충원되지 않았다. 그의 불편을 고려한 비서실장이 임시로 다른 직원을 보내기는 했지만 그다지 마음에 들지 않았다. 단 며칠이라면 차라리 혼자 일하는 쪽이 신경도 덜 쓰일 거라는 생각에 그나마도 되돌려 보낸 것이다.

할 수 없어 커피를 직접 가지러 가기 위해 일어선 순간이었다. 텅 빈 뱃속에서 느껴지는 허전함에 서준은 손목을 올려 시계를 들여다보았다. 어느새 시계바늘이 2시를 가리키고 있었다. 서류 더미에 파묻혀 밥 먹는 것도 잊었던 모양이다.

'혼자 먹어야 하나?'

서준은 미간을 잔뜩 찌푸렸다. 죽기보다 더 싫은 것이 혼자 앉아 밥을 먹는 일이었다. 별로 말수도 없고 혼자 있는 시간을 즐기는 편인데도, 혼자 밥을 먹는 것만큼은 그렇게 싫을 수가 없다. 하지만 이미 점심시간을 놓쳐 버렸으니 누군가와 함께 식사한다는 것은 아무래도 무리였다.

그는 책상 위에 있던 휴대폰을 집어 들었다. 최 실장이 바빠서 아직 식전이길. 거기에 한 가닥 희망을 걸고 통화 버튼을 눌렀다.

[예, 대표님.]

단 한 번의 신호가 울리고 바로 최 실장의 목소리가 들려왔다. 평소에도 모든 행동이 빠른 사람이지만, 비어 있는 비서의 자리 때문에 가뜩이나 신경을 쓰고 있는 것이 분명했다.

"최 실장님, 점심은 드셨습니까?"

[예? 아…… 뇨, 아직입니다.]

최 실장의 대답을 듣고 서준의 입가에 만족스러운 미소가 떠올랐다. 그는 양복 재킷을 집어 들며 다시 입을 열었다.

"그럼 잘됐군요. 저도 아직 전인데. 식사 같이합시다."

[네, 바로 가겠습니다.]

대답을 듣고 그는 통화 종료 버튼을 눌렀다. 그리고 곧바로 방을 나섰다. 복도를 지나 엘리베이터 앞에 서자 어느새 기범이 그의 옆에 다가왔다. 약속을 하고 나온 것임에도 마치 각자 길을 가야 할 사람처럼 아무 말도 없었다. 다른 사람이라면 왜 여태 식전이냐, 무엇을 먹겠느냐 등등 대화가 이루어질 만한 상황에도 입을 열지 않았다.

두 사람이 자리를 잡고 앉은 곳은 회사 건물 뒤에 위치한 식당이었다. 같이 일한 지가 햇수로 3년. 어느 정도 서로의 식성을 알고 있는 터라 굳이 무얼 먹자는 말조차 없이 들어온 곳이다. 서준이 순두부찌개를 주문하자 기범 역시 같은 메뉴로 통일했다. 그런데 숟가락을 들며 아주 잠깐 인상을 쓰는 기범의 표정을 서준이 놓치지 않았다.

"순두부, 별롭니까?"

"아뇨, 아닙니다. 좋아합니다."

서준의 기억에도 그랬다. 최 실장의 식성은 그다지 까다롭지 않았고, 또 이 집에서 주로 먹던 음식이기도 했다. 그럼에도 신경 쓰이는 이 표정은 무엇일까?

기범은 제 얼굴을 살피는 서준을 보며 괜한 오해라는 듯 뚝배기에 담긴 찌개를 한 숟가락 크게 떴다. 그리고 얼른 입안에 넣었다. 식사 시간을 놓친 젊은이들을 위한 식당 주인의 배려인지 오늘따라 밥의 양도, 또 찌개의 양도 평소보다 훨씬 많았다.

"뜨거울 텐데요."

조심스럽게 국물을 뜨던 서준이 기범을 보고 걱정스러운 얼굴을 했다. 그 순간 기범의 목구멍 안으로 뜨거운 국물이 꿀꺽 넘겨졌다. 식도를 지나 위까지 말로 표현할 수 없는 기운이 주르륵 훑고 지나갔다.

"괜…… 찮습니다."

따끔거리는 목구멍으로 말소리가 간신히 튀어나왔다. 괜찮다는 대답을 들은 서준은 그제야 밥을 먹기 시작했다. 그리고 그 후부터는 단 한마디도 없었다. 도대체 이러면서 왜 꼭 누구랑 밥을 같이 먹어야 하는지는 알 수 없는 일이다.

기범은 아주 맛있다는 감탄사를 연발하며 수북이 담긴 밥 한 그릇을 뚝딱 해치웠다. 그렇게 식사를 마치고 수저를 내려놓는 서준을 보며 입을 열었다.

"이번에 새로 채용한 비서는 내일부터 출근하기로 했습니다."

"알겠습니다."

기범의 대화 시도는 서준에 의해 그렇게 뚝 잘려나갔다. 몇 살이냐, 이름이 뭐냐, 어느 학교 출신이냐 등등 그런 형식적인 관심이라도 보여야 대화가 매끄럽게 진행될 텐데 말이다.

기범은 더부룩한 배를 몰래 쓰다듬었다. 그리고 자리에서 일어나는 순간, 서준의 목소리에 머리가 띵해졌다.

"커피나 한잔하고 갑시다."

바로 한 시간 전, 기범은 함께 일하는 직원들과 김치찌개로 식사를 했다. 게다가 커피까지 이미 마신 상태였다. 혼자 밥 먹기를 죽어라 싫어하는 사장이 식사 여부를 물었을 때 차마 먹었다고 대답하지 못한 것이 화근이다. '난 이미 커피까지 다 마셨다고!'를 큰 소리로 외쳐주고 싶지만 어쩔 수 없었다. 이런 게 바로 월급쟁이 신세인 것을. 먹여 살릴 처자식이 없으니 사표를 쓴다 해도 제 몸 하나 건사할 수는 있겠지 싶지만, 아주 가끔 점심을 두 번 먹는 것 말고 다른 불만은 없었다.

"대표님, 먼저 올라가십시오. 전 잠시 다녀올 데가 있습니다."

"네, 그래요."

서준이 몸을 돌려 사라지는 것을 확인하고 기범은 1층 화장실로 달려갔다. 그는 손에 들고 있던 커피를 세면기에 쏟아버리고, 배를 부여잡으며 빈칸으로 얼른 몸을 들였다. 이럴 땐 사장이고 뭐고 나이로 밀어붙이고 싶은 마음이 굴뚝같았다.

최 실장과 늦은 점심을 먹고 두 시간쯤이 지난 후였다. 거래처에 잠시 들렀다가 들어오던 서준은 로비에서 낯이 익은 비서실 여직원을 발견했다. 두 사람은 뒤에 누가 서 있는지도 모른 채 열심히 떠들기에 바빴다.

"언니, 약국 다녀와요? 어디 아파요?"

한 여직원의 손에 들린 약봉지. 그걸 보고 나란히 있던 여자가 물었다.

"아니, 최 실장님. 오늘 점심 두 번 드셨잖아. 체하셨나 봐. 얼굴이 하얗게 질려가지고 식은땀을 줄줄 흘리시더라고."

뒤에 서 있던 서준의 두 눈썹이 실룩거렸다. 음식이 나왔을 때 기범의 불편해 보이던 표정이 머릿속에 퍼뜩 떠올랐다. 아, 그래서였던가. 낮게 한숨이 흘렀다. 제 습관 때문에 누군가가 힘들어 한다고 생각하니 마음이 편치 않았다.

비서실로 첫 출근한 여자는 실장을 통해 주의사항과 업무 전반에 관한 것들을 전달받았다. 그리고 그의 뒤를 따라 대표이사의 방으로 들어섰다. 젊은 사람이라 그런지, 이 회사의 사장이라는 사람은 전에 근무하던 곳에 비해 많은 것들을 혼자 알아서 챙기고 있다고 슬쩍 언질을 받았다. 그래서 해야 할 일도 전 직장보다는 많지 않을 것 같았다. 하지만 꼼꼼한 성격이라고 하니 은근슬쩍 걱정이 되기도 했다. 윗사람들이 말하는 '꼼꼼'이란 '까다롭다'의 우회적 표현이기도 했기 때문이었다.

급한 전화인지 휴대전화를 들고 통화하던 비서실장은 잠깐 기다리라는 말을 남기고 사무실을 나가 버렸다. 그래서 여자는 출근하자마자 혼자 빈 사무실을 지켜야 하는 어색한 상황에 처했다. 슬슬 몰려드는 초조함에 두 손을 맞잡았다. 비록 쌓아둔 경력이 있기는 하지만, 뭐든 처음이란 긴장을 주기 마련이다.

그렇게 10여 분을 기다렸을 때였다. 밖에서 발걸음 소리가 들려오고, 곧 사무실 문이 열렸다. 키 크고 깔끔하니 잘생긴 남자가 그 안으로 성큼성큼 걸어 들어왔다. 거침없는 행동이 그가 이 방의 주인이라는 것을 명백히 증명해 주고 있었다.

그녀는 자리에서 벌떡 일어섰다. 그리고 허리를 깊게 숙이며 몇 번 되뇌었던 인사말을 입에 담았다.

"안녕하십니까, 대표님. 여……."

"네."

그녀의 인사말이 채 끝나기도 전이었다. 남자는 눈길조차 주지 않고 인사 대신 한 손을 들어 올리며 방으로 사라졌다.

1.

여…… 비서?

헤드헌터로부터 전화를 받은 것은 그녀가 J그룹에 사표를 내던지고 꼭 3개월 만의 일이었다. 몇 군데 이력서를 넣었지만 도통 연락이 오지 않았다. 혹시 강 회장과의 일이 알게 모르게 소문이 나 있는 것은 아닐까, 그런 생각을 지울 수가 없었다.

하지만 그 일은 정말 어쩔 수가 없는 것이었다. 강 회장의 나이가 올해로 예순, 그녀보다 더 나이 많은 아들과 딸도 있었다. 게다가 버젓이 자리를 지키고 있는 아내도. 그런데 한동안 만나던 애인과 헤어지더니 우리에게 수작을 걸기 시작했다. 호텔 스위트룸 카드키를 슬쩍 던져주며 시간 약속을 하며 유혹을 해오기에 기가 막혀 낭심을 무릎으로 걷어차 주고 사표를 내던졌다. 직장 내 성희롱이고 뭐고, 회장을 상대로 덤벼봐야 이길 수는 없으니 달리 방법이 떠오르지 않았다. 그래서 비서직을 포기하고 다른 직종의 일을 알아봐야 하나 깊게 고민하던 차였다.

명진산업. 가죽을 수입하여 지갑이나 핸드백, 벨트 등을 만드는, 국내에서는 양질의 제품 생산으로 이름이 난 회사이다. 덩치를 키우기보다는 내실을 다지는 데 힘을 쏟는다는 부분에서 조금 마음이 기울었다. 조건도 그리 나쁘지 않았다. 비슷한 규모의 여타 기업에 비해서는 조금 과한 편이었고, J그룹의 수준과도 크게 차이 나는 것은 아니었다. 하지만 면접 다음 날부터 출근을 해달라며 비서실에서 성급히 밀어붙이는 탓에 잠깐 망설였다.

그녀는 몇 다리를 건너 명진산업 대표이사에 대한 정보를 알아냈다. 그 정보 중에 특히 마음에 들었던 것은 대표이사가 돌부처와 흡사하다는 말이었다. 젊은 남자임에도 여자 보기를 돌 보듯 한다는 말이 그녀의 마음을 강력히 이끌었다. 적어도 강 회장과 같은 추태는 부리지 않을 테니 말이다.

그렇게 결정을 내리고 우리가 이곳에서 일한 지가 어느덧 4개월이 되었다.

대표이사가 돌부처라는 말은 진정 과언이 아니었다. 아니 어쩌면 그보다 더 지독하다고 해야 할까? 아무리 돌부처라고 해도 첫인사마저 그렇게 싹둑 잘라먹을 줄이야.

똑똑, 가볍게 노크를 하자 안에서 '네' 하는 대답 소리가 짧고 묵직하게 들려왔다. 그녀는 문을 열고 안으로 들어섰다. 커피가 담긴 머그컵을 조심스럽게 내려놓고, 가슴에 한 손으로 안고 있던 결재판을 남자의 책상에 가지런히 놓아두었다.

"오늘 결재하실 서류입니다. 3시에 임원회의 있는 거 아시죠?"

"네."

고개도 들지 않고 남자는 손을 뻗어 커피 잔을 집어 들었다. 그리고 여느 때와 같이 짧은 대답으로 끝을 맺었다.

하루 일과 중 오전에 두 사람이 마주할 일은 이것이 거의 전부였다. 지난 4개월간 서로 업무상의 이야기 외엔 단 한 번의 대화도 나눠본 적이 없었다. 남자는 항상 흐트러짐 없는 단정한 모습으로 묵묵히 일하기에 바쁜 그런 사람이었다.

여자가 뒷모습을 보이며 그의 방에서 빠져나갔다. 서준은 그제야 고개를 들어 그 모습을 잠깐 바라보다가 다시 서류를 향해 눈을 내렸다. 신사업 아이템에 관한 기획안. 흥미를 끄는 안건에 그는 곧 서류 속의 내용에 깊게 빠져 들어갔다.

어느덧 시곗바늘이 12시를 훌쩍 넘기고 있었다. 서준은 시계를 한 번 들여다보고서 자리에서 일어섰다. 기획안을 살피느라 미리 점심 약속을 잡아놓지 못한 것이 못내 아쉬웠다.

몇 달 전 최 실장이 저 때문에 점심을 두 번 먹고 체했다는 이야기를 우연히 듣고, 그 뒤로는 함께 식사하자는 말을 차마 꺼내지 못했다. 그래서 어느 날은 다짜고짜 구내식당을 찾아 직원들 틈에 앉아 식사를 했다. 그런데 식사 내내 그의 주변에 앉은 사람들은 말 한마디도 못하고 있거니와, 불편해 보이는 그 표정 또한 마음에 걸렸다. 또 그 후로 그가 구내식당에 혼자 나타나면 밥을 남긴 채 슬금슬금 일어서는 직원들도 보였다.

서준은 어찌할까 잠시 고민하다가 방문을 열었다. 비서에게 샌드위치라도 부탁해야겠다는 생각이었다. 하지만 이미 12시가 훌쩍 넘었으니 그녀가 자리에 있으리라는 기대는 접었다.

"어! 식사 안 갔습니까?"

문을 열자 자리에서 일어서는 여자가 그의 눈에 들어왔다. 이미 식사를 마치고 들어왔다고 보기에는 조금 이른 시각이었다.

"아, 네."

"점심 약속, 없습니까?"

"네, 대표님."

물론 있었다. 하지만 점심시간이 지나도록 자리를 뜨지 않는 사장을 두고서 혼자 나가 버릴 수가 없어 취소한 것이 몇 분 전이었다. 우리는 근무 첫날부터 비서실장에게 그의 습관에 대해 들었던 터라 점심시간마다 꽤 신경이 쓰였던 것이다.

"잘됐네요. 그럼 식사 같이 합시다."

서준의 얼굴에 화색이 돌았다. 빵 쪼가리로 때워야 할 점심이 갑자기 허연 쌀밥으로 급부상하며 기분이 좋아진 탓이다. 빵이라면 유학 시절에도 지긋지긋하게 먹었던 탓에 아주 신물이 날 정도였다.

"여 비서는 뭐 좋아합니까?"

"전 다 좋아합니다. 스파게티나 피자 같은 종류도……."

뒤따라오는 여자에게서 나온 대답에 서준의 눈썹이 점점 일그러졌다. 빵도 물론 싫지만, 스파게티니 피자니 하는 음식들도 지긋지긋한 건 매한가지였다. 더 가관인 대답이 나오기 전에 서준이 그녀의 말을 잘랐다. 그리고 슬쩍 뒤를 돌아보았다.

"그런 거 먹고 일이 되겠습니까? 이 앞에 설렁탕집 어떻습니까?"

"네, 좋습니다, 대표님."

우리는 아무런 표정 변화도 없이 대답했다. 그래도 크게 싫지는 않은 모양이다. 다만 대답 소리가 개미 목소리만큼 작아졌을 뿐.

회사 근처에 위치한 설렁탕집을 찾아 자리를 잡았다. 서준은 의자에 엉덩이를 붙이자마자 입구에서 들고 들어온 신문을 앞에 펼쳤다. 설렁탕 두 그릇을 주문하고, 우리가 물 컵에 물을 따라 놓아도 그는 신문에서 눈을 떼지 않았다.

잠시 후, 뿌연 김이 모락모락 넘치는 뚝배기가 앞에 놓였다. 함께 테이블에 올라온 벌건 깍두기 냄새에 입안이 다 시큼해졌지만 서준은 여전히 깨알 같은 활자에만 눈길을 두고 있었다.

"대표님, 식사부터 하시죠."

그녀가 수저를 챙겨 그에게 내밀자, 서준은 그제야 보던 신문을 접어 옆 의자에 내려놓았다.

"그래요, 여 비서도 들어요."

식사를 마칠 때까지 두 사람의 대화는 그게 전부였다.

4개월을 함께 일하며 처음으로 단둘이 하는 점심, 그리고 처음 이뤄진 사적인 대화의 허무함에 여자는 기가 막혔다. 혼자 밥 먹는 것을 끔찍이 싫어한다고 듣기는 했지만 뭐 이런 경우가 있을까. 그는 식사 중에도 옆에 내려놓은 신문을 간간이 들여다볼 뿐 말 한마디 건네지 않았다.

이렇게 먹을 바에야 혼자 먹는 것과 다를 것이 무언가 싶었다.

식사를 마치고 회사로 다시 돌아왔다. 집무실 문을 여는 그를 보며 우리는 자리에 앉았다. 그런데 안으로 들어가려던 서준이 갑자기 멈칫하더니 뒤로 고개를 돌렸다.

"미안하지만 커피 한 잔만 부탁해요, 여우리 씨."

그러고는 다시 고개를 돌리며 안으로 들어섰다. 입꼬리가 이상한 모양으로 올라가 있었다. 흡사 웃음을 억지로 참는 것 같기도 했다. 그는 손을 올려 입가를 매만지며 표정을 고쳤다.

여우리. 참으로 어울리지 않는 이름이다. 서준은 그녀의 책상 위에 놓은 명패를 볼 때마다 몰래 웃음을 짓곤 했다. 4개월이면 적응이 될 법도 한데도, 이상하게도 그 이름엔 자꾸 웃음이 나왔다. 여우라기보다는 고양이? 아니면 공작 같다고 해야 할까? 우아하고 도도하게 앉아 늘 맡은 일을 똑똑히 해내는 그런 여자였다. 명문 S대 출신 수재에, 외국에서 공부한 이력은 없지만 영어, 일본어에도 능통한 능력 있는 비서였다. 일본 바이어들과의 접촉이 잦은 서준에게는 많은 도움이 되었다. 키도 적당하고, 마른 몸에 비하면 볼륨이 꽤 훌륭한, 보기 좋은 그런 몸매도 가졌다. 그리고 늘 바르게 앉아 있는 자태가 그녀의 가치를 한층 더 돋보이게 만들었다. 웬만한 남자라면 함부로 찔러보기도 힘든 그런 정숙함도 보였다.

잠시 엉뚱한 생각에 빠져 있던 서준은 들려오는 노크 소리에 자세를 바로잡았다. 뒤이어 우리가 부탁받은 커피를 들고 안으로 들어섰다.

"내일 임원회의에 필요한 자료입니다, 대표님."

부탁도 하지 않은 서류를 우리가 내밀었다. 예전에는 그의 손으로 직접 준비했던 것들을 지금은 별다른 지시가 없었음에도 자연스럽게 그녀가 챙기고 있었다.

서준이 보일 듯 말 듯 미소를 지었다. 이런 점들이 무척 마음에 드는 여자였다. 예전의 김 비서처럼 쓸데없는 말을 늘어놓는 경우도 없었고, 무엇을 하건 과하거나 부족함이 없었다. 지금까지 그가 함께 일했던 비서 중에는 가히 최고였다.

"그래요, 고마워요."

우리가 몸을 돌려 방에서 나가고, 그는 서류를 집어 들었다. 포인트에 형광펜을 칠하고 각을 맞추어 가지런히 정돈된 서류철을 보고 있으려니, 입가에 슬그머니 미소가 피어올랐다.

[여전히 바쁘냐? 오랜만에 술이나 한잔하자.]

저녁 무렵 걸려온 친구 준호의 전화였다. 한동안 정신없이 바빴던 서준 때문에 오랜만에 갖기로 한 술자리. 장소는 늘 준호의 클럽이다. 부모님께 물려받은 꽤 되는 유산으로 녀석은 운 좋게 호텔 지하에 자리를 잡을 수 있었다. 워낙 유명한 호텔이라 그런지 녀석의 클럽도 유명세를 타다 보니 평일 밤에도 늘 북적거리는 곳이었다. 특히 오늘 같은 금요일에는 자리도 없을 텐데, 무척이나 술이 고팠는지 초저녁부터 호출이었다.

서준은 일찌감치 사무실을 나섰다. 오후에 있던 임원회의가 꽤 좋은 결과물을 내놓은 덕분에 마음도 홀가분했다. 클럽 안으로 들어서자 아직 이른 시각인데도 벌써 자리를 차지하고 있는 젊은이들이 눈에 띄었다. 그는 늘 친구들과 만나던 2층 룸으로 향했다. 클럽이 문을 열 때면 꼭 자리를 지키는 준호 때문에 술자리는 항상 이곳에서 열렸다. 주 고객이 이십대 후반 층이라 룸이 아니라면 그 속에 섞여 술을 마시기에도 어색한 그런 장소였다.

"왔냐?"

"그래, 오랜만이다."

서준이 도착했을 때는 이미 한참 술판이 벌어진 상태였다. 빈 양주병이 테이블 위에 올라와 있었고, 그 옆에 반쯤 비워져 있는 병이 하나 더 보였다.

그는 몇 달 만에 만난 친구와 악수를 하며 형식적인 안부를 묻고 자리에 앉았다. 그래도 방음을 신경 써서 한 룸이라 사업 얘기에 정치, 세상 돌아가는 얘기들을 나누기에도 큰 무리가 없었다.

그렇게 한참동안 무거운 이야기와 함께 술잔이 오갔다. 테이블 위에 빈 술병이 하나 더 늘었고, 어느새 다들 취기로 얼굴이 벌겋게 물들었다.

"야, 이제 그 지겨운 얘기들 좀 그만하면 안 되냐? 네들은 회사에서도 내내 골머리 썩던 얘기를 여기서도 하고 싶어? 간만에 우리도 몸이나 좀 풀어보자."

병훈의 목소리였다. 서준의 친구들 중에서는 비교적 까불거리는 성격이라 진지한 대화와는 어울리지 않는 놈이었다. 그는 자리에서 일어서며 준호를 잡아끌었다. 어차피 서준을 붙잡고 일어서 봐야 통하지 않을 것을 알고 있기 때문이다.

"너희 클럽 물 좋다며. 수질 관리 잘 했는지 가서 검사 좀 해보자."

"우리 수질 관리야 끝내주지, 인마. 우리가 내려가면 그게 물 흐리는 거야."

"우리가 뭐 어때서? 그래도 겉보기엔 스물여섯 같지 않냐?"

두 사람이 시답지 않은 얘기를 하면서 룸을 나섰다. 서준은 문

밖으로 사라지는 그들을 보며 가볍게 코웃음을 쳤다. 그리고 빈 잔에 혼자 술을 따라 목으로 흘려 넘겼다. 춤이라고는 단 한 번도 춰본 적 없는 서준에게는 역시나 유쾌한 장소는 아니었다.

한 20여 분은 흘렀을까? 스테이지로 내려간 녀석들은 여태 돌아오지 않고 있었다. 혼자만의 술자리가 슬슬 지루해지기 시작했다. 그는 잔을 내려놓고 소파에서 몸을 일으켰다. 혹시 여자라도 꾀어 노는 바람에 저를 잊은 것은 아닌지, 그런 생각을 하며 룸을 나섰다.

귓전에 울리며 들려오는 쿵쿵거리는 음악 소리에 서준의 얼굴이 절로 구겨졌다. 그는 2층 난간에 팔을 걸고 아래쪽을 내려다보았다. 어느새 꽤 많아진 사람들이 스테이지에서 몸을 정신없이 흔들어대고 있었다.

그는 준호와 병훈을 찾기 위해 찬찬히 무대를 살폈다. 그런데 그 순간, 서준의 시선이 무대의 중간 어디쯤에서 멈추며 못 볼 것이라도 본 듯 눈에 힘이 들어갔다. 눈매가 가늘어지고 미간이 좁혀지는 그의 눈에 담긴 한 사람. 그 많은 인파 속에서도 유독 튀는 여자였다. 옷이라기보다는 슬립에 가까운 와인 빛의 원피스를 입고 현란하게 몸을 흔들어대는 여자. 몸에 딱 달라붙은 천 조각을 어깨에 달린 가느다란 끈 하나가 아슬아슬하게 붙잡고 있었다.

"여…… 비서?"

남자의 입에서 낯익은 호칭 하나가 툭 흘러나왔다. 멀리서 보았는데도, 더군다나 평소와는 전혀 다른 차림인데도 여자의 모습은 너무나 선명했다.

주말 이틀은 특별한 일을 하지 않았는데도 불구하고 푹 쉴 수가 없었다. 책상에 앉아 책을 보다가도 멍하니. 식탁에서 밥을 먹다가도 멍하니. 그리고 침대에 누워서도 멍하니. 그런 현상들이 매우 잦았다. 그리고 그때마다 어김없이 그의 머릿속을 괴롭혔던 것은 어떤 여자의 모습이었다.

엘리베이터에서 내린 서준은 복도를 걸으며 목을 좌우로 움직였다. 잠을 제대로 못 잔 탓인지 몸이 찌뿌듯하니 개운치 않은데다가, 목에서는 우두둑거리는 소리까지 들렸다.

서준은 몸을 곧게 펴고 사무실 문을 열었다. 안으로 들어서자마자 그의 눈이 내내 머릿속을 괴롭히던 여자를 반사적으로 찾아냈다. 바로 저 여자 여우리. 오늘도 단정한 차림으로 미소를 짓고 일어서지만, 남자의 머릿속에는 그 슬립처럼 아슬아슬한 원피스를 걸친 모습만이 떠올랐다.

"주말은 잘 보내셨어요?"

우리가 자리에서 일어서며 인사했다. 그녀의 목소리에 서준은 얼른 대답하지 못하고서 또 멍하니 바라보기만 했다.

'설마 잘 보냈겠어? 내가 클럽에서 그런 꼴을 보고서?'라는 대답을 해주고 싶었지만 차마 그러지는 못했다. 그는 평소와 같이 그저 손을 들어 가볍게 답인사를 하고 제 방으로 들어섰다.

여지없이 그녀가 결재판과 커피를 들고 다가왔다. 서준은 물끄러미 그녀의 행동을 따라 눈동자를 굴렸다. 여전히 변함없는 깔끔하고 적당히 세련된 정장, 그 옷차림새를 위에서부터 눈으로 주르륵 훑어 내렸다.

혹시 내 눈이 고장 난 것은 아닐까? 아니면 머릿속이? 왜 자꾸 이 단정한 옷차림에 와인색의 원피스가 겹쳐 보이는 것인지 모르겠다. 전부 드러난 어깨에 가느다란 끈만 살짝 걸쳐져 있는 모습이 눈앞에 아른거려 서준은 정신이 산란했다. 시선이 어깨를 따라 그녀의 가슴골을 향하고 있다는 것도 그는 자각하지 못한 상태였다.

"대표님?"

"예? 아, 네."

우리의 목소리에 그는 겨우 정신을 차렸다. 아무리 뚫어져라 쳐다봐 봤자 가릴 곳은 다 가린 아주 단정한 그 여자가 맞는 것을.

서류를 챙긴 우리가 밖으로 나가고, 서준은 두 손으로 머리를 잡아 뜯듯 움켜쥐었다.

'혹시 잘못 본 것은 아닐까. 닮은 여자를 멀리서 보고 착각한 것은 아닐까. 그냥 그랬으면.'

저와는 별 상관없는 일임에도 왜 이렇게 신경이 쓰이는지 모를 일이다.

❤

식사 시간을 훌쩍 넘긴 밤이었다. 혼자 밥 먹기를 죽기보다 싫어하는 서준은 늦은 저녁을 먹기 위해 식탁에 앉았다. 어머니 승주는 밥과 국만 준비해 주고 드라마를 봐야 한다며 주방을 나가 버렸다.

밥그릇을 앞에 놓고 잔뜩 인상을 쓰고 있는 서준을 본 서정이 씨익 웃음을 지으며 다가갔다.

"저녁이 늦네?"

늘어진 파자마 차림으로 그녀는 서준의 맞은편에 앉았다. 일이 꽤 바빴는지 이 시각까지 밥도 먹지 못했다는 것이 안쓰럽기는 했지만, 서정은 지금 그런 사정을 봐줄 만한 상황이 아니었다.

그녀가 과자를 입에 넣고 오물거리자 잔뜩 구겨져 있던 서준의 표정이 서서히 풀어지는 것이 느껴졌다. 드디어 기회를 잡았다 싶은 서정은 회심의 미소를 지으며 본격적인 협상에 돌입했다.

"야, 백사장아, 나 카드 좀 빌려주라."

서정이 두 손을 겹쳐 그의 얼굴 앞으로 내밀었다. 입가에는 억지로 지은 듯한 부자연스러운 웃음이 가득 담겨 있었다.

"뭐에 쓰게?"

국을 떠서 입에 넣으며 그가 건성으로 대꾸했다. 말이 빌려 달라는 것이지, 어차피 갚을 능력이 안 되는 사람이라 그냥 쓰겠다는 말과 같은 것이었다. 하긴, 뭔가 꿍꿍이속이 있으니 혼자 먹는 식탁에 선심 쓰듯 그렇게 앉았겠지.

"그런 걸 꼭 구구절절 말해야 하니? 우리 사이에? 주기 싫으면 나 일어나고. 그냥 혼자 밥 먹든가."

서정은 얼굴에 웃음기를 거두며 냉큼 자리에서 일어섰다. 순간 서준의 얼굴이 잔뜩 구겨졌다. 그는 식탁 의자 뒤에 걸어둔 재킷 주머니를 뒤져 지갑을 꺼내 들었다. 그러자 얼굴을 새침하게 고친 서정이 의자에 다시 슬그머니 앉았다.

서준이 지갑을 열어 카드를 꺼내는 찰나였다. 그녀의 손이 그쪽을 향해 휙 날아들고, 서준은 카드를 잡으려는 손을 신속히 피했다. 하루 이틀 겪어본 일이 아닌지, 두 사람 다 능숙하고 재빠른 솜씨였다.

"백 이상 안 돼!"

"쳇! 쪼잔하긴. 누가 백사장 아니랄까 봐 맨날 백, 백."

입을 삐죽이며 서정이 그의 손에서 카드를 휙 낚아채는 그 순간 그녀의 뒤통수로 누군가의 손이 퍽 날아들었다.

"으이그, 이 화상아! 넌 맨날 동생 벗겨 먹을 궁리나 하니?"

"아야! 아파, 엄마!"

서정이 뒤통수를 신경질적으로 문질렀다. 그리고 엄마가 보지 못하도록 고개를 살짝 돌리고 눈을 흘겼다. 이런 모습을 들켰다가는 조금 전보다 몇 배의 힘이 또 머리통을 가격할 테니 말이다.

"백만 원이 아니라 백 원이라도 좀 벌어오면서 그런 소리를 해라. 그리고 서준이 넌 한도도 없는 카드를 막 주면 어떡하니? 네 누나를 몰라서 그래?"

서정은 수중에 돈이 만 원이라도 있으면 그걸 다 써버려야만 직성이 풀리는 여자였다. 그래서 이혼까지 당하고 친정에 들어앉아 밥이나 축내는 애물단지 신세. 그녀의 낭비벽 때문에 가지고 있는 돈이며, 카드며, 승주가 모두 압수하고 한 달에 얼마씩 정해진 용돈만을 지급했다.

"이씨, 엄마는! 나 친구들이랑 생파하려고 그런단 말이야. 엄마는 하나밖에 없는 딸이 그 정도 쓰는 것도 아까워? 백화점 가서 옷 사 입고, 애들이랑 밥 먹고, 2차 가고 하다 보면 돈 백은 어림도 없지 뭐!"

"쟤 뭐래는 거니? 생파를 뭐 어쩐다고?"

승주가 고개를 서준에게로 돌렸다. 손가락은 서정을 가리키며 기막히다는 말투로 물었다. '생파'라는 그 단어를 이해 못 하는 것인지, 아니면 서정의 입에서 튀어나온 말이 어이가 없어서인지 잠시 고민한 서준이 작은 목소리로 대답했다.

"생일 파티요."

이틀 후가 바로 그녀의 생일이었다. 아무리 집에서 밥이나 축내고 있는 애물단지 신세라고는 해도 안타까운 마음이 들었다. 스물다섯이라는 한창의 나이에 아버지에 의해 원치 않는 정략결혼을 했던 누나였다. 그리고 십여 년을 정을 붙이지 못하고 살았던 터라 늘 안쓰러웠다. 더군다나 지금은 이혼녀가 되어 친정에서 구박이나 받는 처지가 아닌가.

"이번만 특별히 이백."

미리 챙겨주지 못해 미안한 마음을 이용 한도를 높여주는 것으로 대신했다. 그러자 서정의 얼굴이 환히 밝아졌다.

"그래, 그래, 사랑스러운 백사장아. 얼른 밥 먹어. 많이 먹어."

서정이 먹음직스러운 불고기를 그의 앞으로 밀어주었다. 환하게 웃는 그 모습에 서준은 카드를 주길 잘했다는 생각이 들었다. 까딱했으면 하나뿐인 누나의 생일을 잊을 수가 있느냐며 한 달쯤은 토라졌을 판이다.

눈물 젖은 미역국이란 게 이런 것일까? 서정은 식탁에 오른 미역국을 떠먹으며 입을 댓 발 내밀고 있었다. 내가 저걸 내 속으로 낳았느니, 말았느니. 저런 걸 낳고서도 미역국을 먹었느니, 말았느니. 승주의 구시렁거리는 소리가 내내 귓가를 찔러댔다. 생일날 아침을 먹으며 듣는 잔소리는 별로 유쾌하지 않았다. 다이어트를 한답시고 병아리 모이 그릇만 한 종지에 밥을 뜬 것을 또 절반을 남겼다. 다이어트고 뭐고를 떠나서 엄마의 잔소리를 들으면서는 도저히 밥을 넘길 수가 없었다.

서정은 대강 세수만 하고서 집을 나섰다. 숍에 가서 드라이도 하고, 또 메이크업도 받고, 백화점에서 옷도 고르고……. 이런저런 계획을 생각하자 오랜만에 기분이 좋아졌다.

매일같이 집구석에만 처박혀 있었던 터라 그야말로 집귀신이 되어 늙어 죽는 줄로만 알았다. 백세시대라고 떠들어대는 요즘, 나이 사십이면 아직은 인생의 절반도 살지 못한 처지 아닌가. 이렇게 창창한 나이에 이런 미모를 뽐내지 못하고 산다는 것은 정말로 안타까운 현실이다.

그녀는 주머니에 손을 넣어 서준이 준 카드를 다시 한 번 확인했다. 어여쁜 백사장 같으니라고, 역시 너밖에 없구나. 그런 생각을 하며 가까이 다가오는 모범택시를 잡아 올라탔다.

서정은 평소보다 조금 화려한 메이크업을 하고서 숍을 나섰다. 그리고 다시 택시를 잡아 강남에 위치한 백화점으로 향했다. 혼자 백화점을 두어 바퀴 돌며 몇몇 가지 물건들을 사고 보니 어느새 저녁 시간이 다 되어 있었다. 친구들과 약속한 시간도 얼마 남지 않았다.

그녀는 백화점을 나서기 위해 에스컬레이터를 향해 걸었다. 하지만 눈은 여전히 화려한 옷을 걸쳐 입은 마네킹들을 훑었다.

"어머나!"

무엇을 보았는지, 서정의 눈이 휘둥그레지고 얼굴에 순식간에 화색이 돌았다. 그녀는 하이힐을 신은 발로 종종거리며 눈길을 끄는 그곳으로 다가갔다.

마네킹이 입고 있는 검정색의 원피스. 그게 그녀의 발길을 붙잡은 바로 그 범인이다. 검은색이지만 실크 소재의 번득거리는 광택에 가슴골이 훅 파인, 그리고 가느다란 어깨끈이 꽤 야시시해 보이는 그런 옷이었다.

"나, 이 원피스 하나 꺼내줘요."

서정은 마네킹을 가리키며 직원에게 다짜고짜 말했다. 하지만 직원은 그녀의 몸을 살짝 훑어보며 난감한 표정을 지었다.

"저, 손님. 이 옷은 44 사이즈만 남았거든요."

직원이 기어들어가는 목소리로 서정의 눈치를 살피며 대답했다. 그러자 서정의 얼굴도 금세 시무룩해졌다.

"작아 보이는데."

그때였다. 웬 여자 하나가 서정이 고른 그 원피스를 입고서 거울 앞에서 중얼거렸다. 그 여자는 거울에 몸을 이리저리 비추어 보는 중이었다. 그리고 목소리를 향해 고개를 돌린 서정과 거울을 통해 찌릿 눈빛이 마주쳤다.

이십대 중반쯤 되어 보이는, 가느다란 몸이지만 볼륨이 꽤 훌륭한 여자였다. 서정이 고른 원피스는 마치 그녀를 위해 맞춰 놓은 것처럼 꼭 맞아 떨어졌다. 그녀는 거울에 비친 모습을 보며 흡족한 미소를 짓고 있었다.

서정은 순간 자존심이 확 상해 버렸다.

사이즈 55반. 이 정도도 마흔이라는 나이에 비하면 꽤 훌륭한 몸매구만, 어디서 어린 것이 감히!

"저기요, 언니? 나 이 옷 계산해 줘."

그녀는 점원에게 서준이 준 멋들어진 카드를 자랑스럽게 내밀었다. 이미 백 몇 십만 원을 써버렸다는 사실은 홀라당 잊어버리고서 말이다.

서정은 그 원피스를 입고 있는 붕어시 같은 여자를 향해 여유로운 미소를 지었다. 하지만 무언가를 샀다는 그 뿌듯함도 잠시, 백화점 문을 나서는 그녀의 얼굴은 그야말로 울상이었다. 입지도 못할 원피스를 충동 구매하느라 서준이 부르짖은 한도 이백만 원을 훌쩍 넘겨 버렸으니 말이다. 조금 전에 건네받은 카드 영수증이 그녀의 손에서 걸레처럼 꼬깃꼬깃해졌다.

"잉, 어떡해."

백화점 정문 앞, 그 사람 많은 곳에서 서정은 발을 구르며 나이답지 않게 징징거렸다. 친구들을 만나면 저녁도 먹어야 하고, 또 2차도 가야 하고. 아직도 돈 쓸 일은 태산인데…….

"아! 맞다! 맞다, 맞다. 그런 방법이 있었지!"

조금 전까지 징징거리던 그녀는 묘안이 떠올랐는지 그 자리에 선 채로 손뼉을 치며 호들갑을 떨어댔다. 그리고 휴대폰을 꺼내 어디론가 전화를 걸었다.

"얘들아, 오늘 약속 장소 바꾸자. 킹스 호텔 알지? 거기 지하 클럽으로 와. 오늘 생파는 거기서 한다."

마치 명령을 하듯 친구 다섯에게 주르륵 전화를 걸고는 백화점 안으로 다시 들어갔다. 킹스 호텔 클럽으로 가려면 집에서 입고 나온 이런 차림으로는 어림도 없었다. 서정은 백화점 안을 두리번거리다가 화장실을 찾아냈다. 그리고 비어 있는 칸으로 들어가 문을 잠그고 양손 가득 들려 있던 쇼핑백을 바닥에 내려놓고 주섬주섬 안을 뒤졌다. 그리고 마지막으로 샀던 그 검정색의 실크 원피스를 꺼내들었다.

"혹시 누가 알아? 요새 다이어트도 꽤 열심히 했다고."

살을 뺀답시고 밥은 새 모이만큼 먹고서 저녁마다 군것질을 해댔던 것은 까맣게 잊은 모양이다.

서정은 입고 있던 옷들을 벗었다. 그리고 손에 든 원피스를 바라보며 만면에 희색의 미소를 담았다. 배에 잔뜩 힘을 준 채로 원피스 가운데에 다리를 끼우고 천천히 위로 올렸다. 하지만 그 작은 천 쪼가리는 여지없이 엉덩이에서 딱 걸려 더 이상 올라가지 않았다. 서정은 배에 주었던 힘을 엉덩이로 집중시켰다. 그리고 다시 한 번 옷을 힘주어 위로 올렸다.

그 순간이었다.

부욱!

천이 찢기는 소리가 작은 화장실 칸에 울려 퍼졌다. 그 소리와 함께 생일을 맞은 서정의 심장도 갈기갈기 찢기는 것 같았다.

"어머! 어떡해! 이게 얼마짜린데……."

눈물이 찔끔 흘러나오려고 했다. 하지만 그 순간 떠오르는 건 숍에서 꽤 많은 돈을 들여 했던 메이크업.

지워지면 절대 큰일이라고! 이건 또 얼마짜린데!

서정은 손가락 끝으로 눈물을 살짝 닦아냈다. 뭐, 어쩔 수 있나. 아무리 아까워도 메이크업은 살려야지.

여자는 찢겨 나간 옷을 냅다 벗어 쇼핑백 안에 던져 넣었다. 그리고 그보다 앞서 샀던 팔랑거리는 시폰 소재의 원피스를 꺼내 입었다.

"뭐 이것도 나쁘진 않네. 이렇게 사람 몸매를 쫙 살려주는 게 옷이지. 어딜 이런 천 쪼가리를 가지고 옷이라고, 홍!"

콧방귀와 함께 서정은 찢어진 원피스가 담긴 쇼핑백을 발로 휙 걷어찼다. 그리고 물건들을 커다란 쇼핑백 하나에 담았다. 몇 십만 원짜리 실크 원피스가 쓸모없는 천 쪼가리로 전락하는 순간이었다.

서정은 답답하고 좁은 화장실 칸에서 나와 세면기 앞 거울에서 몸매를 이리저리 돌려보았다. 작은 옷을 입느라 흐트러진 머리카락도 정리하고, 눈가에 살짝 번진 아이라인도 손가락으로 찍어 닦아냈다.

"백서정 아직 죽지 않았다고!"

옆에 서서 손을 씻던 여자가 그녀를 흘깃 쳐다보았지만, 뭐 그러거나 말거나. 생일 파티를 앞두고 다른 사람의 시선 따위를 신경 쓸 겨를이 없었다.

"누님들, 정말 밖에 나오시면 안 됩니다. 제가 술이고 안주고 시키는 대로 전부 대령해 드릴 테니까, 제발 안에만. 예?"

한 시간 뒤, 서정은 다섯 친구들과 함께 킹스 호텔 클럽에 들어섰다. 사정을 하는 준호의 말에 그녀는 고개를 끄덕였다. 이번만은 약속을 지킬 작정이었다. 사실 서준이 말한 카드 한도 이백만 원을 훌쩍 넘겨썼으니, 여기서라도 조용히 마시고 조용히 사라져야 했다. 그렇지 않으면 일이 커질 것이고, 또 준호 녀석이 서준에게 일러바칠 테고, 넘어선 카드 값에 술값도 용돈에서 깔 테고……

푹신한 소파에 몸을 깊게 묻고 앉아 있으려니 곧이어 비싼 양주 두 병에 맥주와 갖은 안주들이 줄을 이어 테이블에 놓였다. 게다가 클럽 메뉴가 아닌, 호텔 중식당에서 주문한 듯한 화려한 요리까지.

이렇게 센스가 끝내주니 준호 이 녀석을 어찌 예뻐하지 않을 수가 있나.

서정을 포함한 여섯 여자는 환호하며 술을 들이켜기 시작했다. 폭탄주를 제조해 대여섯 잔을 단숨에 마시고, 또 맥주도 몇 병씩 순식간에 비워 버렸다.

"오! 오늘 기분 최곤데! 얘들아, 마셔, 마셔."

서정은 몸을 일으켜 친구들에게 술을 권했다. 한껏 마신 술 때문에 몸도 비틀거렸다. 그렇게 술에 취하고 나니, 이번에는 뭔가 허전한 마음이 들기 시작했다. 역시 음주에는 가무를 곁들여 줘야 제격이니 말이다.

"우리 밖에 나가서 몸 좀 흔들어볼까?"

"아까 사장님이 절대 밖에 나오지 말라고 그랬잖아."

친구 중 누군가가 걱정스러운 말투로 서정을 붙잡았다. 하지만 이미 흥이 머리 꼭대기까지 오른 상태의 백서정을 누가 말릴 수 있을까.

"뭐 어때. 아주 잠깐만 놀다 오자. 우리가 어딜 봐서 사십이니? 쟤네들이나 우리나 뭐가 그렇게 다르다고. 나가자, 얘들아."

쿵쿵거리는 음악 소리와 DJ의 화려한 입담이 그녀들을 반기고 있었다. 여섯 여자는 계단을 통해 1층으로 내려섰다. 금요일 밤답게 빼곡하게 들어찬 스테이지는 발 디딜 틈조차 없지만 그렇다고 포기할 여자들이 아니었다. 그녀들은 틈새를 비집고 들어가 무대의 정중앙에 자리를 잡았다. 그 와중에도 가끔 그녀들의 나이를 의심하는 따가운 눈초리가 느껴지기는 했다.

DJ의 멘트에 환호하며 어느새 그녀들도 미친 듯이 몸을 움직이기 시작했다. 콩나물시루에서 박자만 겨우 맞춰대는 것도 같지만 그래도 신이 나고 흥겨웠다.

그때였다. 서정의 눈이 무언가에 꽂혀 그녀는 흔들어대던 몸을 우뚝 멈추었다. 바로 옆에서 춤을 추던 친구 나경이 의아해하며 그녀의 귀에 크게 소리쳤다.

"서정아, 왜!"

하지만 서정은 아무런 말도 없이 눈길을 누군가에게 집중한 채 노려보았다. 그러고는 곧 그 방향으로 움직였다.

그녀가 멈춰 선 곳에는 이십대 중후반쯤 되어 보이는 여자가 꽤나 놀아본 듯한 솜씨로 춤을 추고 있었다. 약간 마른 몸에 볼륨은 풍성한 것이 보기에도 흐뭇하니 좋았다. 얼굴도 예쁘장한 데다가 몸짓 또한 유혹적인 그런 여자였다. 또한 입고 있는 그 옷이…… 검정빛이 도는 실크 원피스. 얇은 끈 하나가 어깨에 간신히 걸려 있는, 가슴골이 다 드러난 그런 낯익은 옷이었다.

뭐야, 아까 그 불여시잖아.

서정의 눈에 불이 활활 붙는 것 같았다. 저는 입지도 못하고 찢겨져 버린 옷이, 그녀에게는 섹시한 몸을 더 돋보이게 하는 그런 날개로 변신해 있으니 화가 날 만도 했다.

그래도 얼굴은 내가 좀 낫지 않나? 춤 솜씨는 또 어떻고. 누가 더 눈길을 끄는지 어디 한 번 볼래?

서정은 불여시의 옆으로 더 가까이 다가섰다. 그리고 그 어느 때보다 화려한 몸짓으로 춤을 추기 시작했다. 어느덧 두 여자의 춤 배틀이 시작되고, 남성들은 주위를 에워싸고는 환호성을 질렀다. 물론 나이 드신 누님이 애쓰는 모습에 그저 호응해 주는 것이었겠지만.

혹시 서정이 또 사고를 칠까 염려스러웠던 준호는 룸을 살피기 위해 문을 열었다. 그런데…… 없다. 그새를 참지 못하고 또 밖으로 뛰쳐나간 것이 분명했다. 그는 2층 난간에서 무대를 살폈다. 그리고 이내 그녀들을 찾아내고 미간을 잔뜩 찡그렸다.

"이 부장!"

준호는 무전기로 총지배인을 호출했다. 그는 어디에 있었는지 금세 준호의 앞에 나타났다.

"저기, 보여?"

준호가 손가락으로 가리킨 그 곳에는 동그랗게 사람들에게 둘러싸인 채로 춤을 추고 있는 두 여자가 있었다. 그리고 멀리서 보더라도 그 무리 중 몇몇은 클럽에 들일만 한 부류가 아닌 것도 분명해 보였다.

"저기 가면 아줌마 여섯 있어. 가서 잡아다가 룸에 들여놓고, 꼬맹이들 둘 불러서 안에서 적당히 놀아주고 못 나가게 감시하라고 그래."

"예, 사장님!"

"물 흐리지 않게 똑바로 해, 인마!"

준호는 이 부장의 뒤통수를 철썩 내려쳤다. 그는 난데없이 들이닥친 아줌마들에 대한 분풀이를 다른 사람에게 해대고 있었다. 그도 그럴 것이, 수질 관리 제대로 못 한다고 소문이라도 돌기라도 하면 매출이 확 줄어드는 것이 이 바닥의 생리였다. 그래서 그만큼 더 신경을 써야 하고 관리해야 했다. 그런데 차마 말릴수 없는 인간들이 나타나서는 이렇게 헤집어대고 있으니 머리가 아플 지경이었다.

준호의 명령대로 여섯 여자는 모두 룸으로 소환되었다. 그리고 그녀들 나이를 절반 접은 것에 겨우 두세 살이나 더 먹었을 법한 웨이터 둘이 안으로 들어왔다.

"누님들, 제발요. 안 그러면 저희는 사장님한테 완전 죽는다고요. 그러니까 제발, 예? 그 대신 저희가 아주 재미나게 놀아드린다니까요."

귀엽고 예쁘장하니, 얼굴에 아직도 솜털이 보송보송하게 있는 녀석들이었다. 그런 어여쁜 아이 둘이 그녀들을 붙잡고 통사정을 했다. 서정은 그중 한 녀석의 볼을 양손으로 붙잡아 꼬집었다. 이런 초식남 같은 녀석들이 부탁하는데 거절을 할 수야 없지. 게다가 요런 녀석들과 함께 논다면 굳이 스테이지까지 나갈 필요도 없지 않나?

"아유, 요 귀욤 터지는 것들! 그래, 놀자, 놀아. 오늘 이 누나들이랑 밤새도록 놀아보자!"

룸 안은 다시 시끌벅적해졌다. 빈 술병이 점점 늘어가고, 여기

저기 바닥에도 굴러다니기 시작했다. 그렇게 취기가 짙어지고, 밤이 깊어졌다. 그 밤의 생일 파티는 꽤나 소란스러웠다.

아침에 눈을 뜨자, 요란한 꿈을 꿨던 것처럼 정신이 혼미했다. 온몸이 뻐근하니 아픈 것도 같았다.

역시 어린 것들이란 힘이 좋단 말이지. 이 얼마 만에 맡아보는 남자의 살 냄새인가.

스물다섯 살의 나이에 결혼을 하고 아슬아슬 십여 년을 이어 갔던 결혼생활. 그 속에서 남편이란 작자와 살을 섞어본 것은 손가락, 발가락의 개수를 전부 합친 것보다 약간 모자랐다. 그것도 거의 아내라는 이름의 의무감이었을 뿐, 즐거웠던 기억은 단 한 번도 없었다.

그러나저러나 간밤엔 어린 수컷에게 맞춰주느라 너무 무리를 했나? 아흥! 몸이 왜 이리 힘이 드니. 생긴 건 딱 초식남처럼 생겨서는 힘은 아주 주체를 못 하나 보네.

방 안에 밝은 빛이 들고 서정은 눈을 비비며 잠에서 깨어났다. 그녀는 옆에 누워 있는 보송보송한 녀석을 한 번 더 안아보기 위해 두 팔을 뻗었다. 하지만 느껴지는 것은 남정네의 살결이 아닌 온기 빠진 베개뿐이었다.

"뭐야, 갔니?"

아직 제대로 떠지지 않는 눈을 다시 한 번 비비며 몸을 살짝 일으켰다. 하지만 녀석은 방 안 어디에도 보이지 않았다.

"에이씨, 갔네. 아, 김샌다."

서정은 두 손으로 얼굴을 문질렀다. 그리고 정신을 차리기 위해 고개를 세차게 흔들었다. 그러자 아직 깨지 않은 술기운에 두통이 몰려오고, 골이 다 흔들리는 것 같았다. 그녀는 주먹으로 머리를 콩콩 두드리며 몸을 일으켰다. 샤워라도 하면 좀 나아질까, 당장은 그 생각밖에 없었다.

"하아암, 말이라도 하고 가지."

하품과 함께 기지개를 켜며 실오라기 하나 걸치지 않은 맨몸으로 욕실에 들어섰다. 요란 벅적지근한 생일을 치르느라 아주 몸살이 날 지경이었다. 그래도 해마다 악몽 같은 생일을 보냈던 것을 생각하면 이번에는 더할 나위 없이 즐겁고 행복했다.

샤워를 하고 나오며 벽에 걸린 시계로 자연스레 눈이 갔다. 벌써 정오를 훌쩍 넘긴 시각이었다. 어쩐지 뱃속에서 난리더라니.

서정은 고픈 배를 문지르며 옷을 찾아 입기 위해 방을 두리번거렸다. 그런데 그녀의 물건은 단 한 가지도 눈에 들어오지 않았다.

"어! 어디 갔지?"

서정은 좁은 호텔방을 이 잡듯 뒤지기 시작했다. 이불 속에도, 침대 밑에도, 또 옷장 안에도. 심지어는 냉장고 속까지.

"어머! 이게 어떻게 된 거야? 다 어디 갔어?"

그녀의 핸드백과 백화점에서 샀던 물건들을 담은 쇼핑백, 그리고 휴대폰과 속옷도 모조리 사라졌다. 서정은 여전히 맨몸인 채로 방안을 샅샅이 뒤지기 시작했다. 하지만 결과는 마찬가지였다. 심장이 쿵쿵거리기 시작했다. 얼굴에 화들짝 열이 오르고 손끝이 떨렸다. 바로 조금 전까지 즐겁고 행복한 생일을 보냈다고 생각했는데, 어쩌면 정반대인 모양이다.

"어머 어떡해. 설마 그 녀석 짓인 거야?"

그녀는 발을 동동 구르기 시작했다. 머리는 여전히 띵하게 아픈 것이 어찌해야 할지 방도가 떠오르지 않았다.

"어쩌지? 어쩌지? 아우, 나 어떡해야 하니. 환장하겠네."

그렇게 혼자 중얼거리며 방안을 스무 바퀴쯤 돌았을 때였다. 그제야 머릿속에 떠오른 것은 서준의 카드를 잃어버렸다는 사실. 그 녀석이 카드를 들고 나가 긁기라도 한다면?

서정은 머리에 날벼락을 맞은 것만 같았다. 일단은 카드를 막는 일이 시급했다. 그녀는 전화를 걸기 위해 휴대폰을 찾았다. 하지만…….

"아, 맞다. 휴대폰도 들고 튀었구나."

하는 수 없이 그녀는 객실에 놓여 있는 전화기를 들었다. 하지만 엎친 데 덮친 격이랄까? 요새는 휴대폰에 전화번호를 전부 저장해 놓고 쓰는 탓에 서준의 전화번호가 갑자기 떠오르지 않았다. 뒷번호는 확실히 알고 있지만, 얼마 전에 세 자릿수에서 네 자리로 바뀐 가운데 번호가 영 기억이 나질 않는 것이다.

서정은 알코올 기운으로 인해 잘 돌아가지 않는 머리를 주먹으로 콩콩 두들겼다. 머리카락을 쥐어뜯기도 하고, 벅벅 헤집어 보기도 했다. 그래도 여전히 번호는 떠오르지 않는다.

"아, 어떡하지?"

집으로 전화를 걸어 엄마에게 묻는 방법이 있기는 하지만, 분명 묻기도 전에 잔소리부터 30분은 들어야 할 판이었다.

"아! 맞다!"

뭔가 묘안이 떠오른 듯, 서정은 찰싹 소리가 나도록 박수를 치며 좋아했다. 그리고 누른 번호는 결국 114.

[사랑합니다, 고객님.]

아가씨의 어여쁜 목소리가 흘러나왔다. 하지만 날 언제 봤다고 사랑한다는 것이냐, 마느냐를 따질 만한 여력도 없다.

"됐고요, 명진산업 비서실이요."

서정은 다짜고짜 묻고 메모지에 번호를 받아 적었다. 그리고는 적어놓은 번호대로 빠르게 버튼을 눌렀다.

[명진산업 비서실 최기범입니다.]

낯익은 남자의 목소리가 바로 들려왔다. 그러고 보니 토요일이라 다른 직원들은 출근하지 않는 날이었다. 기범도 특별한 일이 없는 날이면 출근을 하지 않았을 테니, 그나마 다행이랄까.

"최 실장님, 나 서정이에요, 백서정. 혹시…… 우리 백사장 오늘 나왔어요?"

[대표님 지금 출타 중이십니다.]

"최 실장님, 지금 좀 급한 일이 생겼는데요. 내가 우리 백사장 카드를 잃어버렸거든요. 그거 분실 신고 좀 해줄 수 있어요?"

[네? 어쩌다가 카드를 분실하셨는데요? 어디서요?]

기범이 그녀에게 물어왔다. 하지만 다급한 서정의 마음과는 다르게 그의 말투는 묻는다기 보다는 나무라는 말투였다.

"지금 그런 거 따질 때가 아니잖아요. 한도도 없는 카든데."

[알겠습니다. 그럼 일단 끊겠습니다.]

남자가 전화를 끊고서야 서정은 한숨을 푹 내쉬었다. 기범과 직접 통화를 한 이상 카드에 대한 걱정은 더 하지 않아도 될 일이었다. 이 남자만큼 일 처리를 깔끔히 해낼 사람은 없으니.

당황한 마음이 겨우 가라앉고 온몸에 기운이 쭉 빠져 버렸다. 다리가 후들거려 서정은 침대에 풀썩 주저앉았다. 그리고 그제야 눈에 들어오는 건 여태껏 벗고 있는 자신의 맨몸이었다.

"어떡하지? 어떡하지?"

서정은 다시 방안을 빙빙 돌기 시작했다. 한 가지 일을 해결하고 보니 또 한 가지 어마어마한 문제가 그녀를 어지럽게 만들었다. 방법은 집으로 전화를 거는 수밖에 없는데, 뒤에 다가올 무시무시한 후폭풍을 생각하면 도저히 엄두가 나지 않았다.

"엄마가 알면 머리를 빡빡 밀어버리려나? 집에 한 달쯤 가둬두려나? 용돈도 몇 달은 안 주겠지? 밥은 얻어먹을 수 있을까? 몇 년을 두고두고 생일 때마다 구박할 텐데."

그녀는 손톱을 잘근잘근 물어뜯기 시작했다. 애써 받은 네일 아트가 망가지는 것도 모르고 열 손가락을 전부 짓씹었다.

"아, 미치겠네. 환장하겠네."

또다시 방안을 빙빙 돌았다. 그렇게 수십 바퀴를 돌다가 발을 우뚝 멈췄다. 머릿속에 문득 떠오르는 사람이 하나 있긴 있다. 좀 창피하고 민망하기는 했지만, 어쩌면 조용히 해결될 수도 있을 것 같았다.

서정은 다시 전화기를 집어 들었다. 그리고 메모지에 적어둔 그 번호를 또 한 번 꾹꾹 눌렀다.

[명진산업 비서실 최기범입니다.]

그녀를 구원해 줄 멋진 목소리가 들려왔다. 하지만 민망한 부탁을 해야 한다는 생각에 서정은 쉽게 입을 열지 못했다.

[명진산업 비서실입니다. 누구십니까?]

전화를 건 쪽에서 아무 말이 없자 기범은 대답을 독촉했다. 서정은 하는 수 없이 눈을 꼭 감고서 입을 열었다.

"저, 최 실장님. 저예요, 백서정."

[아, 예. 카드는 분실신고 완료했습니다. 걱정하지 마십시오.]

서정의 목소리가 다시 들려오자 그는 카드 분실 건으로 그녀가 걱정한 탓이라 여겼다. 그래서 그녀가 묻기도 전에 잘 처리되었음을 시원스럽게 얘기하고 있었다.

"네, 고마워요. 그리고 최 실장님, 제가 부탁이 하나 있는데요."

[예, 말씀하십시오.]

기범이 흔쾌히 대답했다. 하지만 서정으로서는 망설이지 않을 수가 없었다. 서준의 일 때문에 집을 수시로 들락거리는 사람이라 얼굴을 자주 맞대긴 했어도, 그 부탁이 워낙 민망한 것이라 입이 쉽게 열리지 않았다.

"아, 그게…… 실은 제가 지금 킹스 호텔에 있는데요, 저기…… 옷이 필요해요. 제가 상황이 좀 그래서요."

[예? 그게 무슨 말씀이십니까?]

"아니, 그러니까 제 말은요, 음…… 제가 입을 만한 옷을 좀 사다 주실 수 있느냐고요."

[옷을요? 입고 간 옷은 어쩌셨는데요? 그리고 호텔엔 왜 계십니까?]

서정은 얼굴을 찡그리며 머리를 벅벅 긁었다.

비서실장이라는 그 자리만큼 호락호락한 남자가 아니었다. 그냥 묻지도 말고, 따지지도 말고, '네'라는 대답이 나오길 기대했던 것은 너무 큰 바람이었을까.

"그걸 꼭 말씀 드려야 해요?"

[네. 카드도 분실하셨고, 또 입을 옷을 사다 달라고 하는 건 신변에 무슨 문제가 생겼다는 말로 들립니다만. 저도 자초지종을 알아야 자리를 비우고 움직이지 않겠습니까?]

"그게 사실은요, 카드랑 옷이랑 지갑이랑 다 잃어버렸어요. 아무것도 없어요, 핸드폰도. 그래서 집에도 못 가고 밖에 나갈 수도 없어요. 그러니까 제발 부탁드려요. 웬만하면 친구한테 전화해서 부탁하고 싶은데…… 휴대폰이 없으니까 전화번호도 알 길이 없네요."

여자는 평소와는 다르게 완전히 기어 들어가는 목소리로 말했다.

[그러니까 호텔에는 왜 가셨냐 그 말씀입니다.]

"어제 친구들이랑 생일 파티하느라 술을 좀 많이 마셨어요. 그래서 그냥 여기서 잤어요. 이제 됐어요?"

서정은 조금 신경질적인 어투로 대답했다. 이 남자가 자꾸 대답하기 곤란한 부분만을 건드린다. 이러다가 지난밤의 일이 모두 탄로가 날까 봐 마음이 조마조마했다.

[몇 호실입니까?]

"1306호요."

[옷 사이즈는요?]

아, 이걸 또 깜빡했네. 옷을 사다 달라고 하려면 사이즈도 알려줘야 하는데. 이런 건 여자의 극비사항이요, 자존심이기도 하건만.

"그게…… 55 사이즈요."

[허리는요?]

"어…… 음…… 27?"

아주 가느다란 목소리로 그녀가 대답했다. 사실 창피함이라기보단 거짓말 때문에 그 목소리가 작아질 수밖에 없었다. 제 사이즈대로 얘기하기란 왠지 자존심이 상한달까? 뭐 좀 그랬다. 55라기 보다는 66에 가까운 55반. 그리고 허리는 꼭 끼는 28인치. 뭐 어떻게든 구겨 넣으면 옷이야 안 들어갈까.

[알겠습니다. 백화점 들렀다가 가려면 시간이 좀 걸리겠네요.]

통화를 마무리하려는 그의 말이 들려왔다. 마음이 다급해진 서정은 마지막 용기를 쥐어짜 한마디를 덧붙였다.

"최 실장님! 저기…… 속옷도."

"네?"

전화기에서 들려오는 기막힌 말에 기범은 인상을 확 찡그렸다. 그리고 순간 끓어오르는 화를 간신히 억눌렀다. 물론 이런 사적인 일은 거절하더라도 아무런 문제는 없다. 오히려 집안일에는 신경 쓰지 말라며 만류할 사람이 바로 백서준 사장이다. 하지만 옷도 없고, 카드, 휴대폰마저 잃어버렸다는 서정의 사정을 차마 무시하기가 힘들었다. 기범은 혈압이 오르는 뒷목을 손으로 붙잡고 한마디를 내뱉었다.

"사이즈는요!"

서정이 불러주는 사이즈를 메모지에 휘갈겨 쓰고 기범은 전화를 끊었다. 그리고 바로 사무실을 나섰다. 그 여자와 통화를 하다 보니 얼굴이 붉으락푸르락 달아올랐다.

백화점 주차장에 차를 세우며 기범은 여전히 구시렁거렸다. 38년 인생에 여자 속옷을 사러 가기는 또 난생 처음이다. 이 나이 먹도록 여자 친구 속옷 한 번 사 본 적도 없는데, 마흔이나 된 이혼녀의 속옷이나 살 팔자인 줄 누가 알았을까.

벌써 다섯 바퀴째였다. 기범은 선뜻 속옷 매장에 발을 들이지 못하고 그 주위를 계속 맴돌았다. 그러다 보니 시간은 자꾸 흐르고, 매장 안 여직원은 흘깃흘깃 이상한 눈초리로 그를 쳐다보았다. 그리고 또 홀딱 벗은 채로 자신을 기다리고 있을 그 망할 여자도 떠올랐다. 결국 여섯 바퀴째에서 그는 눈을 딱 감고 매장 안으로 들어섰다.

"어서 오십시오."

점원의 상냥한 인사소리도 귀에 들려오지 않았다. 디자인이고 뭐고 그런 것도 눈에 들어올 리가 없다. 기범은 붉은 고구마처럼 타오른 얼굴을 반쯤 숙인 채 마네킹에 걸려 있는 속옷을 대충 가리키며 외쳤다.

"저걸로 주세요. 80에 C컵."

"선물하실 건가요?"

"그럼 설마 내가 입겠습니까?"

점원의 친절한 질문에 그는 말도 안 되는 대답을 툭 뱉어냈다. 그런 기범의 대답에 여자는 터져 나오는 웃음을 간신히 참는 모양새였다.

"포장해 드릴까요?"

"그냥 줘요."

한시라도 빨리 자리를 뜨고 싶은 마음이건만 자꾸 이것저것 물어대니 아주 환장할 노릇이었다. 기범은 카드를 내밀어 결제를 하고, 직원이 쇼핑백에 담아 건네주는 물건을 손을 내밀어 받았다.

"사모님이 글래머신가 봐요. 좋으시겠어요."

아무래도 이 여자는 속에 능구렁이가 백 마리쯤은 들어앉아 있지 않을까 기범은 생각했다. 시뻘겋게 얼굴을 붉히며 여자 속옷을 사고 있는 남자에게 이런 말을 건네는 걸 보면.

속옷 매장을 겨우 빠져나온 기범은 여성복 매장으로 얼른 달려갔다. 그곳에서 서정이 알려준 사이즈대로 대강 청바지 한 벌과 티셔츠를 골랐다. 그리고 후다닥 주차장으로 걸음을 서둘렀다. 그러면서도 입에서는 구시렁구시렁 불평이 끊이질 않았다.

황금 같은 토요일에 사장 놈 때문에 출근한 것도 모자라 그 누나 사고 뒤치다꺼리라니. 게다가 여자 옷에 속옷 심부름까지.

킹스 호텔에 도착해 그녀가 알려준 호수를 찾아 벨을 눌렀다. 그러자 이내 조심스러운 목소리가 안에서 들려왔다.

"최…… 실장님?"

"예, 접니다."

그가 대답하자 바로 문이 열렸다. 기범은 문 안으로 들어서다가 화들짝 놀라 몸을 돌렸다. 눈앞에 나타난 여자는 어깨를 드러낸 채 맨몸에 침대 시트를 둘둘 감고 있었다.

"흠흠, 밖에 나가 있겠습니다. 입고 나오시죠."

왠지 민망했던 그는 헛기침을 두어 번 하고서 룸 안에 쇼핑백을 두고 사라져 버렸다.

쿵, 문이 닫히는 소리를 들으며 서정은 입을 삐죽였다.

"쳇, 가릴 거 다 가렸구만."

그녀는 기범이 내려놓고 간 쇼핑백 안을 뒤져 물건을 꺼냈다.

속옷을 입으려고 펼치는 순간 깜짝 놀라 눈이 튀어나올 만큼 휘둥그레졌다.

"하! 이, 이게 뭐야? 어머, 기막혀. 이게 웬일이래니!"

그녀의 손에 들려 있는 것은 손바닥의 반도 안 되는 크기의 새빨간 T팬티였다. 거기에 하늘하늘한 레이스가 앙증맞게 달려 있는. 제아무리 개방적인 성격의 서정이었지만, 이런 속옷은 단 한 번도 입어 본 일이 없었다.

"웬일이니! 이게 저 사람 취향이었어? 뭘 이래놓고 못 볼 거 본 사람처럼 놀라서 뒤로 돌고 난리야? 흥!"

속옷을 입고, 아니 입었다기보다는 살짝, 아주 살짝 걸쳤다는 표현이 맞을 것이다. 그리고 그 위에 남자가 사온 티셔츠를 입었다. 마지막으로 청바지에 다리를 끼워 넣으려니 그게 또 말썽이다. 허벅지까지는 그런대로 순조롭게 올라온 바지가 엉덩이에서부터 딱 걸려 위로 잘 올라가지가 않았다.

그냥 원래 사이즈대로 말할 걸 그랬나. 서정은 미간을 잔뜩 찌푸렸다. 엉덩이와 배에 힘을 주고 바지에 살을 차곡차곡 밀어 넣으니 간신히 단추를 잠그는 것까지는 성공. 하지만 숨조차 쉴 수 없이 꼭 끼는 바지와 그 속에 입은 어느 골짜기 안에 끼인 끈 하나가 자꾸 거슬렸다.

겨우 옷을 챙겨 입고 문을 열다가 문득 또 깨달은 것이 있었다. 발가락이 쏙 나오는 맨발, 이건 또 어찌 해결한다지?

"저기…… 최 실장님."

서정이 빼꼼히 문을 열고 고개만 쏙 내밀었다. 그러자 두어 발짝 떨어져 있던 기범이 냉큼 다가왔다.

"네, 다 입으셨습니까?"

"그게, 문제가 좀……."

"또 뭡니까?"

이번엔 짜증이 섞인 목소리였다. 하지만 당장 도움을 청할 곳이라고는 이 남자뿐이니 별다른 도리가 없었다. 조금 치사하고 아니꼽더라도 지금으로서는 성질을 최대한 죽이는 수밖에.

"신발이…… 없네요."

"뭐요? 아까 말을 하지 그랬습니까."

기범의 목소리가 한층 더 높아졌다. 이건 성질을 내는 것이 분명했다. 남자의 그런 태도에 서정도 울컥 화가 치밀어 올랐다.

"아깐 당황해서 그랬죠. 그런 상황에 하나하나 없는 거 다 체크하고 그럴 정도로 침착할 사람이 어디 있어요!"

덩달아 높아진 서정의 목소리에 기범이 움찔했다. 이 여자도 화가 난 모양이다. 잠깐 욱하는 마음을 참지 못하고 먼저 성질을 낸 것이 아무래도 잘못이었다. 물론 자신이 도움을 주는 처지이기는 하지만 그래도 사장의 누나가 아닌가. 한심한 상황이기는 하지만 예의를 갖출 필요는 있었다.

"잠깐 비켜보십쇼."

기범이 그녀를 밀어내고 룸 안으로 들어섰다. 그는 옷장을 뒤져 그 안에서 일회용 슬리퍼를 찾아 꺼냈다. 여자의 발 앞에 얇은 부직포로 만들어진 하얀 슬리퍼가 툭 떨어졌다.

"설마 이걸…… 신으라고요?"

"주차장까지만 가면 되잖습니까. 댁까지 모셔다 드리겠습니다."

"하!"

어이가 없었다. 천하의 백서정이 부직포 실내화가 웬 말이더냐. 지난 40년간을 명품 운동화, 명품 구두가 아니면 발에 끼워 본 적이 없는 그런 사람인데.

"아무리 그래도 그렇지, 어떻게 이런 걸……."

"집에 안 가실 겁니까? 그 신발 신고 버스 타고 가실래요? 버스비는 드릴 수 있습니다만."

기범의 말은 절대 신발까지는 사다 줄 수 없다는 얘기였다. 그나마 제 차라도 얻어 타려면 잔말 말고 이거라도 신으라는 그런 소리, 딱 그 이야기였다.

서정은 얼굴에 울상을 지으며 할 수 없이 슬리퍼에 발을 꿰어 신고 얄미운 남자를 한 번 노려보고서 팔로 툭 치고 룸에서 나와 앞서 걸어갔다.

"가요!"

이곳에서, 그리고 이 남자에게서 한시라도 빨리 벗어나고 싶었다. 이 짜증나고 처참한 생일 파티의 끝을 얼른 매듭짓고 싶은 마음뿐이었다. 하지만 지나쳐가는 서정의 팔을 그가 붙잡았다.

"왜요!"

"대체 여긴 누구랑 오셨던 겁니까?"

그의 질문에 순간 그녀의 눈앞이 캄캄해졌다. 이제 다 끝난 줄 알았는데, 도대체 그런 건 왜 또 물을까?

"그걸 알아야 신고를 하든 어쩌든 할 것 아닙니까?"

"시, 신고는 무슨. 옷가지 좀 훔쳐갔다고 뭘 신고까지. 그냥 일 크게 만들지 말고 얼른 집에나 가요."

서정은 얼굴이 시뻘게진 채로 말을 더듬었다. 차마 제 입으로 그걸 말 할 수는 없었다. 클럽에서 함께 놀던 보송보송한 이십대 웨이터와 찐한 밤을 즐겼더라는 그런 말을.

"휴대폰도 잃어버리셨다면서요. 그리고 대표님 카드까지. 휴대폰에 대표님 전화번호도 있을 거고, 이런저런 정보도 있을 거고, 또 아가씨 사진도 있을 텐데요. 가져간 사람이 악의를 가지고 그랬다면 아가씨가 누군지 알아내는 건 시간문제일 거 아닙니까. 일이 여기서 더 커지길 바라십니까? 그러다가 대표님한테까지 해가 되면요?"

정색을 하며 빠르게 뱉어내는 남자의 말에 서정은 순간 얼음처럼 굳어버렸다.

그런 일들까지는 미처 생각지 못했다. 명품 백에 휴대폰 같은 거야 그렇다 치지만, 돈도 되지 않을 속옷까지 전부 챙겨간 놈이라면 뒤탈이 없으리란 법도 없었다. 최 실장 이 남자, 철저하고 깔끔하게 일 처리를 잘한다는 건 알고 있었지만, 이렇게 뒷일까지 생각할 줄이야. 정말 똑 소리 나는 사람이구나 생각을 하며 서정이 그의 말에 홀린 듯 입을 열었다.

"사, 삼식이."

그녀의 대답에 기범은 눈을 감고 손으로 이마를 짚었다. 구구절절 얘기를 듣지 않아도 지난밤 이 방에서 무슨 일이 있었는지를 그도 대강 짐작할 수 있었다. 이 여자가 철없는 사고뭉치라는 것은 이미 알고 있었지만 설마 이 정도일 줄이야.

"대체 왜 그런 놈하고 어울리십니까? 이게 말이나 되는 일입니까? 한두 살 먹은 애들도 아니고, 나이를 그만큼 먹었으면 좀 생각을 하고 행동하셔야 할 것 아닙니까. 이런 곳에서 일하는 애들, 거처가 일정한 것도 아니고 또 신원도 확실하지 않다는 거 모르십니까? 나중에 문제라도 터지면 어떻게 수습을 하시려고 이러십니까? 남자를 만나고 싶으시면 비슷한 또래에 좀 제대로 된 남자를 만나야……."

서정도 처음엔 그냥 들어 넘기려고 했었다. 지은 죄도 있고, 또 잘못한 것도 아니까. 그런데 들으면 들을수록 이 남자의 잔소리는 가관도 아니었다. 가만히 듣고 있으려니 점점 도를 지나쳐 아예 엄마처럼 폭풍 잔소리를 쏟아내고 있었다. 서정의 미간에 주름이 잡히기 시작했다. 집에서 한승주 여사에게 듣는 그 소리만으로도 아주 귀에 못이 박힐 지경이거늘.

"최 실장님! 그만 안 해요? 내가 누구를 만나든 그걸 왜 최 실장님이 간섭하는 건데요? 비서실장이면 비서실장답게 회사 일이나 잘하면 되지 왜 남의 사생활까지 이러쿵저러쿵 얘기하냐고요!"

기범에게 질세라 서정도 열심히 큰소리를 쳤다. 하지만 그렇다고 금세 꼬리를 내릴 남자는 아니다.

"그렇다면 애초에 이런 일에 제 도움은 바라질 말았어야죠. 안 그렇습니까? 사람이 나이를 먹었으면 그만큼 조심을 하든지, 아니면 행동에 책임을 지든지. 제가 지금 회사 일로 여기 나와 있는 건 아니지 않습니까. 그런 이상 저한테 사생활에 간섭하지 말라는 얘기는 이치에 어긋나는 것 같습니다만."

그의 말에 서정은 말문이 막혀 버렸다. 틀린 얘기가 아니니 뭐라고 반박할 수도 없었다. 그저 짜증만 한껏 오른 채 남자를 확 밀쳐내고 방에서 나와 버렸다.

"일단 킹스 클럽 사장님께 연락 드려야겠네요. 어떤 녀석인지 신상이라도 알아봐야 할 것 같습니다."

준호에게 연락을 하겠다는 말에 서정은 가슴이 뜨끔했다. 그렇다면 분명 그 어린놈과 호텔에 든 일이 밝혀질 것이고, 또 준호에게 약점을 잡힐 것이고, 백사장의 귀에 얘기가 들어가는 것도 순식간일 테고, 앞으로는 카드도 안 줄 테고, 용돈도 끊길 테고⋯⋯.

"저기 최 실장님. 그냥 조용히 묻어 주시면 안 될까요? 준호 그 녀석이 알아버리면 곧 백사장도⋯⋯."

조금 전의 그 기세는 모두 접고, 서정은 기어 들어가는 목소리와 한껏 불쌍한 얼굴을 지어보였다. 덮어만 준다면 당장 이 복도에서 무릎을 꿇고 빌 수도 있었다.

"호텔에서도 그 카드로 결제하셨습니까? 그렇다면 대표님께서도 금방 아시게 될 텐데요."

"아, 그건⋯⋯."

뭐가 이렇게 복잡하고 끝도 없을까. 겨우 생일 하루, 조금 신나게 즐겨보려던 것이 이런 큰 파장을 불러일으킬 줄은 차마 몰랐다. 이게 다 그 백화점에서 만난 불여시 때문이라고. 그 원피스만 안 질렀으면, 아니 그 불여시가 옆에서 속만 안 긁었어도 이런 일은 일어나지 않았을 텐데. 그 일이 떠오르니 화도 나지만,

일단 터져 버린 일을 되돌릴 수 없다는 생각에 서정은 두 볼에 눈물을 뚝 떨구었다.

"아니, 뭐 그렇다고 우실 필요까진……."

여자의 눈에서 떨어지는 눈물을 보며 기범은 가슴이 뜨끔했다. 그냥 철없는 여자가 정신을 차렸으면 하는 생각에 잔소리를 좀 한 것뿐인데, 눈물까지 흘릴 줄은 정말 몰랐다.

"일단 차에 가 계십시오. 지하 3층에 있습니다."

기범이 주머니에서 자동차 키와 함께 손수건을 꺼냈다. 서정은 오리만큼 입을 내민 채 키를 건네받았다.

"빨리 오세요. 나 집에 가고 싶어, 잉."

이번엔 아예 울먹이기까지 하며 간신히 말을 이었다. 정말 죽을 만큼 집이 그리웠다. 어서 집에 가서 꽉 끼는 청바지도 좀 벗어던지고, 엉덩이 골에 끼인 그 끈도 좀 풀어버리고, 또 난리가 난 뱃속을 엄마 표 흰 쌀밥으로 채우고…… 아무튼 시급했다.

서정은 남자의 차를 찾아 뒷자리에 앉았다. 그리고는 닭똥 같은 눈물을 훌쩍이다가 기범이 건네준 손수건에 '흥' 하고 코를 풀었다. 왠지 서럽고 서글펐다. 어쩌면 태어나면서부터가 저주 받은 인생인 것인지, 어디가나 환영받지 못했다.

눈물이 겨우 말라가고 있을 즈음 기범이 나타났다. 그는 운전석에 올라 앉아 바로 차에 시동을 걸었다.

"일단 호텔에서 결제하신 금액은 취소 처리하고 제 카드로 다시 지불했습니다. 그러니 특별한 문제만 생기지 않는다면 대표님께서는 모르고 지나가실 겁니다. 카드는 백화점에서 사용하고 분실한 걸로 그렇게 보고하겠습니다."

그의 말에 서정은 말라가던 눈물이 또 핑그르르 돌았다. 잔소리를 실컷 듣기는 했지만 남자의 배려에 마음이 녹아내렸다.

자신보다 두 살 적은 나이임에도 왠지 믿음이 가는 그런 듬직함. 전에는 그저 직업과 직책에 대한 본분을 다하는 사람이라고만 생각했는데 의외의 따뜻함이 있었다.

"고마워요, 최 실장님. 제가 바로는 못 갚겠지만 그래도 오늘 저 때문에 돈 쓰신 건 꼭 갚을게요. 그리고 신세 진 것도 다 갚을게요."

또다시 울먹거리며 고마움의 뜻을 전했다. 당분간은 이 남자의 자상한 마음을 곱씹으며 그렇게 조용히 지내리라 마음먹었다.

"당연하죠. 전부 제 사비 들인 건데. 아무리 대표님 누님이시래도 공과 사는 확실히 해야 하는 겁니다. 영수증 정리해서 메일로 보내드릴 테니 꼭 갚도록 하십시오."

똑 부러지고 사무적인 남자의 발언에 서정의 눈에 맺힌 눈물이 순식간에 바짝 말라 버렸다. 따뜻함이고 자상한 마음이고 고마움이고 뭐고, 그런 건 이미 안드로메다 저 끝까지 날아가 버렸다.

세 개다. 모자라면 전화해라!

일본에서 온 바이어들 때문에 서준과 우리는 아침부터 내내 함께였다. 일을 마치고 공항 출국장으로 사라지는 바이어의 모습을 확인하고 두 사람은 뒤로 돌아섰다.

서준은 미국에서 공부를 했던 탓에 영어에는 능통했지만 일본어에는 매우 약했다. 그저 간단한 대화만 대충 알아들을 뿐 계약에 관련된 전문용어들은 알아들을 수가 없었다. 예전의 김 비서 또한 일본어에 약해 주로 통역을 쓰곤 했다. 하지만 여우리 이 여자는 실력이 꽤 수준급이었다. 그래서 결국 휴일 근무를 부탁했고, 그녀는 당연하다는 듯 받아들였다.

서준의 차가 인천공항을 빠져나왔다. 옆에 앉아 있는 우리를 그가 흘깃 쳐다보고서 입을 열었다.

"토요일인데 고생 많았습니다. 여 비서는 굳이 회사에 들어갈 필요 없으니까 집으로 가도 좋아요. 동네가 어딥니까?"

"아뇨, 괜찮습니다, 대표님. 회사로 가세요. 들어가서 오늘 사인 받은 계약서 정리하고 퇴근하도록 하겠습니다."

서준은 일을 깔끔히 마무리하려는 여자의 대답이 만족스러웠다. 또한 주말 근무에도 불구하고 싫은 내색을 하지 않는 모습도 마음에 들었다. 물론 사장이라는 사람 앞에서 대놓고 휴일 근무에 대한 불만을 표할 사람은 없지만, 어찌 됐든 마음에 없는 일은 티가 나기 마련이었다.

"그럼 이렇게 합시다. 주말인데 도와준 것도 고맙고, 또 여 비서 덕분에 계약도 무사히 잘 끝냈으니 제가 저녁을 사면 어떻겠습니까? 아직 조금 이른 시간이긴 하지만."

서준이 손목을 올려 시계를 들여다보았다.

당연히 특근 수당이 나오기는 하겠지만, 뭔가 사적인 보답을 하고 싶은 마음이었다. 계약이 이쪽 편에 꽤 유리하게 체결되었던 것도 기분이 좋았고, 또 사실 킹스 클럽에서 이 여자를 본 후로 자꾸 신경이 쓰인 탓도 있었다.

"안 그러셔도 되는데요. 어차피 제 업무에 포함된 일입니다."

그리 완강한 거절은 못되는 터라 서준은 두말없이 레스토랑으로 차를 몰았다. 고마움을 표현하는 자리이니만큼 대부분의 여자들이 좋아하는 분위기와 취향을 고려해 장소를 정했다.

그는 우리의 의견을 물어 음식을 주문했다. 그리고 웨이터가 자리를 뜨자 사인 받은 계약서를 펼치고 다시 한 번 꼼꼼하게 살피기 시작했다.

계약이 체결되기 이전에도 이미 열 번쯤은 더 확인했던 서류였다. 그럼에도 또 그걸 읽는 서준의 모습을 보고 있으려니 우리도 은근히 약이 올랐다. 괜찮다는 사람을 기껏 데려와 놓고서 혼자 있는 것처럼 행동하는 모습. 어찌 보면 남자로서는 최악의 매너일지도 모르겠다. 그런데도 이런 흐트러짐 없는 차림으로 일에 빠져 있는 남자의 모습은 왠지 밉지가 않았다. 혹시 일 중독자일까? 아니면 꼼꼼함이 도가 지나친 것인가? 그것도 아니면 저와 단둘이 앉아 있는 상황이 어색해서일지도.

그녀는 서준에게서 눈을 떼지 않고 생각했다. 지난 4개월, 이 남자가 일 외의 것에 관심을 두는 걸 본 적이 없었다. 어찌 보면 단단한 벽 안에 갇혀 있는, 건드려서는 안 될 사람 같기도 했다. 하지만 오히려 그런 모습이 그녀의 호기심을 더욱 불러 일으켰다. 여자를 돌 보듯 한다는 말에 혹해 결정한 직장이었는데도, 이 남자의 도가 지나친 무관심은 어쩐지 승부욕을 불러 일으켰다.

"여 비서 혹시 쌍둥이입니까?"

우리가 그를 쳐다보며 이런저런 생각을 하던 순간이었다. 느닷없이 날아온 질문에 그녀는 얼른 정신을 차렸다. 한참 동안이나 서류에 집중해 있던 서준은 어느새 그것을 봉투에 다시 넣고 그녀를 바라보고 있었다.

"네? 아뇨, 대표님. 남동생 하나뿐입니다."

서류를 쳐다보는 내내 서준의 눈동자는 계속 한 부분에 머물러 있었다. 얼핏 보면 계약서에 집중하고 있는 듯 보였겠지만, 머릿속에 딴생각이 가득하니 글씨 따위는 눈에 들어오지도 않았다.

오늘도 눈앞의 여 비서는 깔끔하고 단정한 정장 차림이었다. 웨이브가 살짝 진 짧은 단발머리도 지루해 보이지 않는 세련된 멋이 느껴졌다. 이런 고급 레스토랑에 앉아 있는 그 어떤 여자보다 훨씬 우아하고 도도해 보였다. 그런 우리의 모습에 또 클럽에서 보았던 한 여자의 모습이 겹쳐졌다. 정말 닮은 여자를 잘못 본 것인지 마구 헷갈리기 시작했다. 머릿속을 괴롭히는 생각에 그는 잠시 인상을 쓰다가 서류를 덮어버리고 말았던 것이다. 그리고 아직 해답을 얻지 못한 그 일을 말끔히 털어내고자 겨우 찾아낸 질문이었다.

"아, 그렇군요."

그가 고개를 끄덕였다. 역시나 그건 아니다. 그렇다면 둘 중하나, 아주 닮은 여자를 잘못 본 것이거나, 그게 아니면 정말로 이 여자가 맞는다는 얘기였다.

"퇴근 후나 주말엔 주로 뭐 합니까?"

질문을 던지면서도 서준은 속이 터질 듯 답답했다. 마음 같아서는 지난 금요일 킹스 호텔 클럽에 간 적 있느냐를 직접 물어야만 직성이 풀릴 것 같았다. 하지만 그게 또 민감한 문제에 사생활이다 보니 그럴 수가 없었다.

"어학원에 다닙니다. 가끔은 친구도 만나고, 운동도 하고요. 다른 사람들하고 별로 다를 건 없습니다, 대표님."

우리가 대답하며 얕게 웃음을 띠었다. 그 볼에 보조개가 쏙 들어가는 것이 서준의 눈을 자극했다.

아, 이 여자 보조개도 있었던가?

그 사실을 이제야 새삼 느끼며 그는 자책했다. 문 하나만을 사이에 두고 매일 얼굴을 마주치는 사이인데도, 이 여자에 대해 아는 것이라고는 한 가지도 없었다. 그러면서 멀리 2층에서 내려다본 어느 여자를 여우리라고 단정 지은 자신이 한심스러웠다.

"대표님, 저한테 이런 질문 처음이신 거 아세요?"

서준의 그런 생각을 읽기라도 하듯, 우리는 그동안 그의 무관심을 단 한마디로 일깨워주고 있었다.

"아, 그랬습니까?"

서준은 조금 미안한 마음이 들긴 했다. 원래 그렇게 무관심하고 무딘 성격은 아니었다. 이십대 초반에는 여자한테 꽤 관심도 있었고, 또 한때는 뜨거운 사랑을 했던 그런 시절도 있었다. 다만 그 여자가 떠나고 나서부터는 일 외에 별다른 흥미를 느끼지 못했을 뿐이다. 어쩌면 흥미를 못 느꼈다기보다 잊기 위해 애써 무관심한 척, 그랬던 것도 같았다.

조용한 분위기에서 식사를 마쳤다. 한 열 마디쯤 사적인 얘기가 오고 가긴 했을까? 서준은 최근 몇 년 사이 일 외에 그렇게 많은 말을 한 것은 오늘이 처음인 것 같았다.

회사로 가겠다는 우리를 말려 집 앞에 내려주고 서준은 잠시 고민했다. 사무실로 들어갈까 하다가 생각을 접고 집을 향해 운전대를 돌렸다.

"다녀왔습니다."

서준이 집안으로 들어섰다. 주방은 저녁식사 준비로 음식 냄새가 가득했다. 하지만 이미 식사를 한 터라 그리 달갑지는 않았다.

"누나는 들어왔습니까?"

마침 주방에서 나오던 승주를 보고 서준이 물었다. 생일이라며 밤새 놀겠다고 서정이 미리 선포하기는 했었지만, 지난밤 정말로 집에 들어오지 않으니 걱정이 되었다. 게다가 휴대폰도 내내 꺼진 상태여서 더욱 그랬었다.

"아까 오후에 들어와서는 방에 처박혀서 나오지도 않는다. 무슨 일이 있었는지 어쨌는지 핸드폰도 잃어버렸다고 하던데. 도대체 걔는 나이를 어디로 먹는 건지 원."

"너무 나무라진 마십시오. 그동안 집에만 있었으니 누나도 답답했을 거예요. 전 그럼 올라가겠습니다."

"옷 갈아입고 밥 먹어."

몸을 돌려 계단을 올라서는 서준에게 승주가 외쳤다. 그는 걸음을 잠시 멈추고 뒤를 돌아보았다.

"벌써 먹었습니다."

"그래? 그럼 씻고 잠깐 내려와. 할 얘기 있어."

"예, 어머니."

서준은 다시 몸을 틀며 얼굴을 찡그렸다. 아마도 또 때가 온 모양이다.

옷을 갈아입고 내려오자, 승주는 이미 소파에 자리를 잡고 앉아 있었다. 서준은 티가 나지 않도록 짧게 한숨을 쉬고 그 앞에 마주앉았다.

"다음 주 금요일이야. 시간 낼 수 있지?"

승주가 사진 한 장을 그의 앞에 내밀었다. 역시나 생각대로였다. 몇 년 동안 한 달에 한두 번씩 거의 주기적으로 발생하는 일이었으니 별로 특별한 얘기도 아니다. 다만 조금 귀찮다는 것 외에는.

"스케줄 확인해 보겠습니다."

서준이 사진을 받아들었다. 눈으로 슬쩍 훑는 척만 했지 사실 별 관심은 없었다. 사진 속의 그 여자가 예쁜지 안 예쁜지, 어느 집 딸인지, 나이가 몇인지, 그런 건 아무 상관이 없었다. 그저 약속한 시간에 스케줄을 빼고, 잠시 자리를 채우고, 또 한 달, 그렇게 선이라는 굴레에서 벗어나면 그만인 것이다.

"이번이 진짜 마지막이야. 더 이상은 들이밀 아가씨도 없어. 그러니까 이번에도 안 되면 이제 네가 알아서 해. 그 대신 알지? 올해는 어떤 일이 있어도 결혼해야 한다. 네 나이를 생각해야지. 아버지도 안 계시고, 집에 대를 이을 사람은 너밖에 없잖니. 할아버지 몸도 많이 편찮으신데 너 때문에 맘 편히 눈도 못 감으신다."

"예."

그는 고개를 꾸벅여 인사한 후, 사진을 들고 자리에서 일어섰다.

결혼이라니, 별로 내키지는 않는 일이지만 집안 상황이 상황이니만큼 또 무시할 수도 없었다.

약속했던 금요일은 빠르게 다가왔다. 서준은 킹스 호텔 커피숍으로 발을 들였다. 수십 번쯤 반복되었던 일이라 긴장감이나 기대감 같은 것은 전혀 느껴지지 않았다. 다만 올해 안에는 무조건 결혼해야 한다는 어머니의 말이 조금 부담을 안겨주었을 뿐이다.

서준은 상대가 아직 도착하지 않았음을 확인하고 빈자리를 찾아 앉았다. 6시 5분 전. 약속 시간까지는 5분 정도가 남아 있었다. 하지만 그간의 경험으로 미루어 볼 때, 대략 20분쯤은 더 기다려야 할 것이 분명했다.

시간을 잰 그는 커피를 한 잔 시켜두고 다이어리를 펼쳤다. 오늘 일로 인해 틀어진 스케줄을 다시 정리해야만 했다.

"백서준 씨 맞나요?"

정확히 시계가 6시를 가리키던 그때였다. 고개를 숙여 다이어리를 들여다보던 그의 머리 위로 가느다란 여자의 음성이 떨어졌다.

"예, 맞습니다."

서준의 입가에 희미하게 미소가 담겼다. 여자의 첫인상이 마음에 들어서는 결코 아니었다. 그 수십 번의 맞선 경험 중 약속 시간을 제대로 지켰던 여자는 다섯 손가락 안에 꼽을 수 있었다. 그리고 이 여자가 아마도 그 다섯 번째인 것 같았다. 20분의 시간을 헛되이 버리지 않게 되었다는 일종의 뿌듯함, 그게 바로 그를 웃음 짓게 만든 이유였다.

그의 밝은 표정 때문인지 처음 분위기는 그런대로 좋았다. 하지만 여자는 딱 20분 만에 자리에서 벌떡 일어섰다. 이런 질문에도 저런 질문에도 남자는 '예', '아니오'로만 대답할 뿐이니 도통 대화가 진행되지 않았다. 아무래도 여자는 그 무거운 분위기를 견딜 수가 없었던 모양이다.

"이봐요, 백서준 씨! 역시 소문에 듣던 대로네요. 난 그래도 설마했었는데. 이럴 거면 아예 나오지를 말지, 아무런 관심도 없으면서 왜 시간 버려가며 앉아 있는 건데요? 서른여섯 살이라고 했죠? 이런 식으로라면 평생 결혼하기 힘들겠네요."

마지막에는 얼굴에 정색을 하고서 이렇게 일침을 놓았다.

서준은 빠른 걸음으로 나가는 여자를 보며 헛웃음을 쳤다. 기가 막히기도 했고, 조금은 미안한 마음이 들기도 했다. 일부러 분위기를 그렇게 몰아간 것은 아니었거늘, 결과는 항상 이런 식이었다. 내가 이렇게까지 재미없고 한심한 인간이었던가 싶은 생각에 입안이 다 씁쓸했다.

그는 주머니에서 휴대폰을 꺼내 단축번호를 눌렀다. 두 번의 신호음이 들리고, 곧 준호의 목소리가 흘러나왔다.

[초저녁에 웬일이냐?]

"술이나 한잔하자."

이상하게도 오늘따라 술 생각이 간절했다. 아직 이른 시각이긴 하지만, 몇 걸음이면 만날 수 있는 곳에 있으니 약속도 쉽게 잡을 수 있을 터였다.

[그래, 몇 시에 올래?]

"나 지금 14층에 있다."

[짜식, 또 선 봤냐?]

전화기 너머로 준호의 웃음소리가 크게 들려왔다. 눈으로 보진 않았어도 그 상황이 충분히 그려지는 모양이다.

"내려가서 얘기하자."

서준은 전화를 끊고 몸을 일으켰다. 테이블 위에 여자가 남긴 음료가 눈에 들어왔다. 순간 그 여자가 남긴 말이 또 머릿속에 떠오르고, 준호의 웃음소리가 그에 동조하고 있는 것 같아 기분이 영 좋지 않았다. 아직 결혼 생각은 없음에도, 절대 결혼하기 힘들겠다는 말은 어쩐지 저주 같기도 했다.

이른 시각이라 클럽 안은 조용했다. 준호는 이미 룸 안에 자리를 잡고 앉아 있었다. 서준이 안에 들어서자 그는 손목시계를 들여다보며 또 한바탕 큰 소리로 웃기 시작했다.

"설마 오늘은 20분 만에 차인 거냐?"

"차이긴!"

준호의 말에 서준은 평소답지 않게 발끈했다. 선이야 뭐 어떻게 되든 말든 대수롭지 않게 생각했었거늘, 오늘은 왠지 달랐다. 그게 당장 올해 안에 결혼하라는 집안의 압박 때문인 건지, 아니면 선 본 여자의 저주 섞인 말 때문인지는 알 수는 없었다.

웨이터가 술과 안주를 들고 룸 안으로 들어오자 서준이 바로 술병을 받아 뚜껑을 열었다.

"워워, 너 오늘 왜 이러냐? 어째 좀 불안하다."

"내일은 일도 없으니 나도 좀 맘 놓고 마셔보자."

서준이 준호와 제 잔에 술을 가득 따라 들었다. 챙 하고 가볍게 잔이 부딪히는 소리와 함께 독한 술이 목구멍으로 꿀꺽 넘어갔다. 저녁도 먹지 않은 빈속이라 목부터 가슴까지 찌릿찌릿한 기운에 두 남자는 인상을 썼다.

"안주라도 좀 먹고 시작하자. 속 버린다."

준호의 걱정스러운 말도 별로 귀에 들어오지 않았다. 서준은 세 잔의 술을 연거푸 들이부었다.

"천천히 마셔라. 너 진짜 무슨 일이라도 있었던 거냐?"

세 개다. 모자라면 전화해라! 63

"일은 무슨."

선을 한두 번 보았던 것도 아니요, 준호의 말처럼 차인 것도 처음은 아니다. 그럼에도 오늘따라 기분이 왜 이렇게 가라앉는 것인지는 알 수가 없었다.

급하게 마신 술은 금세 취기가 오르고, 두 사람은 속도를 점점 늦추었다. 어느새 시간이 꽤 흘렀는지 클럽 안은 정신이 없었다. 방음이 잘 되어 있는 방인데도 쿵쿵거리는 소리가 조금씩 새어 들어올 정도였다.

"네, 김준호입니다."

준호는 주머니에서 진동을 울리는 휴대폰을 꺼내 받았다. 아마도 사업상의 이야기인 듯 매출이 어쩌니 저쩌니 읊어대던 그는 서준을 향해 기다리라는 손짓을 하고는 밖으로 사라졌다.

혼자서 10여 분을 몇 잔의 술로 달래고 앉아 있다가, 그는 답답한 마음에 문을 열고 룸을 나섰다. 금요일 밤답게 클럽 안은 열기로 가득 차 있었다.

서준은 2층 난간에 팔을 기대고서 아래를 내려다보았다. 그리고 순간 눈에 들어온 한 여자의 모습에 그의 눈이 커다래졌다.

어깨끈만 가느다랗게 매달려 있는 검정색의 원피스에 짧은 단발머리, 그리고 날씬한 몸매가 서준의 눈길을 강렬히 붙잡았다.

여자가 리듬에 맞춰 몸을 흔들자 주변을 에워싼 남자들이 환호하기 시작했다. 그리고 그 환호에 호응이라도 하듯 시간이 지날수록 여자의 움직임은 점차 격렬해지고 있었다. 그녀의 주변에 있던 남자들이 하나둘 그녀에게 붙어서기 시작했다.

위에서 내려다보고 있으니 그녀의 주변 빈 공간은 어느새 사라지고, 여자는 수많은 남자들에게 둘러싸인 채 그 좁은 틈에서 몸을 꿈틀거리는 형상이었다. 웬 남자 하나가 그녀의 뒤에 바짝 들러붙었다. 그 순간 서준의 미간이 잔뜩 일그러지며 눈썹이 움찔거렸다.

왠지 모르게 몰려드는 불쾌함. 무엇 때문인지는 알 수 없다. 하지만 속이 부글부글 끓는다는 느낌만큼은 분명했다.

웨이터 한 명이 마침 그의 옆을 지나가고 있었다. 서준은 웨이터의 팔을 붙잡았다. 그러고는 바지 주머니에서 지갑을 꺼내 수표 한 장을 빼들었다. 그것을 본 웨이터의 눈이 휘둥그레지며 그의 앞에 고개를 조아렸다.

"저기 보이지?"

그의 손가락이 가리킨 곳은 1층 스테이지, 그곳의 많은 사람 중에서도 유난히 눈에 띄는 한 여자였다. 웨이터의 눈길이 서준의 긴 손가락을 따라 움직였다.

"넵!"

"책임지고 룸으로 데려오도록."

"엡! 충성!"

웨이터 너구리. 그는 십만 원 권 수표 한 장에 충성을 맹세하며 거수경례까지 붙이고 부리나케 사라졌다.

서준은 잠시 아래층을 내려다보다가, 조금 전의 그 웨이터가 여자의 옆에 다가가는 것을 보며 돌아섰다. 그리고 다시 룸으로 몸을 들였다. 그는 소파에 깊게 몸을 묻으며 긴 다리를 꼬았다. 피로함에 따끔거리는 눈을 꼭 감고 손으로 눈두덩을 눌렀다.

지금 뭘 확인하려는 거지? 만약 저 여자가 정말 여우리가 맞는

다면 무슨 말을 해야 하는 걸까? 만일 그녀가 아니라면, 그땐 어떻게 해야 하지?

제가 저지른 일이기는 하지만 왜 그랬는지는 알 수가 없었다. 어찌해야 할지, 무슨 말을 해야 할지도 모르겠다. 더군다나 이번 일로 괜히 여우리와의 관계가 어색해지기라도 한다면 일하는 데에 있어서도 불편을 겪을지도 모를 일이다.

서준은 깊은 숨을 한 번 내쉬고서 자리에서 벌떡 일어섰다. 지금이라도 그냥 묻어버리면 그뿐이었다.

"충성!"

하지만 때는 이미 늦은 후였다. 조금 전의 그 너구리가 어느새 룸의 문을 열고 들어와 다시 거수경례를 붙였다. 그리고 그의 뒤에는 1층에서 춤을 추던 여자가 나른하게 문에 기대어 서 있었다.

"모셔왔습니다. 즐거운 시간 보내십쇼!"

웨이터는 웃음을 가득 담은 얼굴로 사라지고, 문 앞에는 여자만 혼자 남겨졌다. 그녀와 눈이 마주치자 서준의 가슴이 두근거리기 시작했다. 늘 도도하고 우아해 보이는 여자 여우리, 틀림없는 그녀였다.

그는 일으켰던 몸을 어쩔까 생각하다가 다시 자리에 앉았다. 이미 늦어버렸으니 오해를 불러일으키지 않도록 최대한 적절한 말을 고르는 수밖에 없었다. 그는 까칠한 턱을 쓰다듬으며 잠시 고민하다가 입을 열었다.

"여……."

"어! 우리 사장 아저씨랑 꼭 닮았네."

남자가 채 입을 열기도 전에 그녀의 입에서 불쑥 먼저 튀어나온 말이었다. 술을 꽤 많이 마신 상태였는지 그녀는 몸을 제대로 가누지도 못하고, 또한 발음도 약간 정확치 않았다. 여자는 손가락으로 서준을 가리키며 실실 웃고 있었다.

"아저씨, 우리 사장 아저씨랑 완전 닮았어요. 똑같아."

기가 막힌 서준이 뭐라 대답을 찾지도 못한 사이, 우리가 비틀거리며 그의 옆에 다가와 앉았다. 그리고는 얼굴을 들이밀며 잔뜩 풀린 눈을 그와 마주했다.

"아저씨 되게 잘생겼다."

여자는 점점 더 가관이었다. 이 여자가 여우리라니. 서준으로서는 기가 막힌 일이 아닐 수 없었다. 평소 우아하고 도도했던 여자에게서 이런 모습은 정말 상상할 수도 없는 일인 것을.

"사장이…… 잘생겼나 보지?"

하지만 놀란 마음과는 다르게 그의 입에서 엉뚱한 말이 튀어나왔다.

"머 생긴 거야 좀 생겼죠. 근데 완전 아저씨 같거든요. 말도 안 하고, 고리타분해."

여자는 취한 몸을 간신히 가누며 고개를 절레절레 흔들었다. 하지만 서준은 그런 여자의 대답이 어이가 없을뿐더러 기분까지 살짝 언짢아졌다.

아저씨? 내가 그렇게 아저씨 같아? 고리타분해?

그의 손이 또다시 턱을 슬슬 문질렀다. 이 난감하고 어이없는 상황을 어찌 해야 할지 대책이 서지 않았다. 하지만 이런 자리에서 자신이 백서준임을 밝혀봐야 서로 좋을 게 없다는 생각이 그의 머릿속을 가득 채웠다. 어쩌면 술기운 때문인지, 이 여자의 속마음을 한 번 들어볼까 싶은 생각도 있었다.

"어떤 점이 그렇게 고리타분합니까?"

"음, 글쎄요. 뭐 일벌레 같기도 하고, 또 너무 반듯하고, 바르고……."

여자는 잠시 허공을 바라보며 머릿속에 그의 모습을 떠올리는 것 같았다. 그리고 곧 대답이 흘러나왔다.

서준은 억울했다. 물론 일벌레인 건 맞지만, 그야 먹여 살려야 할 입이 한둘이 아니니 어쩔 수 없는 일이다. 명진의 직원들만 해도 삼백여 명, 거기에 그 직원들에게 딸린 가족들까지 합한다면 그 숫자가 대체 얼마인가. 그러니 일에서 절대 손을 놓을 수 없는 처지였다. 게다가 반듯하고 바른 게 뭐가 어때서? 그거야 흠이 될 수 없는 것 아닌가?

"반듯하고 바른 건 좋은 거 아닌가?"

"에이, 아저씨. 그것도 적당해야 좋은 거죠. 너어무 그러면 지루해요. 재미없어."

여자는 다리를 서준의 방향으로 꼬았다. 그리고 한 손으로 턱을 괸 채 그의 얼굴 가까이에 마주했다. 가느다란 어깨끈이 잡고 있는 천 쪼가리는 그녀의 볼륨 있는 몸을 온전히 가리기에는 많이 부족해 보였다. 가슴께를 덮고 있는 천 사이로 동그란 가슴골이 살짝 드러났다. 꼬고 있는 다리도 최소한의 부위만 가려진 채로 스커트 단 아래로 길게 뻗어 그의 눈길을 끌었다. 생각보다 더욱 하얀 살결에 남자의 심장이 평소보다 빠르게 질주하기 시작했다.

"어느 정도가 적당한 겁니까?"

"글쎄요. 음, 가끔은요 선을 살짝 넘을 줄 아는 그런 남자? 그게 좀 매력 있지 않아요?"

"구체적으로 어떻게?"

"아저씨 귀엽다. 궁금해요?"

여자가 피식 웃으며 묻자 서준이 고개를 끄덕였다. 이상하게도 정말 그게 궁금했다. 이 여자가 매력을 느끼는 남자라면 어느 정도의 선을 넘어야 하는 것인지. 어떻게 해야 고리타분하지도 않은 것인지. 어떤 행동들이 여우리의 마음을 끌 수 있는 것인지.

"예를 들면, 처음 만난 사이라도…… 끌리면 표현해 주는 거?"

여자가 웃음기를 거두고 느린 말투로 대답했다. 그리고 그 대답과 함께 천천히 얼굴이 다가왔다. 두 입술이 맞닿으며 스르륵 눈이 감겼다. 여자의 촉촉한 입술 사이로 서준의 입술이 살짝 빨려 들어갔다. 그녀의 혀가 그의 입술을 천천히 쓸어 올렸다. 굳게 다물어져 있던 남자의 입술이 열리자, 여자의 부드러운 혀가 안으로 미끄러져 들어왔다. 그의 입안에서 수줍게 움직이던 혀가 남자의 혀와 만나고, 순간 주체할 수 없는 흥분이 몰려왔다. 우리가 그의 목에 팔을 감아 끌어당겼다. 거친 숨이 만나 섞이고, 혀가 깊게 얽히며 서로의 입안을 헤집었다. 서준의 손이 여자의 하얀 허벅지 위로 슬며시 내려앉았다.

그렇게 한참 깊은 키스가 이어졌다. 서준은 지금 누구와 무엇을 하고 있는지, 그런 자각도 하지 못하고 키스에 열중했다. 흥분은 점점 깊어지고, 여자의 허벅지에 올라선 손에는 절로 힘이 들어갔다. 하지만 그 순간, 그의 목에 감겨 있던 우리의 팔이 힘을 잃고 툭 떨어졌다.

서준은 숨을 거칠게 몰아쉬며 입술을 떼었다. 그리고 눈을 떠서 우리를 바라보았다. 그녀는 여전히 눈을 감고 있었다. 그러고는 머리를 그의 품안으로 떨구었다.

"여우리 씨?"

얼떨결에 그녀의 이름을 불렀다. 하지만 여자는 아무런 대답도 없이 숨소리만 쌔근쌔근, 그의 품안에서 작은 숨을 뱉어내고 있었다.

"하!"

기가 막힌 서준이 헛웃음을 쳤다. 키스하다가 잠든 여자라니. 여태 이런 일은 겪어본 적도, 또 들어본 적도 없었다.

"여우리 씨? 여 비서!"

여자의 팔을 잡아 살짝 흔들었다. 하지만 역시나, 이미 깊게 잠이 든 것 같았다.

평화롭게 잠든 얼굴을 내려다보며 그는 몰려오는 절망감에 빠득 이를 갈았다. 대체 얼마나 고리타분하면, 얼마나 매력이 없으면, 키스하다 말고 잠이 들어버린 것일까. 이 여자에게 나란 남자는 겨우 이런 존재였나. 둘이 어떤 특별한 관계는 아니었지만, 그래도 지난번에 이 클럽에서 여우리를 본 이후로 머릿속에 내내 이 여자가 판을 치고 있었거늘. 그 모든 시간들이 전부 헛헛하게 느껴졌다. 서준은 여자를 한 팔로 감싸 안고, 다른 손을 들어 얼굴에 마른세수를 했다. 급하게 마신 술이 이제야 온몸에 돌고 있는 것 같았다.

그는 여자의 얼굴을 내려다보았다. 조금 전까지 제 입술을 빨아들이던 붉은 입술이 반짝였다. 그 입술을 보고 있으려니 꼭 그 녀가 다시 유혹해 오고 있는 것만 같았다. 심장이 두근두근, 주체할 수 없을 만큼 마음이 일렁였다. 생각 같아서는 이 입술을 한 번 더 깊게 삼키고 싶지만, 한 가닥 이성이 그 사이를 가로막았다.

이 대책 없는 여자를 어떻게 해야 할까. 집으로 데려다 줘야 하나, 아니면 깨워야 하나. 하지만 둘 다 별로 좋은 생각은 아닌 것 같았다. 잠에서 깨고 나면 그가 서준임을 알아차릴 것이 분명했다. 그리고 키스한 것을 떠올린다면 서로 얼마나 민망한 일인가. 혹여 집에 데려다 준다 해도 중간에 잠에서 깨면 같은 일이 벌어질 것은 빤한 일. 우리가 정신을 차리기 이전에 최대한 빨리 수습하는 것이 최선의 방법이었다.

서준은 손을 뻗어 테이블 위의 휴대폰을 집어 올렸다. 신호음이 가고, 곧이어 준호의 목소리가 들려왔다.

"일은 끝났냐?"

[그래, 미안하다. 지금 곧 간다.]

간단한 대답과 함께 준호는 전화를 끊을 기세였다. 마음이 다급해진 서준이 재빨리 그의 이름을 불렀다.

"준호야! 부탁할 일이 하나 있는데."

[부탁? 뭔데?]

"룸 하나만 잡아줄래? 내가 지금 로비까지 갈 상황이 아니라서."

[오! 한 건 했냐?]

"그런 거 아니다. 룸 잡아 놓고 호수 알려줘."

준호의 장난스런 물음을 한마디로 일축하고 서준은 전화를 끊었다. 그리고 다시 팔에 안긴 여자의 얼굴을 들여다보았다.

〈708호로 올라와라. 방 앞에서 기다린다.〉

잠시 후 준호가 보낸 문자가 도착했다. 서준은 메시지를 확인한 후, 휴대폰을 주머니에 넣었다. 그리고 잠이 들어 축 처진 여자를 두 팔로 안아 올렸다.

7층에 엘리베이터가 멈추고 그가 몸을 내렸다. 복도를 몇 걸음 걸으니 곧 준호가 손에 카드키를 들고 얼굴을 빙글거리며 서 있는 모습이 눈에 들어왔다. 그는 방문을 열어두고서 서준이 안고 있는 여자의 얼굴을 흘낏 쳐다보았다.

"어! 붉은여우네?"

"뭐? 너 이 여자 알아?"

"알다 뿐이냐. 우리 클럽에서 이 여자 모르면 간첩이지."

서준의 눈썹이 다시 움찔거렸다. 준호가 알고 있다는 것만으로도 왠지 마음이 상하건만, 그의 입에서 나온 대답은 심히 마음에 들지 않았다. 게다가 그가 부른 '붉은여우'라는 호칭도 은근히 거슬렸다.

"이름도 알아?"

"내가 이름을 어떻게 알아. 누가 이런 데서 이름 대고 논다고. 그냥 불금에 나타나는 여우라고 애들이 불금여우, 불금여우 하더니 어느새 붉은여우라고 부르더라고. 어쨌든 백서준 횡재했네? 방 값은 내 선물이다. 뜨거운 밤 보내셔."

준호가 주머니를 뒤적이더니, 네모난 포일에 쌓인 무언가를 집어 서준의 주머니 속에 쏙 집어넣었다. 그리고 배시시 웃었다.

"그런 거 아니라니까!"

물건의 정체가 무엇인지는 충분히 짐작할 수 있었다. 서준은 발끈하며 성질을 부렸다. 하지만 준호는 여전히 빙글거리는 얼굴을 거두지 않고서 그를 지나쳐 엘리베이터를 향했다. 그렇게 몇 걸음을 걷더니 다시 휙 몸을 돌리며 두 손을 동그랗게 모아 스피커처럼 입에 대고 외쳤다.

"세 개다. 모자라면 전화해라!"

준호의 그림자가 사라지고, 서준은 룸 안으로 들어섰다. 여자는 아직도 쌔근쌔근 숨소리를 흘리며 깊게 잠들어 있었다. 발로 문을 조심스럽게 밀어 닫고, 눈에 보이는 침대를 향해 성큼성큼 걸었다. 마른 몸이라 그런지 꽤 오래 안고 있었음에도 별로 무겁게 느껴지지 않았다.

그는 침대 앞에서 발을 멈추고 허리를 숙여 우리를 조심스레 내려놓았다. 여자의 목 아래 끼인 팔을 빼내려는 순간 그녀가 몸을 틀며 그의 앞으로 더 가까이 다가왔다. 얼굴이 바로 앞에 마주했다. 코끝이 닿을락 말락, 여자가 쏟아내는 숨이 그의 입가에 부딪혔다.

얼굴이 화끈화끈 달아올랐다. 서준은 숨을 참으며 그녀가 깨지 않도록 살살 팔을 빼려고 했다. 하지만 그런 그의 마음을 아는지 모르는지, 잠든 여자의 한쪽 팔이 그의 어깨 위로 덥석 올라섰다. 순간 남자의 심장이 바닥으로 툭 떨어지는 것 같았다. 그는 분명 얌전히 침대 위에 눕혀 놓고 가려는 생각인데도, 마치 큰 죄를 짓고 있는 것처럼 마음이 불안했다.

혹시 꿈이라도 꾸는 것일까? 우리는 얼굴에 행복한 미소를 짓고 있었다. 그리고 서준의 어깨 위로 둘러진 팔에 힘이 들어가며 그의 목을 가까이 끌어당겼다.

난처하고 난감했다. 그는 침대 위로 상체만을 기울인 채 여자에게 목이 잡혀 있는 상황이었다. 긴 다리를 반쯤 접고 허리를 휘고 있으니 자세도 꽤나 불편했다. 거기에 맞닿아 있는 코끝이 그를 더욱 힘들게 만들었다.

서준은 침대 위로 다리를 조심조심 올렸다. 한쪽 팔을 여자가 베고 있는 탓에 그 움직임이 수월하지는 않았다. 그는 침대가 흔들리지 않도록 천천히 위로 올라갔다. 그렇게 가까스로 몸을 펴서 자세를 잡고나자, 그녀와 마주보며 나란히 누워 있는 모양새가 되었다.

조금 전의 그 붉은 입술이 살짝 내밀어진 채 그의 눈앞에서 달싹거렸다. 그녀의 입술을 코앞에 두고 있으려니, 술기운에 피가 거꾸로 돌고 있는 것 같았다. 여자의 향긋한 숨결이 얼굴에 닿을수록 몸에 점점 열이 올랐다. 결국 서준은 감정을 억제하지 못하고 입을 벌려 여자의 붉은 입술을 담았다. 눈을 감고 두어 차례, 따뜻한 입술을 부드럽게 빨아들였다.

"으음……."

잠결에 이상한 기척을 느낀 것인지, 우리가 낮게 신음을 흘리며 몸을 뒤척였다. 순간 서준은 깜짝 놀라 얼른 입술을 떼었다. 무언가를 몰래 훔쳐 먹는 듯한 기분. 이렇게 소심한 성격은 아니거늘, 여우리라는 이 여자 때문인지, 아니면 입술을 도둑질하고 있는 이 상황 때문인지, 놀란 가슴은 쉽게 진정되지 않았다.

서준은 제 목을 감싼 여자의 팔을 조심스레 잡아 내렸다. 그리고 팔을 빼내는 동시에 그녀의 머리 밑으로 베개를 끼워 넣었다.

천천히 침대에서 몸을 일으켰다. 두근거리는 가슴을 긴 호흡으로 진정시키고, 자리에 서서 여자를 내려다보았다. 하얀 다리 끝에 굽이 뾰족한 힐이 아직 걸려 있었다. 그는 조심조심 구두를 벗겨내고, 이불을 끌어 우리의 몸 위로 덮어주었다.

그렇게 5분쯤을 서 있었다. 그녀가 깨기 전에 방을 나서야 했음에도 다리가 왠지 움직여지지 않았다. 그는 문 앞에 서서 다시 한 번 뒤를 돌아보았다. 우리는 여전히 꼼짝도 하지 않은 채로 곤히 잠들어 있었다. 서준은 깊은 숨으로 아쉬운 마음을 접고 방을 나섰다.

그는 문을 닫고서 휴대폰을 꺼내들었다. 통화버튼을 길게 누르자, 두 번의 신호음 후에 준호의 목소리가 들려왔다.

[설마 세 개를 벌써 다 쓴 거냐?]

"김준호, 네가 죽고 싶구나. 됐고! 나 집으로 가니까 그 여자 가방이나 잘 챙겨둬라. 나중에 찾으러 가겠지."

[어쩐지, 백서준이 안 하던 짓을 하기에 웬일인······.]

준호의 말이 채 끝나기도 전에 서준은 전화를 끊어버렸다. 별로 듣고 있을 만한 가치도 없는 얘기였다. 원나잇을 즐기는 그런 인물도 아니고, 또 그렇게 가벼이 행동을 해본 적도 없었다. 더군다나 최근 몇 년 동안은 여자에게 관심을 둔 적도 없다. 적어도 몇 시간 전, 이 클럽에서 여우리 저 여자를 만나기 이전까지는 말이다.

술을 마신 탓에 대리운전을 부르고, 그는 뒷좌석에 앉아 눈을 감았다. 시트에 몸을 깊게 묻고 있으려니 머릿속에 또 부드러운 입술의 감촉이 생생히 떠올랐다.

"머 생긴 거야 좀 생겼죠. 근데 완전 아저씨 같거든요. 말도 안 하고, 고리타분해."

우리가 술김에 했던 말들이 그의 귓가를 계속 자극했다. 그 고리타분하다는 말이 다시 들려오는 것 같아 서준은 미간을 잔뜩 찡그렸다.

"지루해요, 재미없어."

여자의 목소리는 그칠 줄을 몰랐다. 그는 오른손을 들어 머리를 신경질적으로 헤집었다.

집에 도착한 서준은 조용히 현관문을 열었다. 거실에 올라서자 어머니 승주가 소파에 앉아 있는 모습이 눈에 들어왔다. 선을 본 날이면 어김없이 치러야 할 일이 하나 더 남아 있다는 것을 깜빡 잊고 있었다.

"아직 안 주무셨습니까?"

"술 마셨니?"

"예, 조금."

"이리 와서 앉아봐라. 얘기 좀 하자."

서준은 2층 계단으로 향하던 발을 돌려 어머니의 맞은편에 자리를 잡고 앉았다. 과음을 한 탓에 얼른 자리에 눕고 싶었지만, 지금까지의 경험으로 비추어볼 때 분명 불가능한 일이었다. 오늘 같이 선을 보고 들어온 날이면 통과의례처럼 거쳐야 하는 일이 있었다. '상대는 어떻더냐'에서부터 '너는 누굴 닮아 이 모양이냐'까지. 최소한 10여 분은 어머니의 잔소리를 듣고 나서야 비로소 쉴 수 있는 권한이 생기곤 했다.

"그 아가씨 어디가, 어떤 점이 마음에 안 들었니?"

"예?"

그런데 평소와는 조금 달랐다. 어머니는 길고긴 잔소리를 늘어놓지 않고, 싸늘한 말투로 그에게 묻고 있었다. 하지만 이미 그 여자는 머리에서 싹 사라졌고, 다른 여자의 생각만 잔뜩 채워져 있는 상태였다. 그 여자의 얼굴이 어떻게 생겼는지, 또 어떤 대화를 했는지도 생각이 나지 않으니 대답할 수가 없었다.

"아, 그게……."

그는 얼른 입을 열지 못하고 얼버무렸다. 그러자 승주는 길고 긴 한숨을 토해냈다.

"너 설마, 아직도 하영이 그 애 때문이니?"

어머니의 말에 서준은 반쯤 숙이고 있던 고개를 번쩍 쳐들었다. 한동안 잊고 있던 그 이름이 또다시 나올 줄은 생각지 못하고 있었다. 심장이 거칠게 뛰기 시작했다.

"그런 거 아닙니다! 저 좀 올라가서 쉬겠습니다. 내일은 깨우지 마십시오."

서준이 단호하게 외쳤다. 벌써 5년은 지난 일인데도 그 이름을 듣는 것은 쉽지가 않았다.

자리에서 벌떡 일어서서 큰 걸음으로 사라지는 그의 뒷모습을 보며 승주는 한숨을 길게 내쉬었다.

방에 들어선 서준은 양복 재킷을 벗고 넥타이를 거친 손놀림으로 풀어 내렸다. 그 하영이라는 이름에 머리가 터질 듯 두통이 몰려왔다. 두 손으로 머리를 지압하듯 누르며 침대 위로 벌렁 몸을 뉘었다.

언제쯤이면 그 여자의 이름에도 무뎌질 수 있을까. 또 언제쯤이면 그 얼굴도 잊어버릴 수 있을까. 일 외에는 무신경해지도록 그렇게 애를 쓰는데도 그 이름만큼은 쉽지가 않았다.

타는 듯한 갈증에 눈을 뜨고 보니 열 시가 훌쩍 지나 있었다. 간밤엔 옷도 벗지 않은 채 와이셔츠에 양복바지를 입은 그대로 잠들었던 모양이다.

서준은 부스스한 얼굴로 침대에서 일어나 간편한 옷으로 갈아입었다.

1층으로 내려와 주방으로 곧장 들어갔다. 타는 속을 달래려 차가운 물을 따라 마시고 보니, 콩나물국 냄새가 진하게 풍겨왔다. 아마도 과음한 아들을 위한 배려인 것 같았다. 서준은 냄비를 열고 대접에 국을 한가득 떠서 식탁에 앉았다. 아침 식사 시간은 한참 전에 지났으니 누군가와 함께 먹는 것을 기대할 수는 없는 일이라 어쩔 수 없이 혼자 수저를 들었다.

"웬일이니, 혼자?"

아주 적절한 그 타이밍에 구원의 목소리가 등 뒤에서 들려왔다. 서정이 후드 티 주머니에 손을 꽂고 주방으로 들어섰다. 그녀는 냉장고를 열어 주스를 꺼내 따르고 서준의 맞은편에 앉았다. 생일 이후로는 한동안 방에서 나오지 않았으니 꽤 오랜만의 행차였다.

"너 어제도 딱지맞았다며?"

턱을 괴고 앉은 서정은 빈정거리는 말투로 그에게 물었다. 국을 떠서 입으로 가져가던 그가 눈을 치켜 올렸다.

"카드값 이백 넘었던데?"

서정의 생일에 선물 대신 주었던 한도 없는 신용카드. 이백 이상은 안 된다며 못을 박아 두었었는데, 막상 청구서는 그 금액을 넘어 있었다. 그래도 그냥 모른 척하려고 했던 일이다. 하지만 선본 일을 들먹인다면 그도 가만히 있을 수가 없었다. 더는 말을 꺼내지 못하도록 이런 종류의 대화를 유도할 수밖에.

"치사하게, 겨우 이십만 원 더 쓴 거 가지고. 나 일어날까?"

그의 말에 금방 샐쭉해진 서정이 엉덩이를 들썩였다. 오늘도 그녀는 혼자 밥 먹기를 죽기보다 싫어하는 동생의 약점을 가지고 흥정을 하고 있었다. 서준은 미간을 찌푸렸다. 정신을 바짝 차리지 않으면 또 누나에게 말려들 것이 빤했다.

"백사장아, 근데 너 어제 준호랑 술 마셨어?"

"어, 왜?"

"저기 혹시…… 준호가 아무 말 안 해?"

서정은 그의 눈을 똑바로 마주치지 못하고 물었다. 두 손으로 컵을 만지작거리며 슬쩍 눈치를 보는 모습이 무언가 사고를 친 게 분명했다.

"왜, 혹시 준호네 클럽 갔어? 또 공짜 술 마시고 온 거야?"

그의 추측에 서정이 흠칫 놀라는 것 같았다.

전에도 몇 번 있던 일이라 준호의 이야기가 나온다면 그것부터 의심스럽기는 했다. 아무리 친한 친구라지만 그래도 지켜야 할 예의가 있는 법이다. 그래서 준호의 클럽에서 술을 마시더라도 두세 차례에 한 번씩은 그가 술값을 계산하고는 했다. 물론 한사코 거절하는 녀석이지만.

"며칠 동안 방에서 나오지도 않더니, 분명 무슨 일이 있긴 있었나 보네. 뭐야, 빨리 말해."

"일은 무슨! 그런 거 없거든. 다 먹었으면 나 일어난다. 짜식이 안쓰러워서 앉아 있어줬더니 남의 호의를 무시해도 유분수지."

"휴대폰 잃어버렸다며. 사러 갈래?"

벌떡 일어서서 나가려는 서정을 그가 붙잡았다. 한동안 일이 바빠 신경을 써주지 못한 것이 미안하기도 했고, 또 풀이 죽어 있는 모습도 안쓰러웠다.

"사…… 주려고?"

"준비해. 나가자."

"우헤헤, 우리 사랑하는 백사장아, 귀여운 백사장아."

서정이 주방으로 다시 냉큼 달려왔다. 그리고 아직 식탁에 앉아 있는 그의 두 볼을 냅다 잡아 양쪽으로 늘렸다.

"아, 쫌. 이런 거 좀 하지 말라고!"

그는 볼이 잡혀 인상을 잔뜩 쓰며 서정의 팔을 붙잡았다. 하지만 서정은 마냥 신이 나는지, 동생의 표정은 아랑곳하지 않고 행동도 멈출 줄을 몰랐다.

휴대폰을 구입하고도 볼일이 남았는지, 서준의 차가 멈춘 곳은 집이 아닌 커다란 건물이었다. 서정은 한 손에 최신형 스마트폰을 들고 화면을 터치하느라, 내리라는 그의 말이 떨어질 때까지 차가 멈춘 줄도 모르고 있었다.

"여긴 왜?"

서정은 그제야 휴대폰 화면을 끄고 고개를 올려 창밖을 쳐다보았다. 지하 주차장에 빼곡하게 들어찬 차들을 보고 서준을 향해 눈길을 돌렸다.

"집에만 있기 답답하지 않아? 운동이라도 몇 달 끊어줄게."

"정말? 그럼 백사장아, 운동 말고 마사지 숍 끊어주면 안 돼?"

서정은 눈을 과하게 깜빡이며 그의 가까이 얼굴을 들이밀었다. 사실 이런 애교야 이십대에나 먹힐 일이지 나이 마흔에는 오히려 역효과를 불러올 텐데. 자신의 누나인 이 여자는 아직 그걸 깨닫지 못한 것 같았다.

서준이 손을 들어 누나의 얼굴을 밀어냈다. 이래서야 안쓰러운 마음에 해주려 했던 것도 하기가 싫어질 지경이다.

"쓸데없는 데다 돈 버리지 말고 몸 생각해서 운동해."

"쳇! 여자한테 피부는 생명이다, 뭐."

서정은 입을 오리만큼 내밀었다. 하지만 돈을 낼 사람이 서준인 만큼 칼자루도 그가 쥐고 있으니 따를 수밖에 없었다.

두 사람이 건물 안에 위치한 대형 헬스클럽에 발을 들였다. 서준이 서정 대신 회원카드를 작성하는 동안 그녀는 안을 유심히 살폈다.

"트레이너 선생님은 어느 분으로 하실 건가요?"

접수를 받던 여직원의 질문에 안을 들여다보던 서정이 냅다 손가락으로 어딘가를 가리켰다. 서정의 손가락이 향한 방향으로 서준과 여자의 눈이 동시에 옮겨졌다.

"저 사람이요!"

서준의 입에서 '풋!' 하는 웃음소리가 새어나왔다. 누가 보더라도 얼굴만 가지고 고른 티가 역력했기 때문이다.

"아, 근데 정 선생님은 지금 가능한 타임이 6시뿐이신데요."

"저녁 6시요?"

"아뇨, 새벽이요. 워낙 인기가 좋으셔서요."

아마도 보는 눈은 크게 다르지 않은 것 같았다. 특히 여자들? 아니, 아줌마들이라면 더더욱. 지금만 해도 그 남자 주변에는 몇몇 여사님들이 달라붙어 은근슬쩍 눈웃음을 치고 있으니 말이다.

"누나가 그 시간에 일어날 수 있겠어? 하루 이틀 하고 말 거면 아예 시작하지 말든지."

"왜! 할 수 있어! 6시에 일어나는 게 뭐가 그렇게 어렵다고? 할 거야, 한다고!"

서정은 그렇게 고집을 피워 접수를 마쳤다. 그리고 다시 한 번 헬스장 안을 들여다보며 흐뭇한 미소를 지었다.

서준은 아침 출근 준비로 한창 분주했다. 넥타이를 골라 매고 머리를 매만졌다. 그리고 거울에 얼굴을 이리저리 비추며 인상을 썼다.

정말 아저씨 같아 보이나? 주말 내내 머릿속을 괴롭히던 여우리의 목소리를 좀처럼 무시할 수가 없었다. 진회색의 양복이 너무 무거워 보이는 탓인지, 아니면 서른여섯이라는 그 나이 때문인 것인지, 좀처럼 답을 낼 수가 없었다. 평소 옷을 못 입는다는 소리를 듣는 편은 아니지만, 아무래도 위치가 위치이다 보니 나이에 비해 점잖고 무거워 보이는 것은 어쩔 수가 없는 모양이다. 그는 한숨을 훅 내쉬며 거칠게 넥타이를 풀어냈다.

문을 열고 복도를 성큼성큼 걸어 서정의 방문을 쾅쾅 두드렸다. 좀 이른 시간이기는 해도 이런 문제를 해결해 줄 사람은 지금 그녀 하나뿐이었다.

"누나! 누나!"

요란한 소리에도 안에서는 아무런 대답이 들리지 않았다. 서준은 급한 마음에 문을 벌컥 열어 재꼈다. 하지만 텅 비어 있는 그녀의 방. 잠시 멍하니 서 있던 남자는 그제야 휴대폰을 사러 갔던 날 헬스클럽까지 등록해준 것이 떠올랐다. 개통도 약에 쓰려면 없다더니, 이래서야 최신형 스마트폰에 헬스클럽 6개월 선금이라는 큰돈을 쓰고도 그 대가를 건질 수가 없었다.

결국 서준은 그 차림 그대로 집을 나섰다. 월요일 아침이라고 해서 특별할 것도 없는 일상이지만 오늘은 왠지 기분이 달랐다.

엘리베이터에서 내린 서준은 문손잡이를 잡고 잠시 망설였다. 우리를 보면 어떤 인사를 건네야 할 것인가. 하지만 아무런 답을 내지 못한 채 숨을 고르고 천천히 손잡이를 돌렸다.

문을 열자마자 눈에 들어온 여자의 모습에 그는 순간 숨을 멈추었다. 붉은색의 립스틱을 바른 입술이 오늘따라 유난히 돋보였다. 전과 다른 색상인지, 아니면 그 동안은 무관심했던 탓에 모르고 지나쳤던 것인지는 정확하진 않지만, 어쨌든 탐스러운 입술이 그의 신경을 자극했다. 서준은 문을 열고 선 채로 그 자리에서 멍하니 우리를 바라보았다.

"대표님?"

붉은 입술이 그를 향해 달싹였다. 순간 서준의 머릿속에 금요일 밤 키스의 기억이 떠오르고, 그 입술을 다시 맛보고 싶다는 욕구가 강렬히 솟구쳤다. 침이 꼴깍 넘어가며 목울대가 출렁였다.

"대표님, 어디 불편하세요?"

여자의 목소리가 또다시 들려왔다. 그제야 서준은 애먼 생각을 물리치며 정신을 차렸다.

"아, 아뇨. 괜찮습니다."

그는 큰 걸음으로 그녀를 지나쳐 방으로 들어왔다. 문을 닫고 깊은숨을 후욱 내쉬고는 기막힘에 헛웃음을 쳤다.

"아! 무슨 열여섯 살도 아니고."

혼잣말을 툭 내뱉고 의자에 앉았다. 그러고는 고개를 절레절레 저었다.

드디어 미친 거지. 여자의 입술을 보며 욕구를 느끼다니. 예쁜 여자를 떠올리며 몽정이나 해대는 사춘기 소년과 별다를 바가 없었다. 하지만 컴퓨터를 켜고 부팅을 기다리는 사이 클럽에서의 그녀 모습이 또다시 떠올랐다. 서준은 복잡한 머릿속을 달래기 위해 손가락으로 관자놀이를 꾹꾹 눌렀다.

가벼운 노크 소리가 들리고, 곧이어 우리가 안으로 들어섰다. 그녀는 책상 위에 커피 잔을 내려놓고 걱정스러운 얼굴로 그를 쳐다보았다.

"약 사다 드릴까요? 오늘 안색이 좀 안 좋아 보이시는데요."

"아뇨, 괜찮습니다. 그보다 같이 커피나 한잔할까요?"

"네?"

뜻밖의 제의에 여자는 조금 놀라는 눈치였다. 당황하는 것도 같았다. 그도 그럴 것이, 함께 일했던 지난 몇 개월 동안 일 외에는 아무런 관심도 없던 남자였으니 말이다. 하지만 서준으로서는 복잡한 머릿속을 정리하려면 이 방법밖에 없었다.

"예, 곧 준비해 오겠습니다."

여자는 제 몫의 커피를 가지러 방을 나섰다. 그리고 금세 다시 모습을 보였다. 이미 마시고 있던 커피를 들고 온 것인지, 하얀 머그잔에 찍힌 붉은 입술자국이 눈에 띄었다.

"앉아요."

서준이 커피 잔을 들고 소파에 옮겨 앉으며 자리를 권했다. 우리는 탁자에 잔을 내려놓고 스커트 자락을 정리하며 조심스럽게 다리를 오므렸다. 그 자세만으로도 여자의 우아함과 조신함이 느껴졌다. 교육을 받아도 제대로 받은 듯한 모습. 어느 모로 보나 금요일 밤의 그 붉은여우와는 차원이 다르게 느껴지는 행동이었다.

"특별히 하실 말씀이라도 있으신가요?"

"아뇨, 그런 건 아닙니다. 내가 그동안 여 비서한테 너무 무심했던 것 같아서요. 한 사무실에서 몇 달을 지냈는데, 이렇게 차 한 잔도 제대로 해본 적이 없군요."

서준의 말에 우리는 살짝 얼굴을 붉혔다. 그리고는 커피 잔을 들어 입으로 가져갔다. 그녀의 빨간 입술이 수줍게 열리고, 잔의

끄트머리가 안에 담겼다. 그 모습을 바라보던 남자는 저도 모르게 입술을 깨물었다. 그렇게 또 정신을 놓아버린 것인지, 어느새 입술에 작은 통증이 몰려왔다.

"주말에 별다른 일은 없었습니까?"

그는 빠르게 정신을 가다듬고, 그저 월요일의 평범한 인사치레인 듯 말을 툭 던졌다. 하지만 밤잠도 제대로 자지 못하고 준비한 질문이었다. 어떻게 하면 티 나지 않도록 궁금증을 해결할 수 있을까, 밤새도록 그런 생각뿐이었다.

"주말이요? 네, 그냥 친구들 만난 거 외엔 없었습니다."

잔뜩 술에 취한 여자를 호텔 방에 그대로 두고 나온 일이 내내 마음에 걸렸었다. 물론 평소와 같은 모습으로 이렇게 멀쩡히 출근한 것을 보면 별다른 일은 없었을 테지만, 그래도 물어보고 싶었다. 하지만 대놓고 잘 들어갔느냐를 물을 수가 없으니 그 또한 답답했다.

"여 비서는 술 잘합니까?"

"그냥, 조금이요. 잘은 못합니다."

"혹시…… 술 마시면 필름이 끊긴다거나 뭐 그러기도 하고?"

"네, 어쩌다 한 번은…… 그런데 그런 건 왜……."

우리가 부끄러운 듯 대답했다. 하지만 당황하지 않는 것으로 보아 그날의 일은 기억하지 못하는 게 분명했다. 서준은 안도의 한숨을 내쉬었다. 기억하지 못한다니 정말 다행스러운 일이라고 생각하면서도 아이러니하게도 이유 없는 아쉬움이 함께 몰려왔다.

"아, 그냥 궁금해서. 내가 지난주에 친구랑 조금 과음을 했는데, 필름이 끊겨 버렸거든요. 다른 사람들도 비슷한가, 뭐 별 뜻 없습니다. 그럼 나가서 일 봐요."

"예, 대표님."

혹시 모를 일을 대비해 은근슬쩍 자신도 취해 있었음을 그녀에게 주지시켰다. 취한 여자가 먼저 키스를 해왔다고 해서 그 순간의 욕정을 참지 못했던 그 순간이 새삼 부끄럽고 못마땅했다. 그래서 이런 식으로 변명 아닌 변명을 해대고 있는 것인지도 모르겠다.

어느새 찻잔이 다 비워지고 우리가 자리에서 일어섰다. 그녀는 가볍게 묵례를 하고 문을 향해 몸을 돌렸다. 그녀가 손잡이를 잡는 순간, 아직 할 말이 남았는지 서준이 다급하게 그녀를 불러 세웠다.

"여 비서?"

"네, 대표님."

그녀가 다시 뒤로 몸을 돌렸다. 순간 서준은 미간을 살짝 찡그리며 정말 묻고 싶었던 그 한마디를 툭 뱉어냈다.

"내가 혹시 고리타분한 타입입니까?"

여자의 대답은 바로 들려오지 않았다. 그는 숨을 죽이고 그녀의 대답을 기다렸다. 잠깐의 침묵이 흐르고, 그 후에 조심스레 붉은 입술이 열렸다.

"아뇨, 대표님. 그렇지 않습니다. 대표님 위치에서의 적당한 무게, 그쯤이라 생각되는데요."

말을 마친 여자는 입가에 가벼운 미소를 담았다. 서준에게는 그 웃음이 마치 '백서준, 주말 내내 고민했니? 그 말이 그렇게 거슬렸어?' 하고 비웃고 있는 것 같았다.

"아침부터 내가 쓸데없는 소리가 많았습니다. 미안해요."

서준의 말에 그녀는 빙긋이 웃으며 다시 한 번 묵례하고 밖으로 사라졌다. 그는 여자가 사라진 문을 허망하게 바라보다가 두 손으로 머리를 쥐어뜯었다. 만에 하나 저 여자가 금요일의 일을 다 기억하고 있다면 이 얼마나 속이 보이는 일인가. 창피함에 얼굴이 달아 미칠 것 같았다. 아무리 돌려 말한다고 머리를 굴렸지만, 결국 빤하고 빤한 질문일 뿐이었다.

3.

새로 온 비서랑 썸이라도 타냐?

　서정은 입을 크게 벌려 하품을 하며 안으로 들어섰다. 미남 얼굴 한번 보기란 참 많은 노력이 뒤따른다는 걸 다시 한 번 실감했다. 이혼하고 친정으로 돌아온 후로는 이렇게 이른 시각에 일어나 본 적이 없었다. 어찌어찌 힘들게 눈을 뜨기는 했지만 졸음을 쉽게 물리치기는 힘이 들었다. 엘리베이터를 타고 12층에 위치한 헬스클럽까지 올라가는 동안 한쪽 모퉁이에 기대 꾸벅꾸벅 졸기도 했다.

　"하암, 미치겠네, 정말. 그냥 낮 시간으로 옮겨 버릴까?"

　서정은 또 한 번 하품하며 혼잣말을 중얼거렸다. 문이 열리고 터덜터덜 기운 빠진 걸음으로 복도를 걸었다. 눈이 제대로 떠지지 않는 탓에 어딘가에 쿵 몸을 부딪쳤다. 하지만 여전히 정신이 바짝 들지는 않았다. 눈을 게슴츠레 뜨고 보니 커피 자판기가 앞에 떡하니 버티고 서 있었다.

"그래, 그래, 마셔줄게. 안 그래도 나도 졸린다고. 그렇게 달려들지 않아도 마셔준다고."

시간이 5분쯤은 남아 있을 터였다. 서정은 자판기에 동전을 집어넣고 버튼을 눌렀다. 기계가 작동하는 소리가 들려오고, 그녀는 잔을 꺼내기 위해 몸을 기울이는 그때였다. 누군가의 손이 그녀의 어깨 위에 툭 내려앉았다. 서정은 화들짝 놀라 정신이 번쩍 들었다.

"어머! 최 실장님, 여긴 어떻게……."

서정의 등 뒤로 운동복 차림의 기범이 서 있었다. 의외의 인물을 예상치 못한 장소에서 맞닥뜨리고 나니 놀란 가슴이 콩닥거렸다. 아니, 그보다는 지은 죄 때문이라고나 할까? 며칠 전의 그 민망한 일들과 또 갚아야 할 무언가가 그녀를 바짝 움츠러들게 했다.

"어떻게는요, 헬스클럽에 운동하러 왔죠. 그나저나 왜 제가 보낸 메일 확인 안 하십니까?"

"메일이라뇨? 무슨 메일이요?"

기범은 그녀의 어깨에서 손을 떼고 자판기에서 커피를 꺼내 건넸다. 서정이 한 손으로 커피를 받아들며 의아한 표정으로 되물었다.

"정말 모르십니까? 아니면 모르는 척하시는 겁니까?"

남자의 눈썹이 움찔거리고 있었다. 무언가 심히 마음에 들지 않는다는 그런 표정이다.

"저한테 갚으실 게 있으실 텐데요. 분명 영수증 정리해서 메일로 보내겠다고 말씀드렸었고, 그게 벌써 9일 전입니다만."

"아, 아, 그거. 당연히 갚아야죠, 당연히. 그런데 제가 컴퓨터가 없어서 뭐 이메일 같은 거 볼 일이 있어야 말이죠. 몰랐다고요."

서정은 대답하며 입을 삐죽였다. 신세 진 일만 없었다면 누구를 돈 떼어먹는 파렴치한으로 몰려 하느냐, 그렇게 성질대로 했을 것이다.

"그건 됐다 뭐하시려고요. 그걸로 확인하면 되지 않습니까."

기범이 턱짓으로 그녀의 손에 들려 있는 스마트폰을 가리켰다. 서정은 그가 가리킨 방향으로 고개를 숙여 두리번거리다가 이내 손에 들고 있던 휴대폰에 눈을 고정했다.

"혹시 이거요?"

"그럼 그거 말고 뭐가 또 있겠습니까."

"이걸로 이메일을 확인한다고요?"

서정의 기막힌 말에 기범은 팔짱을 끼고 한심하다는 듯 그녀를 내려다보았다. 기범은 설마 그녀가 정말 모르고 저러는 것인지, 아니면 그동안 모른 척한 것을 둘러대려는 수작인지 슬쩍 의심이 갔다.

"그럼 그건 주로 뭐에 쓰시는데요?"

"뭐, 그냥 친구들이랑 통화하고, 게임이나 좀······."

그 외에는 딱히 할 만한 일도 없다. 그나마 휴대폰이 손안에 들어온 것도 겨우 이틀. 지난번 생일 이후로 며칠간 집에 종일 처박혀서는 얼굴에 팩을 붙이고 있던 것 말고 아무것도 한 게 없다.

서정의 대답에 기범은 한숨을 내쉬었다. 도대체가 말이 통하질 않는 여자라니. 아무리 사장 누나라지만 서정을 향해 뻗치는 성질을 어쩔 수가 없었다.

그는 목소리를 높여 속에 있는 말들을 꺼내기 시작했다.

"이런 헬스클럽 드나드실 바에야 제 돈 먼저 갚는 게 순서 아닙니까? 사람이 도움을 받았으면 그걸 먼저……."

"어머, 나 트레이닝 받을 시간 됐어요. 나중에 얘기해요."

서정은 손에 들고 있던 종이컵을 기범의 손에 얼른 쥐어 주었다. 그리고 탈의실을 향해 후다닥 몸을 내빼버렸다.

"하!"

그 기가 막힌 행동에 남자는 입이 떡 벌어졌다. 그의 손에 들린 종이컵에는 커피가 한 모금쯤 남아 있었다. 기범은 남은 커피를 목으로 휙 넘기고 종이컵을 손안에서 힘주어 구겨 버렸다.

운동을 시작한 지 겨우 이틀 째. 서정은 새벽녘에 눈을 떴지만 차마 나갈 수가 없었다. 원수는 외나무다리에서 만난다더니 하필 그곳에서 최 실장을 만날 줄 누가 알았을까.

다시 잠이 오지 않아 그녀는 주방으로 내려갔다. 마침 승주와 서준이 마주 앉아 아침을 먹는 중이었다. 서정은 하품을 하며 서준의 옆에 풀썩 앉았다. 그는 국을 뜨던 손을 멈추고 서정을 물끄러미 바라보았다.

"오늘은 운동 안 갔어?"

"어, 그냥 오후에 가려고."

"겨우 하루만에 땡이야? 그러게 미리 생각하고 시간 정하라고 했잖아."

"이씨, 그런 거 아냐. 그냥 그럴 만한 사정이 있어서 그래. 일어나긴 6시 전에 일어났거든!"

발끈하는 서정의 말에 서준은 곁눈질로 그녀의 모습을 쓰윽 훑었다. 어쩐지 늘어진 잠옷 차림은 아닌 것이 평소와 조금 다르긴 달랐다. 그릇을 다 비운 서준은 출근 준비를 위해 주방을 나서다가 다시 안으로 들어섰다.

"누나, 잠깐 나 좀 봐."

"왜?"

"잠깐이면 돼. 내 방에서 좀."

서정은 기다란 동생을 쳐다보느라 고개를 위로 삐딱하게 올리며 눈을 치켜떴다.

서준이 그녀의 손목을 잡아끌었다. 오늘은 뭔가 도움을 받을 수 있다 생각하니 마음이 다급해졌다. 그래도 서정이 패션 쪽에 대해서는 보아온 눈이 있다 보니 감각도 꽤 좋은 편이었다. 그래서 지금은 그녀의 도움이 절실히 필요했다.

두 사람은 서준의 방 옷장을 활짝 열어놓고 그 앞에 섰다. 서준은 심각한 표정으로 무조건 '나이보다 적어 보이게'를 주장했고, 서정은 기가 막힌다는 표정으로 입을 떡 벌렸다.

"백사장아, 너 아무리 나이가 서른여섯이라지만 이건 좀 너무하지 않니? 이런 옷을 가지고서 무슨 나이보다 어려 보이길 바라? 완죤히 고리타분한데다가 전부 아저씨 같은 옷뿐이잖아."

서정이 말을 뱉어낼수록 그의 미간에는 주름이 하나씩 더 늘어가고 있었다. '고리타분'에 '아저씨'까지, 그녀가 뱉어낸 말들이 얼마 전 클럽에서 여우리가 했던 말들과 쏙쏙 겹쳐지며 서준의 심장을 후벼 파내는 중이었다. 이런 걸 촌철살인이라고 하던가?

반면에 서정은 점점 심각해지고 있는 서준의 얼굴은 보지 못한 채 머릿속으로 슬슬 흥정거리를 만들고 있었다.

"일단 오늘은 이거 입고, 넥타이는 이걸로."

서정이 옷장에서 광택이 있는 소재의 슈트를 하나 골라 꺼내고, 검정 와이셔츠에 붉은색의 넥타이를 꺼내 들었다. 누군가에게 선물 받았던 넥타이였지만, 너무 튀는 색상 때문에 아직 한 번도 해본 일이 없는 것이었다.

"이것도 별로긴 하지만, 그래도 그나마 제일 낫다. 근데 백사장아, 너 연애하니?"

"뭐? 연애는 무슨. 누난 아침부터 쓸데없는 소릴."

평소 안 하던 짓을 하는 서준이 수상해 은근슬쩍 떠보기 위한 질문이었다. 하지만 서준은 그 말에 발끈하고 대답했다. 서정은 피식 흘러나오는 웃음을 간신히 삼켰다. 어째 반응이 좀 과하게 돌아오는 것이 왠지 더 수상쩍다.

서정에게서 옷을 건네받은 서준은 그녀를 방 밖으로 밀어내고 문을 닫았다. 재빠르게 바지를 갈아입고 와이셔츠를 걸쳤다. 단추를 잠그고 넥타이를 매는 사이에 서정이 방문을 다시 빠끔히 열었다.

"다 입었지? 넌 우리 사이에 뭘 내외까지 하고 그러니. 내가 너 어렸을 때 목욕까지 다 시키고 그랬는데. 볼 거 이미 다 봤으니까 그러지 말자."

일곱 살에 찍은 그의 누드사진을 제가 가지고 있는 것을 상기 시켜 주려다가 서정은 입을 꼭 다물었다. 이런 하찮은 일에 그 어마어마한 사진을 헐값에 넘길 수는 없는 일이다. 손에 들고 있어야 두고두고 우려먹을 수 있는 물건이니만큼 오늘은 그냥 달리 흥정을 해보기로 했다.

"백사장아, 요새는 기업가나 뭐 정치가 이런 사람들도 코디 따로 둔다더라. 너도 그 위치면 필요하지 않니? 내가 좀 도와줄까?"

서준이 맨 넥타이를 매만져 주며 서정이 은근슬쩍 운을 띄웠다. 그렇게 하면 한 달에 몇 십만 원씩의 고정 수입이 생길지도 모를 일이었다.

서준은 거울을 들여다보다가 그 솔깃한 제의에 귀를 기울였다. 하지만 그것도 잠시. 누나가 이렇게 호의적으로 나오는 것에는 다 그만한 이유가 있다는 걸 어려서부터 뼈저리게 겪어온 터라, 말려들지 않기로 했다.

"코디? 뭐 그렇게까지. 저녁에 백화점 갈래? 옷 골라주면 누나 것도 한 벌 사주고."

옷을 사 준다는 말에 서정의 눈이 커지며 얼굴에 웃음이 활짝 피었다. 하지만 이내 서정은 그 반가운 제안을 접고 목적 달성을 위한 흥정을 다시 시작했다.

"아니, 딱히 사고 싶은 것도 없는데 뭘. 그러지 말고 서준아, 한 달에 삼십? 용돈 그 만큼만 올려주면 내가 매일 코디해 줄 수 있는데. 일단 한 3개월치만 선불로 주고, 응?"

3개월 선불이라, 역시 돈이 필요한 모양이다. 게다가 몇 년간을 놀려먹던 백사장이라는 호칭을 버리고 서준이라 부르는 것을 보니, 정말 아쉬운 상황이라는 것도 짐작할 수 있었다.

"돈은 뭐하게? 어디 필요한 데 있어?"

"어, 사실은 그게……. 아니! 내가 뭐 돈 쓸 일이 어디 있다고. 아냐 그런 거. 그런 게 아니라 집에서 빈둥빈둥 놀기만 하니까, 뭐 그렇게라도 일하는 보람을 좀 찾고 싶기도 하고, 또…… 어, 그러니까…….."

서준의 눈이 점점 가늘어지고 있었다. 흡사 매와도 같은 그런 날카로운 눈빛으로 서정의 눈을 똑바로 바라보고 있었다. 이래서 CEO니 보스니 뭐니 하는 윗대가리 인간들은 대하기가 녹록지 않은 모양이었다. 그 눈길을 마주하고 있으려니 심장이 따끔거리고 긴장이 되어 도저히 참을 수가 없었다. 서정의 손에 슬슬 땀이 배기 시작했다. 그의 눈초리를 피해 눈을 슬쩍 아래로 내리깔았다.

"그래, 일하는 보람을 찾고 싶으면 저번에 카드값 넘겨 쓴 거, 오늘 옷 골라주는 걸로 갚아. 6시까지 회사로 나와."

그렇게 간단히 이야기를 마무리했다. 그리고 서준은 화장대 위의 지갑을 집어 주머니에 넣고 집을 나섰다.

"좋은 아침입니다."

서준이 사무실 문을 열고 들어서며 우리를 향해 인사했다. 우리는 자리에서 일어서서 그에게 정중히 허리를 숙였다. 서준은 그런 그녀를 바라보며 방으로 바로 들어가지 않고 잠시 머뭇거렸다.

"하실 말씀 있으신가요?"

"아닙니다."

평소와는 다른 그의 행동에 그녀가 의아한 듯 물었다.

서준은 무언가 말하려다 입을 닫고 방으로 들어왔다. 그리고 책상에 앉으며 피식 허탈한 웃음을 흘렸다. 대체 무엇을 기대하며 그렇게 서 있었는지 알 수가 없었다. 마치 어린애처럼 옷에 신경 쓰고 나온 것을 봐주기 바라는 그런 마음이었을까? 그렇게 생각하면서도 왠지 무심한 여자의 반응이 섭섭했다. 몇 달을 함께 일하는 동안 저 여자도 자신의 무관심에 이런 마음이었을까를 생각하니 괜스레 미안해지기도 했다.

오전 회의를 마치고 서준은 임원진들과 함께 회의실을 나섰다. 엘리베이터를 기다리는 사이 주머니에 넣었던 휴대폰이 진동했다. 그는 재킷 주머니에 손을 넣어 휴대폰을 꺼내 들었다.

"백서준입니다."

[어이, 백 사장. 지금 시간 좀 되냐? 나 너희 회사 앞에 있는데.]

준호의 전화였다. 아마도 볼일이 있어 근처에 왔다가 전화를 건 모양이다. 어차피 점심시간이 거의 다 되었던 터라 서준은 흔쾌히 대답했다.

"그래, 점심이나 같이 할까?"

[오케이!]

"어디에서 볼까?"

[지금 너희 회사 안이지. 사무실로 갈게.]

"그래, 알았다."

서준은 흐뭇한 표정을 지으며 전화를 끊었다.

엘리베이터 버튼을 누르고 잠시 서 있다가 머릿속에 무언가가 번뜩 떠올랐다. 그는 고개를 올려 엘리베이터가 어느 층에 머물렀는지를 확인했다. 층을 알리는 전광판에는 3이라는 숫자가 쓰여 있었다. 그가 있는 12층까지 올라오려면 아직 한참. 준호가 먼저 도착할 확률이 훨씬 높았다.

서준은 마음이 다급해졌다. 여우리, 일명 붉은여우의 정체를 알고 있는 준호를 절대 사무실에 들일 수는 없는 일이었다.

서준은 비상구 문을 열고 계단을 내달렸다. 이렇게 급하게 달려본 것은 고등학교 체력장 이후 처음이었다. 쿵쿵쿵, 조용한 빈 계단에 그의 발소리만 요란하게 울려 퍼졌다. 빠른 속도로 달리는 그 와중에도 서준은 주머니에 손을 넣어 다시 휴대폰을 꺼냈다. 전화로라도 어떻게든 사무실에 들어가는 것을 말려야만 했다.

통화 버튼을 누르고 초조한 마음으로 준호의 목소리를 기다렸다. 그러면서도 발은 분주히 움직이고 있었다. 하지만 그런 서준의 마음을 모르는 준호는 야속하게도 전화를 받지 않았다.

한참의 신호음이 울리다가 전화를 받을 수 없다는 안내 음성이 흘러나왔다. 서준은 마음이 점점 더 조급해졌다.

속도를 조금 더 높이고, 7층에 도착해 비상구 문을 열었다. 하지만 텅 비어 있는 복도. 이미 사무실에 들어간 것인지, 아니면 아직 도착 전인지를 알 수가 없었다.

서준은 복도를 빠른 걸음으로 걸었다. 그리고 사무실 앞에 서서 참아 왔던 숨을 한 번에 몰아쉬었다. 손잡이에 손을 올리고, 손목을 비틀며 문을 밀었다.

"혹시 나 찾아온 사람 없습니까?"

그는 문을 다 열지도 못한 채 머리를 삐죽 안으로 들이밀었다. 그리고 사무실을 휘휘 둘러보며 다급한 목소리로 물었다.

"예, 없었습니다. 약속되어 있으신 건가요?"

서류를 정리하던 여자가 서준의 등장에 벌떡 일어서며 대답했다. 침착하지 않은 그 목소리도, 또 허둥대는 모습도 위엄 있던 평소의 모습과는 꽤 달랐다.

"여기서 뭐하냐? 들어가자."

그때였다. 문 사이로 몸을 반만 걸치고 있던 서준의 뒤에서 익숙한 목소리가 들려왔다. 준호는 서준의 그 애매한 폼을 보고서 슬쩍 문을 밀어 젖혔다. 그 뜻밖의 행동에 식겁한 서준은 문을 놓지 않으려고 손에 꽉 힘을 주고 고개만 뒤로 돌렸다.

"들어가긴, 뭘. 그냥 바로 나가자."

"점심시간 되려면 아직 30분이나 남았는데. 차나 한잔하고 가자."

준호가 다시 문을 밀며 그를 재촉했다. 그러자 서준은 반쯤 끼인 몸을 완전히 밖으로 빼내고서 문을 쾅 닫아버렸다.

"식전에 차는 무슨. 어디로 갈까?"

서준은 억지로 준호의 등을 밀어내며 엘리베이터 방향으로 이끌었다. 겨우 사무실에서 멀어지자 준호가 알아채지 못하도록 안도의 숨을 내뱉었다. 등에서 식은땀이 다 흐를 지경이었다.

두 사람은 근처의 한정식집에 마주앉았다. 음식이 나오길 기다리며 앞에 놓인 뜨끈한 이름 모를 차를 홀짝였다.

"이유가 뭐냐?"

뜬금없는 준호의 질문에 서준은 입술에 댄 찻잔을 떼어냈다. 질문의 요지를 알 수 없으니 대답을 할 수도 없는 일이지만, 녀석의 슬슬 웃는 모습에 어쩐지 기분도 좋지 않았다.

"무슨 이유? 좀 알아듣게 말할 수 없냐?"

서준의 미간에 슬쩍 인상이 써지는 것을 보며, 준호는 또다시 입가에 떠오르는 웃음을 간신히 참아냈다.

"아까 나 사무실에 못 들어가게 말린 거. 그 이유가 뭐냐고."

"말리긴, 누가."

서준이 준호의 눈길을 피해 버렸다. 눈치가 꽤 빠른 녀석이라는 것을 잊고 있었다. 거기에 어릴 때부터 늘 함께 다녔던 터라 뭔가를 숨긴다는 것은 불가능하다는 것도 잊고 있었다. 서준이 어떤 행동을 하든 간에 그 마음을 훤히 꿰뚫어보는 그런 녀석인 것을.

준호는 눈길을 피하는 서준을 뚫어져라 쳐다보았다. 그리고는 곧 무언가 알아차렸다는 듯 엄지와 약지를 탁! 하고 튕겨냈다.

"오호라! 너 혹시…… 새로 온 비서랑 썸이라도 타냐? 네놈 사무실에 감출 거라고는 딱히 그 하나뿐인 거 같다만."

물론 아니라는 것은 안다. 백서준이라는 인간이 여자라면 도통 관심을 두지 않는다는 것쯤. 그래서 관심 좀 가져보라고 일부러 이 여자, 저 여자 갖다 붙여보기는 했지만, 그의 반응은 늘 한결같기만 했다. '훗!' 하고 콧방귀나 한 번 뀌면 그뿐.

"감추긴 뭘? 굳이 남의 사무실에 들어가려고 하는 네놈이 더 이상하지. 쓸데없는 소리 말고 밥이나 먹어라."

하지만 준호는 왠지 그가 다른 때와 달라 보였다. 슬슬 건들면 뭔가 툭 터질 것 같기도 하고, 또 애써 무언가를 숨기려는 것도 같았다. 그 모습이 하영을 처음 만났던 그때와 비슷하다고나 할까? 어찌됐든 이 무심한 녀석에게 어떤 변화가 있다는 것만큼은 분명했다.

어느새 차려진 음식으로 서준이 손을 뻗으며 더 이상의 대화를 차단했다. 음식을 입에 넣고 오물거리다가 물컵을 들어 입으로 가져갔다. 준호의 따가운 눈초리 때문에 목으로 잘 넘겨지지 않는 탓이었다.

"너 근데 저번에 그 붉은여우랑은 정말 아무 일도 없었냐?"

"푸흡!"

생각지도 못했던 질문이 날아들었다. 서준은 물을 목으로 넘기려다가 품을 뻔한 것을 간신히 참아냈다. 하지만 사레가 들었는지 한참을 캑캑거렸다.

"오늘 중요한 스케줄 없냐? 없으면 우리 술이나 한잔 할까?"

절반쯤 그릇이 비워졌을 때였다. 조용히 밥을 먹던 준호가 갑자기 술을 주문했다. 처음의 그 장난기 섞인 모습과는 다르게 왠지 침울한 표정이었다.

"갑자기 웬 낮술이냐?"

"오늘 아버지 어머니 산소 다녀왔다. 기일이잖냐."

"아, 미안하다. 그걸 깜빡 잊고 있었네. 자식, 진작 말을 하지 그랬냐. 같이 다녀왔으면 좋았잖아."

"그럴 거 뭐 있냐, 바쁠 텐데. 한두 해도 아니고, 뭐 이젠 괜찮더라고. 일 년에 하루쯤 두 양반 덕분에 이렇게 낮술이나 마셔보는 거지 뭐. 자, 받아라."

준호가 술잔을 내밀었다. 말로는 괜찮다고 하지만, 우울해 보이는 그 표정과 또 미안한 마음에 차마 건네주는 술을 거절할 수가 없었다. 딱히 중요한 스케줄도 없는 날이라 서준은 녀석의 기분에 맞춰주기로 마음을 먹었다.

한 잔이 한 병이 되고, 한 병이 다시 두 병, 세 병으로 늘어났다. 두 사람이 자리를 털고 일어섰을 때에는 서준의 얼굴은 붉게 물들어 있었고, 준호는 꽤 많이 취한 상태였다.

"크크크, 대낮부터 대리 부르면 미친놈이라 그러겠지?"

준호가 대리운전 전화번호를 찾으며 실없이 웃음을 흘렸다. 서준은 그 웃는 모습에도 미안한 마음만 가득할 뿐이었다.

"15분 걸린다는데. 사무실 가서 기다리면 안 되냐?"

서준을 휙 밀치고서 준호가 다시 사무실 난입을 시도했다. 그 때문에 녀석을 안쓰러운 마음으로 쳐다보던 서준은 정신이 번쩍 들며 그를 붙잡았다.

"넌 취해서 어딜!"

"큭큭, 거봐, 역시 뭔가 있어. 차라리 귀신을 속여라, 인마. 이 형님이 오늘은 모른 척해 줄 테니까 조만간 불어라. 너 안 그러면 내가 전화도 없이 불시에 사무실로 들이닥친다. 알았냐?"

준호를 간신히 차에 태워 보내놓고, 서준은 엘리베이터에 올랐다. 낮술 탓에 붉어진 얼굴을 혹여 다른 직원들이 눈치챌까 봐 신경이 쓰였다.

"너무 반듯하고 바르고…… 그것도 적당해야 좋은 거죠. 너무 그러면 지루해요. 재미없어."

그 순간 또 여우리의 목소리가 서준의 귓가에 맴돌았다.

이런 모습을 그녀가 보면 뭐라고 할까? 설마 잘했다고 하려나? 그런 어이없는 생각을 하다가 피식 웃어버렸다.

그는 사무실로 가기 전에 먼저 화장실에 들렀다. 차가운 물로 연거푸 세수를 해봤지만 얼굴의 붉은 기는 좀처럼 가시지 않았다. 주머니에서 손수건을 꺼내 얼굴을 닦아내고 사무실에 들어섰다. 그를 바라보는 우리의 눈이 동그라니 놀란 모양새였다.

"미안하지만 커피 좀 진하게 한 잔 부탁해요."

우리가 뭐라고 말을 꺼내기도 전, 서준은 커피를 부탁하고 제 방으로 들어와 버렸다. 팔을 책상에 기대고 한 손을 들어 술기운에 어지러운 머리를 짚으며 눈을 감았다.

"가끔은요 선을 살짝 넘을 줄 아는 그런 남자? 그게 좀 매력 있지 않아요?"

또다시 그의 귓가에서 울리는 여자의 목소리. 오늘따라 그 클럽에서의 붉은여우가 자꾸만 그를 자극하고 있었다.

똑똑 노크 소리가 들려오고, 곧이어 여자의 구둣발 소리가 가까이 다가왔다. 서준은 그 소리를 들으면서도 감은 눈을 뜨지 않았다.

"대표님, 커피 가져왔습니다. ……대표님?"

아무런 반응이 없자, 우리는 다시 한 번 그를 조용히 불렀다.

왠지 걱정스러운 마음에서였다. 단 한 번도 이런 모습을 보인 적이 없던 사람이다 보니, 그만큼 걱정이 되는 것은 당연한 일이다.

우리는 커피 잔을 책상 위에 조심히 내려놓았다. 걱정스러운 눈빛으로 남자를 다시 한 번 쳐다본 후 손을 거두려던 순간이었다. 꼼짝도 않고 있던 남자가 그녀의 손목을 덥석 붙잡았다.

조금만 방심했더라면 정말 심장이 멎었을지도 모를 일이다. 우리는 손목이 잡힌 채 숨도 제대로 내쉬지 못했다. 그녀의 손목을 잡고 있는 서준도 손에 힘이 잔뜩 들어간 채 놓아줄 생각이 없는 것 같았다. 두 사람 다 그렇게 굳어버린 것처럼 멈추어 있었다. 그리고 잠시의 정적이 흘렀다.

"……대표님?"

여자의 조심스러운 목소리가 서준의 귓가에 스며들었다. 그는 이마를 짚고 있던 손을 떼며 천천히 고개를 들었다.

"오후에 잡혀 있는 현 이사 면담은 내일로 스케줄 좀 다시 잡아주세요. 그리고 급한 일 아니면 안에 아무도 들이지 말아줘요. 물론 전화 연결도. 부탁해요."

그가 잔뜩 가라앉은 목소리로 말했다. 하지만 우리의 손목은 여전히 잡고 있는 그대로였다.

"대표님, 죄송하지만…… 손 좀."

서준은 그제야 정신이 들었다. 안 그래도 붉어져 있던 얼굴이 더욱 붉게 타오르는 것 같았다. 왜 그랬는지는 스스로도 이해할 수가 없었다. 자꾸만 머릿속을 괴롭히는 이 여자를 어찌해야 할지를 알 수가 없다.

"아! 미안해요."

그는 민망한 손을 얼른 거두었다. 그리고 고개를 다급히 숙이며 다시 손으로 이마를 짚었다. 그녀가 어떤 표정을 짓고 있을지 궁금하기는 했지만, 차마 눈을 마주할 수가 없었다.

우리가 문밖으로 사라지고 서준은 깊게 한숨을 내쉬었다. 나이도 먹을 만큼 먹어서는 왜 이러는지를 알 수가 없으니 답답했다. 성격이 그다지 소심한 편도 아니요, 또 여자를 모르지도 않는 것을. 그렇다고 해서 여우리라는 저 여자와 뭘 어떻게 해볼 심산도 아니었다. 집에서 결혼에 대한 압박이 심하기는 하지만, 아직 연애든 결혼이든 그런 것도 마음이 없었다. 단지 자꾸만 신경이 쓰이고 거슬린다고 할까? 그냥 그런 정도였다. 그런데도 그녀의 행동 하나하나를 의식하게 되고, 또 그 여자의 다른 면이 궁금하기도 했다. 회사에서 늘 보는 그 모습과는 다른 이면. 이건 어쩌면 여우리 보다는 붉은여우를 다시 만나고 싶은 그런 마음일지도 모르겠다.

서정은 침대 위에서 무릎을 세워 끌어안은 채 몇 시간을 앉아 있었다. 점심도 거르고 시계만 힐끔 쳐다보며 얼굴을 잔뜩 찡그렸다.

"아이씨!"

'아이씨!'를 연발하며 짜증이 잔뜩 섞인 얼굴로 마침내 침대 위에서 일어섰다. 벌써 오후 4시. 더 이상은 버틸 여유가 없었다. 서준이 말한 6시까지 그의 회사에 당도하려면 준비를 서둘러야 했다. 약속에 늦는 것만큼은 봐주지 않는 녀석이라 서정은 얼굴에 온갖 짜증을 담고서도 몸을 움직였다.

"아이씨, 회사에 갔다가 또 최 실장 만나면 어떡하지?"

새벽에도 헬스클럽에서 그와 마주칠까 봐 결국 잘생긴 헬스트레이너를 보는 일마저 포기하고 말았건만, 이번엔 제 발로 찾아가야 하는 상황이다.

샤워하면서도 투덜투덜, 화장을 하고 공들여 마스카라를 칠하면서도 투덜투덜, 옷을 고르면서도 투덜투덜. 정성스럽게 외출준비를 하는 몸과는 달리 입은 내내 불평스런 혼잣말을 멈추지 않았다.

6시가 거의 다 되어가는 시각, 그녀는 서준의 회사에 도착했다. 7층 버튼을 누르자 엘리베이터가 서서히 움직이기 시작했다. 층을 알리는 숫자가 올라갈수록 심장의 두근거림도 속도를 더해갔다. 이렇게 마냥 피해서만은 안 되는 일임을 알지만, 당장은 갚을 돈이 없으니 어쩔 수 없었다.

엘리베이터의 알림음과 함께 문이 열렸고, 서정은 한쪽에 비켜서서 고개를 쭉 내밀고 복도를 살폈다. 다행히 아무도 보이지 않는 텅 빈 복도, 그곳에 발을 내렸다.

몇 걸음만 가면 끝이다, 끝. 제발 그때까지만……. 그녀는 조심스럽게 서준의 사무실 앞에 다가갔다. 그리고 문을 열려던 그 순간 누군가가 그녀의 어깨를 턱 붙잡았다.

"엄마야!"

서정이 깜짝 놀라며 어깨를 잔뜩 움츠렸다. 지난 40년간의 운발로 보았을 때 뒤에 서 있는 남자는 최기범 그 인간일 확률이 백 프로. 누구인지를 두고 고민할 여지가 없었다.

"여긴 웬일이십니까?"

역시나 예상했던 목소리가 들려오고, 서정은 몸을 움츠린 그대로 천천히 뒤로 돌아섰다.

"우리 백사장 안에 있죠? 약속했는데……."

그녀는 기어 들어가는 목소리로 문을 향해 손가락질하며 대답했다. 그리고 슬그머니 몸을 돌리려고 했지만, 그녀의 어깨를 잡고 있는 손 때문에 그럴 수도 없었다.

"계시긴 합니다만. 운동은 왜 안 나오셨습니까? 혹시 일부러 저 피하시는 겁니까?"

"네에? 피하긴요, 누가요. 절대, 절대 아니라고요!"

서정이 두 손을 들어 손사래를 쳐가며 당황하는 모습은 어쩐지 의심스러워 보였다. 기범은 눈을 가늘게 뜨고 의심을 거두지 않은 채 휴대폰을 꺼내들었다.

"어쨌든 메일 안 보셨으니까 만난 김에 제가 직접 불러 드리죠."

"머, 뭘요?"

기범은 휴대폰 화면을 손가락으로 몇 번 톡톡 치고, 슥슥 움직이더니 마침내 입가에 만족스러운 웃음을 달았다.

"속옷이 8만 3천원, 티셔츠 9만 6천원, 청바지가 16만……."

"잠깐만요!"

줄줄이 가격을 읊어대는 기범의 말을 서정이 툭 막아버렸다. 그녀는 움츠렸던 몸을 어느새 바로 세우고 허리에 손까지 얹은 채 그를 노려보았다.

"이봐요, 최 실장님! 내가 말 안 하려고 했는데, 그 속옷! 그건 최 실장님 취향이잖아요. 그런데 왜 나보고 돈을 내래요? 입지도 못할 그런 걸 어디 속옷이라고 사와서는. 그날은 급하니까 어쩔 수 없었지만 집에 가자마자 벗어버렸다고요. 그러니까 그건 빼요!"

다다다 쏘아대는 그녀의 말에 기범은 기가 막혔다. 세상에 태어나 처음 사본 여자의 속옷에 제 취향이 대체 어디 있더란 말이냐. 더더군다나 총각에게 여자 속옷 취향이라니. 그 어이없는 말에 기범은 입을 다물지 못하고 있었다.

"그래서, 다 합해서 그게 얼마예요? 속옷값 빼고, 그것만 말해요!"

"대, 대체 속옷이 어디가 뭐 어떻다고 그러십니까?"

기범이 얼굴을 붉혀가며 큰 목소리로 따지듯 물었다. 속옷이라는 것이 다 거기서 거기지, 뭐가 어떻기에 입지도 못하고 벗어버렸다는 말인지 알 수가 없었다. 그러니 그의 귀에는 필시 트집을 잡아 돈을 줄이려는 말로밖에는 들리지 않았다.

"그걸 몰라서 물어요? 최 실장님 손으로 사신 거잖아요!"

"아, 그러니까 그게……."

차마 속옷을 사던 그 상황을 말로 설명할 수는 없었다. 속옷 매장 주변을 여섯 바퀴를 돌았던 일도, 또 눈도 제대로 뜨지 못한 채 손가락만 간신히 치켜들어 물건을 고른 것도 모두 묻어버리고 싶은 과거일 뿐이다.

"내가 정말 최 실장님 그런 분인 줄 몰랐는데, 어우! 남우세스러워. 더 이상 말하기 싫어요. 총 금액만 뽑아서 문자로 보내줘요. 조만간 갚을 거니까."

서정이 몸을 휙 뒤로 돌렸다. 그 야시시한 T팬티를 떠올리니 새삼 또 부끄러움에 얼굴이 달아올랐다. 이 남자가 그 속옷을 고르며 대체 무슨 생각을 했을까, 그것도 의문스러웠다. 지금 그녀는 한시라도 빨리 기범에게서 멀어져야겠다고 생각했다.

우리는 현 이사의 면담 스케줄을 조정하고, 다음 날 임원 회의에 필요한 보고서도 미리 챙겨두었다. 기획 이사가 서준을 찾았지만 급한 일이 아니라서 메모를 받아 전달하기로 했다.

그렇게 오후 시간을 보내고 어느새 6시였다. 그녀는 서준의 방문을 조심스럽게 노크했다. 퇴근 시간이 가까워져 오도록 몇 시간째 아무 소리가 들리지 않으니 왠지 걱정스러웠다. 하지만 노크 소리에도 안에서는 아무런 반응이 없었다. 그녀는 숨을 한 번 깊게 들이마시며 천천히 문을 열었다. 그리고 곧 책상에 엎드린 채 잠들어 있는 남자의 모습이 눈에 들어왔다.

조금 과했던 낮술 탓이었는지 그는 꽤 깊은 잠에 빠진 것 같았다. 마치 어린아이처럼 새근거리는 숨소리가 들려왔다. 우리는 자석에 끌리듯 발소리를 죽여 천천히 그의 옆으로 다가갔다.

최근 들어 달라진 남자의 모습. 오늘은 특히나 그랬다. 늘 단정하고 바른 모습에 사적인 감정이나 행동은 전혀 드러내지 않는 사람이었다. 하지만 요 며칠은 꼭 다른 사람처럼 행동하고 있었다. 조금 흐트러진 것도 같고, 또 무언가 하고 싶은 말이 있는 듯도 한 그런 모습이었다.

함께 일한 이후로 낮부터 이렇게 술을 마시고 온 모습도 처음 보았다. 혹시 무슨 안 좋은 일이라도 있었던 것은 아닌지 걱정되기도 하고, 또 이렇게 잠든 모습이 안쓰럽기도 했다.

우리는 고개를 기울여 잠들어 있는 남자의 얼굴을 가까이서 들여다보았다. 보기 좋게 오똑 선 콧날이 남자다운 매력을 지니고 있었다. 그리고 적당히 두툼한 입술도, 또 쌍꺼풀 없이 작지 않은 그 눈도 꽤 훌륭하게 밸런스를 맞추었다.

그렇게 쳐다보기를 잠시, 우리의 손이 천천히 그의 머리를 향해 다가갔다. 조심스럽게 한 번 쓰다듬어주고 싶은 충동이 가슴 한구석에서 들썩이고 있었다. 낮에 그의 손이 덥석 제 손목을 잡았던 그 순간처럼, 지금 그녀의 마음이 그랬다.

그녀의 손가락 끝에 서준의 검은 머리카락이 닿았다. 머리를 정돈하기 위한 왁스 탓인지 부드러운 감촉은 아니었지만 나쁘지 않았다. 우리는 손가락을 가늘게 떨며 좀 더 손을 내려 그의 머리를 살며시 쓰다듬었다.

무언가를 몰래 훔치는 것처럼 심장이 거칠게 뛰었다. 들키기 전에 빨리 손을 거둬야 한다는 마음과, 조금 더 욕심을 부리고 싶은 마음이 팽팽히 맞서 줄다리기했다. 하지만 그것도 잠시, 밖에서 들려오는 요란한 소음에 우리는 얼른 손을 거두고 몸을 돌렸다.

"여 비서, 밖에 무슨 일 있습니까?"

등 뒤에서 날아온 남자의 목소리에 그녀는 훅 숨을 멈추었다. 혹시 아까부터 깨어 있었던 것은 아닐까 하는 걱정에 얼굴이 달아오르고, 그의 눈을 차마 마주할 수가 없었다.

"최 실장님 같은데요. 제가 나가보도록 하겠습니다."

우리는 등을 돌린 채 대답하며 문을 향했다. 하지만 낮게 가라앉은 서준의 목소리가 다시 그녀의 발목을 붙잡았다.

"아뇨, 여우리 씨. 나오지 말고 그냥 있어요. 누나가 오기로 했는데 도착한 모양입니다. 나, 이대로 퇴근할 테니 뒷정리만 좀 부탁해요."

밖에서 들려오는 요란한 목소리는 분명 기범과 서정이었다. 오늘따라 사무실 앞에서 소란을 떨고 있는 누나의 모습을 왠지 그녀에게 보이고 싶지가 않았다. 서준은 양복 재킷을 집어 올리며 몸을 일으켰다. 그리고 빠른 걸음으로 사무실을 나섰다.

서정이 문을 열기 위해 손잡이를 잡아 돌렸다. 그런데 순간 문이 안으로 벌컥 열렸다. 깜짝 놀란 그녀는 중심을 잡지 못하고 몸을 휘청거렸다.

"엄마야!"

서준이 제 앞으로 넘어질 듯 안겨오는 누나를 덥석 붙잡았다. 그리고 미간을 좁히며 기범을 쳐다보았다. 평소의 최 실장이라면 사장실 앞에서 이렇게 요란을 떨 리도 없었고, 그만큼의 상식과 예의는 넘치게 갖추고 있는 사람이었다. 그렇다면 분명 서정이 문제라는 것인데…….

"두 분, 여기서 뭐하십니까?"

서준이 의심스러운 눈빛으로 두 사람을 번갈아 바라보았다. 그러자 서정의 얼굴이 매우 당황한 빛을 띠며 그를 안으로 밀어붙였다. 하지만 서준은 자리에 버티고 서서 꼼짝도 하지 않았다.

"드, 들어가자, 서준아."

"죄송합니다, 대표님. 제가 경솔했습니다."

기범이 서준을 향해 고개를 꾸벅 숙였다. 문제의 발단을 따지자면 분명 서정일 것이다. 하지만 기범이 제 탓이라며 사과를 하고 나섰다. 그런 상황에 시비를 꼭 가리려고 애써 봐야 누나의 체면을 깎아내리는 꼴이 된다. 또 안에서 언제 나올지 모르는 여우리 때문에 신경이 쓰이기도 했고. 그리고 그와 동시에 자신도 직원 앞에서 면목이 서지 않는 일이라 일단은 넘어가기로 마음먹었다.

"일단 집으로 가자."

서준이 아직 자신의 팔을 붙잡고 있던 서정을 향해 말하자, 그녀는 의문이 가득한 눈빛으로 그를 올려다보았다.

"집? 왜, 백화점 가자며."

"내가 오늘은 컨디션이 좀 그래. 누나가 운전 좀 할래?"

"내, 내가? 나 운전 안 한 지 꽤 되는데. 너도 알잖아, 내 운전 실력. 내가 네 차를 어떻게……."

서정은 덜컥 겁이 났다. 운전대를 놓은 것도 꽤 오래전의 일이지만 서준의 차를 운전한다는 것도 영 내키지 않았다. 어렸을 때부터 제 물건을 건드렸다가 조금의 흠집이라도 내면 아주 난리를 치던 녀석이었다. 그러니 그 고가의 차를 긁어먹기라도 한다면 돌아올 후폭풍 또한 감당하기 힘들 것이 분명했다. 이럴 때는 일단 발을 빼고 보는 게 상책이다.

"제가 모셔다 드리겠습니다."

눈치 빠른 기범이 얼른 나섰다. 서준에게서 술 냄새를 맡은 것인지, 그의 상태를 대충 짐작하고 있는 것 같았다. 서준이 대답하기도 전에 기범은 엘리베이터를 향해 걷기 시작했다.

서정은 그 뒤에 서서 오만상을 찌푸렸다. 혹 떼려다가 혹 붙인다고, 기사 노릇 좀 피해보려다가 기범과 집까지 함께 가게 되어버리다니. 이보다 재수 없는 인생도 분명 흔치 않을 것이라고 생각했다.

차 안은 정적이 흘렀다. 서준은 좌석에 몸을 깊게 묻은 채 눈을 감아버렸다. 서정은 가시방석에 앉은 것처럼 불안한 마음으로 운전대를 잡은 기범을 흘깃 쳐다보았다. 하지만 그는 입을 굳게 다물고서 운전에만 몰두하고 있었다.

생각만큼 쪼잔한 인간은 아닌 것 같았다. 서준의 앞에서는 입을 안 여는 것을 보면. 서정은 입을 삐죽거리며 머리를 굴렸다. 외출 한 번 안 하고 용돈을 아끼더라도 그 돈을 갚으려면 최소 두 달. 그동안 죽어라 피해 다녀야 한다는 얘긴데……. 함께 다니는 헬스클럽은 낮 시간으로 바꾼다고 해도 이렇게 마주치는 것은 어쩔 수가 없었다.

이런저런 생각에 서정은 마음이 우울해졌다. 나름의 억지를 부려 속옷값을 제하라고는 했지만, 나머지 옷값에 호텔 숙박비만으로도 꽤 되는 금액이었다. 그 돈을 갚을 생각을 하니 눈앞이 아주 캄캄했다.

어느새 집 앞에 도착했다. 서준은 차가 멈추자마자 바로 몸을 일으키는 것이 잠을 자고 있던 건 아닌 듯했다. 세 사람이 동시에 차에서 몸을 내리고, 기범이 꾸벅 고개를 숙이며 인사했다.

"들어가서 쉬십시오. 전 이만 가보겠습니다."

"최 실장님, 저녁 같이 합시다. 집에 가봐야 혼자 드셔야 할 텐데."

서준이 몸을 돌리려는 기범을 붙잡았다. 노총각 사정이야 빤한 형편이라 챙기지 않을 수가 없었다. 서준의 말에 기범이 발을 우뚝 멈췄다. 어쩐지 거절하고 싶지 않은 그런 유혹이었다.

"예, 그럼 실례 좀 하겠습니다."

기범은 조금도 망설이지 않고 대답했다. 종종 있던 일이고, 또 크게 불편할 것도 없는 자리라 고민할 가치가 없었다. 다만 어떤 여자 하나가 그의 대답에 죽상을 할 것이 빤하니 괜한 웃음이 흘러나올 뿐이다.

서준이 먼저 앞서 가는 것을 보며 기범이 팔꿈치로 서정을 툭 건드렸다. 서정은 입을 잔뜩 내밀고서 곁눈질로 그를 노려보았다.

"내일 아침에 운동 꼭 나오십시오. 나머지 이야기는 내일 하도록 합시다. 안 나오시면 돈 갚기 싫어서 피하는 걸로 간주합니다."

서정은 입가에 슬슬 웃음을 달고 말하는 남자가 얄미워 미칠 지경이었다. 하지만 기범은 살짝만 찔러대도 열 배쯤 크게 반응하는 여자가 은근히 재미있었다.

집안에는 이미 음식 냄새가 가득했다. 늘 냉기가 도는 제 집과는 다른 분위기에 기범은 새삼 마음이 울적해졌다.

"일찍들 왔네? 어머! 최 실장님도 오셨네. 잘 왔어요, 얼른 들어와 저녁 먹고 가요."

이 집도 별반 다르지는 않았다. 반겨주는 사람이 있기는 했지만 나이 든 어머니뿐. 거기에 얹혀사는 노총각 하나와 이혼녀 하나가 이 집 구성원의 전부였다. 기범은 그런 생각을 하며 허탈한 웃음을 흘렸다.

"백서정! 넌 어딜 도망가? 아줌마 안 계시니까 내려와서 엄마 좀 도와."

기범을 피해 2층으로 올라가는 서정을 보며 승주가 버럭 소리를 질렀다. 서정은 뒤로 돌아보지도 못하고서 인상을 잔뜩 찡그렸다. 하필 이런 날 아주머니가 집을 비우다니. 정말 운이 없어도 더럽게 없는 인생이다.

"옷이라도 갈아입고요!"

엄마에게 괜한 성질을 부리고서 서정은 계단을 쿵쾅거리며 올라갔다. 그녀의 마음을 빤히 알고 있는 기범은 터져 나오려는 웃음 때문에 손으로 입을 틀어막아야만 했다.

두 남자는 일 얘기를 하며 식탁이 차려지기를 기다렸다. 하지만 기범은 얘기에 집중하지 못하고 힐긋힐긋 서정의 뒷모습을 좇았다. 앞치마를 두르고서 음식을 준비하는 그녀의 뒷모습은 그동안 기범이 보아왔던 그녀의 모습과는 전혀 달랐다.

"최 실장님이 우리 서준이 옆에 있어서 내가 얼마나 마음이 놓이는지 모르죠? 에휴, 우리 서정이가 최 실장님처럼 꼼꼼하고 자상한 사람을 만났어야 하는데."

두 남자의 앞에 국그릇을 내려놓으며 승주가 환한 웃음을 보였다. 그리고 뒤로 돌아서며 깊게 한숨을 내쉬었다. 안 그래도 신경이 예민해져 있던 서정은 뒤로 휙 돌아서며 날카로운 발톱을 세운 고양이처럼 소리를 질렀다.

"엄마!"

국을 떠서 입안에 넣던 두 남자가 그 소리에 놀라 동시에 캑캑거렸다. 사레가 들렸는지 기범은 주먹으로 가슴까지 치며 차가운

물을 들이켰다.

승주가 손을 들어 냅다 서정의 등짝을 내려쳤다. 엄마를 요란히 부르던 서정의 목소리만큼이나 커다란 소리가 주방에 울려 퍼졌다.

"애가 식탁에서 큰 소리는! 내가 틀린 말 했어? 솔직히 말해서, 그런 사람 아니면 누가 너 같은 걸 감당이라도 하겠니? 박 서방이 너 10년이나 데리고 살아준 것만도 감지덕지한 줄 알아!"

"엄마! 여기서 그 사람 얘기가 왜 나와? 내가 그 사람이랑 어떻게 살았는지 엄마가 알기나 해?"

서정의 눈에 금세 눈물이 매달렸다. 그녀는 그렁그렁한 눈으로 승주를 매섭게 노려보았다. 안 그래도 약점만 잔뜩 잡힌 최 실장 앞에서 또 하나의 치부를 드러내고 싶지는 않았다. 서정은 거친 손놀림으로 앞치마를 벗어 싱크대 위에 던졌다. 그리고는 빠른 걸음으로 주방을 나가 버렸다.

서정의 반응에 승주는 당황한 기색이 역력했다. 하지만 그녀는 금세 표정을 고치며 부끄러운 얼굴로 기범을 향해 말했다.

"밥상 앞에서 미안해요, 최 실장. 밥이 코로 넘어가겠네. 우리 집 하루 이틀 봐온 거 아니니까 조금만 이해해 줘요."

가까스로 기침을 멈춘 기범은 아주 잠깐 서정의 눈에 맺힌 눈물방울을 보았다. 그 눈물에 그의 심장이 왠지 모르게 찌릿했다. 겉으로 구별할 수 있는 모양은 아니지만 어려서부터 보았던 어머니의 눈물, 그것과 분명 같은 것이었다.

신제품의 런칭과 마케팅 전략계획 수립으로 한창 바쁜 날들이 이어졌다. 야근도 밥 먹듯이 해야 했고, 가끔은 밤을 꼬박 지새 우는 날들도 있었다. 그럴 때마다 서준의 회사에 극구 가지 않겠 다고 버티는 서정 때문에 어머니 승주가 그의 옷들을 챙겨 사무 실로 찾아다녀야 했다.

"오늘도 늦을 테니 먼저 들어가요. 안 그래도 며칠 고생했는 데."

기획서의 최종평가를 위한 회의가 저녁 무렵에 잡혀 있었다. 보고서를 챙겨 사무실을 나서던 서준이 지친 듯한 얼굴의 여자 를 보며 지시했다.

"괜찮습니다, 대표님. 저보다는 대표님이 훨씬 힘드실 텐데요. 많이 피곤해 보이세요."

"어쨌든 오늘은 먼저 들어가요. 언제 끝날지 모르니까."

서준이 한 번 더 당부하고 방을 나섰다. 우리는 피곤함에 축 처진 어깨로 멀어져가는 남자를 뒤에서 안쓰러운 눈빛으로 바라 보았다.

회의는 꽤 늦게까지 이어졌다. 기획안에 대한 반대 의견이 팽 팽히 대립하며 의견차가 좁혀지지 않아 애를 먹었다. 양쪽의 견 해차를 조율하고 서로 받아들이는 과정에서 많은 시간이 지체되 었다.

서준은 회의실을 나서며 피곤함에 뒷목을 붙잡고 손으로 주물 렀다. 목이 뻐근하고 눈이 다 시큰거릴 정도였다. 그는 엘리베이 터에 올라 벽에 등을 기댔다. 큰 기획 건을 모두 마쳤으니 내일은 천하없어도 쉬어야겠다는 생각을 하며 7층에 몸을 내렸다.

아직 남아 있는 사람이 있는지 복도가 환히 밝혀져 있었다. 터벅터벅 힘없는 걸음으로 사무실을 향해 걸었다. 몇 걸음 되지 않는 거리지만 오늘만큼은 천 리 길처럼 멀고 힘든 거리였다. 서준이 손잡이를 돌리며 문을 당겼다. 그 문이 열림과 동시에 바로 보이는 여자의 자리는 예상처럼 이미 비어 있었다.

이럴 땐 말도 잘 듣네. 왠지 모를 허전함을 피식 쓴웃음으로 삼키고 문을 닫았다. 제 방으로 들어가기 위해 발을 내디디려는 순간 무언가가 그의 눈길을 끌고, 서준은 발을 우뚝 멈추었다.

여우리, 그 여자였다. 그녀는 책상 반대편의 소파에 앉아 정장 재킷을 무릎 위에 덮은 채 잠들어 있었다. 낮은 등받이 위로 한껏 늘어진 목이 꽤 불편해 보였다. 서준은 지그시 여자를 내려다보았다. 아무리 피곤한 몸이라 해도 오늘은 저 여자를 집까지 바래다주어야만 마음이 편할 것 같았다.

잠시 책상을 정리할 때까지만이라도 불편한 자세를 해결해 주어야겠다는 생각에 서준은 소파 쪽으로 걸음을 옮겼다. 곤히 잠들었는지 가까이 다가섰는데도 그녀는 눈을 뜨지 않았다. 서준은 옆에 있던 작은 쿠션을 들어 그녀의 목을 살짝 들고 그 아래 끼워주었다.

불편해 보이던 자세가 해결되고 나니, 깔끔하고 단정한 화장으로 멋을 낸 얼굴이 눈에 들어왔다. 그녀는 여전히 평온한 표정으로 눈을 감고 있었다. 서준은 고개를 숙여 여자의 얼굴을 자세히 들여다보았다. 하지만 그 얼굴 어디에서도 클럽에서 본 모습은 찾을 수가 없었다. 그나마 붉은여우의 것으로 보이는 건 반짝이는 빨간 입술 하나. 그의 입술을 훔치며 유혹해오던 그것만큼은 분명했다.

마치 그날, 그 순간으로 되돌아간 것처럼 남자의 심장이 두근거리기 시작했다. 쿵쿵쿵쿵, 심장 소리가 몸 밖으로 요란히 퍼져 나오는 것 같았다. 서준은 저도 모르게 손을 뻗어 여자의 얼굴 가까이 가져갔다. 뾰족이 내민 두 번째 손가락이 어느새 그녀의 빨간 입술 위에 내려앉았다.

손가락이 가늘게 떨렸다. 촉촉한 그 입술을 천천히 훑어 올리며, 또 한 번 입안에 담아보고 싶은 욕망이 뱃속 깊은 곳에서부터 끓어올랐다. 하지만 그는 겨우 손가락이 닿은 것으로 만족하며 욕심을 간신히 내리눌렀다. 딱 1초만 더, 1초만 더. 얼른 떼어내야 하는 것을 알면서도 그의 긴 손가락은 쉽사리 떨어질 줄을 몰랐다.

깊게 숨을 들이쉬며 손을 떼어내려던 그 순간이었다. 동그랗게 말린 여자의 긴 속눈썹이 위로 올라가며 검은 눈동자가 드러났다. 그리고 서준의 눈과 딱 마주쳤다. 그는 숨을 멈춘 채 그 자리에서 꼼짝도 하지 못했다. 그녀의 눈동자는 '왜?'라는 의문을 가득 담고서 그를 똑바로 쳐다보았다.

서준이 천천히 손을 떼어냈다. 얼굴은 이미 불처럼 시뻘겋게 타오르고 있었다. 무엇이 됐든 변명을 하긴 해야 할 상황이었지만, 아무런 생각도 떠오르지가 않았다. 머릿속이 이토록 깨끗이 비워진 건 난생처음인 것 같았다.

그는 아무런 말도 없이 뒤로 돌아섰다. 그리고는 성큼성큼 제방 안으로 몸을 감추었다.

서준이 사라지고 우리는 굳게 닫힌 문을 한참 쳐다보았다. 몸은 여전히 소파에 기대앉은 그대로였다. 그녀는 손을 들어 그의 손길이 닿았던 제 입술에 올렸다.

　그 시각, 남자의 사무실 안은 정신이 하나도 없었다. 뭐 마려운 강아지처럼 이리저리 안절부절못하며 움직이는 남자 때문이었다. 의자에 앉았다 일어나기를 몇 번, 그리고 책상 앞을 왔다 갔다 하며 서성이기를 몇 번. 머리도 벅벅 헤집었다가, 또 갑갑함에 넥타이도 풀었다가. 어떤 짓을 해봐도 마음이 진정되질 않았다. 그도 그럴 것이, 이건 명백한 직장 내 성희롱이다. 늘 바른 척, 반듯한 척, 갖은 폼은 다 잡아놓고 잠든 여비서의 입술이나 건드는 사장이라니. 누가 뭐라 해도 변명의 여지가 없었다.

　그렇게 20여 분의 시간이 지나 버렸다. 벽에 붙은 시곗바늘이 어느덧 자정이 넘었음을 알리고 있었다. 서준은 얼굴에 붉은 기가 겨우 가시고서야 양복 재킷을 집어 들었다. 아직 문소리조차 들리지 않은 것으로 보아서는 그녀도 가지 않고 있는 것이 분명했다. 어차피 피할 수 없는 일인 바에야 당장 부딪쳐 해결하는 편이 나을 것이다.

　"퇴근합시다."

　서준이 문을 열며 우리를 향해 외쳤다. 어느새 그녀도 퇴근 준비를 마쳤는지 책상 위에 핸드백이 가지런히 놓여 있었다. 서준은 우리를 먼저 내보내고 스위치를 내려 불을 껐다. 엘리베이터에 오르자 좁은 공간에서의 긴장감이 크게 다가왔다. 그 어색한 기운을 깨기 위해 서준이 먼저 입을 열었다.

　"집까지 같이 갑시다. 너무 늦었네요."

"아뇨, 전 괜찮습니다, 대표님. 피곤하실 텐데요."

"함께 가요. 어차피 나랑 할 얘기가 있을 거 같은데."

그렇게 슬쩍 운을 띄웠다. 그녀도 더 이상 거절하지 않았다. 아마 여자도 뭔가 그 찝찝한 일을 해결해야 한다는 생각을 하긴 하는 모양이었다.

차가 출발하고도 한동안 묘한 정적이 흘렀다. 서준은 계속 머릿속을 굴려 보았지만 뭐라고 변명할 여지가 없었다. 이럴 때는 솔직한 것이 가장 맞는 답일지도 모를 일이다.

그렇게 마음을 먹고도 적당한 단어를 고르느라 또 한참의 시간을 흘려 버렸다. 그러다 보니 어느새 차는 그녀의 집 근처에 도착해 있었다.

서준이 천천히 차를 멈추었다. 시동을 끄고 고개를 돌려 그녀의 표정을 살폈다. 우리는 살짝 고개를 숙인 채 그의 말을 기다리고 있는 것 같았다. 표정은 평소와 크게 다르지 않으니 그녀의 기분을 알 수 없어 마음이 더없이 불편했다.

"여우리 씨. 아까 일, 그건······."

"대표님!"

서준이 입을 열자 우리가 급하게 말을 막았다. 그녀는 조금 전과는 다른, 다소 상기된 얼굴로 그를 바라보고 있었다.

"그 말씀은 그냥 안 하셨으면 좋겠어요."

"네?"

남자는 놀란 눈으로 고개를 돌려 우리를 쳐다보았다. 보통 이런 상황이라면 분명 상대 쪽에서 해명이든 변명이든 요구하는 것이 맞는 일일 테다. 그런데도 이 여자는 오히려 그 답을 듣기를 거부하고 있었다.

"없었던 일로 생각할게요. 그러니까 더는 언급 안 하시면 좋겠어요. 대표님도 그냥 잊으세요. 전 이만 들어가 보겠습니다."

여자는 고개를 꾸벅 숙여 인사하고 급히 차에서 내렸다. 서준도 얼른 뒤따라 내렸지만 그녀는 뒤도 돌아보지 않고서 달려가듯 멀어졌다. 차 문을 연 채 서 있던 서준은 주먹을 꼭 쥐고 여자가 사라지는 모습을 바라보았다.

우리는 코너를 돌며 제 모습이 보이지 않게 되자 비로소 속도를 늦추었다. 빠른 걸음으로 가빠진 숨을 몰아쉬며 몸을 돌려 고개를 빼고 뒤를 살폈다. 아직 떠나지 않은 남자의 자동차 꽁무니가 살짝 드러났다. 그녀는 벽에 등을 기대고서 몇 초에 한 번씩 그가 떠났는지를 확인했다.

잘한 짓인지, 잘못한 짓인지를 판단하기가 힘들었다. 그저 그렇고 그런 변명이라도 들어봐야 했을까? 그가 어떤 말을 하려고 했는지는 종잡을 수 없지만, 만일 그게 아주 궁색한 변명이라면 끔찍이 실망스러울 것만 같았다.

우리는 다시 한 번 서준의 차를 확인했다. 몇 분이 흘렀는데도 그는 아직 자리에서 떠나지 않고 있었다. 지금이라도 다시 달려가 묻고 싶은 마음도 없진 않지만, 그렇지 않기로 했다. 아직은 알 수 없는 남자의 모호한 마음, 그게 그녀의 발목을 세차게 붙잡았다.

서준이 집에 들어온 시각은 새벽 1시를 훌쩍 넘겨 있었다. 근 2주의 시간을 야근과 밤샘으로 지낸 터라 몸이 만신창이였다. 그래서 집에 오면 곧바로 잠이 쏟아질 줄 알았건만 그게 아니었다. 피곤한 몸과는 달리 복잡한 머리가 내내 그를 괴롭혔다. 샤워를 하고 개운한 상태로 몸을 눕혀보아도 머릿속은 온통 그 여자 생각뿐이었다.

분명 단순한 감정은 아니다. 여자에 대한 철없는 호기심도 아니요, 또 그녀의 몸이 탐나는 것도 아니었다. 그러면서도 왜 그런 짓을 저질렀는지를 스스로도 이해할 수가 없었다. 어쩌면 일반적인 인간관계 이상의, 서로의 마음을 주고받을 수 있는 그런 깊은 관계를 원하는 게 아닐까. 하지만 그 감정이 비서 여우리를 향한 것이지, 아니면 클럽에서의 붉은여우를 향한 것인지를 알 수가 없었다.

서준은 침대에서 벌떡 몸을 일으켰다. 도저히 잠을 이룰 수가 없으니 술의 힘을 약간 빌리기로 마음먹었다. 그는 와인 한 병을 꺼내 2층 거실 소파에 자리 잡고 앉았다. 코르크 마개를 따서 투명한 잔에 그녀의 입술처럼 붉은 술을 채웠다. 그리고 술이 마치 그녀의 입술인 듯 서서히 입으로 가져갔다.

그때였다. 벌컥 방문이 열리는 소리가 들리며 서정이 쏘옥 고개를 내밀었다. 그녀는 술잔을 들고 있는 서준의 모습을 보더니 하품을 하며 가까이 다가왔다.

"이 시간에 웬 술이야? 혼자 청승맞게."

"훗! 이제 혼자 아니네."

맞은편에 앉은 그녀를 보며 서준이 피식 웃었다. 그는 몸을 일으켜 빈 잔을 하나 더 꺼내고, 와인을 따라 그녀에게 건넸다.

"쳇, 싱겁긴. 네가 그러니까 연애를 못 하는 거야."

"뭐? 내가 뭐, 어디가 어때서?"

서정의 말에 그가 발끈하고 나섰다. 평소에는 대꾸할 가치도 없다고 생각한 말들이 새삼 언짢게 느껴졌다.

"재미없고 고리타분하잖아. 아저씨 같이."

"에이, 정말! 그 고리타분하고 아저씨 같다는 말, 그거 좀 안 할 수 없어?"

서준은 소파에 깊게 묻었던 몸을 바로 세웠다. 마치 전투태세를 갖춘 전사처럼 눈에 힘을 주고서 서정을 마주 보았다.

"뭐 내가 틀린 말 했니? 그나저나 너 요새 좀 달라졌다? 이런 말에 발끈할 줄도 알고."

동생의 반응은 아랑곳하지 않은 채 그녀는 놀리는 듯한 말투로 서준의 심기를 돋웠다. 하지만 서준은 한숨으로 마음을 다스리며 다시 소파에 몸을 묻었다. 누나의 말에 하나하나 대꾸를 하다가는 결국 또 쓸데없는 말다툼이 되고, 시간 낭비와 감정 소모만 더할 것이 뻔했다.

술 한 병이 훌쩍 비워졌다. 그저 불면증에 술의 힘을 약간 빌리기로 했던 것이 서정의 합류로 인해 점점 깊어지고 있었다.

"근데 백사장아, 최 실장님 말이야, 어때?"

취기가 도는지 서정이 잔뜩 흐트러진 목소리로 물었다. 어느새 빈 술병도 하나에서 둘로 늘어나고, 날도 어슴푸레 밝아오기 시작했다.

"뭐가? 질문이 너무 광범위하잖아."

서준이 되물었다. 그도 역시 말짱한 목소리는 아니었다. 여간해서는 취하지 않는 편이었지만 피곤한 몸에 더해진 밤샘 음주가 문제였다.

"그냥, 어떤 사람이냐고. 같이 일한 지 오래 됐잖아."

"글쎄 뭐랄까? 꼼꼼하고, 바르고, 믿음 가는 그런 사람이지. 최 실장 덕에 내가 신경을 덜 쓰는 일이 아무래도 많으니까. 나한테는 꼭 필요한 사람이야."

"쳇! 꼼꼼하긴. 완전 쪼잔한 변태 같더구만."

그녀는 잔을 들어 입에 가져가며 혼잣말로 웅얼거렸다. 아무래도 서준의 대답에는 동조해 주기가 힘들었다.

"변태라니? 그게 무슨 소리야? 안 그래도 요새 누나 최 실장하고 뭔가 좀 이상해서 내가 물어보려다 말았는데, 무슨 일이 분명 있긴 있는 거잖아. 뭐야? 말해 봐."

서정의 혼잣말을 그는 놓치지 않았다. 제아무리 취기가 짙어지기는 했다지만 분명 따질 것은 따져봐야 했다. 서준이 손에 들고 있던 잔을 내려놓았다. 그리고는 몸을 앞으로 기울여 누나의 눈을 똑바로 마주했다. 이럴 때야말로 냉철한 사업가의 기질이 그대로 드러났다. 그의 눈빛에 서정은 잔뜩 움츠러들었다.

"뭐? 아니, 그게…… 일은 무슨. 그냥 그렇게 보인다는 소리지."

서정이 말을 더듬기 시작했다. 그녀는 잔을 들어 입으로 가져가며 말을 얼버무렸다. 하지만 이미 감을 잡은 이상 그냥 넘어갈 서준이 아니었다. 그는 눈을 가늘게 뜨며 팔짱을 꼈다. 정확한 대답을 듣기 이전까지는 절대 물러서지 않겠다는 자세였다.

"대체 뭐야! 빨리 말해. 최 실장한테 직접 물어? 아니면, 이달부터 용돈 끊을까?"

"아, 아냐, 정말. 아무 일도 없었다니까!"

서정은 두 손을 들어 마구 휘저었다. 또 특유의 과한 동작이 나오는 것을 보아하니 무언가를 감추고 있는 것이 틀림없다.

"아닌데 왜 사람을 그런 식으로 몰아? 나랑은 회사 일로 묶인 사람이야. 집에서 부리는 사람도 아니고. 누나가 엮일 일이 없잖아. 그런데도 그런 소리 하는 거 보면 분명 뭔가 있단 얘기 아냐? 정말 용돈 끊어? 직접 벌어 쓸래?"

"머, 뭐, 벌어 써? 그래, 내가 벌어서 쓴다, 벌어 써. 그럼 그게 변태가 아니면 뭐니? 여자한테 새빨간 T팬티나 입히……."

용돈 얘기에 흥분한 서정이 말을 막 퍼부어대다가 저도 모르게 T팬티 얘기를 꺼내 버렸다. 그녀는 제 말에 화들짝 놀라 손으로 입을 확 틀어막았다. 서정의 반응을 지켜보던 그의 얼굴이 점점 더 일그러졌다.

"최 실장 얘기에 그런 속옷 얘기가 대체 왜 나와! 무슨 일인지 하나도 빼지 말고 똑바로 말해!"

서준의 눈빛이 더욱 날카로워지자 서정은 잔뜩 주눅이 들어버렸다. 더 이상은 버틸 재간이 없었다. 그녀는 결국 백기를 들고 눈물을 머금으며 그동안의 일을 줄줄이 불어버렸다.

"그러니까, 그게…… 나는 그냥…… 사실은 내가 그 생일날, 내 가방이랑 옷이랑 전부 잃어버렸었거든. 근데 마침 연락된 사람이 최 실장님밖에 없었어. 안 그러면 내가 정말 그 호텔에 잡혀 있을 뻔했다니까! 그러니 얼마나 다행이냐고. 그래서 내가 최 실장님한테 좀 부탁을……. 근데 그 사람이 말이야, 글쎄 완전 빨간 T팬티를 사 왔다니까! 대체 날 두고 무슨 생각을 했기에 그러냐고!"

그는 서정이 말을 마칠 때까지 조용히 들어주었다. 하지만 그녀의 말은 심하게 한쪽에 치우쳐 있었다. 저에게 불리한 이야기에는 목소리가 급격히 작아졌다가, 또 최 실장 얘기에서는 마구 흥분을 하는 모습이 눈에 훤히 비춰졌다. 그녀가 그날의 일을 모두 고해바치자 다시 서준의 심문이 시작되었다. 그리고 아침이 다가올 무렵, 서정은 그때의 일을 낱낱이 털리고 말았다.

월요일 아침, 서준은 출근하자마자 기범을 불러들였다. 서정에게서 들은 이야기를 그냥 넘길 수 없는 탓이었다. 매번 이런 식으로 뒤처리해 주는 것이 밑 빠진 독에 물 붓기인 것은 알지만 양심이 있는 이상 모른 척할 수도 없는 일이었다.

기범이 사무실 안으로 들어섰다. 그가 가까이 다가오자 서준은 서랍을 열어 봉투를 꺼내 내밀었다. 기범은 그 봉투를 선뜻 받지 않고 물끄러미 바라보았다.

"이게 뭡니까, 대표님?"

"누나한테 들었습니다. 얼마 전에 실장님께 신세 진 게 있다고요. 제가 대신 사과드리겠습니다. 앞으로는 회사 일과 좀 더 확실히 구분 짓도록 집에도 당부해 두었습니다. 미안합니다."

서준이 진심을 가득 담아 미안한 마음을 표현했다. 서정이 말한 T팬티고 뭐고 그런 건 2차적인 문제였다. 그전에 공과 사를 구분 짓지 못하고 집안 일로 회사 사람을 부렸다는 것이 일단 큰 실수였다.

물론 기범에게도 그런 서준의 마음이 충분히 전달되기는 했다. 하지만 기범은 눈앞에 놓인 봉투를 서준 앞으로 다시 밀어냈다.

"아가씨 나이가 마흔입니다. 언제까지 집에서 끼고 도실 겁니까? 본인이 저지른 일은 본인이 해결하도록 두십시오."

"물론 맞는 말이긴 합니다만, 최 실장님께 큰 무례를 범한 것 같아서 그럽니다."

생각지도 못했던 기범의 대답에 무안해졌다. 서준은 그가 다시 밀어낸 봉투를 물끄러미 바라보았다. 서정의 뒤치다꺼리에 어느 정도 이력이 붙긴 했지만 오늘은 어쩐지 의외의 난코스인 것 같았다.

"그 일은 비서실장으로서가 아니라 인간 최기범으로 도와준 것입니다. 그러니까 이번 일은 제가 알아서 하도록 하겠습니다. 대표님께서는 그냥 모른 척하시면 됩니다."

이번엔 아예 명령조였다. 비서실장으로서가 아니라면 그의 말을 들을 이유가 없다는 그런 단호한 태도였다. 기범이 그렇게 따지고 드니 서준으로서도 더 이상 할 말이 없었다.

"그럼 이만 가보겠습니다."

기범은 고개를 꾸벅 숙여 인사하고 밖으로 사라졌다. 서준의 눈은 여전히 그 봉투에 머물러 있었다.

"인간 최기범이라……."

그는 턱을 쓰다듬으며 혼잣말을 중얼거렸다. 그리고는 곧 집에서 함께 저녁을 먹으며 서정의 뒷모습을 힐끔거리던 기범을 떠올라 피식 웃음을 흘리고 봉투를 서랍 안으로 다시 집어넣었다. 사과하려다가 거절을 당했음에도 그다지 무안하지 않았다.

새벽 다섯 시 반. 오늘도 서정의 휴대폰이 벨 소리를 요란히 울려댔다. 벌써 2주가 넘게 매일 아침 울려대는 그 소리는 마치 자명종처럼 정확하게 그녀의 잠을 깨웠다.

"이씨, 알았다고요. 간다고요, 가!"

서정은 휴대폰을 집어 냅다 소리를 질렀다. 누구인지는 확인하지 않아도 보나마나 빤한 일이다. 잠도 완전히 깨지 못한 채 그녀는 주섬주섬 옷을 갈아입고 집을 나섰다. 졸린 얼굴로 하품을 하며 터벅터벅 걸어가다가 발을 우뚝 멈췄다.

"맞다! 어제 우리 백사장이 돈 갚았을 텐데. 그 녀석이 그걸 알고도 안 갚았을 리가 없는데. 이 인간 뭐야? 나한테 왜 이래? 어머 기막혀!"

졸음으로 멍하던 머리에 정신이 번쩍 들었다. 생각할수록 기가 막히고 억울했다. 술기운에 결국 제 입으로 전부 불어버리긴 했지만, 어쨌든 그 일로 동생에게서 일장 훈계를 들어야만 했다. 그것도 주말 이틀을 통째로. 눈만 마주쳤다 하면 잔소리를 해 대던 녀석 때문에 '더럽고 치사해'를 속으로 수십 번 연발했다. 그럼에도 말대꾸 한마디도 못했던 것은 서준이 그 돈을 해결해 주리라는 그런 안도감 때문이었다. 그런데 이 인간은 왜 또 전화질일까?

빠른 걸음으로 헬스클럽에 도착한 서정은 옷을 재빨리 갈아입고 안으로 들어섰다. 그리고 고개를 휘휘 돌려 러닝머신을 달리고 있는 그 쪼잔한 남자를 찾아냈다.

"이봐요, 최 실장님!"

"생각보다 빨리 오셨군요."

남자는 달리기를 멈추지 않고 입만 열어 대답했다. 늘 이런 식이었다. 그는 지난 2주간 그녀가 헬스클럽에 나오지 않으면 잡아먹을 듯 전화를 걸어댔다. 그래놓고서 또 눈앞에 보이면 아무런 말이 없었다. 그의 목적인 돈을 갚으라는 독촉도 하지 않았다. 그런데 서정에게는 오히려 그게 더 신경이 쓰였다. 뭐라고 말을 해야 생트집을 잡든, 억지를 부리든 해서 며칠의 시간이라도 벌어볼 텐데 말이다.

"잠깐 멈춰 봐요."

"그냥 말씀하십시오."

눈길조차 주지 않고 대답하는 남자가 얄미웠다. 서정은 곁눈질로 기범을 노려보았다. 하지만 그는 여전히 관심이 없었다. 결국 그녀는 차분히 얘기하는 것을 포기하고 달리는 남자를 향해 그대로 말을 던졌다.

"어제 우리 백사장이 돈 안 갚았어요?"

"주시긴 주셨습니다만."

"그렇죠? 맞죠? 역시, 내가 그럴 줄 알았다니까."

여자의 얼굴에 급격히 화색이 돌았다. 그동안 이 남자와 승강이를 벌이느라 갑갑했던 속이 한 번에 스윽 내려가는 것 같았다. 서정은 찢어지려는 입을 애써 참아내며 팔짱을 끼고 새침한 표정을 만들었다.

"그런데 왜 이래요? 이제 계산 끝난 거 아니에요? 이제 전화질

하는 거, 그거 그만둬요!"

"그렇게는 안 되겠는데요."

"예? 뭐예요? 대체 왜요?"

"그야 당연히 그 돈 안 받았으니까요. 제가 대표님 돈을 받을 이유가 없지 않습니까. 전 애초에 아가씨한테 도움을 준 거고, 그러니까 돈도 아가씨한테 직접 받을 생각입니다. 그리고 또 아가씨가 보답으로 사는 저녁 한 끼 정도는 응할 생각입니다만."

"어머, 어머, 어머, 기막혀!"

서정은 벌린 입을 다물지 못했다. 이틀을 꼬박 서준에게 훈계 들었던 것이 모두 헛일이 되어버리고 말았다는 그런 얘기였다. 게다가 저녁까지 사라는 남자의 말도 정말 기가 막혔다.

한참 흥분한 그녀와 달리 기범은 여전히 러닝머신 위에서 달리고 있었다. 말을 하면서도 한 치의 흐트러짐도 없이, 숨조차 헐떡이지 않고 달리는 남자가 그렇게 미울 수가 없었다. 그 옆에서 씩씩거리던 서정은 손을 뻗어 기계의 스피드 업 버튼을 마구 누르고 도망쳤다.

"대표님, 요쓰비시 사와의 미팅은 27일로 확정되었습니다. 출국은 모레 오후 6시 비행기입니다. 발권 내용과 호텔 예약 정보입니다. 참고하십시오."

"네, 수고하셨습니다."

서준은 기범으로부터 서류를 건네받았다. 그리고 봉투를 열어 바로 꺼내들었다. 이틀 후 18시 15분, 도착지는 도쿄, 탑승자는 백서준, 여우리 두 사람이다.

"여 비서도 함께 갑니까?"

서준은 서류를 들여다보며 혼잣말을 하듯 질문을 툭 던졌다. 그러고는 바로 미간에 주름을 잡았다. 너무나도 바보 같은 질문이었다. 혼자서 그들을 상대하기에는 터무니없는 일본어 실력인 만큼, 그녀가 필요한 것은 당연한 일이다. 그럼에도 그녀가 동행하는 것이 어쩐지 마음에 걸렸다.

"네, 당연히 함께 가셔야지요. 여 대리 없이는 어려우실 텐데요."

지난번 그 '입술' 사건 이후로 두 사람 사이는 계속 어색했다. 그때부터 일주일 내내 말 한 마디, 눈빛 한 번 마주친 적이 없었다. 그런 상황에서 단둘이 3박 4일의 출장이라니. 서준에게는 아주 난감한 일이었다. 하지만 그런 일들을 알지 못하는 기범으로서는 서준의 이런 태도가 이해되지 않았다.

"그냥 현지 통역을 쓰는 게 낫지 않겠습니까?"

서준의 질문에 기범은 물끄러미 그를 바라보았다. 평소의 백서준답지 않게 미적거리는 그 태도가 어딘지 모르게 의심스러웠다.

"꼭 그래야 할 이유가 있으십니까? 이번 미팅 건은 이견 조율이 좀 까다로운 편이지 않습니까. 통역도 섣불리 구했다가는 우리 쪽에 상당히 불리하게 작용할 수도 있습니다."

기범의 말에 서준은 더 이상 대꾸할 수가 없었다. 그래서 결국 알았다는 말로 대화를 마무리하고 그를 내보냈다. 서준은 턱을 문지르며 예약 정보를 꼼꼼히 살폈다. 이미 룸 번호까지 배정받은 호텔 방은 일련번호로 두 개가 나란히 붙어 있었다. 그 3박 4일의 기간 동안 잠잘 때 말고는 그녀와 내내 함께 있어야 한다는 얘기였다. 그리고 그 이틀 뒤, 출장을 떠나야 할 시간은 빠르게 다가왔다.

두 사람의 어색한 상황은 사무실을 나서면서부터 바로 시작되었다. 오늘따라 단둘뿐인 텅 빈 엘리베이터도 그랬고, 공항까지 가는 차 안에서도 그랬다. 그녀도 원래 말수가 적은 편인지, 아니면 워낙 말이 없는 윗사람에게 맞춰주기 위함인지는 알 수 없지만 한마디도 하지 않고 있었다. 그나마 다행인 것은 저녁 식사를 비행기에서 해결할 수 있다는 것. 단둘이 마주앉아야 하는 어색함을 피할 수 있다는 것이었다.

시간이 되어 두 사람은 비행기에 올라탔다. 서준은 안으로 들어서며 신문을 종류별로 집어 들었다. 신문이라는 것은 어색한 상황이나 분위기를 모면할 수 있는 아주 좋은 수단이기도 했다. 자리를 찾아 앉자마자 그는 신문을 펼쳐 들고 쭉 읽어 내렸지만 그 내용이 머릿속에 조금도 남아 있지 않다는 것이 문제였다.

두어 시간 정도의 멀지 않은 거리라 비행기는 금세 도쿄 하네다 공항에 착륙했다. 서준은 가끔 뒤를 돌아보며 여자가 잘 따라오고 있는지를 확인했다. 지금 그가 해줄 수 있는 것이라고는 그것 하나뿐이었다.

"고생 많았습니다. 피곤할 텐데 들어가서 쉬도록 해요."

"대표님도 고생하셨습니다. 아침에 뵐게요."

우리는 고개를 숙여 인사하고 몸을 돌렸다. 예상대로 두 사람의 방이 바로 붙어 있었다. 보통은 대표이사의 방과 수행비서의 방을 나란히 예약하는 경우가 드물지만, 객지에서 여자를 혼자 호텔 방에 두어야 하는 상황이라 최 실장이 신경을 쓴 듯 보였다.

룸에 들어서자 침대가 먼저 눈에 들어왔다. 서준은 그녀가 있을 옆방을 향해 고개를 돌렸다. 저 벽 하나를 사이에 두고 눕는 다는 생각을 하니 왠지 기분이 묘했다. 하지만 쓸데없는 생각일 뿐. 그는 훅, 빠른 한숨을 내쉬며 가방을 열었다.

샤워 후 서준은 가벼운 옷으로 갈아입었다. 침대에 눕기 전 바에서 술 한 잔과 가벼운 안주로 속을 달래기로 했다. 짧은 거리에 기내식이 워낙 간단했던 터라 허한 뱃속으로는 쉽게 잠을 이루지 못할 것 같았다.

서준은 룸에서 나와 우리가 있는 곳을 바라보았다. 그녀를 두고 혼자만 가는 것이 왠지 마음에 걸렸다. 아마 그녀도 지금쯤 출출한 속을 아쉬워하고 있을 것이다. 단둘이 무언가를 한다는 것이 여전히 어색하기는 하지만, 이런 기회에 자연스레 풀어보는 것도 괜찮겠다는 생각이 들었다. 그는 벨을 누르려던 손을 거두고, 휴대폰을 꺼내 들었다. 그리고 열심히 문자를 두드리기 시작했다.

손가락은 분주히 움직이는데도 전송 버튼을 누르기까지는 꽤 많은 시간이 걸렸다. 말로 하면 간단할 그 이야기를 썼다 지우기만 수십여 번. 겨우 적당하다 싶은 단어들을 골라 보내고 엘리베이터를 향해 발을 떼었다.

〈저녁이 좀 부실했군요. 21층 바에 갑니다. 괜찮으면 같이 한잔할까요?〉

주문한 맥주 두 병과 과일 안주가 앞에 놓였다. 서준은 잔에 맥주를 따라 반 잔을 들이켰다. 안주는 그저 눈으로만 슬쩍 훑었다. 지난 며칠간의 분위기로 봐서는 그녀가 나타나지 않을 확률이 높았지만, 그래도 음식에 먼저 손을 대고 싶지는 않았다.

그렇게 20여 분의 시간이 흘러갔다. 그녀의 평소 성품으로 보아서는 답장이라도 보낼 법한데도 눈앞에 놓아둔 휴대폰은 아무런 소식을 전해주지 않았다. 서준은 다시 한 번 시계를 들여다보며 한숨과 함께 체념했다.

포크를 집어 들고 앞에 놓인 과일 접시에 손을 뻗는 순간이었다. 그의 앞에 청바지에 하얀 카디건을 걸친 여자가 그림자처럼 우뚝 서 있었다.

"좀 늦었습니다."

우리는 가볍게 묵례하고 그의 맞은편에 앉았다. 화장이 씻겨 나간 깨끗한 얼굴과 아직 완전히 마르지 않은 촉촉한 머리카락이 늦은 이유를 충분히 설명해 주었다. 민얼굴인데도 입술만큼은 여전히 붉고 탐스러웠다.

그 입술에 잠시 시선을 빼앗겼던 남자는 얼른 고개를 내렸다. 그때의 사건으로 인해 이 지경이 되었는데도 또 입술에 정신을 놓아버리다니. 여자의 입술에만 집착하는 미친놈이 된 기분이었다.

그녀는 민얼굴이 어색한지 양손으로 자꾸만 볼을 매만졌다. 겉으로 보아서는 다소곳이 수줍어하는 모습인데도, 그게 왠지 더 요염하게 느껴졌다. 서준은 눈길을 주지 않으려고 애써보았지만 본능적으로 따라가는 눈동자를 막기는 어려웠다.

그는 맥주병을 들어 그녀의 잔을 채워주었다. 이렇게라도 하지 않으면 자꾸만 시선을 끄는 붉은 입술에 또 손이 저절로 움직일 것 같은, 그야말로 위험한 분위기였다.

"방은 불편한 건 없습니까?"

"네, 없습니다."

"피곤해 보이는데 괜히 불러냈나 봅니다. 업무 시간 아니니까 이런 부름, 안 내키면 응하지 않아도 괜찮아요."

"아뇨, 대표님. 억지로 나온 거 아니에요. 그런 말씀은……."

억지로 나온 것은 아니라는 말에 서준은 마음이 설레었다. 어쩌면, 정말 어쩌면, 그녀도 자신과 같은 마음은 아닐까, 그런 기대감이 살짝 고개를 들었다.

그는 잔을 들어 술을 단숨에 털어 넣었다. 마음 같아서는 조금의 독한 술로 클럽에서의 그 붉은여우를 다시 만나고 싶기도 했지만, 다음 날의 중요한 일정 때문에 그럴 수도 없는 처지였다.

그는 비어버린 잔을 매만지며 무언가를 고민하는 듯한 눈치였다. 그 무거운 분위기에서 잠시의 침묵이 흐르고, 마침내 결정을 내렸다는 듯 고개를 들었다.

"지난번 일……."

그가 입을 열었다. 아마도 그 입술에 손을 댄 일을 다시 언급하려는 모양이었다. 그 이후로 내내 불편한 관계였으니, 어쩌면 그것을 풀어 보려는 시도인 것도 같았다. 하지만 우리의 마음은 아직 변함이 없었다. 어설픈 변명이라면 안 듣느니만 못하다는 그런 생각이었다.

"대표님, 그 얘긴 안 하시는 게 좋겠어요."

여자가 다시 그 말을 가로막았다. 서준은 이제야 마주친 그녀의 눈빛을 똑바로 쳐다보았다.

"아니, 오늘은 꼭 해야겠어요. 여우리 씨가 그 일을 어떻게 생각하고 있는 줄은 모르겠지만, 난…… 진심이었습니다."

"네?"

그의 말에 놀란 듯, 우리가 고개를 들었다. 그리고 눈을 동그랗게 떴다.

"내 마음이요. 우리 씨한테 다가가고 싶은 마음."

여자의 까만 눈동자가 풍랑을 만난 것처럼 흔들렸다. 서준은 그 눈동자를 깊게 바라보았다. 그리고 그 안에 자신의 모습이 오롯이 담겨 있음을 발견했다. 마치 열여섯 살의 첫 고백 때처럼 심장이 쿵쿵거렸다.

그는 자리에서 벌떡 일어섰다. 그녀의 대답은 듣지 않기로 마음을 먹었다. 이렇게 시작한 이상, 거절의 말을 듣는다 해도 멈출 생각은 없으니 말이다.

요쓰비시 사와의 공식 일정은 오후 2시부터였다. 하지만 그들은 점심시간에 맞추어 호텔에 당도했다. 그들의 접대로 함께 점심을 먹고 두 사람은 회사와 매장을 둘러보았다. 분위기는 그럭저럭 부드러운 편이었다. 우리는 밝은 얼굴로 설명을 귀담아 들으며 그에게 전달하기에 바빴다. 서준은 그런 그녀의 모습을 바라보며 내내 마음이 설렜다. 이 여자를 향한 마음이 어떤 것인지를 깨닫고 나니 점점 더 주체하기가 힘들어지고 있었다.

다음 날은 아침부터 요쓰비시 사의 두 공동대표와 미팅이 시작되었다. 한 사람은 머리가 희끗희끗한 노신사에 가까웠고, 또

한 사람은 서준 보다 네댓 살은 어려 보이는 새파랗게 젊은 녀석이었다. 초반 사업 진행 때부터 대립했던 양 사의 주장이 팽팽히 맞섰고, 꽤 많은 노력과 시간을 들인 이후에야 간신히 합의점에 도달했다.

"고생 많았습니다. 여우리 씨 공이 컸어요."

계약서에 최종 사인을 마치며 서준이 우리를 향해 입을 열었다. 그녀는 통역하는 내내 그의 입장과 감정까지 놓치지 않고 전달하려고 꽤 애를 썼다. 그런 그녀의 노력을 서준도 충분히 느낄 수 있었고, 또한 요쓰비시 사의 두 대표에게도 적잖은 귀감을 주었다.

요쓰비시 사와의 이틀간의 행보가 끝이 났다. 네 사람은 서로 만족스러운 계약에 대한 축하 의미로 저녁 식사와 함께 가벼운 술자리를 즐겼다. 상 위의 접시들이 거의 바닥을 드러내고, 네 사람 모두 젓가락을 내려놓았을 때였다. 요쓰비시의 두 대표 중 젊은 남자가 서준을 힐끗힐끗 쳐다보기 시작했다. 뭔가 그의 눈치를 살피는 듯한 모습이었다. 그러더니 마침내 우리를 향해 말을 꺼냈다.

"식사 후 별다른 일정이 없으면 야경을 보러 가는 건 어떻겠냐고 합니다. 하야토 상이 직접 가이드 하겠다고요."

우리가 서준에게 그의 말을 전달하자, 하야토 상은 양손을 들어 급히 손사래를 쳤다. 그러고는 얼굴을 붉히며 우리에게 몇 마디를 건네고, 대답을 기다리는 듯 다소 긴장된 표정으로 그녀를 주시했다.

우리는 뭔가 잠시 고민하는 모습이었다. 방 안에는 긴장감이 가득했다. 그녀도 얼굴이 붉어져 있기는 마찬가지였다. 과한 음주는 아니었으나 그것이 술 탓인지 아니면 분위기 탓인지는 정확하지 않았다.

마침내 그녀가 입을 열었다. 작은 목소리로, 그리고 재빠르게 하야토 상을 향해 대답했다. 둘 사이에 무슨 얘기가 오갔는지는 정확히 파악할 수 없었지만, 일 이야기가 아니라는 것만큼은 서준도 눈치챌 수가 있었다.

"申しわけありません!"

우리의 대답에 하야토 상은 죄송하다는 말을 연발하며 고개를 깊이 조아렸다. 앞에서 보고 있으려니 이마가 상에 부딪힐 만큼 불안한 자세였다.

상 아래에 위치해 있던 서준의 손에 절로 힘이 들어갔다. 얼굴은 비록 티 나지 않는 무표정한 상태지만 힘이 불끈 들어간 손은 주먹을 꼭 쥐고 있었다. 지금의 사장이라는 위치가 공짜로 얻어진 것이 아닌 만큼 눈치가 없고 둔한 사람도 아니었다. 두 사람이 얼굴을 붉히며 대화가 오가는 것으로 보아 이 어린놈이 여우리에게 추파를 던지고 있는 것이 분명했다. 하지만 바로 저렇게 사죄를 하는 것을 보면 더 이상 어찌할 수 없도록 그녀가 단호히 거절했다는 것도 짐작할 수 있는 일이었다.

편치 않던 그 자리가 끝이 나고, 밤늦은 시각이 되어서야 호텔에 도착했다. 이견 조율 때문에 팽팽했던 그 분위기도 물론 힘들었지만, 호텔로 오는 동안 하야토 상과의 은근한 신경전 때문에도 서준은 기운이 빠진 느낌이었다.

요쓰비시의 두 사람이 돌아가고, 호텔 방 앞에 서준과 우리가 도착했다. 이대로 방에 들어가기에는 왠지 아쉬웠다. 하지만 여자의 얼굴이 무척이나 피곤해 보여 잡을 수가 없었다.

"오늘 정말 고생 많았습니다. 많이 피곤해 보이는데 들어가 쉬도록 해요. 내일은 일찍 일어나지 않아도 되니까 늦잠을 자도 좋고."

"네, 대표님도 고생 많으셨습니다."

우리가 고개를 꾸벅 숙이며 몸을 돌렸다. 그리고 발을 떼려는 순간 서준의 손이 그녀의 팔을 붙잡았다.

"잠깐."

"네?"

그녀는 조금 놀란 표정으로 서준을 향해 고개를 돌렸다. 최근 들어 꽤 다이나믹한 행동을 하는 남자 때문에 그가 또 어떤 말을 할지, 어떤 행동을 할지가 은근히 기대되기도 했다.

"아까 하야토 상과 무슨 얘길 했던 겁니까?"

"아, 그건…… 일이랑은 상관없는 얘기였습니다. 신경 쓰지 마세요."

우리는 잠시 머뭇거리다가 얼굴을 붉히며 대답했다. 그리고는 팔을 빼내려 하자 서준은 그녀를 잡은 손에 조금 더 힘을 실었다.

"아니, 일 얘기가 아니라니 더욱 알아야겠습니다. 그저께 내가 했던 말 잊었습니까?"

서준의 말에 우리는 시선을 내렸다. 아마도 그의 눈을 똑바로 마주하기가 부담스러운 모양이었다.

"혹시 하야토 상이 무례한 말이라도 했습니까? 큰 계약이 걸려 있다고 해서 억지로 참을 필요는 없어요. 그런 거라면……."

"아뇨, 대표님. 그렇지 않습니다. 그냥 조금의 호감 표시 정도였어요. 그러니까 이제 놔주세요."

서준의 말을 우리가 가로막았다. 사실 하야토의 행동이 무례한 정도라면, 지금 이 남자의 행동은 그보다 몇 배가 넘는 과한 행동일지도 몰랐다. 하야토가 제의한 야경 투어를 우리가 그대로 통역으로 옮겼고, 하야토는 손사래를 치며 그건 회사 차원이 아닌 남자로서의 제안이라고 했다. 그리고 그는 그녀에게 정중하게 교제를 해보고 싶다는 뜻을 보였다. 그 말에 우리는 잠시 고민을 하다가 이미 좋아하는 사람이 있다는 말로 거절의 뜻을 표했다. 그러자 하야토는 마치 중죄라도 지은 것처럼 몇 번의 사과를 거듭했다. 아마도 그의 과한 사죄 때문에 서준이 이렇게 민감한 반응을 보이는 것 같았다.

우리는 서준의 손아귀에서 팔을 잡아 뺐다. 그리고 다시 한 번 고개를 꾸벅 숙이고서 몸을 돌렸다. 그녀가 방 안으로 사라질 때까지 서준은 그 자리에서 꼼짝도 하지 않았다.

'조금의 호감 표시'라는 말에 속이 부글부글 끓어올랐다. 그리고 그 순간 서준은 깨달았다. 제 마음이 여우리를 향한 것이든, 붉은여우를 향한 것이든, 이제 그런 것은 아무 상관이 없다는 것을.

4.
튕겨보는 게 아니라 튕기는 겁니다, 대표님

"다녀왔습니다."

서준은 현관에서 구두를 벗으며 큰 소리로 인사했다. 이렇게 며칠씩 집을 비웠다가 돌아오는 날은 누군가 달려 나와 반갑게 맞아주기를 바라는 마음에서였다. 어쩌면 그런 마음 때문에 다들 결혼을 하고 짝을 이뤄 사는 모양이다. 어머니가 다가오는 모습을 보며 서준은 여우리가 앞치마를 두르고 주방에서 달려 나오는 상상을 했다. 드디어 미친 게지. 아직 시작도 하지 못했고, 더군다나 여자의 마음은 알 수도 없는 상황에 저 혼자 이런 쓸데없는 상상이라니.

"왔니? 일은 잘됐어?"

"예."

서준은 흡족한 미소를 지으며 거실로 들어섰다. 승주가 그의 출장용 가방을 건네받으며, '이런 건 이제 안사람이 해야지. 내가 나이가 몇인데' 하고 구시렁거렸다.

"얘, 할아버지 오셨다. 안방에 가서 인사 먼저 드려."

"아, 그래요? 몸은 좀 어떠시대요?"

서준의 얼굴에 밝은 웃음이 떠올랐다. 그가 안방을 향해 발을 옮기려는 순간 2층 계단에서 서정의 모습과 함께 빈정거리는 듯한 말투가 들려왔다.

"네가 그렇게 웃을 때가 아닐 텐데."

"그게 무슨 소리야?"

몸을 돌리려던 서준이 자리에 우뚝 멈춰 섰다. 그리고 서정을 향해 되물었다.

"할아버지 아예 살러 오셨거든. 근데 왜 오셨을까, 그 이유를 잘 생각해 봐야 할걸?"

"왜라니?"

서준이 의아한 표정을 지었다. 애초에 같이 살던 할아버지였다. 다만 그동안 좋지 않은 건강 때문에 공기 좋은 곳에서 지내시겠다고 잠시 떠나 있던 것뿐이다. 그렇다면 다시 되돌아온 것은 그만큼 몸이 좋아졌다거나, 아니면 병원이 먼 시골에서 지내기 어려울 만큼 더 악화되었다는 뜻이다. 하지만 그동안 들어온 소식으로 봐서는 크게 호전이 된 상태는 아니었다.

"서정이 너 쓸데없는 소리 할래? 서준이 너는 얼른 들어가서 인사나 드려."

뭔가 말하려는 서정을 승주가 가로막았다. 그는 여전히 얄미운 웃음을 거두지 않고 있는 서정을 힐끗 쳐다보고서 안방으로 발을 움직였다.

똑똑, 노크를 했는데도 안에서는 아무런 소리가 들리지 않았다. 혹시 좋지 않은 몸 상태 때문에 잠이 드신 건 아닐까 싶어 서준은 소리가 나지 않도록 조심스럽게 문을 열었다. 빠끔히 열리는 문 사이로 얼굴을 슬쩍 내미는 순간 무언가가 날아와 '퍽!' 그의 얼굴을 강타했다. 서준은 본능에 따라 눈을 질끈 감으며 고개를 뒤로 뺐다.

"나가, 이 녀석아!"

현식이 버럭 외치는 소리가 들려왔다. 두어 달 만에 보는 얼굴인데도, 그는 손자에게 역정부터 내고 있었다.

"왜 또 그러세요."

서준이 방문을 활짝 열고 안으로 들어섰다. 바닥에는 그의 얼굴을 향해 던져졌던 듯한 두루마리 화장지가 꼬리를 길게 빼고 있었다.

"3개월도 안 남았단다. 내가 대를 잇는 것도 못 보고 저세상 가게 생겼는데, 네놈 면상이 보고 싶겠느냐? 색싯감 데려올 때까지 방에 들어오지도 말아, 이 망할 녀석아! 문안 인사고 뭐고, 다 필요 없다. 얼른 나가! 꼴 보기 싫다."

현식은 서준을 향해 말을 휙 쏘아붙이고서 침상에 훌렁 누워 버렸다. 그러고는 이내 그를 등지고 몸을 돌렸다. 두 달 전 보았을 때보다 더 가냘파진 등이 어쩐지 애처로워 보였다.

그 3개월, 3개월 노래 부르던 것이 어느덧 3년째였다. 매번 이번엔 진짜가 아닐까 싶어 그때마다 바짝 선보는 일에 시간을 쏟아 부었다. 할아버지의 주치의인 김 박사도, 또 어머니도 모두 한

통속인 탓에 정확한 건강 상태는 말해주지 않으면서 내내 그의 결혼만을 강요하고 나섰다.

"그럼 쉬십시오."

서준은 한껏 풀이 죽은 목소리로 인사하고 문을 닫았다. 후우, 깊은 한숨이 바닥으로 무겁게 떨어졌다. 그는 손을 들어 목을 조이는 넥타이를 풀어냈다. 서정의 그 웃음이 어떤 뜻인지를 아주 뼈저리게 느끼는 순간이었다.

옷을 갈아입고 내려와 저녁상 앞에 서정과 서준이 마주앉았다. 식탁 위에 2인분의 식사만이 놓여 있는 것을 보고 서준이 승주에게 물었다.

"할아버지는요?"

"먼저 잡수셨다. 네들 얼굴 보면서 밥이 넘어가겠느냐고, 앞으로는 식사 따로 하시겠다는구나."

승주의 말은 날카롭고도 따가웠다. 그녀는 그릇에 밥을 떠서 두 사람의 앞에 놓고 주방을 나가 버렸다. 두 남매의 얼굴을 보기 싫은 것은 비단 할아버지뿐은 아닌 모양이다.

"쳇! 두 분이 아주 작당을 하셨네."

"작당이라니?"

수저로 국을 뜨며 서준이 투덜거리는 서정을 향해 물었다. 서정은 입을 잔뜩 내밀고서 젓가락으로 밥을 끼적였다.

"분위기 보면 몰라? 할아버지가 너 장가보내려고 올라오신 거잖아. 엄마는 거기에 적극 가담한 거고, 나는 덩달아 피해 보는 거고."

"누나는 왜?"

서준의 물음에 그녀는 밥을 먹던 손을 멈추고 매서운 눈으로 그를 노려보았다. 아무래도 건드리지 말아야 할 부분을 잘못 건드렸다는 생각에 그는 심장이 뜨끔했다. 물론 그녀가 결혼을 하긴 했었지만, '돌싱녀'가 되어 집에 들어앉아 있는 것이 할아버지의 눈에는 당연히 못마땅했을 것이다. 그리고 그 못마땅함은 서준이 제때 결혼해서 증손자만 떡하니 안겨 드렸더라도 조용히 묻힐 수 있는 일이었다. 그러니 '덩달아 피해'라는 그녀의 주장도 그리 틀린 것은 아니었다.

"백서준! 나 재혼 생각 없는 거 너도 알잖아. 그러니까 제발 너라도 좀 가라, 응?"

서정은 끼적여 놓은 밥을 그대로 둔 채 식탁에서 벌떡 일어섰다. 그녀는 젓가락을 거의 던지듯 팽개치고는 주방을 벗어나 버렸다. 휑하니 비어버린 식탁에 혼자 남은 남자의 얼굴은 차마 봐줄 수 없을 만큼 일그러졌다. 혼자 밥 먹는 게 싫어서라도 얼른 결혼해야겠다는 생각을 잠깐, 아주 잠깐 떠올렸다.

서준은 일요일까지도 도쿄 출장의 피곤함을 벗어버리지 못했다. 방에 혼자 있을 때는 우리와 하야토 상이 얼굴을 붉혀가며 대화하던 일들이 머릿속을 괴롭혔다. 그리고 문안 인사를 올리러 안방에 갈 때는 날아오는 휴지 뭉텅이를 피하느라 그것대로 곤욕이었다. 문안 인사고 뭐고 필요 없다고는 하지만, 그렇다고 해서 정말로 거를 수도 없는 일이라 그 또한 스트레스였다. 그리고 아직 삐친 마음을 풀지 않은 서정은 밥상머리에 나타나질 않으니 종일 혼자 밥을 먹는 것도 미칠 것만 같았다.

월요일 아침이 되고, 서준은 가벼운 마음으로 출근 준비를 서둘렀다. 회사에 있는 시간만큼은 어마어마한 결혼 독촉의 굴레에서 벗어날 수 있으니 말이다. 그리고 주말 내내 그를 안절부절못하게 만들었던 그 여자를 볼 수 있다는 생각에 가슴이 두근거리기도 했다.

서준이 출근하고 난 빈방에 승주가 들어섰다. 그녀는 세탁소에 맡길 양복을 골라내고 주머니를 샅샅이 살폈다. 대체 전생에 무슨 죄를 지었기에 여태껏 이런 뒤치다꺼리를 하고 있는지 그게 영 못마땅했다. 이런 일쯤이야 며느리에게 넘기고 이제 졸업할 나이가 한참 지난 것을.

내내 구시렁거리며 주머니를 뒤지던 승주의 손에 무언가가 잡혔다. 날카로운 모서리가 손바닥을 따끔하게 찔러오기에 그녀는 이마에 주름을 지으며 그것을 잡아 꺼냈다.

"어머! 이게 뭐야, 세상에!"

"왜, 엄마. 무슨 일 있어?"

놀란 승주의 목소리를 듣고 마침 서준의 방 앞을 지나치던 서정이 안으로 들어왔다. 그녀는 엄마의 손 위에 놓여 있는 세 개의 콘돔을 보고 입가에 씩 웃음을 달았다.

"엄만 뭘 이런 걸로 놀라고 그래? 걔 나이가 몇 갠데. 안 하는 게 오히려 이상하지, 안 그러우?"

"그, 그래도 좀 민망스럽잖니."

"민망하긴 뭘 민망해. 그럼 엄마는 걔가 고자였으면 좋겠어?"

무심코 꺼낸 서정의 말에 승주는 손바닥으로 그녀의 뒤통수를 퍽 올려쳤다. 그러고는 매서운 눈으로 그녀를 흘겨보았다.

"아! 엄마, 쫌!"

서정은 손으로 뒤통수를 문질렀다. 무방비 상태에서 맞은 머리통은 눈물이 찔끔 흘러나올 만큼 심하게 아팠다.

"진짜 있나 보네."

겨우 통증이 가라앉고서, 서정이 그중 한 개를 집어 들었다. 혼잣말처럼 튀어나온 그녀의 말을 놓칠세라 승주는 고개를 번쩍 쳐들었다.

"너, 뭐 아는 거 있어? 서준이 여자 있니?"

"글쎄, 나도 확실히는 모르는데, 요새 부쩍 멋도 내고 옷에 신경도 쓰고 그렇더라고. 뭐 있으니까 그런 거 아닐까?"

"어머, 어쩜 그러면서 감쪽같이. 걔는 대체 무슨 생각이라니? 나이가 몇인데 결혼할 생각은 안 하고, 민망스럽게 주머니에 이런 거나……."

승주가 콘돔을 든 손을 흔들어대며 살짝 얼굴을 붉혔다. 그러고는 서정의 손에 든 것을 마저 빼앗아 세 개를 전부 제 주머니에 쏙 집어넣었다.

"이따가 백사장 집에 오면 족쳐봐. 증거가 있는데 지가 뭐 발뺌하겠어?"

서정의 말에 승주는 회심의 미소를 지었다. 조금 민망한 대화가 될지는 모르겠지만 어쨌거나 무작정 밀어붙여야겠다는 생각이었다. 아주 큰 흠만 없는 웬만한 아가씨라면 다음 달 안으로 끝장을 보리라, 그렇게 마음먹었다.

서준이 회사에 도착한 시각은 오전 10시가 다 되어서였다. 한 달에 한 번, 정기적으로 있는 경영인 조찬 모임은 오늘따라 지루하기 짝이 없었다. 하긴 마음이 콩밭에 가 있으니, 담배 냄새나 풀풀 날리는 아저씨들과의 아침 식사가 반가울 리가 있나.

엘리베이터가 7층에 멈추자 그는 훅 숨을 들이쉬었다. 제 사무실을 드나들면서도 이렇게 심장이 떨린다는 것이 왠지 이상했다. 문을 열자 다소곳이 앉아 있던 여자가 바로 몸을 일으키는 모습이 눈에 들어왔다.

"주말은 잘 보냈습니까?"

우리가 입을 열기도 전에 서준이 부드러운 목소리로 먼저 말을 건넸다. 그녀는 묵례와 함께 '네'라는 짧은 대답 후에 입을 닫았다. 그는 바로 제 방으로 들어가지 않고 그녀의 얼굴을 뚫어지게 보며 서 있었다. 무언가 다음 대화를 진행해야겠다는 생각에 머리를 굴려보지만, 별다른 말이 떠오르지가 않았다.

"결재하실 서류는 책상 위에 두었습니다. 커피 가져다 드릴까요?"

빤히 쳐다보는 그의 눈빛이 부담스러웠는지, 그녀가 먼저 입을 열었다.

"아니, 마셨습니다."

더 이상 할 말을 찾지 못한 서준은 마음을 접고 집무실 문을 열었다. 한 발을 안으로 들이던 그가 다시 몸을 뒤로 돌렸다. 쇠뿔도 단김에 빼랬다고, 이미 마음을 알린 바에야 확실하게 밀어붙여야 할 일이다. 하야토 같은 쇠파리가 그녀의 옆에서 얼쩡거리기 전에 말이다.

"미안하지만 한 잔 부탁합시다."

그는 커피를 핑계로 시간을 좀 더 벌어두었다. 그리고 우리가 커피를 들고 나타나기 전까지 어떤 말을 할까, 고민에 고민을 거듭했다. 그리 긴 시간은 아니었지만, 그래도 마음의 결정을 내리기까지는 충분한 시간이었다. 어차피 연애에 있어서 타고난 재주는 없으니, 그냥 그대로 돌직구를 던지기로 마음먹었다.

커피 잔을 쟁반에 받쳐 든 여자가 안으로 들어섰다. 서준은 잔을 책상에 내려놓는 그녀의 손을 바라보며 두근거리는 마음을 긴 심호흡으로 진정시켰다.

"여우리 씨."

"네, 대표님."

기껏 '여 비서'가 아닌 이름을 불렀건만, 돌아오는 대답은 평소와 같은 사무적인 목소리였다. 그의 고백에도 불구하고 아무런 긴장을 하지 않는 듯 보이는 여자가 서준은 왠지 야속했다.

"오늘 저녁, 시간 있습니까?"

"네?"

이제야 여자의 눈빛이 달라졌다. 의외의 질문에 살짝 긴장감이 담긴 눈동자. 어쩌면 경계하고 있는 것처럼 느껴지기도 했다.

"저녁, 같이 할까요?"

남자가 본격적인 작업에 돌입했다. 하지만 그녀의 입에서는 바로 대답이 나오지 않았다. 그렇게 잠시의 침묵이 흘렀다. 어색하고 답답한 공기가 두 사람 사이에 짙게 깔리고 있었다.

"죄송합니다, 대표님. 오늘은 일이 좀 있어서요."

쿵! 그녀의 대답에 심장이 나락으로 떨어지는 듯한 기분이 들었다. 물론 처음부터 '오케이'라는 대답을 기대했던 것은 아니지만 어쩐지 서운하기도 하고 또 한편으로는 속이 타기도 했다.

우리가 가볍게 고개를 숙여 인사하고 몸을 돌렸다. 하지만 한 번의 거절로 물러설 생각이었다면 애초에 시작도 하지 않았을 것이다.

"여우리 씨? 내가 지금 데이트 신청하고 있다는 거, 알긴 압니까?"

서준의 말에 문을 향해 걷던 그녀의 발이 우뚝 멈춰 섰다. 그녀는 그대로 잠시 멈춰 있다가 그를 향해 살짝 몸을 틀며 대답했다.

"네, 대표님. 알고 있습니다."

그녀의 입에서 나온 대답은 예상 밖의 당돌한 말이었다. 물론 그렇게 물은 건 자신이었지만, 이런 상황이라면 대부분의 여자는 당황하거나 몰랐다고 대답했을 것이다. 하지만 그녀는 아무렇지도 않은 듯한 얼굴로 너무나 태연하게 대답했다.

"하! 그럼 그 대답은 정말 시간이 없어서입니까? 아니면 튕겨 보는 겁니까?"

그는 벌린 입을 다물지 못했다. 너무 어이가 없었던 터라, 서준도 마음을 숨기지 않고 단도직입적으로 물었다.

"튕겨보는 게 아니라, 튕기는 겁니다, 대표님. 그럼 이만 나가 보겠습니다."

여자는 다시 한 번 고개를 숙여 인사했다. 그리고 몸을 돌려 문밖으로 사라져 버렸다. 서준은 커다란 돌에 머리라도 얻어맞은 사람처럼 멍해 있었다. 그리고는 이내 혼자서 실없이 웃기 시작했다.

튕겨보는 게 아니라 튕기는 거라니. 생각지도 못했던 대답이었다. 이 순간 붉은여우의 본질이 되살아나기라도 했는지, 여자는 평소의 여우리 비서가 아닌 클럽에서의 그 모습과 흡사했다. 어쩌면 그곳에서 수많은 남자들의 대시에 기고만장하고, 자존심과 자만이 머리 꼭대기까지 올라앉아 있을지도 모른다는 생각이 들기도 했다.

그는 튕기는 거라는 여자의 대답을 다시 되새기며 고개를 저었다. 평소의 단정하고 도도한 여우리가 그녀의 본 모습인지, 아니면 꼬리를 백 개쯤은 달고 있는 붉은여우가 본 모습인지 심히 헷갈리는 순간이었다.

하루 종일 일이 손에 잡히지 않았다. 책상 위에는 그의 손길을 기다리는 결재서류들이 잔뜩 쌓인 채 계속 방치되어 있었다. 몸을 바쁘게 움직여야만 모두 소화해낼 수 있는 일임에도 서준은 꼼짝도 하지 않았다.

그는 오후가 되어서야 자리에서 일어섰다. 두어 개의 미룰 수 없는 스케줄이 어쩔 수 없이 그를 움직이게 만들었다. 문을 나서며 우리와 눈이 마주쳤다. 혹시라도 그 사이 우리가 생각을 바꾸진 않았을까, 다시 묻고 싶은 마음이 굴뚝같았다. 하지만 그저 잘 다녀오라는 사무적인 인사만 건네는 그녀를 보며 바로 마음을 접어버렸다.

공장 방문 일정을 마치고서 서준은 준호와 저녁 약속을 잡았다. 여우리에게 거절을 당하고, 그 허한 마음을 달래기 위해서였다. 지난 몇 년을 여자 한 번 만나지 않고 일만 하며 보냈건만, 그때도 느끼지 못했던 외로움이 요즘 들어 수시로 찾아들었다.

최근 계속된 과음으로 위가 좋지 않다던 준호 녀석은 끝내 술을 거부했다. 늘 만나던 클럽의 룸에서 차 한 잔을 앞에 놓고 별 대화도 없이 시간을 보냈다. 밤이 깊어지고 쿵쿵거리는 음악 소리가 들려오자, 서준은 자꾸만 룸 밖이 신경이 쓰였다. 일이 있다며 거절하던 그 여자가 혹시라도 이곳에 와 있는 것은 아닌지, 그런 생각을 아예 지워버릴 수가 없었다.

"지난번 그 여자 말이야……."

"그 여자라니?"

뜬금없는 여자 타령에 준호가 의아한 듯 물었다. 서준의 입에서 여자라는 단어가 나온 것이 몇 년 만인지는 기억도 나지 않았다.

"그 있잖아, 네가 붉은여우라고 했던."

"아! 너랑 같이 호텔 방 잡은?"

"김준호, 죽을래? 그런 거 아니라고 했지!"

심하게 인상을 구기는 서준의 얼굴을 보며 준호가 터져 나오는 웃음을 꾹꾹 눌러 참아냈다. 평소 여자관계든 일이든 참 깔끔한 녀석인 것은 알지만, 가끔은 과하리만큼 예민한 것도 탈이었다.

"미안, 미안. 그런데 그 여자는 왜?"

"혹시 금요일이 아니어도 오나?"

"그걸 내가 어떻게 아냐. 주로 금요일에 나타나니까 불금여우라고 했겠지만, 뭐. 왜, 애들한테라도 물어봐 줘?"

"아니, 됐다."

서준은 한숨을 푹 내쉬었다. 준호 녀석에게 마음을 다 보이면

서까지 그렇게 일을 만들 필요는 없었다. 혹여 그녀가 여기에 왔는지가 궁금한 것이라면 나가서 슬쩍 훑어보면 그만인 것이다.

"근데 너 요새 정말 수상해. 설마 그 여자한테 마음 있냐? 내가 다리라도 한번 놔봐?"

"쓸데없는 소린. 됐다! 나, 간다."

서준이 소파에서 몸을 벌떡 일으켰다. 고픈 술도 안 마셔주고, 궁금한 붉은여우에 대한 대답도 시원히 안 해주는 녀석. 일생에 별 도움도 안 되는 녀석. 흥이다!

룸을 나서며 서준이 빠르게 1층 스테이지를 훑었다. 하지만 월요일이라 꽤 한산한 그 안에서도 여우리의 모습은 보이지 않았다. 뒤에서 준호 녀석의 웃음소리가 작게 들려왔다. 아마도 그가 무대를 살피는 것을 눈치를 챈 모양이다. 서준은 휙 고개를 돌렸다. 그리고 여전히 웃음을 멈추지 않는 준호를 노려보고서 인사도 없이 클럽을 나섰다.

차 안에 앉아 시동을 걸었다. 시계가 어느새 10시를 가리키고 있었다. 허한 마음, 터질 듯 답답한 가슴, 보고 싶은 얼굴, 그리고 또 떠오르는 건…… 유혹하듯 움직이는 빨간 입술.

서준은 주머니에서 휴대폰을 꺼내 들었다. 목소리라도 듣지 않고서는 도저히 참을 수 없을 것 같았다. 통화 버튼을 누르고 그녀의 목소리를 기다렸다. 하지만 그의 답답한 마음을 모르는지 휴대폰에서는 내내 제목도 모를 노랫소리만 흘러나왔다.

잠시 시간이 흐르고, 서준이 전화를 막 끊으려던 참이었다. 그 순간 기계를 통해 들려온 목소리. 하지만 그녀의 것이 아니다. 낮고 굵은 남자의 음성은 귀에 매우 익은 음성이었다.

[네, 대표님.]

"최 실장…… 입니까?"

[예.]

당황스럽기도 하고, 또 놀랍기도 했다. 이 야심한 시각에 왜 여우리의 전화를 기범이 받고 있는 것인지 알 수가 없었다. 순간 서준의 얼굴에 슬쩍 노기가 어렸다. 혹시 그 일이라는 것이 기범과의 약속은 아닌지 의심이 들기 시작했다.

"여우리 씨 전화를 왜 최 실장이 받습니까?"

서준은 평소 기범을 대하던 태도와 다르게 냉담한 목소리로 물었다.

[지금 비서실 회식 중입니다.]

바로 들려온 기범의 대답에 그는 작게 안도의 한숨을 내뱉었다. 어쨌든 단둘이 있다는 얘기는 아니었다. 그러고는 곧 또 한 가지 의문이 들었다.

"그 회식, 예정에 있던 겁니까?"

[아뇨, 그건 아닙니다. 어쩌다 보니 퇴근길에 모였습니다.]

"아, 그렇군요."

괜히 물었다. 차라리 묻지 않았다면, 회식 때문에 거절당한 것으로 넘겨버릴 수도 있는 일인 것을. 튕기는 것이라던 그녀의 말을 직접 확인하고 나니 커다란 상실감이 몰려왔다.

"여우리 씨는 어디 갔습니까?"

[잠깐 화장실에 간 모양입니다. 그런데 대표님은 이 시간에 웬일이십니까? 무슨 급한 일이라도 생기신 겁니까? 회사에 계신 거면 제가 그쪽으로 갈까요?]

아마도 일 때문이라고 생각했던 것 같았다. 그래서 여우리가 두고 나간 전화에 서준의 이름이 찍힌 것을 보고 회사 일로 여긴 기범이 대신 받았을 터였다. 이런 상황까지 차마 계산에 넣지 못한 서준은 어떻게 대답해야 할지 무척 난감했다.

"아뇨, 그럴 필요까진 없습니다. 그냥 뭘 좀 물어보려고 했던 것뿐입니다. 그럼 전 이만 끊겠습니다. 직원들 잘 챙기시고 너무 늦게 보내지 마시고요."

[예, 곧 들어갈 겁니다. 걱정하지 마십시오.]

기범과의 통화를 마치고 서준은 망연자실한 표정으로 의자에 머리를 기댔다. 역시 여우리에게 자신은 그저 고리타분한 아저씨일 뿐이던가. 하긴 여덟 살이라는 나이 차가 여자에게는 크게 느껴질지도 모를 일이었다. 어쩌면 도쿄에서의 그 고백에 바로 거절의 대답을 준비하고 있었을지도 모른다. 그랬으니 튕겨보는 게 아니라 튕기는 것이라는 말도 아주 당차게 흘러나왔을 것이다. 서준은 차 안에 있던 생수병을 열어 물을 입안에 흘려 넣었다. 하지만 그것으로 씁쓸해진 입안이 다스려지지는 않았다.

차를 막 출발시키려던 찰나 그의 휴대폰이 진동을 울려댔다. 서준은 얼른 전화기를 집어 들었다. 그녀였다. 최 실장의 지시로 걸었을 테지만, 아무래도 좋았다. 목소리를 들어야겠다는 그 소기의 목적만큼은 달성할 수 있으니.

"여우리 씨?"

서준은 통화 버튼을 누르자마자 다급하게 이름을 불렀다. 그리고는 이내 얼굴을 찡그렸다. 아무리 혼자 좋아서 날뛰는 중이기는 하더라도, 전화 한 통에 너무 반가운 티를 내버렸다.

[예, 대표님. 전화하셨다고 해서요. 무슨 하실 말씀이라도 있으신가요?]

드디어 기다리던 목소리가 들려왔다. 꽉 막혀 있던 숨통이 이제야 좀 트이는 것만 같았다. 서준은 여자에게 들키지 않도록 조용히 긴 숨을 내쉬었다.

"아뇨, 그냥 했습니다. 회식 중이라면서요. 술, 마셨습니까?"

[예, 조금.]

조금이라는 말에 왠지 안심이 되었다. 아직 이 여자와 취할 만큼 술을 마셔본 적이 없으니 주량이 어느 정도인지, 술버릇은 어떤지 그런 걸 알 수 없어 불안했다. 혹시라도 그 클럽에서처럼 술만 마시면 붉은여우의 모습으로 변신하지 않을까 하는 생각을 하면 마음이 불안해 미칠 것만 같았다. 하지만 목소리로 보아서도 많이 마신 상태가 아니라는 것쯤은 짐작되었다. 그리고 최 실장 또한 책임감이 투철한 사람이라 다음 날 업무에 지장이 있도록 술을 권하는 사람은 아니었으니 그 또한 안심되는 일이다.

"지금 어딥니까?"

[회사 근처입니다.]

"내가 그쪽으로 가죠. 집까지 데려다 줄게요."

얼굴을 볼 수 있는 핑곗거리를 애써 만들었다. 그렇다고 해서 냉큼 '네' 하고 대답할 여자가 아니라는 것쯤은 알고 있지만, 어쨌든 이번엔 좀 더 강하게 밀어붙이기로 마음먹었다.

[아뇨, 그러지 마세요, 대표님. 다른 사람들 아직 같이 있습니다.]

역시나 예상했던 답변이 들려왔다. 하지만 두 번째는 처음 거절당했던 그때보다 그나마 충격이 덜했다.

"이것도 튕기는 겁니까?"

[아뇨, 튕겨보는 겁니다, 대표님.]

서준의 입가에 슬슬 웃음이 담겼다. 튕겨보는 것이라는 말은 강하게 거절할 생각은 없다는 얘기였다. 이 여자가 제 마음을 가지고 떡 주무르듯 주물러대고 있었다.

"그래서, 몇 번이나 튕겨볼 생각입니까?"

서준은 입가에 참지 못한 웃음을 가득 달고 다시 물었다.

[삼세판입니다, 대표님.]

이번엔 정말 입 밖으로 웃음이 터져 나올 뻔했다. 서준은 올라간 입꼬리를 매만지며, 차를 출발시키기 위해 백미러로 후방을 살폈다.

"시간 낭비하지 맙시다. 지금 갈 테니까, 다른 사람들 대충 피해서 있어요. 도착해서 전화하도록 하죠."

말을 마치고서 바로 전화를 끊어버렸다. 남자의 얼굴은 여전히 웃음을 억지로 참으려는 모양새였다. 알고 보니 이 여자, 아주 제대로 이름값을 하는 여자였다.

20여 분 후 그는 회사 근방에 도착했다. 도로 가에 차를 세우고 통화 버튼을 다시 눌렀다. 시간이 얼마 지나지 않아 기다렸다는 듯 그녀의 목소리가 들려왔다.

[네, 대표님.]

"어디 있습니까?"

서준은 창밖으로 주변을 살피며 물었다. 아주 늦은 시각은 아니지만 길가에는 취해서 비틀거리는 사람들도 몇 보였다.

[회사 건물 바로 뒤편입니다.]

"다른 사람들은?"

[다들 갔습니다.]

"알겠어요, 기다려요."

전화를 끊고 바로 차를 움직였다. 몇 분이 채 지나지 않아 서준은 회사 건물 뒤편에 혼자 서 있는 여자를 발견했다. 그는 그녀의 바로 앞에서 차를 멈추었다. 하지만 여자는 그 자리에 곧게 서서 차에 오르지 않았다.

서준이 문을 열고 긴 다리를 내렸다. 밤이라 다소 쌀쌀한 기운이 느껴졌다. 여자도 그리 두껍지 않은 옷을 입고서 몸을 움츠리고 서 있었다. 서준이 다가오자 그녀는 고개를 들어 눈을 마주했다.

"감기 들겠어요. 얼른 탑시다."

서준이 문을 열며 독촉하자 그녀는 고개를 숙여 고맙다는 말을 대신하고 차에 올랐다. 그도 운전석에 다시 올라앉았다. 그리고 고개를 옆으로 돌려 우리의 얼굴부터 발끝까지 눈으로 쭉 훑었다. '밤새 안녕'이라고, 떨어져 있던 그 몇 시간 새에, 혹은 술을 마시면서 무슨 일이 일어나진 않았는지, 별다른 이상은 없는지, 그런 것들을 확인해야 마음이 놓일 것만 같았다.

다행히 아무 일도 없었던 듯, 여자의 모습은 사무실에서 마지막으로 보았을 때와 별반 다르지 않았다. 서준은 말없이 차를 출발시켰다. 그렇게 잠시 달리다가 문득 머릿속에 떠오르는 것이 있었다.

"최 실장은 먼저 간 겁니까? 직원들 가는 거 다 확인하지도 않고?"

마지막에 혼자 남아 기다리던 우리의 모습을 되새겼다. 물론 그 덕에 차에 수월하게 태울 수 있었다. 또 적당히 사람들을 피해 기다리라고 했던 것도 자신이었고. 그럼에도 심기가 불편해졌다.

"아뇨, 대표님. 제가 먼저 택시 탔었어요. 가다가…… 되돌아온 거예요. 대표님 기다리실까 봐."

기범을 나무라는 듯한 서준의 말투에 여자가 얼른 그를 변론했다. 그러고는 제 대답이 민망한 듯 얼굴을 붉히고 고개를 떨어뜨렸다. 그녀의 대답이 만족스러웠는지 서준은 또 슬그머니 입꼬리를 휘었다.

여자의 집 근처에 도착해 차를 세웠다. 감사하다는 인사와 함께 몸을 돌려 내리는 그녀를 보니 아쉬운 마음이 한가득 자리 잡았다. 이 여자를 당장 붙잡고서 진하게 입맞춤이라도 하고 싶은 마음이 굴뚝같았지만, 두서없이 서두르다가는 한 백여 미터 멀리 달아나 버릴지도 모를 일이다. 오늘만 해도 그랬다. 일이 있어 데이트 신청을 거절하겠다는 여자가 예정에 없던 회식 자리에 가 있지 않았던가.

"잘 들어가요. 내일 봅시다."

서준이 함께 차에서 내려 다정히 인사를 건넸다. 우리는 언제나처럼 예의 바르고 깍듯하게 고개를 숙이며 인사할 뿐이었다.

집에 도착하니 밤 11시가 훌쩍 넘어서 있었다. 서준은 조용한 발걸음으로 현관에 들어섰다. 신발을 벗고 거실에 올라서자 소파에 앉아 있는 어머니가 눈에 띄었다.

"늦었구나."

"네. 안 주무셨네요."

"여기 와서 앉아라. 얘기 좀 하자."

승주가 앉아 있는 맞은편 소파를 턱짓으로 가리켰다. 아주 심각한 얘기라도 되는 듯 그녀는 단호한 표정을 짓고 있었다. 지난번에 마지막이라 했던 선 이야기를 또 하려는 것은 아닌지, 서준은 순간 난감해졌다. 여우리 그 여자를 마음에 담아버린 이상 이제는 그런 자리에 나갈 수도 없었다. 그가 다가가 소파에 앉자, 승주는 꼬고 있던 다리를 내리며 서준의 눈을 주시했다.

"언제 데려올 거니?"

뜬금없는 어머니의 말에 그는 눈을 동그랗게 떴다. 아무리 머리를 굴려도 이야기의 요점을 찾아낼 수가 없었다.

"무슨 말씀이십니까?"

"잡아떼도 소용없어. 이번 주 주말로 할래?"

어머니는 여전히 뜻 모를 소리만 하고 있었다. 서준이 미간을 찡그리며 다시 물었다.

"그러니까 뭘 주말에 하라는 겁니까? 좀 알아듣게 말씀해 주세요."

"그 아가씨 말이다. 언제 데려올 거냐고."

아가씨라는 말에 깜짝 놀란 그는 눈을 더욱 동그랗게 뜨고 승주를 바라보았다. 가슴이 다 뜨끔하니 무언가에 콕 찔린 듯한 기분이었다. 아직 어느 누구에게 말한 적도, 또 보인 적도 없는 그 속을 대체 어머니가 어떻게 알고 있는지가 놀라울 뿐이었다.

"어, 어떻게…… 아셨습니까?"

서준은 말까지 더듬었다. 저도 제 마음을 이제야 알았거늘, 어머니는 마치 신 내림이라도 받은 사람처럼 그렇게 말하고 있었다.

"얼굴에 다 쓰여 있는데 뭘 그래. 그보다, 어떻게 할아버지하고 엄마한테 이럴 수가 있니? 네 결혼, 얼마나 기다려 왔는지 알면서 어쩜 이럴 수가 있어? 더 이상 미루지 말고 이번 주말에 무조건 데려와."

어머니의 말은 뭔가 이해가 되지 않았다. 물론 여우리를 좋아하는 마음은 있지만, 아직 결혼 이야기를 할 단계까지는 아니었다. 할아버지 병색이 아무리 깊더라도, 어머니 마음이 아무리 급하더라도 일에는 순서가 있는 법이거늘. 그런데도 그녀의 말은 마치 그가 오랫동안 여자를 숨겨놓고서 내놓지 않는 것처럼 그렇게 들렸다.

서준이 억울한 마음을 표현하고자 입을 열려고 할 때였다. 그녀가 주머니를 뒤적이더니 그의 앞 탁자 위에 탁 소리가 나도록 내려놓았다.

"이거, 네 양복 주머니에서 나온 거야. 이런 걸로 엄마랑 민망한 상황 만들지 말고, 이번 주 내로 데려와. 할아버지 허락하시면 다음 달 내로 식도 올려 버리자. 알았지, 아들?"

어느새 얼굴이 슬쩍 붉어진 승주가 몸을 벌떡 일으켰다. 그리고는 성큼성큼 자리를 벗어났다. 서준의 눈이 그녀가 남기고 간 탁자 위의 물건을 내려다보았다. 그리고는 헉, 놀라 벌어진 입을 다물지 못했다. 포일에 쌓인 세 개의 콘돔. 이게 도대체 어디서 나온 물건이란 말인가. 그는 재빠르게 머리를 굴렸다. 그리고 곧 입에서 아, 하는 탄성이 흘러나왔다.

김준호! 정말 목을 잡아 비틀어 버리고 말 테다!

킹스 호텔 클럽에서 술에 취한 붉은여우를 만났던 그 밤, 준호 녀석이 주머니에 쏙 넣어주었던 바로 그 물건이었다. 거기에 '세 개다. 모자라면 전화해라'라는 말까지 덧붙이며 배려 아닌 배려를 해주었던. 남자의 손이 그 망할 물건을 덥석 잡아 쥐었다. 그리고 주먹을 꼭 쥐며 다짐했다. 사용해 보지도 못한 것으로 억울한 누명을 쓴 만큼 모두 되갚아 주리라.

"다녀오겠습니다."

서준이 안방 문을 빠끔히 열며 인사를 올렸다. 하지만 역시나, 오늘도 두루마리 화장지가 얼굴을 향해 퍽 날아왔다. 그래도 며칠 적응이 된 탓에 서준은 고개를 휙 숙이며 능숙하게 피해냈다.

"너 이놈! 얼굴 보이지 말라 했냐, 안 했냐. 어멈한테 다 들었으니 허튼수작 말고 당장 데려와라, 이 녀석아!"

현식 또한 그 얘기였다. 서준은 인상을 쓰며 살며시 방문을 닫았다. 뭐라 변명도 못 하고서 타는 속에 손으로 뒤통수를 벅벅 헤집었다.

사무실 문을 열자, 바로 자리에서 일어서는 우리의 모습이 보였다. 어제만 해도 그 얼굴 한 번 보겠다고 밤길을 마다하고 달려갔었건만, 오늘 아침은 왠지 한숨부터 흘러나왔다. 당장 이번 주 주말이라니. 도저히 그런 얘기를 할 자신이 없었다. 아직 그녀가 제 마음을 받아들인 것도 아니었고, 또 정확히 교제하자거나 그런 얘기조차 꺼낸 적도 없거늘. 집에 인사부터 하자고 한다면 귀싸대기를 맞을지도 모를 일이었다.

"대표님!"

제 방으로 들어가려는 서준을 우리가 다급히 불러 세웠다. 그는 발을 멈추고 고개를 뒤로 돌렸다. 여자는 할 말이 있는 듯 그를 바라보고 있었다.

"할 말 있습니까?"

"저기, 머리요."

우리는 제 뒷머리를 만지작거리며 그에게 무언가를 요구하는 눈빛이었다. 혹시 머리 모양이 변하기라도 한 건가? 그런 것도 아는 척해줘야 하나? 순간 당황스러웠다. 하지만 아무리 들여다봐도 어제와 별다를 것도 없는 여자의 헤어스타일. 길이가 짧은 단발이다 보니 특별히 달라질 것도 없지 않은가. 서준은 심란한 얼굴로 우리를 바라보며 고민했다.

머뭇거리고 있는 사이 우리가 그의 가까이 다가왔다. 그녀가 옆에 서자 심장이 또 쿵쿵쿵 울리기 시작했다. 여자는 손을 그의 뒤통수로 올리더니 가느다란 손가락으로 머리카락을 조심히 쓸어내렸다. 서준은 숨을 멈추었다. 가슴에서 뜨거운 기운이 차올라 몸을 휘감으며 꿈틀거렸다.

"이제 됐습니다."

그제야 떠올랐다. 아침부터 할아버지의 호통에 머리를 한껏 흩뜨려놓은 것을.

"아, 고마워요."

얼굴에 열이 오르는 것을 느끼며 그는 안으로 급히 들어와 몸을 감추었다. 그리고 참았던 숨을 한 번에 몰아 내쉬었다. 아침부터 머리에 새집이나 짓고 다니는 그런 바보 같은 모습을 보이고 말았다. 멋진 모습만 보여 주더라도 아저씨 소리를 벗어버릴 수 없는 판에 아주 절망적인 하루의 시작이다.

잠시 후 우리가 안으로 들어왔다. 커피를 내려놓는 여자의 손을 보고 있으려니, 조금 전 그녀가 머리를 만져주던 일이 생각났다. 결혼을 하면 그런 일들이 자연스러워질까? 불쑥 그런 생각이 머릿속을 떠돌았다.

"오늘 점심, 같이 할까요?"

서준이 말을 건넸다. 결혼이든 연애든 간에 뭐든 추진을 해야지, 그냥 손을 놓고 있을 수가 없었다.

"죄송합니다. 오늘은 선약이 있어서요."

"이것도 튕기는 겁니까?"

"아뇨, 대표님. 오늘은 정말 약속 있습니다."

여자가 작게 소리 내어 웃으며 대답했다. 보조개가 쏙 들어간 볼이 그의 눈에 들어왔다. 손을 뻗어 만져보고 싶은 충동을 억누르느라 그는 꽉 주먹을 쥐었다.

"그럼 저녁은?"

"죄송합니다. 저녁에도 일이……."

또다시 거절. 서준은 크게 한숨이 나오려는 것을 간신히 참아냈다. 도대체 이 여자의 속을 알 수가 없으니 답답할 따름이다. 요새 말로 '밀당'이니 뭐니 하더니만, 이 여자가 저를 상대로 '밀당'을 하고 있는 건 아닌가 하는 생각이 들었다. 연애에 있어서는 그런 것도 중요하다고는 하지만, 한시가 급한 서준으로서는 그럴 만한 마음의 여유가 없었다.

"그럼 내일 저녁도 안 됩니까?"

이번엔 다소 굳은 목소리로 물었다. 심기가 그리 편하지 않음을 여자가 느낄 수 있도록. 튕겨보는 것도 삼세판이라 했으니 이번엔 제발 'yes'라는 대답이 나오기를 간절히 바랄 뿐이다.

"대표님, 내일 저녁 은성 그룹 부사장님과 약속 잊으셨어요?"

"아!"

매사에 스케줄 정도는 혼자 척척 꿰고 다니던 사람이었다. 그런데 요새는 나사 하나가 빠진 듯 이 모양, 이 꼴이다. 이게 다 당신 때문이라고 옴팡 뒤집어씌우고 책임지라 하고 싶은 마음이 굴뚝같았다.

5.
어쩌면 미친놈이라고 여길지도 모르겠습니다

러닝머신 위를 달리는 기범의 눈이 자꾸만 어딘가를 힐끗거렸다. 20초에 한 번, 10초에 한 번, 그리고 결국은 2초마다 한 번씩. 왠지 모르게 기분이 불쾌했다. 속에서 뭔가 부글부글 끓는 것도 같았다.

"자, 숨을 천천히 들이마시고, 내쉬고. 다리를 이렇게……."

트레이너라고는 딱 기생오라비처럼 생겨 먹어서는 아줌마들 앞에서 실실거리는 것이 아주 가관이었다. 또 그 앞에서 좋다고 잘생겼다는 둥, 근육이 멋있다는 둥, 한 번만 찔러보면 안 되냐는 둥, 헤벌쭉한 여자들도 어처구니가 없었다. 기범이 손을 뻗어 러닝머신의 정지 버튼을 눌렀다. 그리고는 그 앞으로 성큼성큼 걸어 다가섰다.

"잠깐 나 좀 봅시다."

그는 트레이너 앞에서 아주 애교가 살살 녹던 여자의 손목을 덥석 잡아 밖으로 이끌었다. 놀란 서정이 눈을 휘둥그렇게 뜬 채 힘없이 딸려갔다.

"최 실장님! 왜 이래요? 운동하는데?"

"운동? 그게 운동하는 겁니까? 허튼짓하는 거지."

"머, 뭐예요? 어머, 기막혀!"

기범의 말에 서정은 열이 오른다는 듯 얼굴에 손부채질을 했다. 며칠 잠잠하던 남자가 새벽부터 또 괜한 시비를 걸어왔다.

"대체 돈은 언제 갚을 겁니까?"

서정이 펄펄 열을 내는 모습에 그는 터져 나오는 웃음을 참아 내며 물었다.

"아, 그게……."

서정은 말을 얼버무렸다. 안 그래도 백사장 녀석이 용돈을 절반으로 줄여 버렸다. 평생 집에서 뒤치다꺼리할 수는 없는 노릇이라며, 필요한 돈은 직접 벌어 쓰라는 것이다. 그 탓에 차비니 뭐니 이것저것 자잘한 지출을 하고 나면 주머니가 탈탈 털려 버려 한 푼도 남는 게 없었다. 그러니 최 실장의 돈을 갚는 것은 언제가 될지 기약조차 없었다.

"얼마나 더 기다려야 합니까?"

"내가 뭐 그걸 떼먹으려는 건 아니라고요. 돈이 없어서 그렇지. 그러게 백사장이 주는 돈 받지 그랬어요."

여자는 그의 시선을 외면하며 기어 들어가는 목소리로 대답했다. 어쩔 줄 몰라 하는 그녀의 표정이 그에겐 마냥 재미있기만 했다.

"제가 왜 대표님 돈을 받습니까? 빚을 졌으면 당연히 본인이 벌어서 갚아야죠."

"벌어서요? 어떻게 벌어요?"

"뭐요? 어떻게 벌긴, 일해서 벌어야죠."

기범은 웃음기를 거두고 미간을 찡그렸다. 아예 기본적인 대화조차 통하지 않는 여자였다. 하긴, 대학을 졸업하고 스물다섯에 결혼을 했다 했으니, 직장생활이라고는 한 번도 해본 적이 없을 것이다. 그리고 내내 사치스러운 생활에 젖어 있던 여자였다. 돈을 번다는 것이 얼마나 힘든 것인지, 땀 흘려 번 돈이 얼마나 값진 것인지 그런 건 알지도 못하는 사람이다.

"무슨 일을요?"

"내 집에 와서 밥이나 좀 해요."

냉큼 대답을 해놓고, 기범은 또르르 눈동자를 굴려 서정을 피했다. 이건 사심이 들어가도 너무 들어간 대답이기는 했다. 처음엔 그저 회사에 아르바이트 자리라도 구해줄까 생각했었는데, 휴대폰으로 이메일 쓰는 법조차 모르는 여자를 위해 자리를 만들자니 다른 사람들에게 민폐였다. 더군다나 사장의 누나. 신분을 속인다고 쳐도, 나이 마흔의 아줌마에게 편히 일을 시킬 수 있는 사람이 누가 있을까. 그래서 생각해 낸 방법이었다. 서준의 집에서 요리를 하는 모습은 적지 않게 보았으니 별로 어려운 일은 아닐 것이라 생각했다. 게다가 기범에게는 지긋지긋한 식당밥을 벗어나 집밥을 먹을 수 있는 기회였고, 또 사심도 살짝 채울 수 있을 터였다.

"네? 밥이요? 내가 왜 최 실장님 밥을 해요?"

"싫습니까? 그럼 사무실 아르바이트 할래요? 워드나 한글프로 그램 정도는 쓸 수 있죠? 엑셀, 파워포인트도 할 줄 압니까?"

"예?"

다다다 떨어지는 기범의 말에 서정은 머리가 굳어버렸다. 그가 내놓은 두 가지 제안 말고는 범위를 넓혀 생각할 여유조차 없었다. 하지만 서준의 회사에서 아르바이트 할 생각을 하니 그건 죽기보다 싫었다. 물론 컴퓨터 따위 인터넷 검색에 쇼핑이나 해봤을까, 그 외엔 만질 줄도 몰랐다. 그렇다면 결국 답은 하나뿐이다.

"그냥 밥…… 할게요."

여자는 인상을 잔뜩 찌푸리고서 마지못해 대답했다. 그렇게라도 빨리 빚을 청산하고 이 남자의 손아귀에서 벗어나리라 생각했다.

"좋아요. 그럼 오늘 저녁에 이 건물 앞에서 봅시다."

"알았어요."

기범이 몸을 돌려 다시 헬스클럽 안으로 들어갔다. 서정은 얼떨결에 대답해 놓고는 잔뜩 구겨진 인상을 펼 수가 없었다. 일해서 돈을 벌어야 한다는 현실도 짜증이 나긴 하지만, 뭔가 속은 듯한 찝찝한 기분을 떨칠 수가 없었다. 안 그래도 재수 없는 인생에 생일 이후로 아주 기름을 들이붓고 있는 것만 같았다.

바라지 않던 그 시간은 아주 순식간에 다가왔다. 서정은 7시에 보자는 기범의 연락을 받고 무거운 발을 겨우 움직였다. 건물 앞에는 기범의 차가 그녀를 기다리고 있었다. 서정이 차에 올라타자 그는 바로 움직였다. 뒷좌석에는 그가 대충 장을 본 것인지, 이미 몇 가지 음식 재료들이 봉지에 담겨 있었다.

그의 집은 서정의 집에서 멀지 않은 곳에 있는 아파트였다. 집 안으로 들어서자 좁은 공간 때문에 마음이 갑갑했다. 35평이라면 남자 혼자 살기에는 넉넉한 집이었지만, 넓은 공간에만 익숙해 있던 서정에게는 그렇게 느껴질 수밖에 없었다.

"집이라고 코딱지만 해서는……."

서정이 혼잣말을 중얼거렸다.

하지만 그 조그만 소리를 기범은 놓치지 않았다. 그는 눈을 가늘게 뜨고 슬쩍 서정을 노려보았다.

이 집을 장만하고 그 얼마나 가슴이 벅찼었던가. 그런데 코딱지라니! 기범은 철없는 이 여자에게 벌어서 쓰는 돈의 소중함을 어떻게 가르쳐야 하나 눈앞이 다 캄캄했다.

남자의 집은 그의 성격처럼 매우 깔끔했다. 혼자 사는 집답게 조잡한 물건들도 없었고, 소파 위의 쿠션들은 제자리를 잡고 예쁘게 세워져 있었다. 거실 베란다 창은 밝은 그레이 톤의 실크 커튼이 고풍스러운 분위기를 자아냈다. 하지만 속이 잔뜩 비틀어진 서정의 입에서 듣기 좋은 소리가 나올 리는 없었다.

"취향하고는 참. 구리다, 구려."

서정이 거실과 주방을 휙 둘러보며 중얼거렸다. 기범은 그녀의 가방을 받아 소파에 내려두고 주방으로 발을 옮겼다. 뒤따라 온 여자에게 싱크대 문을 열어 보이며 이것저것 물건들의 위치를 알려주었다. 설명을 하는 동안 그는 내내 다정하고 꼼꼼한 모습이었다. 헬스클럽에서의 그 날카롭고 딱딱한 모습과는 전혀 다른 사람인 것 같았다.

"내가 이 앞 식당에서 먹는 가정식 백반이 6천 원입니다. 그러니까 한 끼 6천 원에 식사 후 설거지랑 뒷정리까지 쳐서 하루 만 원씩 계산합시다."

"뭐예요? 겨우 만 원이요?"

서정이 또 발끈하고 나섰다. 모범택시를 타면 기본요금이 5천 원. 여기까지 거리라면 기본요금 정도니까 왔다 갔다 택시비를 내고 나면 한 푼도 남는 것이 없었다. 그렇다면 굳이 일을 하나 안 하나 이 남자에게 갚을 돈은 남지 않는다는 말이었다.

"겨우라뇨? 만 원 버는 게 얼마나 힘든 건 줄 알기는 합니까? 게다가, 난 6천 원이면 먹는 밥을 재료비까지 다 내야 하는 거니까, 나도 손해 보는 겁니다."

"왕복 택시비가 만 원 나오는데, 겨우 만 원 벌어서 남는 게 없잖아요. 그러려면 뭐하러 일을 해요?"

"뭐요? 택시비? 하!"

정말 대책이 서지 않는 여자였다. 걸어봐야 고작 10여 분 정도면 갈 수 있는 거리를 무려 모범택시를 타고 다니겠다는 말인 것 같았다.

"걸어요! 겨우 이 정도 거리에 택시가 말이 됩니까? 기름 한 방울 안 나는 나라에서, 그것도 돈 한 푼 못 버는 사람이 모범택시가 가당키나 해요? 서정 씨 말 대로 속옷값 빼도 갚아야 할 돈이 70만 원입니다. 앞으로 70번, 내가 저녁 약속 있거나 일이 늦으면 미리 연락할 테니까, 그런 날 빼고는 무조건 와요. 알겠습니까?"

"아, 알았어요."

기범이 조금 언성을 높여 말하자, 여자는 금세 기가 죽어버렸다. 남자가 조목조목 따져 얘기하면 딱히 대들 만한 구석이 없었다. 늘 바르고 똑똑해 보이는 사람이라, 팥으로 메주를 쑨다고 해도 그게 맞는 말처럼 들릴 때도 있었다. 그러니 서정으로서는 알았다는 대답 외에 더 할 수 있는 말도 없었다.

기범이 마트에서 사온 음식 재료를 봉지째 싱크대 위에 올려놓았다. 서정은 봉지를 열어 안에 담긴 재료들을 확인하고, 그것으로 할 수 있는 반찬들을 머릿속에 떠올렸다. 식탁 의자 위에 걸려 있던 앞치마를 찾아 두르고 손을 움직이기 시작했다.

서정이 그렇게 움직이는 사이 기범은 옷을 갈아입기 위해 방으로 들어갔다. 넥타이를 푸르고, 와이셔츠를 벗는 동안 도마질 소리가 규칙적으로 들려왔다. 요리 학원을 다녔다더니, 설렁설렁 다닌 것은 아닌지 소리는 제법 그럴싸했다. 집에 있을 때면 늘 혼자였던 터라 주방에서 들려오는 소리가 낯설기는 했지만 기분은 왠지 흐뭇했다.

"내가 뭐 도울 거라도 있습니까?"

옷을 갈아입고 나온 남자가 서정의 뒤에 바짝 붙어 섰다. 칼질을 하던 서정은 갑자기 손을 멈추며 몸을 움츠렸다.

"왜요? 다쳤습니까? 베었어요?"

여자의 움직임이 뭔가 이상해 보였던 기범이 얼른 옆에 달라붙었다. 그리고 그녀의 손을 냉큼 붙잡아 눈앞에 올렸다.

"이거…… 놔요, 안 다쳤으니까. 저만큼 가서 그냥 앉아 있어요."

서정은 손을 억지로 빼내며 고개를 돌렸다. 얼굴이 붉어진 것도 같고, 가슴이 왠지 콩닥거리기도 했다. 남자의 집에 이렇게 단둘이 있는 것은 아마도 처음인 것 같았다. 물론 결혼을 했던 이력은 있지만, 대부분은 집에 다른 가족들이 있었고, 남편이라는 작자는 그야말로 얼굴 보기가 하늘의 별 따기 수준이었다. 그러니 이런 분위기가 그녀에게는 어색할 수밖에 없었다. 기범도 그런 어색함이 느껴져서인지 얼른 여자에게서 떨어져 식탁 의자에 앉았다.

잠시 후, 전기밥통에서 요란히 김이 빠지는 소리가 들려오고, 구수한 냄새들이 풍기기 시작했다. 곧이어 식탁 위에 반찬이 하나둘 올라왔다. 뚝배기 위에서 보글보글 끓어오르는 된장찌개도 모양은 그럴싸했다.

"앉아요, 같이 먹읍시다."

"같이요?"

"그럼 뭐, 앉아서 먹는 거 구경만 할 겁니까?"

수저로 찌개를 뜨려던 기범이 눈을 위로 치켜 올리며 멀뚱히 서 있는 여자에게 물었다. 하지만 그녀는 머뭇머뭇 자리에 앉지 못하고 그대로였다.

"뒷정리도 약속되어 있는 겁니다. 어차피 설거지하려면 먹을 때까지 기다려야 하잖아요. 그러니까 이왕이면 같이 먹읍시다. 혼자 먹는 밥, 지겨워요."

마지막 지겹다는 말은 은근슬쩍 목소리가 기어들어갔다. 사실은 함께 밥을 먹고 싶은 마음에 뒷정리까지 약속에 끼워 넣었던 것이다. 그걸 직접적으로 말하려니 왠지 쑥스럽고 속이 간질거렸다.

"쳇! 누구 닮아가나."

서정이 투덜거리며 밥을 떠서 식탁에 앉았다. 남자랑 이렇게 단둘이 밥을 먹어보는 것도 몇 손가락 안에 꼽을 수 있는 정도였다. 어색한 기운에 그녀는 말 한마디 하지 못하고 조용히 밥을 먹기 시작했다.

음식 맛은 꽤 좋은 편이었다. 어느새 그릇이 전부 비워지고, 서정이 먼저 일어나 빈 그릇들을 싱크대에 옮겼다. 기범은 식탁 위의 반찬들을 정리해 냉장고에 넣고, 그 옆에 나란히 섰다. 서정이 설거지통에 손을 담그자 기범이 돕기 위해 수돗물을 틀었다.

"됐어요, 내가 할게요."

"같이 해요. 빨리 끝내면 좋잖습니까."

"저리 가요! 남자는 이런 거 안 하는 거예요. 옛날부터 우리 할머니가 남자는 부엌에 들어오면 고추 떨어진다고 백사장도……."

서정이 흠칫하며 눈을 동그랗게 떴다. 그리고 세제가 묻은 손으로 입을 얼른 틀어막았다. 어색한 분위기를 피하려고 남자를 밀어낸다는 것이 입이 주책이다 보니 망발을 하고 말았다. 서정은 울상을 지으며 고개를 숙였다.

기범이 그녀의 손목을 잡아 입에서 떼어냈다. 그리고 턱을 천천히 위로 올렸다. 여자의 입가에는 세제 거품이 허옇게 묻어 있었다. 그는 식탁 위에 있던 티슈를 뽑아 그녀의 얼굴에 묻은 거품을 살살 눌러 닦아주었다. 여자의 볼은 마치 불타는 고구마처럼 시뻘겋게 익어 있었다.

"돼, 됐어요."

서정이 휙 고개를 돌렸다. 그리고는 다시 설거지통으로 손을 담갔다. 기범도 옆에 나란히 서서 그녀가 닦아내는 그릇을 받아 물에 깔끔히 헹구어냈다.

설거지가 끝이 나고 서정이 앞치마를 벗고 집에 갈 준비를 하자 기범은 방안으로 들어가 양복 주머니에서 미리 준비해 놓은 하얀 봉투를 꺼내 왔다.

"자, 이거 받아요."

기범이 내미는 봉투를 서정은 멀뚱히 쳐다만 보았다. 약속대로 겨우 만 원 짜리 한 장이 들어 있을 것이지만 기분이 왠지 이상했다.

"안 받아요? 오늘 번 돈."

"됐어요. 그냥 70만 원에서 까요. 뭘 이렇게 번거롭게 해요? 내 손에 들어와 봤자 언제 또 홀라당 써버릴지도 모르는데."

여자는 시큰둥하게 대답했다. 어차피 다시 나가야 할 돈을 굳이 가지고 있을 필요가 없었다. 제 수중에 들어와 봤자 남아날 리가 없는 것은 빤한 일이다. 하지만 기범은 서정의 손을 덥석 붙잡아 그녀의 손바닥에 봉투를 올려놓았다.

"이거 백서정 씨가 처음 번 돈입니다. 그러니까 가지고 가요. 만 원은 별거 아니지만, 차곡차곡 모아서 액수가 늘어나는 거 보면 기분도 뿌듯하고 꽤 괜찮아요. 난 나중에 70만 원 한꺼번에 받을 생각입니다. 그때까지는 서정 씨 돈이니까 서정 씨가 잘 관리해요."

썩 믿음이 가지 않는 여자이긴 해도 일단은 제 생각대로 밀고 나가기로 했다. 물론 첫술에 배부를 리는 없다. 몇 번의 시행착오를 거치더라도 가르칠 것은 가르쳐야 한다는 생각이었다.

서정은 봉투를 접어 주머니 속에 집어넣었다. 그리고는 집에 가기 위해 현관을 향해 걸었다.

"같이 나갑시다. 어두워졌는데, 바래다줄게요."

"됐어요. 그냥 혼자 갈래요."

그녀는 구두에 발을 집어넣으며 대답했다. 이 남자 생각보다 눈치가 꽤 없는 사람이다. 아직 남아 있는 그 어색한 기운에서 1초라도 빨리 벗어나고 싶은 마음이건만, 남자는 여전히 '같이'를 외치고 있었다.

"저녁도 배부르게 먹었으니, 소화도 시킬 겸 같이 좀 걸읍시다."

또 한 번 '같이'를 입에 담은 남자가 서정보다 먼저 현관문을 휙 열고 나섰다. 결국 여자는 거절하지 못하고 그의 뒤를 따랐다.

"내일부터는 옷도 편하게 입고, 구두 말고 운동화 같은 거 신고 와요. 걸어 다니는 게 운동도 되고, 또 택시부터 타고 보는 습관 그것도 고쳐야 합니다."

그녀의 집 앞까지 함께 걸어온 남자가 문 앞에 서서 잔소리를 늘어놓고 있었다. 서정은 '그러면 그렇지' 하는 표정으로 남자의 말을 대충 흘려들었다. 그가 잔소리 대마왕이라는 것을 잠시 잊고 있었던 것이 탈이었다. 서정은 얼굴을 살짝 찡그리고서 남자의 말이 끝나기가 무섭게 몸을 돌렸다.

"그럼 저 들어가요."

여자는 순식간에 대문 안으로 사라지고, 그 휑한 빈자리를 기범이 허망하게 바라보고 있었다. 그는 크게 한숨을 푹 내쉬고서 왔던 길을 다시 걷기 시작했다. 이렇게 또 혼자. 38년 늘 그래 왔던 인생이지만, 요즘 들어서는 그 혼자라는 기분이 못 견디게 싫어지고 있었다.

방에 들어온 서정은 바바리를 벗어 옷걸이에 걸어 놓고, 주머니에서 기범이 건넨 봉투를 꺼내 들었다. 안에 딸랑 들어있는 만 원짜리 지폐 한 장. 평소 주머니에 쑤셔 박아 놓을 때는 참 보잘것없고 별것 아닌 금액이었건만, 이렇게 봉투 안에 들어 있으니 그 모양새가 왠지 좀 달라 보이는 것도 같았다. 그녀는 제 손 위의 봉투를 물끄러미 바라보다가 방구석에 자리하고 있던 빈 상자를 꺼냈다. 뚜껑을 열고 만 원을 봉투째 그 안에 담아 서랍에 넣었다. 그리고 흐뭇한 미소를 지었다. 남자의 말처럼 생전 처음 일해서 벌어본 돈이라 그런지, 택시비 같은 데에 홀라당 써버리기엔 아깝다는 생각이 들었다.

〈현관 비밀번호 3586, 저녁 7시 퇴근 예정이니까 먼저 집에 가서 저녁 준비하고 있어요.〉

점심시간이 끝날 무렵, 기범은 휴대폰을 꺼내 열심히 문자를 찍었다. 그러고는 얼굴에 흡족한 미소를 가득 담았다. 오늘 저녁 집에 가서 문을 열었을 때는 앞치마를 두르고 저녁 준비를 하는 서정이 있을 것이다. 그런 상상을 하는 것만으로도 남자의 마음에 살랑 봄바람이 불었다.

기범이 즐거운 생각에 빠져 있던 그 시각, 서준은 결재서류에 파묻혀 정신이 없었다. 며칠을 마음이 엉뚱한 곳에 매달려 밀린 일이 한가득이었다. 결재가 어찌 되었느냐고 여우리를 통해 들어오는 독촉전화도 몇 통 있었다. 그러니 마음 편히 데이트를 즐기기 위해서는 집중해서 일들을 처리해야만 했다.

몇 번의 공방전 끝에 겨우 약속을 잡은 날이었다. 세 번쯤은 튕겨보겠다는 심산인 것인지, 아니면 정말로 약속이 있는 것인지는 확인할 길이 없었다. 그래도 딱 잘라 거절하지 않는 것으로 보아 이 여자도 저에게 아주 마음이 없는 것은 아니라는 생각이 그나마 위로가 되었다. 그러다가도 또 한 번씩 어쩌면 사장이라는 그의 지위 때문에 거절하지 못하는 것은 아닐까 싶어 우울해지기도 했다.

오후 다섯 시쯤, 쌓인 결재서류들이 어느 정도 해결되었을 무렵이었다. 노크 소리와 함께 서준의 사무실 문이 다급히 열리며 기범이 안으로 들어섰다.

"대표님, 부천 공장에 화재가 있었답니다. 금세 진압되어서 큰 피해는 아니라고 합니다만, 일단 가보셔야 할 것 같습니다. 부상자가 있는지는 확인해 보고 다시 연락하기로 했습니다. 서둘러 출발하셔야 할 것 같습니다."

기범이 빠르게 말을 퍼부었다. 서준은 다급한 동작으로 몸을 일으켰다. 성큼성큼 사무실을 나서며, 고개를 돌려 놀란 채 자리에 서 있는 여자를 바라보았다.

"오늘 약속은 일단 취소합시다. 시간 되면 들어가요."

뒤에서 뭐라 대답하는 소리가 들려왔다. 하지만 거기에 지체할 여유가 없었다. 서준은 기범과 함께 엘리베이터를 향해 재빨리 발걸음을 옮겼다.

기범이 운전을 하고, 옆에 앉은 그는 휴대폰으로 상황을 보고 받았다. 한 시간 만에 공장에 도착해 현장으로 달려갔다. 다행히도 상황은 그렇게 심각하지 않은 상태였다. 공장장에게 사고 경위와 피해액에 대한 자세한 보고를 받고 일단 숨을 돌렸다. 혹시 모를 또 다른 사고와 화재 예방을 위해 공장을 꼼꼼히 둘러보고 나니, 시간은 어느덧 10시 가까이 되어 있었다.

서울로 다시 올라가기 위해 차에 타고, 서준이 집 앞에 도착한 것이 11시경. 그의 머릿속에는 일이 잘 해결되었는지 연락을 기다릴 여자가 떠올랐다. 하지만 기범의 눈치를 보느라 전화 한 통 하지 못한 상태였다.

"집에 들어가서 식사하고 가시죠."

서준이 기범에게 권했다. 머릿속에는 지금 어떤 여자 생각이 가득할 뿐이지만 그렇다고 해서 밥도 못 먹고 고생한 사람을 그냥 보낼 수도 없었다.

"시간이 너무 늦었습니다. 오늘은 그냥 가겠습니다."

"그래도 종일 고생하셨는데요."

서준이 미안한 마음을 내보였다. 하지만 기범은 대답 없이 고개를 꾸벅 숙여 인사하며 몸을 돌렸다. 그러고는 바로 주머니에 손을 넣어 휴대폰을 꺼내 들었다. 서준도 마찬가지였다. 기범의 모습이 멀어지자 집에도 들어가지 않고 바로 휴대폰부터 열었다. 두 남자 모두 밥보다는 그들을 기다리고 있을 여자의 모습만 머릿속에 가득했다.

두 번의 전화에도 기범이 원하는 목소리는 들려오지 않았다.

그저 소리샘으로 연결한다는 안내 멘트만이 흘러나올 뿐. 하긴 시간이 11시를 훌쩍 넘겼으니 서정은 이미 잠에 빠져 있을 것이다. 어차피 새벽이면 헬스클럽에서 얼굴을 볼 테지만 그래도 왠지 허전했다.

집에 도착한 기범은 현관문을 열었다. 그 순간 눈에 가장 먼저 띈 것은 형광색의 끈이 매어진 서정의 아담한 운동화 한 켤레였다. 눈이 휘둥그레졌다. 이 여자 여태 집에도 가지 않고 기다리고 있었다는 말인가?

그는 얼른 신발을 벗고 거실로 올라섰다. 그리고 곧 소파에 앉아 등받이에 머리를 기대고 잠들어 있는 그녀를 발견했다.

"백서정 씨, 서정 씨?"

기범이 몸을 굽혀 서정의 팔을 살짝 흔들자, 그녀는 손등으로 눈을 비비고서 간신히 잠에서 깨어났다. 눈을 뜨니 이제 막 집에 들어왔는지 아직 양복 차림으로 있는 남자가 보였다.

"여태 안 갔습니까?"

기범은 나지막한 소리로 서정을 향해 물었다. 막 잠에서 깨어난 여자의 모습은 마흔의 나이답지 않게 어린애처럼 맑은 모습이었다.

"기다리라면서요."

그녀가 웅얼거리며 대답했다. 기범은 굽혔던 몸을 일으키며 답답한 듯 넥타이를 헐겁게 풀어냈다.

"그래도 그렇지, 시간이 늦었으면 알아서 가야죠."

"최 실장님이 와서 밥을 먹어야 설거지를 하고 가죠. 그것도 포함된 거라면서요."

"백서정 씨, 물론 그렇게 약속한 거지만 사정이라는 것도 있는 거고, 또 내가 늦은 걸 설거지 안 했다고 서정 씨를 탓할 수는 없는 일이잖아요. 시간이 됐으면 알아서 가야죠."

"쳇! 기다려 줘도 뭐라 그래."

여자는 또 금세 입술을 내밀었다. 물론 기다려 준 것도 고맙고, 뜻밖의 일에 가슴이 더 설레기는 했다. 하지만 시간이 너무 늦어버렸으니 집에서 걱정할 텐데, 여자는 그런 마음을 모르고 있는 것 같았다.

"기다려서 싫다는 게 아니라, 걱정돼서 그러는 겁니다. 일어나요, 늦었는데 데려다 줄게요."

남자의 말은 아랑곳하지 않고, 서정은 소파에서 몸을 일으켜 주방을 향해 걸어갔다.

"밥은 먹었어요?"

"아뇨. 서정 씨가 해놓은 밥 먹으려고 안 먹었습니다."

기범은 은근슬쩍 그렇게 마음을 내보였다. 하지만 여자는 그런 뜻을 알아차리지 못했는지, 거실 벽에 달린 시계로 눈을 돌렸다.

"벌써 11시가 넘었네. 배고프겠어요. 얼른 밥부터 먹어요."

"서정 씨는요?"

"난 그냥 기다리다가 잠들었죠, 뭐. 나도 배고파요."

서정은 가스 불을 켜고 식어버린 찌개를 다시 데우기 시작했다. 기범은 그런 여자의 뒷모습을 바라보다가 가슴 한구석에서 뭔가 울컥한 기운을 느꼈다. 아직 그것이 무엇인지 정확한 실체는 알 수 없다. 그냥 이 시간에 누군가와 함께 있다는 것, 그것만

182   우리의 백사장

으로도 큰 위안이 되었다.

먹음직한 김치찌개가 다시 식탁에 오르고, 두 사람이 마주앉았다. 뜻하지 않았던 공장 화재에 신경을 쏟아 붓느라 여태 모르고 있었던 허기가 한꺼번에 몰려왔다. 그는 숟가락을 들어 찌개를 떠 올렸다.

"사모님께서 걱정하실 텐데."

"걱정은요, 무슨. 나 같은 애물단지 누가 기다린다고."

여자의 대답에 기범은 미간을 찌푸렸다. 그리고 수저를 식탁에 탁 내려놓았다.

"서정 씨, 그런 말이 어디 있습니까. 애물단지라뇨. 자기 자신을 사랑해야 다른 사람한테도 사랑받을 수 있는 겁니다."

기범의 말에 서정은 입을 삐죽였다. 별로 신빙성이 없는 얘기 같았다. 여태 누구에게 사랑이든 관심이든 그런 것을 받아본 적이 없는 몸이었다.

"쳇, 최 실장님한테도 애물단지잖아요. 그깟 돈 70만 원도 못 갚아서 이렇게 속 썩이는데. 더군다나 실장님 속도 모르고 밤늦게까지 이렇게 있어서 죄송하게 됐네요."

후우! 남자의 입에서 긴 한숨이 흘러나왔다. 분명 그런 게 아니라고 말을 했는데도, 여자는 그 말귀를 못 알아듣고 있었다.

식사를 마치고, 기범은 준비해둔 봉투에 만 원짜리 지폐를 한 장 더 챙겨 넣었다. 그리고 신발을 신고 있는 서정에게 내밀었다.

"오늘은 이만 원입니다. 야근수당이에요. 성실히 일한 사람은 노동의 대가도 그만큼 큰 법이죠."

기범이 내민 돈 봉투를 받아들며 서정이 해맑게 웃음을 지었다. 며칠 전까지만 해도 몇 백을 우습게 써버리던 여자가 돈 이만 원에 무척 기뻐했다. 그런 여자를 바라보고 있는 남자의 마음도 함께 흐뭇함에 젖어가고 있었다.

"공장 일은 잘 처리된 거니?"

아침상에서 승주가 밥을 먹는 서준을 향해 걱정스레 물었다. 지난밤 푸석한 얼굴로 녹초가 되어 들어온 아들에게 별다른 말을 꺼내지도 못했던 터였다.

"네, 다행히 큰 피해는 없었습니다. 걱정 안 하셔도 돼요"

"그래, 앞으로 더 신경 써야겠구나."

"예."

"내일이니, 모레니?"

그릇을 비우고 일어서는 서준의 눈치를 살피며 승주가 조심히 질문을 던졌다. 하지만 그는 얼른 뜻을 알아채지 못하고 의아한 얼굴로 어머니를 바라보았다.

"그 아가씨 말이다. 언제 데리고 올 거냐고."

"예? 아, 그게……."

서준이 미간에 주름을 잡았다. 아직 여우리와는 데이트도 한 번 해보지 못한 사이였다. 어제 저녁으로 간신히 약속을 잡았었건만, 그나마 공장 일로 취소를 해버렸으니 누구보다 속이 답답한 건 서준이었다.

"왜, 안 오겠대?"

"아뇨, 그게…… 아직 얘기를……."

그가 말을 얼버무렸다. 그러자 승주의 눈이 가늘게 찢어지며 그를 노려보았다.

"어젠 공장일 때문에 말을 못 했다만, 낮에 김 박사님 다녀가셨어. 할아버지 상태 더 안 좋아졌다고 그러시더라. 이렇게 질질 끌다가 이대로 그냥 가시면 어떡하려고 그러니? 넌 그렇다고 쳐. 저 세상에서 네 아버지가 할아버지 앞에서 어떻게 고개를 들겠어. 이 천하에 불효막심한 녀석아."

"며칠만 더 기다려 주세요. 그럼 저 나가보겠습니다."

풀이 한껏 죽은 목소리로 서준이 대답했다. 할아버지 병환 얘기에 저세상에 계신 아버지까지 들먹이면 더는 대꾸할 면목조차 서질 않았다. 묵직한 바윗덩이가 가슴을 짓누르는 것만 같았다. 그는 어깨를 늘어트리고서 집을 나섰다.

"여우리 씨!"

회사에 도착해 사무실 문을 열자마자 서준이 그녀의 이름을 불렀다. 의자에서 벌떡 일어선 여자는 평소와 다른 그의 태도에 화들짝 놀라 인사하는 것조차 잊고 말았다.

"오늘 저녁은 무조건 같이 합시다. 오늘은 튕기는 것도 안 되고, 튕겨보는 것도 안 돼요. 약속 있으면 그것도 취소해요."

서준의 통보 같은 말에 우리는 별다른 반발 없이 '네'라는 짧은 대답을 뱉어낼 뿐이었다. 여자의 반응으로 보아 그냥 조용히 의향을 물었어도 되었을 것을, 제 속을 다 까발려 보이고 나서는 괜스레 자존심이 상해 버렸다. 안 그래도 혼자 앞서 가는 마음인지라 갈 길이 멀고도 험난하거늘. 웬만한 일에는 좀 듬직하고 멋진 모습을 보이고 싶었다. 그런데 아침부터 너무 초조하고 다급한 모습을 그대로 내보인 것이 창피해 미칠 것만 같았다.

자리에 앉자, 우리가 커피를 들고 안으로 들어섰다. 그의 책상에 가까이 다가와 커피 잔을 내려놓는 손을 보며 서준은 최대한 위엄 있는 목소리로 '고마워요'라고 짧게 인사했다. 어머니의 얘기를 전할 생각에 심장이 두근두근, 쿵덕쿵덕 제멋대로 날뛰었다. 그래도 당황하는 모습을 보여줄 수가 없으니, 티를 내지 않기 위해서는 안간힘을 써야만 했다.

　"대표님."

　눈길을 주지 않는 남자를 그녀가 낮은 목소리로 불렀다. 안 그래도 바짝 긴장해 있던 서준이 우리의 목소리에 냉큼 고개를 들어올렸다.

　"네."

　"많이 피곤해 보이세요. 어제도 공장일로 힘드셨는데 저 때문에 일부러 무리하실 필요는……."

　"아뇨! 오늘은 꼭 약속 지킵시다. 무슨 일이 있어도."

　여자의 한마디에 또 속을 홀랑 드러냈다. 이건 누가 보더라도 그 조급한 마음이 확 티가 나는 그런 태도였다. 여자의 얼굴에 언뜻 웃음기가 스쳐 지나간 것 같았다. 정확히 보지는 못했지만, 아마 이런 상황이라면 저라도 웃지 않을 수 없을 것 같았다.

　"예, 알겠습니다."

　우리는 뒤로 돌아 작은 구두 소리를 내며 사무실 밖으로 사라졌다. 문이 닫히고, 서준은 책상 위에 이마를 쿵 내리치며 자책했다.

　하루를 어떻게 보냈는지 알 수가 없다. 약속했던 시각은 좀처럼 다가오질 않았다. 그러니 온종일 안절부절못하고 뭐 마려운 강아지 꼴이었다. 점심도 제대로 먹힐 리가 없었다. 결국 서준은 밥도 먹는 둥 마는 둥 하고는 사무실에 들어와 앉자 우리가 곧 커피를 들고 들어왔다. 최대한 태연한 척하려고 애를 썼지만 눈조차 맞출 수가 없었다.

드디어 퇴근 시간이 되고, 서준은 그녀와 함께 사무실을 나섰다. 미리 예약해 두었던 레스토랑에 도착해 룸으로 된 조용한 자리로 안내받았다. 메뉴를 골라 주문해 놓고 음식이 나오기를 기다리는 사이가 그렇게 길게 느껴질 수가 없었다.

무슨 얘기부터 꺼내야 할지, 언제, 어떻게 말을 해야 할지 그런 것도 생각나지 않았다. 서준은 물이 담긴 잔을 들어 바짝 마른 입술을 적셨다.

"여우리 씨."

"네, 대표님."

서준의 부름에 여자는 살짝 숙이고 있던 고개를 들어 그를 바라보았다. 동그란 눈동자가 반짝반짝 빛이 났다. 그 눈을 보고 있으려니, 또 머릿속이 텅 비어버리고 입이 떨어지지가 않았다.

"혹시 어디 불편하신 건가요?"

그의 표정이 심상치 않아 보였는지 우리가 걱정스러운 얼굴로 물었다.

"아뇨, 그게 아니라……."

서준이 말을 꺼내지 못하고 잠시 머뭇거리는 사이 가벼운 노크 소리와 함께 문이 열렸다. 코스로 시킨 메뉴가 애피타이저를 시작으로 하나씩 테이블에 올려졌다. 순서대로 음식이 나올 때마다 레스토랑의 직원이 들락날락. 그런 상황에서 진중한 얘기를 하기란 불가능한 일이었다. 결국 식사를 모두 마칠 때까지 서준은 별다른 말을 하지 못했다.

무거운 분위기에서 식사가 끝이 나고 레스토랑을 나와 차에 올라타자 남자의 마음이 더욱 초조해지고 있었다. 이대로 집에 보냈다가는 또 언제 기회를 잡을지 알 수 없는 일이라 더더욱 그랬다.

서준은 시동을 걸고 서서히 차를 몰았다. 그의 차는 우리의 집이 아닌 다른 방향으로 벗어나 있었다.

"대표님, 어디로 가시는 거죠?"

"조용한 데서 얘기 좀 합시다."

그의 대답이 무겁게 떨어졌다. 옆에 앉은 여자는 더 이상 대꾸하지 않고 조용히 창밖을 내다보았다.

차가 낯선 언덕길을 오르기 시작했다. 도로의 양옆은 전부 나무가 우거져 있고 인적은 보이지 않는 길이었다. 그 어두운 길을 몇 분 달리고 나니, 작은 공원 하나가 나타났다. 그 공원 앞에 서준의 차가 멈춰 섰다. 그가 문을 열고 내리는 모습을 보며 우리도 곧 뒤따라 차에서 내렸다.

아무도 없는 조용한 곳에 노란 빛을 뿌리는 키 작은 가로등 하나와 기다란 벤치만 덩그러니 놓여 있었다. 낮은 산 중턱쯤에 위치한 공원이라 밤공기가 꽤나 차갑게 느껴졌다.

우리는 몸을 움츠렸다. 쌀쌀한 봄바람에 몸이 가볍게 떨리기 시작했다. 그녀를 바라보던 서준이 눈치를 챈 것인지 양복 재킷을 벗어 여자의 어깨 위로 살며시 덮었다.

"아뇨, 대표님. 괜찮습니다."

"그냥 덮고 있어요. 밤공기가 차군요. 갑자기 이런 곳으로 데려와서 미안합니다. 딱히 다른 장소가 떠오르지 않아서."

남자의 재킷에 남아 있는 따스한 체온이 그녀의 차가워진 어깨를 덮혀주었다. 살랑 불어오는 차가운 밤바람에 그의 체취가 살며시 묻어 올라왔다. 움츠렸던 여자의 몸이 서서히 풀어지며 바짝 긴장해 있던 마음도 한풀 녹아들었다.

서준은 초조한 듯 슬슬 턱을 쓰다듬었다. 그렇게 잠시 침묵이 흐르고 어느 순간 우리와 나란히 서 있던 그가 천천히 몸을 돌려 마주보았다.

"내 얘기가 어떻게 들릴지는 모르겠습니다만, 마음먹은 이상 더는 미룰 수가 없습니다. 내가 지금 사정이 좀 급해요."

무슨 말을 하려는 것인지, 남자는 말을 빙빙 돌리고 있었다. 그저 단순한 데이트 정도로 여겼던 그녀는 저녁 내내 좌불안석이었던 그를 보며 뭔가 이상한 낌새를 느끼기는 했다. 하지만 어떤 얘기를 하려는 것인지는 쉽게 감이 잡히지 않았다.

"어쩌면 미친놈이라고 여길지도 모르겠습니다. 그래서 더욱 말을 꺼내기가 쉽지 않군요."

"말씀해 보세요."

대체 어떤 말이기에 이렇게도 망설이고 있는 것일까. 우리는 남자의 눈을 깊게 들여다보았다. 그리고 무엇이든 들을 준비가 되어 있다는 듯 단호한 눈빛으로 서준을 응시했다.

"여우리 씨, 우리…… 결혼합시다."

그녀는 순간 귀를 의심했다. 결혼이라니, 잘못 들은 것이 아니라면 이건 정말 그의 말대로 정신 나간 소리에 불과한 일이 아닌가. 그저 만나보자거나, 아니면 좋아한다거나 그런 정도의 고백을 생각하고 저녁식사에 응했던 우리는 눈앞에 번개라도 떨어진 것처럼 정신이 없었다.

"죄송하지만 무슨…… 말씀이신지."

당황한 표정의 여자가 그를 향해 되물었다. 말갛게 그를 바라보던 눈빛은 어느새 사라지고, 눈동자가 초점을 잃은 채 흔들렸다.

"나랑 결혼합시다. 물론 말도 안 되는 미친 소리라는 건 압니다만, 내가 상황이 좀 그렇습니다."

한 번 쏟아 부었던 말은 어렵지 않게 다시 터져 나왔다. 온종일 꽉 막혔던 그 답답한 속이 이제야 후련히 비워지는 것 같았다. 하지만 여자는 아직 그의 말을 온전히 이해하지 못하고 있는 것 같았다. 그녀는 멍한 표정으로 받은 숨만 연신 내뱉고 있었다.

"죄송합니다, 대표님. 그 말씀…… 못 들은 걸로 하겠습니다."

한참 만에 가까스로 정신을 차린 우리가 목소리를 가다듬고 침착하게 대답했다. 그러고는 그 불편한 자리를 피하고자 몸을 돌리려던 순간이었다. 다급해진 남자의 손이 그녀의 손목을 덥석 붙잡았다.

"잠깐 내 얘기 좀 들어줘요."

우리의 발이 멈칫거렸다. 겨우 제 박동 수를 찾아가던 심장이 다시 빠른 속도로 달리기 시작했다.

"한 번에 오케이라는 대답을 들으려고 한 거 아닙니다. 얼마나 말도 안 되는 소리인지는 나도 잘 압니다. 하지만 이렇게 무작정 외면하지 말고, 신중하게 생각해 주면 안 되겠습니까?"

"신중하게요? 지금 대표님과 제가 신중하게 결혼 생각을 할 만큼 그런 사이인가요? 대표님, 저에 대해 알고 있는 건 있으세요? 그동안 저에게 관심이라도 가져본 적 있으신가요? 최소한 제가 교제하는 사람이 있는지, 그런 건 궁금히 여겨 본 적이라도 있으세요?"

우리가 조목조목 따져가며 말을 빠르게 내뱉었다. 물론 틀린 얘기들은 아니다. 하지만 그녀의 말을 들은 서준은 멍하니 정신이 나가 버렸다.

교제하는 사람이라니, 그런 건 애초에 생각해 본 적도 없었다. 준호의 그 클럽에서 먼저 입을 맞춰오며 유혹했던 것도 이 여자였고, 비서실 회식이 있던 그날도 튕겨보는 것이라며 은근슬쩍 마음을 내비치지 않았던가. 그 탓에 당연히 애인이 있다거나 그런 건 생각도 해보지 못한 일이었다. 그런데도 정말 사귀는 사람이 있어 이런 질문을 해온 것이라면 기가 막힐 노릇이다. 아무리 취했었다고 하더라도, 버젓이 애인이 있는 여자가 클럽에서 금방 만난 남자에게 입을 맞추고, 또 데이트하자는 그의 말에 얼굴빛 하나 변하지 않고서 튕기는 거라고 그렇게 말했다는 얘기였다.

"있다는…… 말입니까? 만나는 사람?"

"아뇨, 없습니다. 제 얘긴 그런 뜻이 아니에요. 대표님은 저한테 기본적인 관심, 그 정도도 없으신 분이라는 뜻입니다. 단 한 번도 그런 것조차 물으신 적 없어요. 그런 분이 갑자기 결혼이라뇨. 가당치 않습니다."

여자의 대답에 서준은 겨우 안도의 한숨을 내쉬었다. 사람의 마음을 들었다 놨다 하는 재주가 아주 수준급인 여자였다. 결혼 얘기는 제가 먼저 꺼냈으면서도, 이 여자에게 순간순간 휘둘리고 있다는 그런 생각이 슬며시 고개를 들었다.

"미안합니다. 내가 자상하고 세심한 사람이 못 된다는 건 나도 잘 압니다. 하지만 도쿄에서의 그 고백, 진심이었어요. 우리 씨한 테 다가가고 싶은 마음, 난 여전히 변함없습니다."

한층 더 진지해진 남자의 말과 표정에 우리의 마음이 흔들렸다. 하지만 아무리 그렇다고 해도 말도 안 되는 소리에 냉큼 대답을 할 수는 없는 일이다.

"그렇다면 순서대로 해주세요. 보통은 서로에 대해 알아가면서 마음을 열고, 좋아하는 마음이 깊어지면 그때 결혼하는 겁니다, 대표님."

"물론 그걸 몰라서 이러는 건 아닙니다. 아까 말했다시피, 내가 집안일로 어쩔 수 없는 상태예요. 할아버지는 병환이 깊어 언제 가실지도 모르면서 내 결혼만 기다리고 계시고, 또 집에서는 이미 만나는 여자가 있다고 오해하고 계십니다. 그러니 나도 내 고집만 피울 순 없는 상황입니다."

그 구구절절한 집안 사정을 이야기하려니 어쩐지 자신이 처량맞고 구차한 것도 같았다. 매달리는 기분이 가히 좋은 것은 아니었다. 그래도 목적 달성을 위해서는 꼭 거쳐 가야 할 어쩔 수 없는 일이다. 지금으로서는 이 여자가 아니라면 아무런 해답이 없었다.

"우리 씨, 내가 조금이라도 마음에 있다면 이 결혼, 한 번 생각해 주면 안 되겠습니까? 그렇게만 해준다면 약속하겠습니다. 일단 식 올리고, 그 이후엔 순서대로 밟아가도록 노력하습니다. 다른 사람들처럼 서로 알아가고, 마음을 열고, 그렇게 말입니다."

"하지만 대표님, 우리 손 한 번도 잡아보지 못한 사이예요. 그런데 이런 상황에서 어떻게 결혼을 생각해요? 대표님 사정은 안타깝긴 하지만, 아무리 그래도……."

"손도 못 잡은 사이라…… 그게 큰 문제가 됩니까?"

"당연합니다, 대표님."

단호히 말하는 여자의 앞에 서준이 손바닥이 보이도록 오른손을 내밀었다. 일단 여자가 말한 그 첫 진도라도 나가겠다는 심산이었다.

우리는 그 손을 한참 쳐다보다가 제 손을 들어 그의 손 위에 살며시 올렸다. 그 행동을 보아서는 아마 이 여자도 저를 향한 마음이 아주 없는 것은 아닌 것 같았다.

놀라움과 흥분으로 얼음장처럼 차가워진 우리의 손과는 달리, 서준의 손은 따뜻한 온기를 품고 있었다. 손바닥이 마주 닿자, 우리의 심장이 또 빠르게 달리기 시작했다. 그녀는 고개를 들어 서준의 눈을 깊게 마주 보았다. 그 어느 때보다 진지한 남자의 표정을 그리 쉽게 외면할 수는 없을 것 같았다.

서준의 손에 힘이 들어가며 우리의 작은 손을 꼭 그러쥐었다. 이렇게 손을 잡고 있으려니 왠지 자꾸 억울한 마음이 들었다. 이미 깊게 입을 맞추어 놓고서, 이런 중요한 순간에 오리발이라니. 그것도 제 마음을 어찌할 수 없도록 흔들고, 또 흔들어 놓았던 주제에. 손도 잡아 보지 못한 사이라며 거절하는 그녀의 태도가 생각할수록 기가 막혔다. 이런 억울한 사유를 들어 거절한다면, 그 거절의 이유부터 없애주어야 맞는 일이었다.

그는 팔에 힘을 주어 여자를 끌어당겼다. 뜻밖의 행동에 가녀린 몸이 남자의 품 안으로 폭 쏟아져 안겨왔다. 그는 왼손으로 그녀의 허리를 바짝 끌어안으며 고개를 기울였다.

순식간에 입술이 맞닿았다. 차가운 밤공기와는 다르게 뜨거운 입술의 감촉이 온몸을 전율시켰다. 서준은 입을 열어 열매를 입 안에 담듯 여자의 붉은 입술을 부드럽게 빨아올렸다. 놀라 열린 입술 사이로 서준의 혀가 깊게 파고들었다. 우리는 잡혀 있는 손에 힘을 주며 그의 가슴을 밀어냈다. 하지만 거센 저항이 아닌 만큼, 서준은 그녀를 안고 있는 팔을 더 바짝 끌어당겨 그녀의 몸짓을 차단했다. 뜨거운 혀가 맞닿고, 그녀의 몸에서 점점 힘이 빠져나갔다. 그의 혀가 그녀의 혀를 감아 부드럽게 빨아들였다. 뜨거운 타액이 뒤섞이며, 두 사람은 본능이 주는 달콤함에 점점 젖어가고 있었다.

차가운 밤바람이 시기라도 하듯 붙어 있는 두 사람의 머리카락을 휘익 훑고 지나갔다. 남자의 입술이 그녀의 아랫입술을 살짝 물었다가 놓아주며 아쉬운 듯 천천히 떨어져 나갔다. 흐드러진 꽃 이파리들이 바람결을 따라 팔랑거리다가 우리의 머리 위에 살포시 내려앉았다. 부끄러운 듯 고개를 숙이는 여자의 머리 위에 붙은 꽃잎을 서준이 손을 올려 떼어냈다. 하야토 상 같은 쇠파리도 싫고, 향긋한 분홍 꽃잎도 밉다. 이 여자에게 달라붙는 것이라면 뭐든 맘에 들지 않는다.

그녀의 어깨 위에 덮어주었던 양복 재킷이 흐트러져 있었다. 서준은 두 손으로 모양새를 바로잡아주며 입을 열었다.

"지금 바로 대답하라고 하면 물론 거절이겠죠?"

"……네."

여전히 고개를 숙이고 있는 여자가 작은 목소리로 대답했다. 당연히 키스 한 번에 승낙하리라고는 생각지 않았지만, 그래도 서운한 마음은 어쩔 수가 없는 일이다.

"생각할 시간을 준다면, 고민은 해볼 겁니까?"

거절의 뜻에는 곧바로 응답했던 여자가 좀처럼 답이 없었다. 그는 숨을 멈추고서 초조하게 그녀의 대답을 기다렸다. 잠시 후, 우리가 고개를 작게 끄덕였다. 서준은 그제야 숨통이 트이는 듯 길게 숨을 내뱉었다.

"그럼 내일 저녁에 다시 묻겠습니다."

"대표님! 그건 너무……."

이런 엄청난 일에 단 하루의 시간이라니, 이건 정말 터무니없는 말이다. 우리가 뭐라고 항변하려 했지만 서준이 곧 그녀의 말을 가로막았다.

"내일 물어도 같은 대답이라면 모레 다시 묻겠습니다. 그리고 그때도 같은 대답이면 또 그 다음 날. 내 말은 우리 씨가 거절한다고 해도 난 다른 해결책을 찾을 생각이 없다는 겁니다. 당장 결혼해야 할 처지이긴 하지만 앞으로는 선을 볼 생각도 없고, 다른 여자를 만날 생각은 추호도 없어요. 상대가 우리 씨라서 결혼할 생각까지 하고 있는 겁니다. 무슨 뜻인지 알겠습니까?"

"……네."

단지 결혼이 급해서만은 아님을 그는 다시 한 번 강조했다. 그의 말뜻을 알아들은 듯 우리는 천천히 고개를 끄덕였다. 서준은 맞잡고 있던 여자의 손을 고쳐 잡았다. 그리고 차를 향해 걸음을 옮겼다.

어느덧 차가 우리의 집 근처에 도착했다. 고개를 숙여 인사하고 몸을 돌리려는 여자를 서준이 다시 붙잡았다.

"내일 연락할게요. 어디 바람이라도 쐬러 갈까요?"

"죄송합니다, 대표님. 내일 대표님 만나면, 전…… 아무 생각도 못 할 거 같아요."

"그래요. 내가 뜻하지 않게 고민거리를 안겨주긴 했지만, 어쨌든 생각해 볼 여지는 있다니 반은 성공한 셈이군요. 들어가요."

우리가 다시 인사를 하고 차 문을 열었다. 몸을 내리는 여자를 따라 서준도 차에서 내려 그녀를 바라보았다. 가녀린 몸이 천천히 멀어지고 있었다. 굽은 골목으로 사라질 때까지 그녀는 한 번도 뒤를 돌아보지 않았다.

방에 들어선 우리는 가방을 팽개치고서 침대로 몸을 던지듯 누웠다. 형광등도 켜지 않고, 그저 침대 머리맡의 스탠드 불빛만을 의지한 채 천장을 바라보았다. 얕게 흩뿌리는 불빛 위로 남자의 얼굴이 떠올랐다. 붉은 입술이 가늘어지며, 입꼬리가 슬그머니 위로 휘었다. 드디어 성공. 답은 이미 정해져 있는 일이다.

결혼합시다, 이 얼마나 기다렸던 말이던가. 물론 생각했던 것보다 시기가 빠르긴 했지만, 거절할 이유가 없었다. 다만 너무 쉬운 여자로 보이고 싶지 않아 생각해 보겠다는 말로 대답을 미룬 것뿐이었다.

"전 이미 좋아하는 사람이 있습니다."

요쓰비시의 하야토 상이 정중하게 교제해 보고 싶다는 말을 했을 때, 우리가 던진 대답이었다. 물론 그녀의 대답은 진심이었으며, 옆에 앉은 서준을 염두에 두고 한 말이기도 했다.

이미 6개월 전, 그를 처음 보았던 날부터 꿈꿔왔던 일이다. 첫 인사를 싹둑 잘라먹고 저를 무시한 남자를 보고 어이없는 오기가 생겨 버렸다. 돌부처보다 더 단단한 남자를 옆에 두고 저에게 애원하도록 만들고 싶었다. 그저 쓸데없는 오기, 혹은 집착이라고도 할지 모르겠지만 단순히 그런 감정만은 아니었다. 점점 시간이 흐를수록 그 남자의 눈길과 관심, 부드러운 손길도, 또 뜨거운 욕망도 모두 저를 향하도록 만들고 싶었다. 그리고 그와 함께 행복해지고 싶었다.

돌부처와 흡사하다던 남자는 그보다 몇 배 더 단단하고 무뎠다. 관심을 끌어 보겠다고 갖은 애를 썼지만, 그 남자의 눈길은 늘 서류더미에만 머물러 있었다. 혼자 애를 태우던 시간이 길어지고 서서히 지쳐가던 그때, 그녀에게 특별한 기회가 찾아왔다.

킹스 클럽에서의 만남은 정말 우연한 일이었다. 가끔 그곳에 발걸음을 하는 이유는 속이 터질 만큼 스트레스가 쌓였을 때 그것을 풀기 위해서일 뿐, 다른 이유는 없었다. 클럽에서 남자들의 유혹에 넘어가 본 적도 없었고, 또 룸에서 부른다고 해서 한 번도 따라가 본 적도 없었다. 붉은여우라는 이름으로 꽤 유명세를 떨치고 있다는 것도 물론 알고 있었다. 하지만 그 이름이 유명한

만큼 부킹에는 응하지 않는다는 사실도 킹스에서는 공공연히 알려진 일이었다. 그런데 새로 온 웨이터인지, 그녀에게 룸으로의 합석을 권했다. 손가락으로 2층을 가리키기에 저도 모르게 따라간 눈길. 뜻밖에도 그 곳에 백서준 그 남자가 있었다. 우리는 순간 가슴이 철렁했다.

분명 저를 알아보고 불렀겠지. 어쩌면 질타하기 위한 것일 수도 있었다. 업무시간 외의 사생활이기는 하지만, 성격이 깔끔하고 관리가 철저한 상사들은 비서의 그런 사생활조차 용납하지 않는 일이 많았다. 백서준 그 남자도 그런 부류에 가까웠다. 여자와 만나는 걸 본 일도 없었고, 사생활도 매우 깔끔해 보였다. 깔끔이라기보다는 오히려 결벽증에 가까운 수준이랄까?

조금씩 크기를 키워온 그 남자를 갖고 싶다는 욕망이 그날따라 극에 달했다. 모든 것에 완벽하더라도 제 앞에서만큼은 허물어져 내리는 모습을 보고 싶었다. 그리고 그런 마음을 먹은 순간 그녀의 발이 2층을 향했던 것이다.

밤 12시를 갓 넘긴 시각이었다. 여태 정장을 입은 채로 누워 있던 우리는 야밤의 휴대폰 벨 소리에 발딱 몸을 일으켰다. 전화의 발신자는 서준이었다. 그가 우리를 내려놓고 간 지 약 한 시간이 지난 후였다.

[혹시 내가 잠을 깨운 겁니까?]

"아뇨, 아직."

[그래요. 자고 있었다면 실망할 뻔했습니다. 내가 준 고민이 고작 한 시간짜리는 아닐 테니.]

서준의 말에 그녀는 소리가 나지 않도록 옅은 웃음을 지었다. 정상적이라면 한 시간이 아니라 한 달을 고민한다고 해도 답이 나올까 말까 한 문제를 가지고, 남자는 마치 가벼운 이야기를 던진 듯 그렇게 말하고 있었다.

"댁엔 들어가셨어요?"

[네, 이제 막 누웠습니다. 잠이 안 올 거 같아서 술을 한잔할까 했었는데, 그만뒀어요.]

"왜요?"

[우리 씨한테 폭탄 던져놓고, 나만 편히 잠들 수는 없으니까.]

"알긴 아시네요."

우리가 대답하자 남자의 웃음소리가 전화기를 통해 들려왔다. 순간 우리는 가슴이 떨렸다. 그가 웃는 소리는 처음 들어보는 것 같았다. 아직 웃는 얼굴은 한 번도 보지 못했으니 그 모습이 사뭇 궁금해진다.

[이제 그만 자요. 고민을 좀 더 해준다면 더 좋고.]

별로 할 말은 없었는지 서준은 통화를 마무리하는 인사를 남기고 전화를 끊었다.

우리는 그제야 침대에서 일어나 옷을 벗기 시작했다.

모처럼 스케줄이 없는 주말이었다. 코가 비뚤어지도록 늦잠에 빠져보리라 마음먹었던 기범은 7시도 채 되지 않아 눈을 떴다. 새벽에 일어나던 습관이 몸에 배어 늦잠도 제 마음대로 잘 수 없는 월급쟁이 신세임을 확인하는 비참한 순간이다. 억울한 마음에 꼼짝도 하지 않고 침대에 누워 있으려니 허기가 몰려와 빈둥거리는 것도 쉽지가 않았다.

기범은 결국 자리를 박차고 일어나 주방으로 향했다. 냄비에 전날 저녁 서정과 함께 먹었던 냉이 된장국이 조금 남아 있었다. 밥과 국을 떠서 식탁에 앉았지만, 허기진 뱃속과는 달리 밥을 떠넘기기가 쉽지 않았다.

"아, 진짜! 누구 닮아가나."

기범은 숟가락을 식탁 위에 탁 소리가 나도록 내려놓으며 투덜거렸다. 전날 저녁 서정과 함께 먹을 때는 정말 맛있게 먹은 음식들이었다. 그럼에도 혼자 먹는 밥은 왠지 그 맛도 다른 것만 같았다. 서준이 왜 그렇게 혼자 밥 먹기를 싫어하는지 이해가 될 것도 같았다.

그는 보관용기를 꺼내고 그 안에 밥과 국을 담아 냉동실에 넣어버렸다. 그러고는 식탁 위에 올려둔 휴대폰을 집어 들었다.

[뭐예요? 운동 거르기로 했잖아요.]

몇 번의 신호음 뒤에 졸음이 가득 담긴 그녀의 목소리가 들려왔다. 그제야 기범의 입가에 살살 웃음기가 흘렀다.

"밥하러 안 옵니까?"

[밥이요? 오늘 주말이잖아요. 그런데 무슨 밥이요!]

기범의 말에 그녀가 발끈했다. 분명 오늘은 새벽에 안 깨운다고 푹 자라는 인사를 건네 놓고서 아침 7시부터 밥 타령이라니. 그녀로서는 기가 막힐 법도 했다.

"서정 씨는 주말엔 밥 안 먹습니까? 배고프니까 얼른 와요."

제 할 말만 하고서 그는 전화를 툭 끊어버렸다. 지금쯤 서정이 어떤 표정을 짓고, 어떻게 화를 내고 있을지가 상상되어 기범은 크게 소리를 내어 웃었다.

샤워를 하고 나오자 언제 왔는지 서정이 주방에 서 있었다. 아침 일찍부터 불러낸 것이 꽤 불만스러웠던 모양이다. 냉장고에서 채소를 꺼내며 그녀는 내내 구시렁거렸다.

"내가 이럴 줄 알았으면 정말, 차라리 백사장 회사에서 알바를 하고 말지. 최소한 주5일 근무는 보장됐을 거 아냐. 그냥 쌈빡하게 한 달 일하고 저 인간 돈 갚아버리고 빠이빠이 하는 건데."

"오늘 세 끼. 주말 특근 수당 붙여서 5만 원."

뒤에서 들려온 목소리에 서정은 흠칫 놀랐다. 그녀는 냉장고 문을 획 닫고서 굽혔던 허리를 폈다. 어느새 욕실에서 나온 남자가 눈앞에 서 있었다. 그리고 그녀의 눈에 제일 먼저 들어온 것은 그의 맨가슴. 젖은 수건을 목에 걸고 있었지만, 운동으로 단련된 상체를 가리기에는 터무니없이 모자랐다. 시선이 조심스레 아래로 떨어졌다. 하지만 아쉽게도 트레이닝 바지가 허리에 걸쳐 있었다. 저런 걸 초콜릿 복근이라 하던가? 빨래판 복근이랬나? 새벽마다 꽤 열심히 운동하더니 제법이네.

"뭘 그렇게 뚫어지게 쳐다봐요? 배고프다니까. 아줌마가 너무 밝히는 거 아닙니까?"

"뭐요? 아, 아줌마? 이 싸람이 정말!"

남자의 복근을 보며 후끈 달아오르던 서정의 마음이 아줌마 소리에 확 달아났다. 여자는 그를 향해 매처럼 날카롭게 눈을 흘졌다.

"빨리 들어가서 옷이나 입어요. 그거 풍기문란이라고요."

"뭐, 저한테 그런 말할 처지는 아닌 것 같습니다만."

기범은 한마디를 툭 내뱉고서 방으로 사라졌다. 서정은 닫힌 그의 방문을 보며 남자의 말뜻을 이해하기 위해 머리를 굴렸다.

"그런 말할 처지가 아니라니, 내가 뭘 어쨌……."

그러다가 순간 확 떠올라 버렸다. 그녀가 지금처럼 이 남자의 손에 놀아나게 된 그 결정적인 사건. 생일 날 호텔에서 알몸에 침대 시트만을 돌돌 감고서, 속옷까지 사다 달라 했던 그날의 일들 모두. 순식간에 여자의 얼굴이 붉어졌다.

"쳇! 뒤끝 작렬이네."

어느덧 식탁에 음식이 차려지고, 남자가 먹고 싶다던 어묵탕이 뚝배기에서 보글보글 끓고 있었다. 티셔츠를 챙겨 입고 나온 기범은 풍겨오는 음식 냄새에 만족스러운 웃음을 지으며 식탁에 앉았다.

"운동한 지는 얼마나 됐어요?"

"한 5년쯤?"

"운동하는 거 좋아해요? 새벽에 일어나려면 힘들지 않나?"

"그냥 건강 생각해서 하는 겁니다."

그 멋진 복근을 보여주었는데도 불구하고, 여자의 반응은 영 시원치 않았다. 기껏 묻는다는 것이 아침 기상을 걱정하는 정도 였다. 그러니 그의 대답도 그저 시큰둥할 따름이다.

"에이, 그러기엔 너무 열심인 거 아닌가?"

"총각이잖습니까. 힘 쓸 데가 없으니 남아돌아서 그래요."

기범의 대답에 서정은 얼굴을 화르르 붉히며 고개를 숙이고 밥을 입에 넣었다. 그 모습에 남자는 터져 나오려는 웃음을 간신히 참아냈다. 원래 이런 농담을 즐기는 사람은 아니다. 요즘 같은 세상에 회사에서는 조금만 잘못 입을 놀렸다간 사내 성희롱으로 몰리기 일쑤였다. 그러니 특별히 더 조심해야 할 만한 발언이기도 했다. 하지만 순간순간 과하게 반응하는 이 여자를 보면 은근슬쩍 놀려먹고 싶었다.

"근데 아까 주말 무슨 수당이요? 아무리 5만 원이라지만 그래도 어떻게 세 번을 왔다 갔다 해요, 힘들게."

식사를 마친 여자가 그릇을 싱크대에 옮기며 투덜거렸다. 5만 원이면 무려 평일 5일을 일해야만 벌 수 있는 금액이라 솔깃한 제안이기는 했지만, 그래도 하루 세 번을 이 집에 오는 것은 무리라는 생각이 들었다.

"뭐하러 왔다 갔다 합니까? 그냥 내내 여기 있으면 되지."

"네? 종일이요?"

"예, 종일이요. 그런데 그 표정은 뭡니까? 여기 있으면 뭐, 누가 잡아먹기라도 합니까?"

놀라 묻는 여자의 얼굴에 기범이 퉁명스럽게 대답했다. 아침부터 보고 싶고 허전한 마음에 밥 타령을 하면서까지 불러낸 것을 몰라주는 여자가 야속하기만 했다.

서정이 열심히 머리를 굴렸다. 집까지 10여 분의 거리를 하루세 번이나 왔다 갔다 하려면 총 60분이나 걸어야 한다는 말이었다. 안 그래도 요새 새벽 운동을 하는 탓에 죽을 때까지 평생 해야 할 운동을 다 하고 있건만, 더 이상은 무리였다. 그래서 결국 조금 불편하긴 하지만 기범의 집에 붙어 있기로 마음을 먹었다.

아침 설거지가 끝이 나자 기범은 소파에 앉아 책을 보고, 서정은 식탁에 그대로 앉아 있었다. 식탁 의자보다는 소파가 훨씬 편한 건 알지만, 그래도 2인용 소파에 달싹 붙어 앉아 있기는 왠지 좀 민망했다. 아침부터 남자의 후끈한 상체를 본 것도 그랬고, 또 남아도는 힘을 쓸 곳이 없다는 그의 발언도 한몫을 더했다.

그렇게 10여 분을 앉아 있으려니 일찍 일어난 탓에 졸음이 오기도 하고, 또 지루하기도 했다. 콧병 든 병아리처럼 꾸벅꾸벅 졸고 있는 서정을 보며 기범이 물었다.

"지루해요? 책 볼래요?"

남자의 목소리에 스르륵 감기던 눈이 번쩍 뜨이고, 조금 전까지 멍해 있던 눈망울은 마치 어린아이처럼 반짝였다.

"만화책 있어요?"

"아뇨, 그런 건 없습니다만. 경제 서적 외엔 고전문학 정도? 아, 추리소설도 몇 권 있고."

"됐어요. 고전은 어렸을 때 징글징글하게 읽었어요."

남자의 대답에 서정은 거절의 뜻을 표하며 금세 또 심드렁한 표정으로 손을 들어 턱을 괴었다. 그리고 긴 손톱으로 식탁을 따각따각 쳐대며 지루함을 표현했다.

"그럼, 영화 보러 갈래요?"

기범의 또 다른 제안에 서정이 고개를 번쩍 쳐들어 그를 돌아보았다.

"영화요? 실장님하고 나하고 둘이요?"

"네, 우리 둘이면 뭐 어때서요?"

서정은 잠시 고민했다. 남자랑 단둘이 영화를 보러 갔던 적은 한 번도 없었다. 여대를 나온 탓에 남자 친구를 쉽게 사귈 만한 기회도 없었고, 그나마 단 두 번 했던 미팅에서 만난 놈들은 그야말로 폭탄 수준. 그러고는 졸업하자마자 신부 수업이랍시고 요리를 배우고, 아버지의 뜻에 따라 결혼해 버렸다. 그러니 전남편이라는 인간하고 결혼 전 서너 번 저녁 식사를 했던 것이 그녀가 해본 데이트의 전부였다. 최기범 이 인간과 데이트를 하러 가는 것은 아니지만, 그래도 몇 년 만의 극장 구경이라 생각하니 구미가 살짝 당겼다.

"좋아요! 그럼 우리 두 시간 뒤에 봐요."

"네? 두 시간은 왜요?"

'두 시간 후'라는 서정의 얘기에 기범이 놀라 물었다. 별다른 일도 없이 식탁 의자에 죽치고 앉아 있을 것처럼 굴었으면서 무려 두 시간 후라니, 이해할 수 없는 대답이었다.

"집에 가서 샤워하고, 옷도 갈아입고, 화장도 좀 해야 하고, 또 머리도……."

"뭐요? 지금도 충분히 예쁘기만 하구만. 내 옷이나 좀 갈아입고 바로 나갑시다."

기범은 방으로 들어가 옷을 갈아입고 금세 다시 나타났다. 짙은 색의 청바지에 체크무늬의 면 남방, 그리고 회색의 카디건을 걸친 모습이 양복을 입고 있을 때보다 훨씬 어려 보였다. 그는 자신을 바라보며 멀뚱히 서 있는 여자의 손목을 붙잡아 현관 앞으로 끌고 나섰다.

"이거 놓고 가요."

서정이 남자의 손을 휙 뿌리쳤다. 안 그래도 자신보다 어린 나이인데, 옷까지 저리 입고 있으니 왠지 어린 남자 꼬여낸 아줌마 기분이랄까? 아무튼, 좀 그랬다. 서정이 먼저 문을 열고 휭 하니 나가 버리고, 혼자 현관에 남은 기범은 무안해진 제 손을 허무하게 내려다보았다.

"무슨 영화 볼래요?"

영화관에 도착한 기범이 벽면에 커다랗게 붙은 포스터들을 훑어보며 물었다. 그래도 서정의 취향을 최대한 반영해 주리라 마음먹었다. 하지만 최근 개봉한 영화 중에는 여자들이 좋아할 만한 로맨틱코미나 멜로는 한 편도 없었다.

"난 저거요!"

"무슨 내용인지는 알고 골랐습니까?"

"뭐 아무렴 어때요. 눈만 즐거우면 되지."

여자가 거침없이 가리킨 손가락 끝을 기범의 눈이 뒤따랐다. 그리고는 혈압이 확 솟구쳤다.

서정이 고른 영화 포스터에는 기범보다 조금 더 과한 울퉁불퉁 복근을 자랑하는 남자가 상반신을 드러낸 채 늠름히 서 있었다.

"쳇! 누구보고는 풍기문란이라더니."

기범은 지갑을 열어 데스크에 카드를 내밀며 중얼거렸다. 마침 시각이 얼마 남지 않아 티켓을 받아들고서 바로 자리를 찾아 앉았다. 영화가 시작되자 서정은 흐뭇한 상반신의 주인공을 쳐다보느라 정신이 없었다. 하지만 기범은 팔걸이 위에 걸쳐진 그녀의 손에만 관심이 집중되었다.

잡을까, 말까, 잡을까, 말까. 마음이 수십 번 엎치락뒤치락했다. 아까 현관에서 겨우 손목 한 번 잡은 것에도 과민반응을 보인 걸 생각하면, 어떤 결과일지는 겪어보지 않아도 훤히 알 수 있었다. 하지만 그렇다고 해서 한 번 뽑은 칼을 다시 집어넣을 수는 없는 일이다. 기범은 깊게 심호흡을 한 뒤 서정의 손 위로 제 손을 슬쩍 올렸다.

스크린에 집중해 있던 서정의 얼굴이 기범을 향해 천천히 돌려졌다. 그렇게 눈을 마주한 두 사람. 남자의 심장은 쿵덕쿵덕 뛰기 시작했고, 여자의 심장은 찌릿찌릿 뭔가가 찌르고 있는 듯한 느낌이었다.

서정의 손이 꼼지락거리기 시작했다. 잡힌 손을 빼내려는 듯한 움직임에 기범은 더욱 힘을 주었다.

"놔요!"

서정이 작지만 단호한 목소리로 외쳤다. 하지만 남자는 그에 아랑곳하지 않고 정면의 스크린을 향해 눈을 돌렸다. 서정이 매서운 눈초리로 노려보았지만, 기범의 시선은 이미 그녀를 떠난 상태라 소용이 없었다.

결국 힘으로는 남자를 이길 수 없으니 다른 방법을 선택하기로 했다. 그녀는 자유로운 다른 손을 들어 기범의 손등을 확 꼬집기에 이르렀다.

"아얏!"

기범이 큰 소리를 내뱉으며 얼른 손을 떼어냈다. 그런데 하필 그때 나오던 영화 장면이 남녀 주인공이 열렬히 키스를 나누던 상황이었다. 그러니 극장 안은 쥐죽은 듯 조용했고, 그 넓은 공간에 기범의 외침만 커다랗게 울려 퍼졌다.

"아, 뭐야!"

많은 사람의 불평이 쏟아지고, 주변의 시선이 두 사람에게 집중되었다. 순간 등에 식은땀이 바짝 오른 기범은 의자에 몸을 깊숙이 묻어버렸다.

우리에게 뜬금없는 청혼을 하고 꼬박 일주일이 지났다.

서준은 그녀에게 매일 밤 같은 질문을 던졌다. 그리고 정확히 일곱 번, 똑같은 거절의 대답을 들었다. 그래도 그만둘 수는 없었다. 어차피 여우리 그 여자가 아니라면 결혼이라는 것을 생각해 볼 여지가 없으니.

토요일 아침임에도 서준은 일찌감치 집을 나섰다. 밤새 잠을 이루지 못해 몸이 피곤하기는 했지만, 주말 내내 집에 붙어 있다가는 어머니와 할아버지께 어마어마한 시달림을 당할 것이 분명했기 때문이다. 조용히 마음을 가다듬기 위해 낚시를 갈까 하다가 곧 생각을 접고 사무실로 발걸음을 옮겼다.

책상에는 아직도 서류들이 가득했다. 지난 일주일, 일이 도통 손에 잡히지 않아 미뤄둔 것이었다. 서류를 펼치기 전에 우리에게 전화를 걸어 볼까, 아니면 문자라도 보내 볼까 고민하다가 이내 그만두었다. 답을 묻는 것 외에는 딱히 해야 할 말이 떠오르지 않아서였다.

그렇게 종일 일을 하고, 그는 밤늦은 시각에 그녀의 집으로 향했다. 매번 내려주었던 그곳에 차를 세워 두고 전화를 걸었다.

매달리는 입장에서는 미리 약속을 하고 만나는 것보다 이렇게 기습적으로 전화를 하는 편이 거절당할 확률이 적었다. 누군가가 하염없이 기다리고 있다면 무엇을 하더라도 절대 편치 않은 것이 사람의 마음이니 말이다.

[네, 대표님.]

똑 부러지고 야무진 평소의 목소리와는 다르게 우리의 말에는 힘이 없었다. 자신이 생각했던 것보다 그녀에게는 고민의 크기가 훨씬 더했던 모양이다. 그렇다면 희망도 있다는 얘기인가? 몇 번 거절은 했지만 그래도 깊이 고민을 할 만큼 저에게 아무런 감정이 없는 것은 아닐 테니.

"집 앞입니다. 잠깐 봅시다."

[예? 지금요?]

"네. 기다릴 테니까 천천히 나와요."

우리가 잠시 머뭇거리기에 그는 대답을 듣지 않고 전화를 끊었다. 밀고 당기는 기술이 중요하다고 해도 그는 지금 그럴만한 상황이 아니었다. 당기기만 하더라도 턱없이 아쉬운 상황에 밀어낼 만한 여유가 어디 있던가.

10여 분을 기다리자 건너편 어둠 속에서 익숙한 여자의 모습이 나타났다. 그는 차에서 내려 그녀를 기다렸다. 가까이 다가온 여자는 화장기 없는 말간 모습이었다.

그녀를 차에 태우고 그가 찾아간 곳은 사람이 많지 않은 조용한 카페였다. 익명으로 인터넷을 통해 물었던 서준의 고민에 여자들은 분위기에 약하다며 네티즌 누군가가 권해준 장소였다. 카페치고는 꽤 어두운 조명과 테이블 위의 작은 향초가 낭만적인 분위기를 자아내고 있었다.

"오늘 대답도 여전히 같습니까?"

목소리는 담담히 들렸지만, 하루하루가 지나갈수록 그의 마음은 더욱 초조해지고 있었다. 더불어 속이 새까맣게 타고 있기도 했다. 이러다가 영영 오케이라는 대답을 듣지 못하고 끝나는 것이 아닐까, 차라리 짧게라도 연애를 먼저 했어야 하는 것일까, 그런 생각들만 머릿속을 가득 채웠다.

서준은 우리의 대답을 기다렸다. 하지만 좀처럼 그녀의 목소리는 들려오지 않고 있었다.

"역시 그렇군요."

실망이 가득 담긴 말소리가 서준의 입에서 힘없이 툭 떨어졌다. 그러자 우리는 굳게 다물었던 입을 열어 다급히 대답했다.

"아뇨, 대표님. 오늘은…… 아닙니다."

서둘러 나온 여자의 대답은 뭔가 애매했다. 오늘은 다른 대답이라는 것인지, 아니면 결혼에 대한 물음에 역시 아니라는 대답을 한 것인지 잘 알 수가 없었다.

"무슨 뜻입니까?"

남자의 목소리가 미세하게 떨리고 있었다. 우리는 커다래진 눈으로 자신에게 집중하고 있는 그와 차마 눈을 마주하지 못하고 고개를 떨어트렸다.

"대표님 뜻, 따르겠습니다."

들릴 듯 말 듯 작은 목소리가 서준의 귓가에 스며들었다. 잠시 멍해 있던 남자는 테이블 위에서 꼼지락거리는 그녀의 손을 덥석 붙잡았다.

"고마워요. 그 결정, 후회하지 않도록 노력할게요."

서준의 얼굴에 이제야 안도의 미소가 흘러 넘쳤다. 드디어 숨통이 좀 트이는 것 같았다. 청혼을 해놓고 지난 며칠 가슴 졸인 것을 생각하면 참으로 한심스러웠다. 여자 때문에 정신이 빠져 사는 짓은 다시는 반복하지 않겠다고 다짐하고 또 다짐했건만, 이상하게도 이 여자 앞에서는 마음먹은 대로 잘 되지 않았다.

카페에서 나와 그녀의 집 앞에 도착했다. 차에서 내린 서준은 우리의 손을 살며시 붙잡았다. 그녀는 흠칫 놀라는 듯했지만, 붙잡힌 손을 뺄 생각은 없는 것 같았다.

좁다란 골목을 두 사람이 천천히 걸었다. 그리고 빌라 입구에 도착해 발을 멈추었다.

"내일 집에 와줄 수 있겠습니까?"

"네? 대표님, 그건 너무……."

여자는 놀란 목소리와 함께 튀어나올 만큼 눈을 커다랗게 뜨고 그를 바라보았다. 서준은 난처한 듯 까실한 턱을 쓰다듬었다. 내일이라면 고작 몇 시간 후였다. 우리가 이제야 겨우 마음을 먹은 터에 벌써 집에 인사하자는 것은 너무나 성급한 얘기라는 건 안다. 하지만 오늘 아침에도 할아버지와 어머니의 독촉은 여전했고, 또 집에서는 이미 두 사람의 관계가 몸을 나눌 만큼 진전되어 있는 것으로 알고 있으니 어쩔 수가 없었다. 자꾸 핑계를 대며 인사를 늦추다가는 혹시라도 정상적인 관계가 아니라고 오해를 살 수도 있었다.

"물론 빠른 건 알지만, 우리 씨가 마음을 굳힌 마당에 한시도 지체하고 싶지 않습니다."

"······네, 알겠습니다."

다행히도 여자는 금세 수긍했다. 또 하나의 어려운 일을 해결한 서준이 겨우 안도의 숨을 내쉬었다. 그리고 잠시 침묵이 이어졌다. '들어가 쉬어요'라는 말로 마무리를 해야 할 타이밍임에도 뭔가 남는 아쉬움에 그의 입이 쉽게 열리지 않았다. 조금이라도 더 함께 있고 싶은 생각에 머리를 이리저리 굴려보지만 마땅한 핑곗거리가 없었다. 밥을 먹을 시간도 아니었고, 또 커피도 방금 마신 상태였다. 결국 그는 아쉬운 마음을 접고 우리를 들여보내기로 했다. 그 대신 입맞춤 한 번. 그 정도는 해도 되지 않을까 싶은 마음에 서준은 천천히 고개를 기울였다.

두 입술이 점점 가까워지고 있었다. 긴장감에 여자의 가슴이 쿵쿵거리기 시작했다. 우리는 숨을 깊게 쉬며 몸을 움츠렸다. 코 앞에 다가온 남자의 얼굴을 보며 살며시 눈꺼풀을 내렸다. 남자가 반 발짝 앞으로 다가가자, 그녀는 얼른 발을 내빼고 얼굴을 뒤로 물렸다.

"죄송합니다."

우리가 고개를 꾸벅 숙이며 미안함을 표했다. 하지만 남자의 가슴은 이미 휑하니 찬 서리를 맞은 듯 시렸다.

"들어가 쉬어요."

서준은 애써 담담한 표정을 지으며 작별인사를 건넸다. 그녀는 다시 한 번 고개를 숙여 인사할 뿐 입을 열지 못하고 몸을 돌렸다.

여자의 뒷모습이 사라지자, 그는 아쉬움과 서운한 마음을 깊은 한숨에 묻어버렸다. 그리고 그도 몸을 돌려 세워둔 차를 향해 발걸음을 옮겼다.

2층 계단에 올라서며 우리는 창밖을 내려다보았다. 차에 올라타는 서준의 모습은 어쩐지 풀이 죽어 있는 것 같았다. 그 모습에 미안한 마음이 들기는 했지만, 어쩔 수 없는 일이었다. 청혼에 승낙을 하긴 했어도 몸까지 쉽게 내줄 수는 없었다. 애초의 시작점이 클럽에서 먼저 그를 도발한 것이었으니, 조금만 풀어져도 헤픈 여자로 여겨질 것만 같다는 생각에 더욱 조심스러워졌다.

서준과 약속한 시각은 눈 깜짝할 사이에 다가왔다. 남자의 손을 잡고 대문 안으로 들어서던 우리는 발을 멈추고서 크게 숨을 들이마셨다.

"괜찮아요. 그냥 편하게 생각해요. 우리 씨라면 어른들도 좋아하실 겁니다."

안심시키고자 꺼낸 말이었지만 그녀에게는 그리 크게 도움이 되지는 않았다. 제아무리 윗사람을 모시는 것이 직업이라고는 해도 이런 자리가 결코 쉬운 일은 아니었다. 그런 여자의 마음을 풀어주고자 서준이 얼굴에 평온한 미소를 담았다. 그리고 잡은 손에 꼭 힘을 주며 그녀를 안으로 이끌었다.

우리는 거실로 힘겹게 발을 올렸다. '저 왔습니다'라는 서준의 외침에 주방에서 한창 음식 준비로 바쁘던 승주와 서정이 거실로 달려 나왔다.

"그래, 왔구나. 어서 와요."

승주가 반가운 얼굴로 두 사람을 맞이하고, 우리는 허리를 깊숙이 숙여 인사했다. 승주는 눈앞의 아가씨를 재빠르게 위아래로 쭉 훑었다.

조금 짧은 단발머리에 단아하고 단정한 모습. 짙은 색의 스커트 정장은 길이가 짧지도, 길지도 않도록 딱 무릎 중간에 닿았다. 어디 하나 애써 꾸민 흔적은 없어 보이는데도 여자는 우아했다.

"아가씨, 우리 어디서 본 적 있던가요?"

낯이 익은 듯한 얼굴이었다. 하지만 얼른 떠오르지가 않아 승주가 의아한 표정으로 물었다. 우리는 옅게 미소를 지으며 승주를 향해 대답했다.

"예, 사모님. 여우리라고 합니다. 비서실 소속입니다. 일전에 대표님 사무실에서 인사드렸습니다."

"아, 참. 그랬구나."

이제야 생각이 난 듯 승주가 가벼운 탄성을 자아냈다. 얼마 전 서준이 밤샘근무로 집에 들어오지 못해 옷을 싸들고 들락거렸던 때가 떠올랐다. 그때 보았던 그 여비서의 모습. 미모도 웬만했지만 그 우아하고 도도해 보이는 자태에 승주도 저절로 눈길을 흘렸었다.

"아가씨는 소파에 가서 앉아요."

"예, 말씀 낮추십시오, 사모님."

승주의 존댓말이 아무래도 불편했던 모양이었다. 우리는 얼른 대답하고서 몸을 거실 소파 쪽으로 돌렸다. 승주는 눈치를 살피다가 서준의 옆구리를 쿡 찔렀다. 갑작스러운 그 감각에 서준이 어머니에게로 얼른 고개를 돌렸다.

"넌 지금 나 좀 보자."

승주는 서준을 향해 눈을 흘기며 이를 악물고 말했다. 우리에게 지었던 다정한 표정과는 전혀 다른 얼굴이었다. 서준은 의아한 얼굴로 승주를 따라 주방으로 몸을 감추고, 그 뒤에 서 있던 서정은 우리를 뚫어져라 쳐다보고 있었다.

"나도 어디서 봤는데……. 아, 어디더라."

서정은 생각이 퍼뜩 떠오르지 않는 머리를 주먹으로 가볍게 콩콩 내리쳤다. 그리고 찬찬히 과거의 기억을 되짚었다.

서준의 팔을 붙잡아 주방으로 끌고 온 승주는 무섭게 그를 노려보았다. 영문을 모르는 서준은 미간에 주름을 잡으며 어머니를 향해 물었다.

"왜요, 어머니."

"너 정말 이럴래? 엄마가 그렇게 설렁설렁 넘어갈 줄 알았어?"

"그게 대체 무슨 말씀이십니까? 우리 씨가 마음에 안 들어서 그러세요?"

두서없는 승주의 말에 서준이 발끈했다. 조건 같은 건 웬만해서는 따지지 않겠다고 해놓고서, 말 한마디 붙여보지 않고 이러는 것은 도대체 이해할 수가 없었다. 조건만 따져 했던 정략결혼에 누나 서정의 인생이 망가졌다. 그래서 절절히 후회한 이후로는 절대 그런 결혼은 시키지 않겠다고 하지 않았던가.

"그 아가씨는 어디다 숨겨두고 비서 아가씨한테 대타를 시켜, 시키길? 집에 데려와서 인사도 못 할 정도로 그렇게 형편없니? 그래서, 대타하는 조건으로 얼마나 주기로 했는데? 허, 계약결혼이라니, 내가 아주 기가 막혀서! 너 얼른 솔직히 말하지 못해?"

서준과 손을 잡고 들어서던 여자의 모습을 승주가 다시 떠올렸다. 아무리 보아도 자연스러운 연인 같지가 않았다. 서로 좋아 몸을 섞고 호텔까지 들락거리던 사이라면, 저토록 바짝 얼은 얼굴을 보이지는 않을 것이다. 집에 인사오라는 말을 했을 때도 계속 날짜를 미뤄대던 것을 보면, 분명히 뭔가 계략을 꾸민 것임에 틀림없다고 생각했다.

"그게 대체 무슨 말씀이십니까?"

어머니의 말을 얼른 이해하지 못한 서준이 얼굴을 굳히고 물었다. 어른들 말씀을 차마 거역하지 못해 미친놈처럼 청혼을 하고 하루 만에 집에 데려오는 만행까지. 여우리가 기함할 만한 일을 저질렀는데도 불구하고 어머니는 둘 사이를 인정하지 못하겠다는 듯 말하고 있었다.

"참나, 우리 한승주 여사 드라마를 너무 보셨네."

언제 들어온 것인지, 서정이 고개를 삐딱하게 기울이고서 팔짱을 낀 채 서 있었다.

"엄마가 너보고 계약 결혼 뭐 이런 거냐고 묻는 거란다, 지금. 아주 드라마에 폭 빠지셨어. 요새 아침 드라마에 그런 거 하나 있거든. 그냥 무시해."

두 모녀가 쏟아내는 이야기에 그는 답답한 듯 길게 숨을 내빼고 넥타이를 헐겁게 풀었다.

"사람 불러놓고 그런 쓸데없는 소리 마십시오."

"뭐야, 아냐? 그럼 진짜 저 아가씨?"

"예, 진짜 저 아가씨가 제가 결혼하고 싶은 여자 맞습니다. 그러니까 제발……."

서준이 말을 채 마치기도 전에 승주가 다시 그의 팔을 붙잡았다. 그리고는 다짜고짜 손바닥으로 등을 거세게 후려치기 시작했다.

"그게 더 나빠, 이 녀석아! 내가 너를 그렇게 가르쳤니? 너 그렇게 파렴치한 녀석이었어?"

철퍽! 철퍽!

거친 소리와 함께 연달아 내려치는 어머니의 손은 그 강도가 매우 높았다. 이번에도 역시 이해할 수 없는 사태에 서준이 등을 휘며 몸을 뒤로 빼고 물었다.

"이번엔 또 왜요!"

"너 어쩜 그럴 수가 있어? 어떻게 일하라고 뽑아 놓은 지 비서를 건드려? 그게 말이 되니? 네가 그러고도 사람이야!"

여전히 그 말을 이해하지 못하고 있는 서준을 서정이 쿡쿡 찌르며 자그마한 소리로 속삭였다.

"콘돔, 콘돔."

결국 그게 또 말썽이었다. 정말 그날 사고라도 치고서 이런 기막힌 오해를 받는다면 억울하지나 않았을 것이다. 아니, 그보다 그 세 개를 다 써버렸다면 이런 일이 오히려 일어나지도 않았을 테니, 억울함을 따지자면 칼을 물고 토할 노릇이었다.

이 일들을 대체 어떻게 해명할까 재빠르게 머리를 굴렸지만, 적당한 변명거리가 떠오르지 않았다. 억울한 일이 있더라도 거짓말을 하면서까지 자신을 변호하는 성격이 못되었다. 그러니 그 콘돔의 존재를 해명하겠다고 잘못 입을 열었다가는 붉은여우의 정체가 드러나 버릴지도 모를 판이었다.

"난 이 결혼 반대야!"

서준이 애써 머리를 굴리고 있던 그때였다. 서정이 난데없이 승주를 향해 반대를 외치며 나섰다.

"넌 됐고! 아가씨 기다리겠다. 나가자."

승주는 서정을 향해 쓸데없는 소리를 한다는 듯 눈을 흘기며 먼저 주방을 나섰다.

"왜? 왜 내 말은 무시하는데?"

서정은 그녀의 뒤에 대고 외쳤다. 하지만 승주는 이미 사라져 버리고, 중요한 일에 의견을 무시당한 여자의 서러움만 한층 더 커질 뿐이었다.

서정은 팔짱을 끼고 아직 자리에 멀뚱히 남아있는 서준을 향해 고개를 돌렸다. 결혼의 당사자인 서준이라면 아마도 제 의견을 완전히 무시하기는 어려울 것이다.

"누난 또 왜!"

그가 짜증 섞인 목소리를 내뱉었다. 도대체 결혼이라는 것이 왜 이리도 어렵고 힘든 것인지, 삼백여 명의 직원을 이끌고 회사를 운영하는 것보다 훨씬 더 복잡하고 걸림돌도 많았다. 거기에 누나까지 반대를 외치며 이상야릇한 표정을 짓고 서 있으니, 그로써는 답답하고 짜증이 날 만도 했다.

갑작스레 목이 타올랐다. 서준은 물을 마시기 위해 컵을 꺼내 들었다.

"너, 저 애가 어떤 애인지 알아?"

비꼬는 듯한 서정의 말에 그는 물을 따르던 손을 우뚝 멈추었다. 그리고 고개를 돌려 그녀를 쳐다보았다.

"그게 무슨 소리야? 누나가 우리 씨를 알기라도 한단 말이야?"

"뭐 자세히 아는 건 아니지만, 그래도 준호네 클……."

누나의 입에서 흘러나온 준호의 이름에 서준은 당황했다. 급하게 컵을 내려놓고 손을 들어 서정의 입을 틀어막았다. 준호의 클럽을 들먹이는 것으로 보아, 그 붉은여우의 정체를 알고 있는 것이 분명했다.

서정은 얼굴에 오만상을 쓰며 제 입을 막고 있는 서준의 손등을 찰싹찰싹 내려쳤다. 하지만 그는 그녀의 입을 막은 채로 거실의 동정을 살피기에만 바빴다. 결국 참다못한 서정이 그의 손등을 꼬집어 비틀었다. 서준은 저도 모르게 튀어나오던 비명을 속으로 급히 삼키며 누나의 입에서 손을 떼어냈다. 그리고 다른 손으로 아픈 손등을 문질렀다.

"뭐야, 너. 너도 알고 있는 눈치네? 그런데도 저 애랑 결혼하겠다고?"

"그게 뭐 어때서. 누나도 클럽 다니잖아."

"야! 나랑 쟤랑 같아? 나야 어쩌다 한 번 가는 거고. 쟤는 완전 거기 죽순이라던데. 그 정도인 거 너도 알아?"

조금 전 거실에 여우리와 단둘이 남겨졌던 그때였다. 서정은 떠오를 듯 말 듯한 여자의 얼굴에 온 신경을 집중했다. 어디서 봤더라. 생긴 건 꼭 불여시처럼 생겨가지고 이름값 제대로네. 그런 생각을 하는 순간 떠올라 버렸다. 일명 '붉은여우', 바로 그녀였다.

서정의 생일이던 그날이었다. 백화점에서 만났던 불여시와 클럽에서 또다시 마주치고, 의도치 않은 댄스 배틀이 있었던 그때. 준호에 의해 룸으로 소환당하고서 같이 놀던 웨이터 삼식이에게 물었었다. 그 당시 클럽에서 일한 지 그리 오래되지 않았다던 삼식이도 그 붉은여우를 아주 잘 알고 있다는 듯 그렇게 대답했었다.

개인적인 인적사항에 대해서는 알려진 바 없지만, 킹스에서 그녀를 모르면 간첩이라는 것이다. 보통은 금요일 밤에 나타난다는 말도 덧붙였었다. 그런데 하필 그런 여자를 제 동생이 결혼하겠다고 떡하니 데려왔으니 이건 정말 커다란 사건이었다. 서정은 여자를 거실에 두고서 주방으로 달려 들어왔다. 그리고 '이 결혼 반대요!'를 외치기에까지 이르렀던 것이다.

"누난 일단 입 다물고 있어. 그런 건 내가 다 알아서 할 테니까."

"제대로 홀렸구나, 너. 근데, 내가 왜 그래야 하는데?"

서정의 대답에 남자의 등에서는 식은땀이 주르륵 흘러내렸다. 말 그대로 첩첩산중이 따로 없었다. 하긴 서정이 제 뜻에 따라 입을 다물고 있어야 할 이유가 없으니, 이것이야말로 애초에 승산이 없는 일이었다.

점점 심각해지는 서준의 얼굴을 보며 서정은 입가에 희미한 미소를 떠올렸다. 아무래도 확실한 꼬투리를 잡은 것이 틀림없었다. 이대로라면 서준에게 뭔가 큰 것을 얻어낼 수도 있을 것이라는 생각이 퍼뜩 머리를 스치고 지나갔다.

"용돈, 전에 주던 그대로 올려 줄게."

서정의 반짝이는 눈빛을 보고 알아챈 것인지, 서준이 먼저 협상안을 내놓았다. 하지만 고작 용돈? 그것도 예전대로라니. 생일날 사고를 치고 용돈을 깎인 탓에 꽤 쪼들리기는 했지만, 이런 좋은 기회를 겨우 그 정도 합의로 날려 버릴 수는 없는 일이다.

"서준아, 네가 아직 모르나본데, 나 요새 별로 돈 필요 없거든? 나갈 데가 없으니까 돈 쓸 일도 없고, 그리고 또 나도 요새 돈 벌어. 뭐 쥐꼬리 만큼이긴 하지만."

"그럼 뭐 어쩌라고!"

서준이 미간을 잔뜩 찡그렸다. 다급한 그의 마음과는 다르게 서정은 한껏 여유 있는 표정을 짓고 있었다.

"너, 쟤랑 꼭 결혼해야겠니? 정말로 좋아하긴 하는 거야?"

다시 한 번 묻는 서정을 향해 그는 고개를 재빨리 끄덕였다. 혼자서 어머니와 할아버지를 감당하고 있어야 할 여자가 신경 쓰여 마음이 다급했다.

"좋아. 네가 정 그렇다면 생각 좀 해보자."

일단 그렇게 한고비를 넘겼다. 서준은 푹, 깊은숨을 내쉬며 서둘러 주방을 나섰다. 거실 소파에 앉아 할아버지와 어머니의 세심한 눈길을 받고 있는 여자를 보니 한없이 미안해졌다.

"여태 뭐하고 있었니? 얼른 와 앉아라."

주방에서 나오는 그를 보며 승주가 독촉했다. 어느새 할아버지 현식은 입가에 흐뭇한 미소를 가득 담고 있었다.

"그래, 양친은 다 계시고?"

서준이 우리의 옆에 자리를 잡고 앉자, 현식이 물었다. 그의 비서라는 직책을 가진 만큼 이미 학벌이나 그런 조건들은 객관적인 검증을 거쳤을 터였다. 그러니 질문을 통해 결혼 승낙을 하고 안 하고의 그런 문제라기보다는 서로 기본적인 사항들을 알고 넘어가기 위함이었다.

"두 분 다 안 계십니다. 어렸을 때 사고로 같이 돌아가셨어요."

뜻밖의 대답에 서준이 고개를 돌려 우리를 바라보았다. 여자의 그런 환경조차 모르고서 제 사정만 앞세워 결혼하자고 덤벼든 꼴이었다. 정말 이보다 더 바보 같고 어이없는 일이 또 있을까. 안쓰럽고 미안한 마음에 당장 손이라도 잡아주고 싶었지만, 할아버지 앞이다 보니 그럴 수도 없는 노릇이었다.

"어이구, 이런. 고생이 많았겠구나. 그럼 누가 키워주셨누?"

"할아버지 손에 자랐습니다."

"그래? 그런데도 아주 기특하게 잘도 컸네."

여자는 쉽지 않은 얘기를 평소 사무실에서처럼 또박또박 대답하고 있었다. 집에 들어설 때보다 어느 정도 적응이 되었는지, 얼굴표정 또한 흔들림 없이 온화하고 부드러웠다. 하지만 그런 여자의 모습을 바라보고 있는 서준은 어쩐지 더 안타깝기만 했다.

"할아버지께서 엄격하신 편이세요."

어느새 주방에서 나와 소파 옆자리까지 다가와 있던 서정이 그녀의 대답에 코웃음을 살짝 흘렸다. 그러셔? 엄격한 할아버지 밑에서 잘도 자라서 클럽 죽순이가 되셨어? 서정은 한껏 비아냥거리고 싶은 것을 간신히 참아냈다. 우아하고 도도하게 앉아 있는 모습이 정말 딱 꼬리 아홉 개는 달린 여우처럼 남자들을 홀리기에 부족함이 없어 보였다. 그런 그녀의 모습에 서준도, 할아버지도, 또 어머니마저 넋이 나가 있는 것 같았다.

서정의 마음이 갈팡질팡하고 있었다. 저 불여시에게서 동생을 구해내느냐, 아니면 서준과의 협상으로 제 실속을 크게 차릴 것이냐 하는 결코 간단치 않은 문제였다.

"그래, 아가씨 집에는 인사 드렸느냐?"

"아뇨, 아직입니다."

"이 녀석아! 순서가 틀렸잖느냐! 우리 집으로 데려올 사람이니 먼저 그 댁 허락부터 받아야 맞는 순서지. 다음 주에 당장 다녀오너라."

서준의 대답에 현식이 발끈하고 나섰다. 형식이고 절차고 간에 전부 무시해 버리고, 당장에라도 눈앞의 아가씨를 집에 들여앉히고 싶은 마음인 것 같았다. 그런데 정작 현실은 인사에 상견례에 그리고 예식 준비까지. 아직 첩첩산중이었다.

"되도록이면 이달 안에 상견례까지 진행했으면 하는구나. 그리고 우리 집은 혼수니, 예단이니 아무것도 필요 없으니 생략하기로 하고. 3주 후로 날 잡았으면 하는 게 이 병든 늙은이 바람이란다."

이달이라고 해봐야 겨우 보름 남짓. 하도 급하게 몰아치니 서준은 마음이 불안했다. 이러다가 혹시라도 우리가 겁을 먹고 도망가려고나 하지 않을지 걱정이 되었다. 하지만 그녀의 표정은 여전히 변함이 없었다.

현식은 좀 전과는 다르게 최대한 기운 빠진 얼굴을 지어보였다. 동정표를 얻으려는 얕은 수가 보이기도 했다. 하지만 할아버지의 그런 모습을 지켜보던 서정은 또다시 마음이 갈팡질팡했다. 붉은여우의 정체를 터뜨려 동생을 저 구미호로부터 지켜낼 것인지, 아니면 손자가 결혼하는 모습이라도 보고 할아버지가 편히 눈을 감도록 입을 다무는 것이 맞는지.

식사를 마치고 서준은 우리와 함께 2층 방으로 올라갔다. 앞으로 함께 몸을 부비고 살아야 할 곳이기에 아무래도 그녀의 취향에 맞춰 주어야겠다는 생각이었다. 방안으로 들어선 여자는 발을 멈춰 섰다. 그리고 천천히 눈을 옮기며 안을 훑었다.

"뭐든 우리 씨 취향대로 바꿔도 좋아요. 내가 같이 준비해 주면 좋겠지만, 신혼여행 기간 스케줄 빼려면 시간이 쉽게 나진 않을 듯합니다. 웬만한 건 어머니께서 다 도와주실 거니까 우리 씨도 어려워 말고 어머니한테 부탁해도 돼요."

부모님이 안 계시다는 말이 마음에 걸렸다. 안쓰럽기도 했고, 또 미안하기도 했다. 꽤 오래전의 얘기지만, 누나도 결혼 준비를 하면서 내내 어머니와 함께하는 모습이 기억나는 터라 더욱 그랬다. 그런데 회사일도 만만치가 않으니 저도 쉽게 나서 줄 수가 없는 상황이었다.

"참, 신혼여행은 어디로 갈까요? 혹시 가고 싶은 데 있습니까?"

서준의 말에 우리는 고개를 가로저었다. 그리고는 부끄러운 듯 시선을 아래로 떨어트렸다. 하얀 얼굴이 금세 선홍색으로 물들었다.

"그런 걸 생각할 시간이……."

"그럼 지금부터 생각해 봐요."

신혼여행이라는 단어에 여자의 얼굴에는 난처한 기색이 떠올랐다. 아직은 서먹하고 어색한 사이인지라 어쩔 수 없는 마음이지만, 그와는 다르게 남자의 얼굴은 기대에 차 있는 것도 같았다.

집 안을 대강 둘러보고서 서준은 우리를 데리고 집을 나섰다. 밝은 햇살과 살랑대는 봄바람에 꽃향기가 묻어 흘렀다. 잠깐 산책이라도 하는 게 어떨까 묻기 위해 우리를 향해 얼굴을 돌렸다. 서준의 뒤를 따라 대문을 막 나온 그녀는 숨을 길게 내쉬고 있었다. 아무래도 이런 자리가 편할 수는 없을 테니 이렇게 굳어 있는 것은 당연한 결과였다. 하지만 우리가 잔뜩 긴장했던 이유는 따로 있었다.

서준의 집에 도착해 거실에 올라서던 바로 그때였다. 그의 누나인 듯한 여자와 눈이 마주치고, 우리는 왠지 낯익은 모습에 마음이 불안해졌다. 평소 행실이 나쁜 편은 아니지만 이상하게도 불길한 예감이 들었다. 어디서 보았을까, 얼른 떠오르지 않는 생각에 더욱 마음이 불편했다. 서준의 할아버지께 인사를 올리며 그의 누나가 쏟아내는 뜨거운 눈빛을 애써 무시했다. 안면이 있는 것만큼은 확실한지 저쪽에서도 무언가를 생각해내려 애쓰는 눈치였다. 그리고 곧 킹스 어쩌고 하며 작게 외치는 소리에 우리는 심장이 철렁거렸다.

백화점에서의 마주침과 같은 날 킹스 클럽에서의 댄스 배틀. 우리도 곧 그 생각에 다다랐다. 원수는 외나무다리에서 만난다더니, 그날의 일이 이런 식으로 방해가 될 줄은 꿈에도 알지 못했다.

등에서 식은땀이 흐르고, 손이 저릿저릿했다. 그날의 상황으로 볼 때, 서준의 누나라는 사람이 붉은여우의 정체를 알고 있을 확률은 매우 높았다. 하지만 주방에서 무슨 얘기가 오갔는지, 두 사람이 거실에 나타났을 때는 아무 일도 없었다는 듯 입을 꼭 다물고 있었다. 그리고 이 집을 나설 때까지 몇 시간동안 내내 마음을 졸였으니 온몸에 기운이 쭉 빠져 다리가 다 후들거릴 정도였다.

"힘들었나 보군요."

우리는 억지로 미소를 지으며 고개를 끄덕였다. 피곤함에 젖은 얼굴을 보고 있으려니 서준은 금방 계획했던 산책을 어느새 잊고, 집에 데려다 주어야겠다는 생각만 앞섰다.

"다음 주에 조부님 찾아뵙는 것은 가능하겠습니까?"

서준이 그녀의 집 앞에 차를 세웠다. 시동을 끄고 여자의 몸에서 안전벨트를 풀어주며 물었다.

"아직 말씀 못 드렸어요. 집에 가서 일단 전화 드려 볼게요."

"이렇게 막무가내로 서둘러서 미안해요."

"아뇨, 어차피 마음먹은 일인걸요. 집에는 늘 계시니까, 아마 괜찮을 거예요."

혹시 그녀의 집에서 반대하는 일은 없을까, 서준은 은근슬쩍 걱정이 되기 시작했다. 조건으로 따지자면 어디 가서 빠질만한 인물과 스펙은 아니어도 딱 한 가지 걸리는 것이 있었다.

"내 나이, 괜찮겠습니까? 할아버지께서 반대하시는 건 아니신지."

여덟 살. 적지 않은 나이차였다. 우리가 막 태어났을 때 그는 가방을 둘러메고 열심히 학교를 다녔을 테니.

"작은 아버지는 12년 차이예요. 띠동갑이요. 그때도 아무 말씀 없으셨어요."

괜찮다는 듯 그녀가 웃으며 대답했다. 크게 걱정한 것은 아니지만, 그래도 서준은 한결 마음이 놓였다.

그녀의 대답 후로 잠시 침묵이 흘렀다. 서준은 헤어지기 아쉬운 마음에 쉽게 인사말을 꺼내지도 못하고 있었다.

"들어가서 차 한잔하실래요?"

미적거리는 남자의 마음을 알아차린 듯 우리가 물었다. 그녀의 말이 채 끝나기도 전에 그의 얼굴에 화색이 돌았다.

"그래도 되겠습니까?"

우리는 대답 대신 고개를 작게 끄덕이고 차에서 먼저 몸을 내렸다. 그는 바로 그녀를 뒤따라 긴 다리를 내리며 차 문을 잠갔다.

"혼자 삽니까?"

"네."

계단을 오르며 서준이 물었다. 2층에서 내려다본 좁다랗고 어두운 골목길은 여자 혼자 다니기에는 위험해 보였다. 하루라도 빨리 제 집에 데려다 놓았으면 좋겠다는 생각을 하며, 그는 피식 웃음을 흘렸다. 그에게는 할아버지가 말했던 3주도 길고 긴 시간처럼 까마득했다.

현관 앞에 서서 우리가 가방을 열고 키를 꺼냈다. 옅은 회색의 문이 딸깍 열리는 순간 남자의 심장에서도 빗장이 철컹 하고 열렸다. 여자를 향해 한걸음 더 가까이 다가섰다는 느낌. 열리는 문과 함께 하영으로 인해 굳게 닫혀 있던 마음의 빗장도 서서히 풀리는 듯한 기분이었다.

그녀가 먼저 안으로 들어서며 서준을 향해 뒤를 돌아보았다. 그가 바로 뒤따라 들어와 거실에 올라섰다. 한눈에 들어오는 집안의 광경은 그녀의 평소 모습처럼 깔끔하고 단아했다.

"커피는 없어요, 대표님."

"아무거나 좋습니다."

평소 커피만 찾던 서준의 취향을 생각해 꺼낸 말이겠지만, 지금 그에게는 무슨 종류의 차가 되었든 그런 건 중요치 않았다. 본래의 목적이 차가 아닌 이상 아무런 상관이 없었다.

우리는 생수를 꺼내서 무선 주전자에 붓고 전원을 넣었다. 그런 여자의 뒷모습을 흘낏거리던 서준은 양복 재킷을 벗으며 책상 앞으로 발걸음을 향했다. 의자에 옷을 걸고, 눈에 들어온 작은 액자로 손을 가져갔다. 우리와 함께 조금 앳된 얼굴의 남자가 밝게 웃고 있는 모습이었다. 분위기가 조금 비슷하다고 할까? 남동생이 하나 있다고 얼핏 들었던 기억에 서준은 사진을 보며 잠시 찡그렸던 미간을 풀어냈다.

"차 드세요, 대표님."

등 뒤에서 들리는 그녀의 목소리에 서준은 액자를 내려놓았다. 그리고 얼른 몸을 돌렸다.

"그 대표님 소리는 이제 집어치웁시다."

거리감이 느껴졌다. 일을 하는 것인지, 연애를 하자는 것인지 헷갈리기도 했다. 그래서 그녀를 향해 다가서며 서준이 은근슬쩍 불만의 목소리를 내뱉었다. 식탁 위에는 투명한 찻잔이 놓여 있고, 그 안에 노랗게 말린 국화 꽃잎이 둥둥 떠다니고 있었다.

"설마 식 올리고 집에서도 그렇게 부를 건 아니죠? 어른들께서 싫어하실 텐데."

"습관이 돼서요. 노력해 볼게요."

저를 향해 말갛게 웃는 표정이 찻잔에 떠다니는 국화꽃을 닮아 있었다. 그윽한 향기와 우아한 모습. 그런 여자의 얼굴이 마음에 들어 서준도 입을 가늘게 늘이며 찻잔을 집어 들었다.

서준이 나가고 저녁 무렵이었다. 서정은 주방에서 찬합을 꺼내 남은 음식들을 담아내느라 분주했다. 저녁 준비를 위해 주방에 들어서던 승주가 그 모양을 보며 의아하다는 듯 물었다.

"넌 뭐하니? 그거 어디 가져가려고?"

"어? 아, 그냥, 어디, 좀. 우리끼리 먹기엔 좀 많잖아. 냉장고에 넣어놔 봤자 맛도 없어지고 그래서……."

그저 무심코 물었을 뿐, 타박하려던 것은 아니다. 그런데도 얼굴을 붉혀가며 말까지 더듬는 모양새가 수상해도 한참 수상했다. 요새 들어 하루도 빠짐없이 저녁만 되면 밖으로 나가는 것도 그랬다.

"누굴 갖다 주려는 건데?"

"어? 그냥…… 친구."

서정은 재빠르게 찬합 뚜껑을 닫아 쇼핑백에 넣었다. 그리고는 서둘러 현관문을 빠져나갔다. 어딜 나갈 때면 요란히 화장하고 챙겨 입던 모습과는 다르니 남자가 생겼다거나 하는 문제는 아닌 것도 같았다. 승주는 미심쩍은 얼굴로 그녀가 사라진 문을 노려보았다. 분명 또 실속 없는 헛짓거리나 하고 다니겠지 싶은 생각에 혀를 끌끌 차며 고개를 가로저었다.

"웬 음식들입니까?"

"아, 오늘 집에 서준이 결……."

무심결에 여우리의 얘기를 꺼내려던 서정이 얼른 입을 닫았다. 아직 결혼을 할지 말지 정확히 알 수 없는 마당에 비서실에 함께 있는 기범에게 섣불리 그런 얘기를 한다는 것이 왠지 꺼려졌다.

"그냥, 집에 손님이 왔었거든요. 참, 근데 최 실장님, 서준이 비서요……."

"여우리 대리요?"

"네, 그 여운지 뭔지, 어쨌든 그 아가씨 어때요?"

"음, 똑똑하고, 일도 잘 하고, 딱 부러지고, 눈치도 있고, 또 단정하고. 비서로서는 딱이죠. 그런데 서정 씨가 여 대리는 왜요?"

"아뇨, 별거 아녜요. 그냥 물어봤어요."

늘어지는 칭찬에 서정은 김이 새버렸다. 뭔가 흠잡을 거리가 있어야 클럽 얘기도 덩달아서 불여시의 약점이 될 터였다. 하지만 이렇게 장점만 줄줄 읊어대니 더 이상 얘기하고 싶지가 않았다. 더군다나 이 남자의 입에서 나오는 다른 여자의 칭찬도 그다지 달갑지가 않았다.

"최 실장님, 실장님은 클럽 다니는 여자들 어떻게 생각해요?"

차려진 음식들을 입에 넣는 기범에게 서정이 물었다. 서준이 꽤 보수적인 성격이면서도 불여시가 클럽에 드나드는 일을 묵인하는 것을 보니 기범의 생각도 궁금해졌다. 그는 잡채를 집던 젓가락을 우뚝 멈추며 여자의 얼굴을 물끄러미 바라보았다. 그녀가 이런 질문을 하는 의도를 알 수 없으니 무슨 대답을 해야 할지도 난감했다.

"뭐, 사고만 치지 않는다면야 별로 상관없을 듯합니다만."

그것이 여우리를 겨냥한 질문인지 알 리 없는 기범은 지난번 서정의 호텔 사건을 떠올리며 대답했다. 그 사고에는 물론 웨이터 삼식이와의 하룻밤도 포함되어 있었고, 그 때문에 기범의 목소리도 퉁명스럽게 흘러나왔다. 아무리 그 이후에 생긴 감정이긴 하더라도 좋아하는 여자가 다른 놈과 하룻밤을 보낸 일을 알면서 쿨하게 넘길 수는 없었다.

기범이 대답을 하고 서정의 얼굴을 뚫어져라 쳐다보았다. 그 눈빛에 그녀는 주눅이 들어 눈을 급히 내리 깔았다. 그의 대답이 자신의 생일에 벌어진 일을 뜻한다는 걸 알아차리고 민망함에 고개를 옆으로 돌렸다.

"쳇! 그 일은 대체 언제까지 우려먹을 건데."

남자의 쪼잔함을 탓하며 작게 중얼거렸다. 하지만 금전적으로도 아직 그 일을 해결하지 못했으니 큰소리를 칠 만한 형편은 아니었기에 구시렁거릴 뿐이었다.

6.

그 아이, 감당키가 쉽지는 않을 텐데

서준은 우리가 불러주는 주소를 내비게이션에 입력하고 차를 출발시켰다. 전남 영광이라 하니 네 시간은 족히 달려야 할 거리였다.

"조부님께서 저를 마음에 들어 하실지 모르겠네요."

남자는 초조한 마음을 감추지 못하고 그녀에게 넌지시 내비쳤다. 우리는 그의 얼굴을 잠시 바라보다가 가볍게 웃음을 담았다.

"있는 대로 다 말씀 드렸어요. 사람만 성실하면 반대는 안 하시겠다고 하셨으니까, 마음 편히 가지셔도 됩니다, 대표님."

며칠 전이었다. 우리가 결혼할 사람이 있다며 전화를 걸었을 때, 할아버지는 어떤 사람이냐를 따지기 이전에 역정부터 내고 나섰다. 조신하게 직장이나 다니다가 집안에서 골라주는 배필과 결혼을 할 것이지, 그새 연애질을 했느냐며 싫은 소리를 꽤 들었다. 연애질을 했느냐는 말에 무척 억울하기는 했어도, 일을 그르칠까봐 우리는 아무런 대꾸도 하지 않고 참아냈다. 할아버지는 그렇게 한참 훈계를 하고서야 어떤 사람인가를 물어왔다. 우리는 서준에 대해서 아무런 가감 없이 밝혔고, 조건은 나쁘지 않으니 사람 됨됨이나 보자며 할아버지는 겨우 승낙의 뜻을 내비쳤다. 할아버지와의 통화 내용을 우리는 매우 순화해서 서준에게 전달했지만, 사실 그녀의 말은 서준에게 큰 위로가 되지 않았다.

운전하는 동안에도 서준의 머릿속은 내내 복잡했다. 연애기간도 없이 결혼부터 덜컥 서두르는 것이 문제 되지는 않을까. 아니면 무뚝뚝한 성격을 마음에 안 들어 하시지는 않을까. 혹시 그녀의 말과는 다르게 여덟 살이라는 나이차를 두고 못마땅해 하는 것은 아닐까. 하나에서 열까지 마음에 걸리지 않는 것들이 없었다. 평소 자신감이 없는 성격도 아니요, 또한 나이를 제외하면 어떤 조건이든 빠지는 것이 없는데도 이상하게 마음이 불안하기만 했다.

일찌감치 출발했음에도 차가 도착한 것은 정오가 거의 다 되어서였다. 서준은 차에서 내리기 전 백미러를 통해 머리 모양을 한 번 더 점검했다. 평소에도 깔끔한 모습이지만, 오늘따라 유난히 더 신경이 쓰였다.

양복과 넥타이도 최대한 점잖은 것으로 고르고, 구두도 반짝반짝 광이 나도록 닦았는데도 왠지 마음에 들지가 않았다. 손을 올려 넥타이를 다시 고쳐 매는 모습을 지켜보던 우리가 미소를 지으며 그의 앞에 바짝 다가섰다.

"멋있어요. 걱정하지 마시고 들어가세요."

서준이 긴장한 것을 알아차렸는지, 그녀는 남자의 넥타이를 매만져주며 조용히 속삭였다. 하지만 여자의 갑작스러운 행동에 그는 긴장이 풀어지기는커녕 오히려 더 잔뜩 굳어버렸다. 평소 이런 친근한 행동을 스스럼없이 해온 사이도 아닌데다가, 가벼운 입맞춤조차 거절당했던 터라 당황한 까닭이었다.

두 사람이 대문을 열고 안으로 들어섰다. 한눈에 보아도 규모 가 꽤 큰 멋진 한옥이었다.

"여기서 자랐습니까?"

"네."

그래서일까? 정갈하고 단아한 집의 모양새가 어쩐지 여자의 모습과 많이 닮아 있다는 생각도 들었다. 서준이 집 안 풍경과 여자를 한 번씩 번갈아 보며 감탄하고 있을 즈음, 안에서 한복을 곱게 차려입은 중년 부인이 나타났다.

"숙모님, 잘 지내셨어요?"

우리가 인사하는 모습을 보며 서준도 깊게 허리를 숙였다. 생 활 방식 또한 집의 모양새처럼 전통 방식을 고수하고 있는 것 같 았다. 평소 우아하고 도도한 여우리의 이미지는 이런 전통적인 분위기의 가정에서 자라며 몸에 밴, 오랜 습관 때문일 수도 있겠 다는 생각이 들었다.

우리는 잠시 후에 온다는 말을 남기고 사라지고, 숙모라는 여 자를 따라 서준은 사랑채로 발을 들였다. 흰 수염을 아래로 길게 늘어뜨리고, 성성한 머리를 상투로 틀어 올린 그녀의 할아버지가 서준을 맞이했다. 그는 집안 분위기에 맞추어 망설이지 않고 큰 절을 올렸다. 그녀의 할아버지는 무릎을 꿇고 앉은 서준을 아무런 표정도 없이 뚫어져라 응시했다.

엄숙하고도 무거운 분위기였다. 한 5분여의 시간이 침묵 속에 그렇게 흘러갔다. 사업상 어려운 자리도 많았고, 또 큰 계약 건이 있을 때는 긴장이 되기도 했지만, 서준에게 이토록 힘이 든 자리는 처음이었다. 머리카락 속에서 식은땀이 삐질 삐질 흐르기 시작했다. 차라리 질문이라도 쏟아낸다면 자신 있게 대답할 수 있으련만. 우리의 할아버지는 날카로운 눈으로 쳐다보기만 하고 별말이 없으니 더욱 숨이 막혔다. 우리가 이미 있는 대로 말씀드렸다고 했으니 딱히 질문할 것도 없는 모양이다.

"그 아이, 감당키가 쉽지는 않을 텐데."

"예?"

뜻을 알 수 없는 노인의 말에 서준의 눈이 동그래졌다. 서늘한 그 말투에는 좋지 않은 감정이 묻어 있음이 확연하게 느껴졌다.

"자네 뜻대로 쉬이 움직여 주는 그런 아이는 아니란 말일세. 사내가 큰일을 하려면 집안에 있는 여자는 좀 고분고분해야 일이 수월하지. 비서로서 일할 때와 남녀 간의 문제는 다를 게야. 데려가기 전에 그 점은 알아두었으면 하네."

할아버지의 말은 언뜻 그를 걱정하는 것처럼 들리기도 했다. 그럼에도 서준에게는 그다지 호의적으로 느껴지지가 않았다.

잠시 후, 문 밖에서 익숙한 목소리가 들리고, 할아버지의 대답에 그녀가 안으로 들어섰다. 한복을 곱게 차려입은 여자의 모습을 본 서준은 깜짝 놀라 벌린 입을 다물지 못했다. 정신을 바짝 차리지 않으면 혼이 나가 버릴 만큼 우아하고 아름다운 모습이었다. 연노랑 저고리에 진한 다홍색 치마가 하얀 피부를 더욱 돋보이게 만들었다. 짧은 단발머리는 어쩔 수 없었지만, 우아하고 아름다운 자태에는 아랫도리가 다 저릿할 정도였다.

우리가 할아버지께 큰절을 올리고 서준의 옆에 다소곳이 앉았다. 그는 누구의 앞이라는 것도 잊은 채 그녀에게서 눈을 떼지 못했다.

"흠!"

그가 정신이 팔린 것을 알고, 할아버지가 헛기침으로 호통을 대신했다. 그 소리에 서준은 곧바로 정신을 가다듬었다.

상견례와 혼수, 예단에 관한 이야기들이 몇 마디 오가고, 곧이어 잘 차려진 밥상이 들여졌다. 식사는 두 사람을 위해 준비된 듯, 2인분의 밥과 국이 마주 보게 놓여 있었다. 밥상이 서준과 할아버지 사이에 놓이자, 우리는 자리에서 일어서서 뒷걸음질로 방을 나가고 있었다.

"우리 씨는……."

물러서는 그녀를 향해 서준이 입을 열었다. 그리고 곧 그를 가로막는 할아버지의 목소리가 근엄하게 들려왔다.

"우리 집은 아녀자랑 겸상하지 않는다네."

서준의 눈썹이 미세하게 꿈틀거렸다. 제아무리 옛날 방식대로 생활하고 있다고는 하지만, 요즘 세상에 이런 말도 안 되는 남존여비 사상이라니. 조금 전 할아버지가 말했던 여자가 어쩌고, 고분고분 어쩌고 하는 구시대적인 생각들이 서준에게는 전부 기막힐 뿐이었다.

장시간 운전을 해야 하는 탓에 두 사람은 점심만 먹고서 바로 일어섰다. 할아버지는 서준에게 '다음 주에 보세'라는 말로 허락의 뜻을 대신했다. 서준의 할아버지가 말했던 예단과 혼수를 생략하는 일은 과하지 않게 예의만 갖추는 선에서 하겠다는 말도 함께 곁들였다.

"운전, 제가 할까요?"

잠시 들린 휴게소에서 굳어 있는 남자의 표정을 살피며 우리가 물었다. 아마도 피곤함에 지친 것으로 오해한 모양이다. 그는 대답 없이 여자의 얼굴을 물끄러미 바라보았다. 그리고 손을 내밀어 다리 위에 얌전히 모은 그녀의 두 손을 꼭 그러쥐었다.

"대표님⋯⋯."

그의 행동이 의아했는지, 여자는 눈동자에 의문을 가득 담고 그를 바라보았다. 그런 우리의 얼굴을 보고 있으려니 서준의 마음이 무거워졌다. 부모도 없이 자라면서 말도 안 되는 차별에 얼마나 속상하고 힘들었을까. 굳이 귀로 듣지 못했어도 그녀의 어린 시절이 어땠을지는 충분히 상상이 되었다. 서준은 길게 한숨을 내쉬었지만 답답한 가슴이 풀어지지는 않았다.

"출발할까요?"

'앞으로 내가 잘해줄게요', '이제 나만 믿어요' 이런 말들로 위로해 주고 싶은 마음이 간절했다. 하지만 성격상 낯간지러운 말에는 입이 떨어지지 않으니 어쩔 수 없는 일이었다.

저녁 무렵 기범의 집에 가기 위해 서정은 옷을 갈아입었다. 그동안 기범 때문에 헬스를 빠지지 않고 열심히 한 덕분인지 옷이 살짝 헐렁했다.

"어머, 나 살 빠졌나 봐!"

그녀는 입을 함지박만 하게 벌리고 옷장을 뒤졌다. 그런데 딱히 입을 만한 옷이 없었다. 한동안 쇼핑과는 담을 쌓고 지냈으니 더욱 그랬다. 그녀는 뒤적이던 옷가지들 사이에서 기범이 사왔던 청바지를 꺼냈다. 그 당시 사이즈보다 한 치수 작게 구입했던 옷이라 맞을 거라는 기대감에 사로잡혔다.

헐렁한 트레이닝복을 벗어던지고 바지를 갈아입었다. 허리와 엉덩이, 허벅지까지 딱 맞아 떨어지는 옷에 기분이 날아갈 듯 좋아졌다. 내친김에 티셔츠도 그가 사왔던 옷으로 꺼내 입고 서정은 집을 나섰다.

⟨최 실장님, 오늘 뭐 해놓을까요? 먹고 싶은 거 있어요?⟩

그의 집으로 가는 길에 서정은 휴대폰을 꺼내 문자를 두드렸다. 오늘만큼은 임금님 수라상을 요구하더라도 다 들어줄 수 있을 것 같았다.

⟨음, 닭볶음탕이요. 그런데 웬일입니까? 먼저 문자를 다 주고. 난 7시 반쯤 도착입니다.⟩

마치 기다렸다는 듯 기범이 냉큼 답장을 보내왔다. 그녀는 문자를 확인하고서 바로 마트로 달려갔다. 특별히 큼지막한 토종닭으로 골라 한 마리 사고, 남자가 장 볼 때만 쓰라고 주었던 체크카드를 꺼내 결제했다.

기범의 집에 도착해 닭을 꺼내 손질하고 양념장을 만들어 냄비에 올렸다. 쌀을 씻고 있는 사이 휴대폰이 요란히 울려대기에 서정은 수건에 젖은 손을 닦아내고 휴대폰을 집어 들었다.

[서정아, 뭐해? 요새 통 얼굴도 안 보이고.]

친구 미경의 전화였다. 생일 이후로 거의 두문불출했으니 그녀가 궁금했던 모양이다.

"어, 좀 그렇게 살았어. 근데 왜?"

[우리 오늘 쇼핑 갈래? 샤놀 백 신상 나왔다더라. 구경이나 가자.]

"정말?"

순간 귀가 솔깃했다. 물론 가진 돈이 없으니 백을 사는 것은 어림없는 일이지만, 눈요기 정도로 조금의 만족감을 채울 수는 있었다.

"좋아! 우리 어디서 만날까?"

약속을 하고 전화를 끊은 서정은 씻던 쌀을 서둘러 헹궈 전기밥솥에 올렸다. 보글보글 끓기 시작하는 닭볶음탕도 간만 대강 맞추고서 가스 불을 껐다. 기범이 집에 온다면 마저 끓여 먹을 수 있도록 준비를 해놓고 문자를 찍기 시작했다.

〈나 오늘 친구들이랑 약속 있어서 그냥 가요. 밥통에 밥 해놨고, 닭볶음탕은 10분 정도 더 끓여서 먹으면 돼요.〉

기범에게 문자를 보내놓고서 서정은 서둘러 그곳을 나섰다. 집에 가서 옷도 갈아입고, 또 화장도 해야 했다. 바삐 움직이지 않으면 백화점 영업시간이 끝나 버리고, 미경이 말한 그 샤놀 신상

백은 구경조차 하기 힘들 것이다. 큰길에 다다른 그녀는 지나가는 택시를 얼른 붙잡았다.

집에 도착하자마자 서정은 방으로 달려 들어갔다. 정성들여 화장을 하고 옷장을 여는 순간 깊이 내쉬어지는 한숨. 이런 날엔 봄바람에 살랑거리는 원피스를 입어줘야 하건만, 살이 빠지고 보니 몸에 딱 맞는 그런 옷이 하나도 없었다.

그녀는 서랍 안에 넣어둔 상자를 꺼냈다. 뚜껑을 열자 그동안 기범에게서 받은 돈이 봉투째 차곡차곡 쌓여 있었다. 한 번도 이 안에서 돈을 꺼내 쓴 적이 없으니 대략 사십 몇 만 원 정도는 될 것이다. 서정은 손을 상자 안에 넣어 하얀 봉투를 전부 꺼냈다. 샤넬 백은 불여시가 클럽에 드나드는 것을 눈감아 주는 조건으로 백사장에게 받아내기로 하고, 이 돈으로 친구들을 만나기 전에 원피스를 사 입어야겠다는 생각을 하며 집을 나섰다.

기범은 친구들을 만나러 간다는 서정의 문자를 확인하고 순식간에 기분이 착 가라앉았다. 먹고 싶은 게 있느냐고 물었던 문자에 은근히 가슴이 설렜다. 그런데 한 시간도 채 지나지 않아 그녀가 다시 보내온 메시지는 그를 완전히 맥 빠지게 만들어 버렸다.

"아, 기분 꿀꿀해. 실장님, 오늘 대표님 일찍 나가시죠? 우리 해물찜에 소주나 한잔할까요?"

비서실 지영의 목소리였다. 안 그래도 기분이 우울해지고 있던 차에 그녀의 제안은 기범의 귀를 솔깃하게 만들었다.

"그럴까? 여 대리한테 전화 한번 넣어 볼래요?"

그의 대답에 지영은 신이 나서 수화기를 집어 들었다. 그리고는 조용히 몇 마디를 나누더니 이내 시큰둥한 대답이 들려왔다.

"우리 씨는 일이 있어서 안 된대요. 그래서 안 가실 거예요?"

기범은 잠시 고민했다. 비서실이야 몇 안 되는 식구들이라 평소 한 명이라도 빠질 때는 웬만하면 회식 자리를 갖지 않았다. 하지만 오늘은 집에 들어간들 기다리는 사람도 없을 터였다. 서정이 그의 집에 드나든 지는 이제 겨우 한 달 정도인데도 텅 빈 집에 들어가는 일이 그렇게 싫을 수가 없었다.

"좋아! 오늘은 그냥 우리끼리 가자. 내가 쏜다."

우울한 기분 탓에 그는 자신만의 오랜 룰을 깨고 직원들과 함께 사무실을 나섰다. 회사에서 가까운 곳에 자리를 잡고 앉아 음식을 주문했다.

"근데 여 대리는 요새 꽤 바쁜가 봐. 얼굴 보기가 힘드네."

"그러게요. 무슨 일인지 몇 번 같이 식사하자고 했었는데도 그때마다 약속 있다고 그러더라고요."

커다란 접시에 벌건 해물찜이 먹음직스럽게 담겨 나왔다. 사람들이 동시에 젓가락을 들고 달려들었다.

"잠깐! 평소 주량의 절반이야. 오늘도 예외는 없어."

"에이, 정말 너무하세요."

비서라는 직업 때문인지, 기범은 주말이 아닌 평일의 음주를 최대한 자제하자는 주의였다. 그리고 비서실장으로서 그 철칙은 팀원들에게도 늘 적용되었다. 하지만 오늘따라 유난히 불만의 목소리가 높았다.

"근데 실장님, 실장님은 왜 결혼 안 하세요?"

얼마 마시지도 않았는데 지영은 평소보다 더 취기가 빨리 오르는 것 같았다. 기분이 꿀꿀하다고 하더니만, 뭔가 그럴 만한 사정이 있는 듯 보였다. 몇 년을 기범과 함께 근무했던 터라 이런 사적인 질문들에는 대답하지 않는 사람이라는 것을 알면서도, 지영은 우울한 표정을 지으며 물었다.

"글쎄, 아마도 아직 결혼하고 싶은 사람을 못 만나서겠지."

그녀의 질문에 기범은 잠시 생각했다. 여태까지 그런 질문에 구체적인 답변을 해본 적이 없으니 마땅한 대답을 찾아봐야 했다.

"설마요, 여태 한 번도 없진 않았을 거 아니에요."

"음, 없었는데."

기범은 지난 과거의 기억을 되돌렸다. 한 세 번쯤, 연애를 했던 과거사가 있긴 했다. 하지만 그 세 번 모두 결혼은 하지 않겠다던 그의 다짐을 깰 만큼 깊게 마음을 준 적은 없었다.

"쳇! 이러니까 우리가 연애 한 번 제대로 못 하는 거라고요!"

지영이 투정 섞인 말투로 기범을 향해 외쳤다. 반쯤 술이 남아 있는 소주잔을 마실까, 말까 만지작거리던 그가 고개를 번쩍 쳐들었다.

"지영 씨가 연애 못하는 게 왜 내 탓이야?"

"대표님도 그렇고, 실장님도 그렇고, 여자한테는 통 관심이 없으시잖아요. 이렇게 괜찮은 남자들이 독신을 고집하니까 우리 같은 여자들이 연애를 못 하는 거라고요."

말도 안 되는 핑계에 기범이 피식 웃음을 흘렸다. 얼마 전에 남자친구가 생겼다고 하더니 잘 안 되었는지, 엉뚱한 사람에게 뒤집어씌우려는 모양이다.

"어쩌면 생긴 것도 같고."

"네?"

혼잣말처럼 흘러나온 기범의 대답에 세 여자 모두 아연실색했다. 이런 대화에 최기범 실장이 대꾸하고 있다는 것 자체도 의외였지만, 누군가가 생겼다는 말에 더욱 기가 막혔다.

"누군데요!"

그때부터였다. 세 여자의 집요한 질문이 쏟아지고, 어쩔 수 없이 술자리가 길어졌다. 그녀들은 그 여자에 관한 이야기를 전부 듣기 전까지 집으로 가지 않겠다고 협박을 해댔다.

"그냥, 슬쩍 건드리면 파르르 떠는 것도 귀엽고, 또 철은 없지만 순진하기도 하고. 정확히 뭐가 좋은지는 모르겠는데, 같이 있으면 재미있고, 옆에 없을 땐 자꾸 생각나고. 그래서 요즘은 결혼 생각도 들긴 하더라고."

기범은 얼굴에 미소를 가득 담고서 그렇게 얼버무려 대답했다. 아직 연애라는 것을 시작한 그런 사이는 아니다. 더군다나 그 여자는 제 마음을 모르고 있는 것도 같고. 그럼에도 독신을 원했던 그 생각을 깨고, 어느 순간부터 결혼이라는 단어에는 늘 서정의 얼굴을 떠올렸다.

"자자! 이제 일어들 납시다."

그는 손에 들려 있던 잔을 입안에 털어 넣었다. 꽤 늦은 시각이라 더는 자리에 앉아 있을 수가 없었다. 게다가 자리가 길어질수록 더욱 난감한 질문이 쏟아질 것도 예상되었다.

그의 대답이 충분치 않았던 여자들은 불만을 가득 담고서 몸을 일으켰다. 하지만 기범이 자리를 정리하겠다고 나선 이상 애기를 더 재촉해 봐야 분명 소용없는 일이다.

여직원들을 모두 보내놓고 기범은 마지막에 택시에 올랐다. 술도 한잔했고, 또 계획에 없던 서정의 얘기를 풀어놓고 나니 그 여자가 더욱 보고 싶었다. 하지만 밤 깊은 시각이라 전화를 하는 것도 조심스러웠다. 게다가 몸담고 있는 회사의 사장 누나라는 그녀의 신분 때문에 비서실장으로서 다가가기가 쉽지 않은 것도 현실이었다.

기범은 도어락 비밀번호를 누르고 문을 열었다. 아무도 반겨줄 사람이 없다고 생각하니 마음이 그렇게 허전할 수가 없었다. 그런데 뜻밖에도 거실에는 훤히 불빛이 밝혀져 있었다. 혹시 서정이 불을 켜놓고 가버린 것일까 생각했지만, 현관에 가지런히 놓인 한 켤레의 여자 구두가 그 생각을 금세 정리해 주었다.

"서정 씨?"

기범의 발이 주방 앞에서 우뚝 멈추었다. 서정이 식탁에 앉아 혼자 맥주를 홀짝이고 있었다. 생각지도 못한 일이었다. 이럴 줄 알았으면 진작 들어오는 건데. 술 마시자는 제의 따위 싹 무시해 버리는 건데.

"약속 있다면서 안 갔습니까?"

"늦었네요? 닭볶음탕 먹고 싶다더니."

"아, 미안해요. 안 갔으면 전화를 하지 그랬어요. 왜 혼자서 이러고 있어요."

기범은 양복 재킷을 벗어 의자에 걸고 서정의 옆에 앉았다. 그가 냉장고에 넣어둔 캔맥주를 꺼내 마셨는지, 벌써 빈 캔이 네 개. 그리고 다섯 번째의 캔이 그녀의 손에 들려 있었다.

"뭐 어차피 혼자뿐인 인생 아니겠어요? 늘 혼자였는 걸 뭐 새삼스럽게."

"친구 만난다더니 안 갔습니까? 꽤 오랜만일 텐데."

"그냥요. 돈도 없고, 반기는 사람도 없고. 여태 실장님이 준 돈, 그걸 확 써버릴까 하고 들고 나갔었거든요. 근데 실장님 얼굴이 막 눈앞에 아른거리더라고요. 이 돈을 써버리면 또 폭풍 잔소리를 얼마나 늘어놓을까 싶어서 관뒀어요."

"왜 그런 소리를 합니까. 돈이라는 건 적당히 벌고 분수껏 쓰는 겁니다. 한 번에 몽땅 쓴다는 건 좀 문제가 있지만, 서정 씨가 일해서 번 돈이니까 나한테 쓰지 말라고 말할 권한도 없는 겁니다."

"됐어요, 상관없어요. 내가 평소에 워낙 돈을 잘 쓰니까 붙어 있는 친구들일 뿐이에요. 어차피 적당히 분수껏 돈 썼으면 나 같은 거하고는 만나주지도 않을 애들인걸요. 그러니까 괜찮아요. 돈 없는 백서정한테는 아무도 관심 없어요."

늘 철없이 행동하던 사람이기에 이런 생각을 가지고 있는 줄은 미처 몰랐다. 평소와는 달리 풀이 죽어 있는 모습도 안타깝고 안쓰러웠다.

"서정 씨, 나 좀 봐요. 서정 씨는 그 자체만으로도 충분히 사랑스러운 사람이에요."

그의 말에도 여자는 고개를 들지 않았다. 대신 맥주 캔의 동그란 원을 따라 손가락을 빙글 굴렸다. 기범이 손을 뻗어 그녀의 턱을 들어올렸다. 이제야 가까스로 마주한 눈. 서정은 평소와는 달리 슬픈 눈빛으로 눈물을 글썽이고 있었다.

"그런 말, 그냥 형식적인 위로라는 거 나도 알아요. 그러니까 애쓰지 않아도 돼요."

그녀의 눈에서 눈물 한 방울이 툭 흘러 떨어졌다. 그 떨어지는 눈물을 보고 있으려니 그의 속이 까맣게 타들어가는 것 같았다.

제기랄! 어떻게 해야 이 마음이 진심이라는 것을 보여준단 말인가. 잠깐 그녀의 눈을 바라보던 기범이 순식간에 얼굴을 가까이하며 고개를 기울였다. 입술이 닿기가 무섭게 그는 입을 벌려 여자의 입술을 빨아들였다. 말랑하고 부드러운 입술이 입안을 채웠다. 여자의 턱에 머물러 있던 손을 뒤로 뻗어 뒷목을 감싸 끌어당겼다. 혀로 입술을 쓸어 올리며 살짝 벌어진 틈 안으로 밀어 넣었다. 혀와 혀가 만나자 부드럽고 뜨거운 감촉이 느껴지고, 머릿속에서는 전기 퓨즈가 나가듯 뭔가 팍 터지는 듯한 느낌이었다.

서정은 힘을 주어 얼굴을 뒤로 물렸다. 쪽 하는 소리와 함께 입술이 떨어져 나왔다. 그녀는 큰 눈을 더욱 동그랗게 뜨고서 놀란 얼굴로 기범을 바라보았다. 하지만 기범은 이미 마음을 알린 이상 멈출 수가 없었다. 그는 거친 숨이 터져 나오는 여자의 입술을 다시 덥석 물었다. 처음보다 조금 더 힘을 주며 그녀의 혀를 감아 거세게 빨아들이기 시작했다. 어쩔 줄 몰라 허공에서 헤매던 여자의 손이 기범의 가슴께로 올라왔다. 가볍게 주먹을 쥐고서 슬쩍 밀어내려는 흉내를 내보지만 아무런 힘도 실려 있지 않았다. 그저 놀라움과 흥분으로 그의 가슴 위에서 벌벌 떨고 있을 뿐이었다.

거칠게 움직이던 혀가 서서히 힘이 빠져나가고 다시 유려하게 움직이기 시작했다. 말랑말랑하기도 하고, 또 간질거리기도 한 그런 감촉. 그리고 뜨거운 열기에 몸서리쳐지듯 온몸이 떨렸다. 세상에 태어나 이렇게 흥분되고 달큰한 키스는 처음인 것 같았다. 그 주체할 수 없는 감각에 서정은 몸을 부르르 떨었다. 뜨거운 숨이 오가고 서서히 입술이 떨어졌다. 천천히 숨을 고르며, 언제 감았는지도 모를 눈꺼풀을 무겁게 들어 올렸다. 기범의 눈을 마주보며 뭔가 할 말이 있는 듯 서정의 입술이 달싹거렸다. 그리고 마침내 뱉어낸 세 음절의 단어.

"……개자식."

"개, 개자식?"

마음을 알리는 고백과도 같은 첫 키스였다. 그럼에도 들려오는 반응이 너무 기가 막혔다. 떨리는 마음을 아직 추스르지도 못한 남자에게 대고 욕설이라니. 이만큼 확실한 거절은 세상 어디에도 없을 것이다. 기범은 말을 더듬으며 미간을 잔뜩 찡그렸다.

"흭!"

서정이 얼른 손을 들어 입을 틀어막았다. 하지만 이미 뱉은 말을 주워 담을 수는 없었다. 그녀는 다른 손으로 벌렁거리는 심장을 누르며 몸을 벌떡 일으켰다.

"아, 아니에요. 그런 게 아니라……."

서정이 입을 틀어막은 손을 떼며 손사래를 쳤다. 뭔가 해명을 해야 했지만, 입이 잘 떨어지지가 않았다. 서정은 현관문을 향해 슬슬 뒷걸음질 치기 시작했다.

"서정 씨?"

기범이 뒤따라 일어나자 그녀는 재빨리 몸을 돌려 현관을 향해 내달렸다. 그리고 구두에 발을 대강 끼워 넣으며 문을 열고 쏜살같이 뛰어 나갔다.

"서정 씨, 서정 씨!"

사라지는 여자를 애타게 불렀지만, 그녀는 이미 모습을 감춘 후였다. 기범은 망연자실하여 자리에 멈춘 채 고개를 푹 숙여 버렸다.

무슨 키스 한 번에 개자식까지.

여태 키워왔던 마음이 결국 혼자만의 일방통행일 뿐이라는 뜻이었다.

대표님? 목에 상처는…….

결혼식 준비는 착착 진행되어 가고 있었다. 예식을 위해 호텔 예약을 하고 청첩장도 찍었다. 그리고 상견례를 마칠 때까지 서정은 결국 붉은여우의 정체를 까발리지 못했다. 뭔가 찜찜함이 남기는 했어도, 들뜬 마음으로 아들의 결혼 준비를 하는 어머니를 보며 입을 다물 수밖에 없었다. 더군다나 동생이라도 얼른 결혼을 해야 제 재혼 문제가 묻힐 것이라는 생각에 별 수 없는 선택이기도 했다.

그렇게 결혼식이 일주일 앞으로 바짝 다가왔다. 서준은 신혼여행 때문에 미리 업무처리를 하느라 평소보다 더욱 바쁜 시간을 보내고 있었다. 게다가 빠듯한 시간 때문에 우리도 승주와 함께 준비를 한다고 매일 저녁 불려 다니는 눈치였다. 그러니 사무실에 우리가 잠깐씩 드나드는 시간 말고는 얼굴조차 마주치기가 힘들었다. 상견례 이후로는 밥 한 끼 제대로 같이 먹어보지 못했다.

오늘도 예외는 아니었다. 청첩장을 돌리기 위해 친구들을 만나기로 한 서준은 우리와 함께 가고 싶은 마음이 굴뚝같았지만, 그녀는 오늘도 어머니와 함께 침구를 보러 가기로 했다는 것이다.

"침구?"

여자의 입에서 나온 침구라는 말을 다시 중얼거리며, 서준은 저도 모르게 침을 꼴깍 삼켰다. 순간 이불 속의 그녀와 제 모습이 떠올라 슬며시 올라가는 입꼬리를 애써 감추었다.

"늦더라도 들를 수 있도록 해볼게요."

"그래요, 고마워요."

우리가 커피 잔을 내려놓고 사무실을 나가자, 서준은 수화기를 들어 기범의 구내번호를 눌렀다. 두 번의 신호음이 울리고, 바로 익숙한 목소리가 들려왔다.

"최 실장님, 지금 사무실에서 잠깐 뵐 수 있습니까?"

'예'라는 기범의 대답을 확인하고서 서준은 수화기를 내려놓았다. 결혼이라면 가장 먼저 알려야 할 사람이 바로 기범이었다. 서준에게 있어서는 수족과 같은 사람이라 예식을 겨우 일주일 앞두고 얘기하는 것조차도 그에겐 미안한 일이었다.

호출한지 3분도 채 되지 않아 기범이 안으로 들어섰다. 서준은 손으로 소파에 앉으라는 신호를 보내며 책상 위의 청첩장을 집어 들었다.

"최 실장님, 제가 일이 생겨서 부득이하게 15, 16일 스케줄을 좀 빼야 할 것 같습니다. 다른 스케줄은 다 조정했고, 그때 잡혀 있는 공장 방문은 최 실장님이랑 현 이사님이 좀 수고해 주셨으면 합니다. 그리고……."

"죄송하지만 무슨 일 있으십니까?"

전후 사정 설명 없이 얘기하는 그의 모습은 평소의 서준 답지 않았다. 그런 서준의 모습이 뭔가 미심쩍은 기범은 중간에 말을 끊고 이유를 물었다. 서준은 손에 들고 있던 청첩장을 기범의 앞에 내밀었다.

"이게 뭡니까?"

그냥 딱 보더라도 청첩장의 겉모습을 갖춘 봉투였다. 그러니 그게 무엇인지 몰라 묻는 것은 아니다. 다만 지금의 상황이 납득하기 어려운 일이라 당사자의 입을 통해 확인하고 싶은 것뿐이었다.

"아, 미리 말씀드리지 못해 죄송합니다. 제가 다음 주 토요일에 결혼식을 올립니다. 실장님께는 미리 알렸어야 하지만 워낙 급작스럽게 진행된 일이라 어쩔 수가 없었습니다. 우리 집 사정 아시잖아요. 할아버지 힘드신 거."

"예, 물론 알고는 있습니다만, 생각지도 못한 일이라서요. 전 만나시는 분이 없는 줄 알고 있었는데요."

서준을 꾸짖을 만한 위치는 못 되지만, 그래도 살짝 원망하는 목소리를 담았다. 비서실장으로서 사장이 무슨 일을 하고 다니는지조차 모르고 있었다는 것은 그에게는 직무유기요, 또한 자존심이 상하는 일이기도 했다. 기범은 서준의 얼굴에서 눈을 떼지 않은 채 그가 내민 청첩장을 집어 들었다. 봉투를 열어 카드를 꺼내는 순간 앞에 앉은 서준의 얼굴이 붉게 물들었다.

기범은 청첩장 안에 인쇄된 글씨들을 찬찬히 살피기 시작했다. 아래로 쭉 훑어 내리던 눈동자가 한 부분에서 멈추며 눈이 커다래졌다. 그리고는 고개를 번쩍 들어 올렸다.

"대표님, 여 대리…… 맞습니까?"

'신부 여종호의 손녀 우리'. 제 눈으로 분명히 확인했고, 또 그리 흔한 이름도 아니었다. 그러니 문밖에 있는 그 여자가 분명히 맞을 것임에도 기범은 믿을 수가 없었다.

"네, 맞습니다."

대답하는 남자의 얼굴은 아까보다 한층 더 붉은 색을 띠고 있었다.

"아니, 두 분이 언제부터 이런……."

"아, 뭐 오래 만난 건 아닙니다. 그냥 제 사정이 다급해서 서둘렀을 뿐입니다."

최근 들어 유난히 바빠 보이던 여우리의 모습, 그리고 언젠가 회식 자리에 함께 있을 때 그녀를 찾던 서준의 전화가 기범의 머릿속에 떠올랐다.

"어쨌든 축하합니다. 어르신들께서 기뻐하시겠군요."

"고맙습니다. 중요한 스케줄은 제가 다시 잡아 놓았으니 나머지는 실장님께서 처리 좀 해 주셨으면 합니다. 아! 그리고 결혼식은 일단 비공개로 할 겁니다. 가까운 친지와 친구들만 부를 생각이에요. 우리 씨 부탁입니다. 당분간 일도 계속할 예정이라 직원들이 알면 불편해할 듯합니다. 그러니 회사 직원들이랑 업무와 관련된 거래처 쪽에는 알리지 않는 것이 좋을 것 같습니다."

"사업상 연관된 쪽은 나중에 알면 많이 서운해할 텐데요. 괜찮으시겠습니까?"

"그 사람들이야 겉으로만 그런 척하는 거지, 별 상관있겠습니까? 아무튼 부탁합니다."

"예, 알겠습니다."

기범이 자리에서 일어섰다. 청첩장을 집어 들고 고개를 꾸벅 숙여 인사한 후 방을 나섰다. 기범의 모습이 보이자 자리에 앉아 있던 우리가 고개를 들며 일어섰다.

"여 대리, 축하해요."

"감사합니다. 미리 말씀 못 드려 죄송해요."

기범은 우리를 향해 가볍게 웃음지어 보였다. 하지만 이상하게도 기분은 뭔가 씁쓸했다. 자신보다 두 살 어린 사장은 결혼한다며 좋아하는 표정이 눈에 역력한데, 저는 여전히 외로운 인생이었다. 그러니 아무리 몸과 마음을 바쳐 보필해 온 사장이더라도 이 순간만큼은 곱게 보이지 않았다.

"나 지금 출발한다."

서준은 준호에게 단 한마디의 통보를 날리고 전화를 끊었다. 친구들과 만나기 전, 녀석에게 먼저 이야기하는 것이 맞는 순서였다. 며칠 전 청첩장을 찍었다는 얘기에 펄쩍 뛰며 당장 보자는 것을 바쁘다는 핑계로 무시해 버렸으니, 오늘 얼굴을 본다면 잡아 죽일 듯 달려들 것이 빤한 일이다.

클럽이 아직 문을 열지 않은 매우 이른 시각임에도 준호는 일찌감치 사무실에 나와 앉아 있었다. 서준은 그의 사무실 앞에 서서 노크하고 바로 문을 열었다.

"너 이 자식, 죽었어!"

자리에 앉아 있던 준호가 그의 얼굴을 확인하고는 발딱 일어섰다. 그리고 큰 보폭으로 성큼 걸어오더니 팔을 올려 서준의 목에 감고 힘을 주었다.

"야, 야!"

생각보다 더 강한 힘이 느껴지자 서준은 미안해하던 마음을 접었다. 그는 준호의 팔을 붙잡아 강제로 떼어내며 등 뒤로 꺾어 버렸다.

"아, 아, 아! 짜식아, 아파!"

크게 힘을 준 것은 아닌데도 준호는 호들갑을 떨어댔다. 서준은 경고의 뜻으로 한 번 더 팔을 꺾었다가 놓아주었다.

"까불지 마라."

그는 가소롭다는 듯 웃으며 소파 위에 풀썩 앉았다. 준호는 어깨를 휘휘 돌려 엄살을 부리고서 맞은편에 자리했다.

"적반하장도 유분수지, 나쁜 자식. 너 정말 어떻게 나한테 이럴 수가 있냐?"

불만 가득한 준호의 목소리에 서준이 피식 웃었다. 미안한 마음이 없진 않지만, 그렇다고 미안하다는 인사를 굳이 말로 할 만큼 격식을 차리는 사이가 아니었다.

"뭐, 그렇게 됐다."

"청첩장 내놔 봐, 자식아. 대체 어떤 아가씨냐?"

준호가 손을 내밀며 다그쳤다. 서준은 양복 안주머니에서 청첩장을 꺼내 그의 손 위에 올려놓았다. 빠른 손길로 카드를 꺼내 읽어보던 준호의 눈썹이 살짝 일그러지며 인상을 썼다.

"혹시, 비서 아가씨냐?"

준호의 물음에 서준은 놀란 눈을 동그랗게 떴다. 아무리 오래 함께한 친구이긴 하지만 입도 뻥긋하지 않은 일을 알고 있다는 것이 놀라울 수밖에 없었다.

"그걸 어떻게 알았어?"

"어떻게 알긴, 자식아. 내가 네 사무실에 들어가는 걸 한사코 막을 정도면 분명 뭔가 있다는 얘긴데, 이렇게 갑자기 와서 청첩장 내밀면 빤하지. 그냥 킹스에서 하지 그랬냐. 오늘도 그렇고, 번거롭게."

청첩장을 훑어보던 녀석이 투덜거렸다. 그의 클럽 때문에 평소 대부분의 모임이나 움직임이 킹스 호텔에서 이루어졌었다. 하지만 서준으로서는 우리와 관련된 일만큼은 이곳을 피하려는 생각이다. 혹시라도 그녀가 클럽에서의 일을 떠올리게 될까 봐 우려했던 탓이었다.

"사진이라도 좀 보여줘 봐. 궁금하네."

"사진? 사진은 없는데."

"에라이, 넌 무슨 결혼할 여자 사진도 하나 안 갖고 다니냐? 네가 그러니까 그동안 연애를 못 한 거야."

"말은 똑바로 하자. 못 한 게 아니라 안 한 거지."

준호의 말에 그는 발끈하며 미간에 주름을 잡았다. 그깟 연애야 마음만 먹었으면 얼마든지 할 수 있는 일 아니었던가. 그저 하영에게 크게 데였던 탓에 여자에게 관심을 갖지 않으려고 노력했을 뿐, 못 하는 건 결코 아니었다.

"부탁할 게 있다."

"부탁? 뭔데? 네 녀석 결혼하는데 내가 못 해줄 게 뭐 있겠냐?"

"그 사람, 네가 아는 사람이야. 그러니까 오늘도 그렇고 또 결혼식 이후라도 아는 척 말아줬으면 한다. 그리고 네 클럽 얘기도 당분간은 안 했으면 좋겠고."

붉은여우의 정체를 알고 있는 녀석이었다. 그러니 이렇게 미리 말해두지 않으면 나중에 뒤탈이 생길지도 모를 일이다. 그녀와 스스럼없는 사이가 될 때까지는 조심해 둘 필요가 있다고 여겨졌다.

"내가 아는 사람이라니?"

준호는 청첩장을 다시 열었다. 그리고 신부의 이름을 집중적으로 쳐다보았지만, 역시 아는 이름은 아니었다. 게다가 클럽 얘기를 비밀로 하라는 것은…….

"너, 혹시…… 붉은여우?"

그의 머릿속에 딱 떠오르는 일이 있었다. 평소 여자 보기를 돌같이 하던 녀석이 클럽에서 만난 여자를 안고 룸을 잡아 달라고 했을 때 뭔가 수상쩍다는 생각을 하긴 했었다. 그렇다면 결국 그 여자가 서준의 비서라는 공식이 성립되는 것이다.

"그래, 맞아."

서준의 대답에 준호는 놀라 벌어진 입을 다물지 못했다. 그때의 호텔 사건 이후에도 서준이 언뜻 그녀의 이야기를 꺼내기에 '관심이 있구나' 하는 생각을 하긴 했지만, 그 여자가 비서라니. 이런 거짓말 같은 우연이 어디 또 있을까.

"와! 이거 대박 사건이네."

"그 여자는 그때 나랑 클럽에서 만난 일 기억 못 해. 그러니까 네가 좀 조심해 줘야겠다. 오늘도 올지 모르니까 술자리에서 특히."

눈치 빠른 준호는 서준의 말뜻을 대강 알아들었다. 그녀가 이 클럽에 드나드는 것을 서준은 모르는 것으로 그렇게 해 달라는 뜻이었다. 그런 정황으로 보아서 여자와 서준의 관계가 그렇게 깊은 것은 아님을 그도 눈치챌 수 있었다.

친구들과 약속한 시간이 얼추 가까이 다가왔다. 두 남자는 동시에 자리에서 일어섰다.

"붉은여우랑 백서준의 결혼이라. 아, 이거 기대되는데?"

문을 나서던 준호가 은근슬쩍 웃음을 띠며 말하자 서준의 손바닥이 그의 뒤통수로 가차 없이 날아들었다.

서준의 차를 이용해 두 사람은 약속 장소에 닿았다. 예약한 룸에 들어서자 병훈을 포함한 세 친구가 먼저 자리하고 있었다. 그에 서준과 준호가 합류하고, 시간이 지나며 하나둘씩 모여든 자리가 총 열한 명이 되었다. 병훈과 준호를 제외하면 대부분이 1년에 한 번 남짓 보는 탓인지, 그간의 안부를 주고받느라 꽤 바쁘게 대화가 오갔다. 친구들의 독촉에 따라 서준이 청첩장을 돌리고, 식사를 겸한 술자리가 시작되었다.

"와! 백서준이 드디어 장가를 가긴 가는구나."

모두 의외라는 듯 입을 모았다. 그도 그럴 것이 서준은 그간 여자에게 아무런 관심이 없는 듯 보였었다. 서른여섯이라는 나이. 준호와 서준을 제외한 친구들은 벌써 결혼했고, 또 학부형이 된 친구도 있었다. 그들이 그렇게 가정을 꾸리는 동안 싱글을 고수하던 두 사람이라, 평생 독신으로 남을 것이라 여겨왔었다. 그런데 난데없이 결혼한다고 하니 이런 반응은 당연한 것이었다.

"그런데 제수씨는 왜 같이 안 왔냐?"

"날을 좀 급하게 잡아서 준비할 시간이 빠듯한가 봐. 어머니께 불려갔어. 봐서 시간 되면 온다고는 했다."

"에이, 그래도 이건 아니지. 당장 대령시켜. 안 그러면 우리 결혼식에 아무도 안 간다."

누군가가 놓는 으름장에 서준은 대꾸 없이 피식 웃음으로 넘겨 버렸다. 어차피 그런 식의 협박이야 서준에게는 씨알도 먹히지 않음을 그들도 모두 알고 있을 것이다.

〈그쪽으로 갈게요.〉

밤 10시가 가까워졌을 무렵이었다. 우리에게서 한 통의 문자가 도착했다. 메시지를 확인한 서준은 비실비실 흘러나오는 웃음을 참아내며 휴대폰을 주머니에 넣었다. 그리고 20여 분이 지난 후, 그녀가 도착했다는 전화를 받고서 자리에서 벌떡 일어섰다.

"잠깐 기다려라."

"오오! 드디어 마나님 오시냐?"

친구들의 목소리를 뒤로하고 서준은 우리를 마중하기 위해 바를 나섰다. 엘리베이터 앞에서 잠시 기다리자 열린 문 사이로 그녀의 모습이 나타났다.

"늦어서 죄송해요."

우리가 발을 내리며 서준에게 미안함을 표했다. 하지만 미안이고 뭐고, 지금 서준은 그런 말이 귀에 들려오지 않았다. 눈앞에 서 있는 여자의 아름다운 모습에 홀딱 넋이 나가버린 탓이었다.

"아! 예쁘네요."

하얀 얼굴을 더욱 돋보이게 만드는 아이보리 색의 투피스. 평소 입는 정장의 딱딱한 옷깃 대신 하늘하늘한 프릴 장식이 붙어 있고, 같은 소재의 천으로 만들어진 꽃 모양의 브로치가 왼쪽 가슴에 수줍게 매달려 있었다.

"어머님께서 골라주셨어요."

그녀가 즐겨 입는 간결하고 세련된 옷과는 많이 다른 스타일이긴 하지만, 그래도 아름답고 우아한 모습은 한결같았다.

"갑시다."

서준은 그녀의 등 뒤로 손을 올리며 친구들이 기다리는 곳으로 안내했다. 두 사람이 함께 안으로 들어서자 굵직한 남자들의 목소리가 일제히 튀어나왔다. 반갑습니다, 미인이십니다, 축하합니다 등등 정신없이 인사말들이 쏟아지고, 한참 후에야 비로소 서준이 입을 열 수 있었다. 그는 우리를 친구들에게 소개하고서 바로 옆자리에 앉혔다.

"굉장히 어려 보이시는데요? 실례지만 나이가……."

"스물여덟이에요. 그렇게 어리진 않습니다."

우리가 미소를 지으며 대답했다. 하지만 또 금세 자리는 아수라장이 되어버렸다. 여덟 살이나 어린 아가씨를 데려간다며, 도둑놈이니 어쩌니 하는 그런 지탄의 소리가 한참 이어졌다.

"제수씨, 내 술 한 잔 받아요."

누군가가 내미는 술잔을 우리가 손을 뻗어 받아들었다. 순간 서준이 나서며 말리려 했지만, 그녀는 괜찮다는 말과 함께 몸을 돌려 잔을 비워냈다.

"오, 잘 드시네. 보기보다 주량이 꽤 되나 봐요. 자 그럼, 내 잔도 받아야죠."

그렇게 순식간에 몇 잔을 들이켰다. 언젠가 우리에게 주량을 물었을 때, 잘은 못한다고 했던 대답이 서준의 머릿속에 떠올랐다. 그러니 이대로 두었다가는 탈이 날지도 모른다는 생각에 마음이 슬슬 불안해졌다.

"이제 그만들 하지."

다소 짓궂게 술을 권하는 친구들을 서준이 말리기 시작했다. 그 순간 준호가 그의 옆구리를 콕 찌르며 작은 소리로 속삭였다.

"너 여우 씨 주량 알아? 그것도 미리 파악해 두는 편이 좋을 걸? 혹시 모르니까 여우 씨 챙기려면 너나 좀 자제하고."

하긴, 한 번도 같이 술을 마셔본 적이 없으니 우리가 말한 조금이 어느 정도나 되는지는 알 길이 없다. 그래서 준호의 말대로 그냥 두고 볼까 하는 생각도 잠시 했지만, 역시나 걱정스러움에 그럴 수가 없었다.

"그만 마셔도 돼요."

잔을 집어 드는 여자의 손을 서준이 붙잡았다. 우리는 그와 눈을 맞추며 부드럽게 웃음을 지었다.

"괜찮아요, 서준 씨. 제가 알아서 할게요."

자리가 자리이니만큼 우리는 눈치 빠르게 대표님이라는 호칭을 버리고 그의 이름을 불렀다. 하지만 지금 서준은 그런 호칭이 귀에 들어올 만한 상황이 아니었다.

"에이, 빼지 마시고. 우리 예비 신부님, 서준이 사랑하는 만큼 마셔봅시다."

누군가가 또 서준을 자극하는 말을 내뱉었다. 지금 그가 우리에게 사랑이니 뭐니 그런 것을 바랄 만한 처지가 아닌 것을. 물론 술을 억지로 먹이기 위한 잔꾀임을 알긴 하지만, 그럼에도 이런 말에는 꼭 승부욕이 돋는 것은 그도 어쩔 수 없는 일이다. 비록 친구들 앞이라 그를 향한 마음보다 과하게 마실 것이라고 예상이 되긴 하지만 그래도 궁금했다. 그녀가 자신을 위해 어느 정도까지 참아줄 것인지.

서준은 여자를 말리던 손을 치우고 몸을 삐딱하게 돌려 그녀가 술 마시는 모습을 지켜보았다. 그녀의 컨디션을 잘 살피다가 위험 수위에 오르면 중단시키는 것도 그의 몫이니 여자에게 온 신경을 집중해야 했다.

"제수씨, 횡재한 거예요. 이런 놈 어디 가서 또 찾긴 힘들걸요? 이 녀석이 말수는 많이 적어도 완전 진국입니다."

"글쎄요, 그건 겪어 봐야 알겠는데요?"

횡재라는 말에 쉽게 수긍하지 않는 도도한 여자의 모습에 서준의 친구들은 동시에 웃음을 터뜨렸다. 술이 좀 들어간 탓인지, 여자는 그들을 따라 웃음을 살살 흘리고 있었다. 그 모습이 조금 야릇하다고 해야 할까? 웬만한 남자라면 가슴 끝이 떨리고도 남을 정도의 그런 자태였다.

그렇게 한참 술자리가 깊어지고, 열 남자의 술잔을 받아내느라 우리도 조금 힘들어하는 것 같았다. 서준은 걱정스러움에 자리를 마무리하기로 했다. 대리 기사가 도착하고, 그는 우리를 챙겨 뒷좌석에 올라탔다.

"괜찮습니까?"

그녀는 천천히 고개를 끄덕였다. 평소보다는 표정도, 몸짓도 다소 풀린 듯했지만, 그렇다고 술에 깊게 취하진 않은 것 같았다.

서준은 여자의 손을 잡아 가느다란 손가락 사이로 깍지를 끼웠다. 그녀는 조금 움찔하는 반응을 보이더니 이내 살며시 고개를 숙였다. 남자의 엄지손가락이 살살 움직이며 그녀의 손을 쓰다듬었다. 심장이 두근거렸다. 남자 나이 서른여섯에 그저 여자와 손을 잡는 것만으로도 가슴이 뛸 줄은 상상도 못 해 본 일이다.

어느새 차가 그녀의 집 앞에 도착했다. 서준은 먼저 내려 기사를 보내고, 우리가 앉아 있는 자리의 문을 열었다.

"우리 씨?"

눈을 감고 있는 여자를 부드럽게 불렀다. 그녀는 천천히 눈을 뜨며 차에서 가느다란 다리를 내렸다. 일어서는 순간 몸이 휘청거렸다. 서준의 두 손이 재빨리 그녀의 양쪽 팔을 붙잡았다.

"아, 조심!"

그새 취기가 오른 탓인지 여자는 몸을 똑바로 가누지 못했다. 온몸에 힘이 빠진 채 팔을 잡고 있는 남자에게 몸을 의지하며 그의 가슴에 살며시 이마를 기댔다.

서준의 얼굴에 다소 난감한 기색이 떠올랐다. 조금 전까지만 해도 비교적 멀쩡한 듯 보였거늘, 어느새 이렇게 취했는지 알 수가 없었다. 잘은 못한다던 대답치고는 꽤 많이 마신 편이었으니 어쩌면 당연한 결과일 수도 있었다. 그는 한쪽 팔을 우리의 등에

둘러 감싸 안고, 차 안에서 그녀의 가방을 꺼내들었다.

"걸을 수 있겠습니까?"

서준의 목소리에 우리는 고개를 끄덕였다. 그리고는 다시 그의 품으로 깊이 파고들었다. 서준은 팔에 더욱 힘을 주어 그녀를 부축하며 발을 옮겼다. 그냥 안고 가버릴까, 아니면 업고 가버릴까. 잠깐 고민을 하긴 했지만 우리가 아직 의식이 있는 상태이다 보니 그것도 조심스러웠다.

골목을 지나고 계단을 올라 그녀의 집 현관문 앞에 다다랐다. 그는 문을 열기 위해 여자를 조심스럽게 흔들었다.

"우리 씨? 다 왔어요. 키는 어디 있습니까?"

"가바앙…… 주머니……."

그녀의 입에서 또렷하지 않은 말소리가 흘러나왔다. 그는 여자의 가방을 열어 작게 만들어진 주머니 안으로 손을 넣었다. 하지만 한 손으로 여자를 부축하고 있는 터라 열쇠를 찾아내기가 그리 쉽지는 않았다.

이것저것 몇 가지 물건들이 손에 닿았지만, 딱히 열쇠의 모양을 갖추고 있는 것이 잡히지는 않았다. 그때였다. 그녀의 가방 안에 손을 넣고 씨름을 하던 서준이 갑자기 움찔거리며 온몸을 딱딱하게 굳혔다.

"여우리…… 씨?"

여자는 불편한 자세 때문인지 잠시 몸을 비트는가 싶더니 그의 목에 얼굴을 묻어버렸다. 서준이 조심스러운 목소리로 그녀의 이름을 불렀다. 하지만 묵묵부답, 상대는 아무런 대답이 없었다.

그녀가 내뿜는 뜨겁고 가쁜 숨이 남자의 목에 닿았다. 서준은 정신을 가다듬고 다시 열쇠를 찾기 위해 손을 움직였다. 그러나 그것도 아주 잠시 뿐, 그는 또다시 손을 멈추며 몸을 부르르 떨기에 이르렀다. 우리의 입술이 닿은 것도 모자라 이번에는 촉촉한 혀가 그의 목을 지분거리고 있었기 때문이다.

꼴깍, 서준의 목에서 침이 넘어가는 소리가 들려왔다. 하지만 우리는 그의 사정 따위는 아랑곳없다는 듯 입술 안으로 부드러운 살결을 빨아들였다.

"저기, 우리 씨, 잠깐."

워낙 오랜만의 감각이어서인지, 금세 남자의 하체 쪽으로 피가 쏠리는 느낌이 들었다. 그리고 동시에 달큰한 통증이 몰려오기 시작했다. 그도 술을 꽤 마신데다가 피 끓는 삼십대의 남자인지라 여자의 이런 도발은 참기가 힘이 들었다.

서준은 다시 한 번 재빨리 손을 놀려 가방을 뒤적였다. 그리고 마침내 손에 잡히는 물건에 감사해하며 성급히 문을 열었다. 발을 안으로 들이고, 그녀의 팔을 제 목에 감아 번쩍 안아 올렸다. 그리고 성큼성큼 침실을 향해 움직였다.

"우리 씨?"

그녀를 침대 위에 조심히 내려놓고 귓가에 나지막이 이름을 불렀다. 하지만 여자는 눈을 감은 채 대답이 없었다. 서준이 굽혔던 상체를 일으키려던 순간이었다. 그의 목에 감겨 있던 여자의 팔에 바짝 힘이 들어가는 것이 느껴지고, 그의 얼굴이 그녀에게 더 가까이 밀착되었다.

"하아!"

여자의 붉은 입술 사이에서 뜨거운 숨결이 쏟아졌다. 그리고 그 숨은 남자의 귓가를 자극했다. 서준은 입술을 꼭 깨물었다. 더 이상은 참을 수가 없었다. 아무리 반듯하고 바른 남자라고는 해도 남자는 남자니까.

결국 서준의 입술이 우리의 입술을 덮었다. 그는 여자의 입술을 거칠게 빨아들이며 몸을 침대 위로 올렸다. 싱글사이즈의 침대는 두 사람이 함께하기엔 턱없이 비좁았다. 그러니 몸이 빈틈없이 꼭 달라붙는 것은 당연한 일이다.

거친 숨이 쏟아지고 몸이 달아올랐다. 서준은 손을 올려 그녀의 가느다란 목을 쓰다듬었다. 우리가 저에게 했던 것처럼 하얀 목을 입으로 빨아들이고 싶었지만, 혹여 여린 살결에 표시가 날까 봐 참기로 했다.

입술을 떼어내고서 그는 거친 손놀림으로 목을 죄는 넥타이를 풀었다. 그와 동시에 다리 하나를 들어 여자의 두 다리 가운데로 밀어 넣었다. 그는 다시 얼굴을 내려 키스하며 그녀의 혀를 감아 깊게 빨아들였다.

여자의 가는 허리에서부터 슬금슬금 올라온 손이 어느새 동그란 가슴을 부드럽게 감싸 쥐었다. 하지만 부드러운 살결을 느끼기엔 그 사이를 가로막고 있는 장애물이 너무도 많았다. 손을 조금이라도 움직일라치면 여지없이 손바닥 안에 들어오는 꽃모양 브로치도 그랬고, 또 어머니가 골라 주셨다던 부담스러운 프릴이 달린 재킷도 그랬다. 서준은 걸리적거리는 것들을 치워내기 위해 망설임 없이 단추를 풀어냈다.

"으음……"

그렇게 한참동안 남자가 유희에 빠져 있을 때였다. 우리의 입에서 흘러나온 작은 신음이 그의 귓속을 파고들었다. 서준은 행동을 멈추고 상체를 들어올렸다. 그리고 여자의 얼굴을 들여다보는 순간, 잔뜩 달아오른 하체와는 다르게 머릿속에서 불빛이 번쩍이며 문득 정신이 들었다.

"여우리."

서준이 작은 목소리로 이름을 불렀다. 하지만 눈을 감고 있는 여자는 잠이 든 것인지 그의 목소리에도 아무 반응이 없었다. 손을 올려 그녀의 볼을 살짝 쓰다듬어 보아도, 그녀는 여전히 미동도 하지 않았다. 이런 정도의 반응이라면 이미 깊게 잠든 것이 분명했다.

후우! 깊게 숨을 내쉬며 그가 몸을 일으켜 침대에 걸터앉았다. 일주일 후면 온전히 제 여자가 될 사람이다. 하지만 아직 한 번도 관계한 적이 없었고, 또 이런 진한 스킨십은 허락받은 적도 없었다. 그러니 백서준의 도덕적 잣대에 견주어 볼 때, 이는 심히 어긋나는 일이었다. 물론 먼저 시작한 쪽은 이 여우 같은 여자이지만, 그래도 상대는 너무도 평온한 얼굴로 잠들어 있지 않은가. 그러니 그런 걸 따져봤자 별로 유리할 것도 없었다.

서준은 끄응 하는 신음을 흘려내며 침대에서 일어섰다. 그리고는 바닥에 떨어진 넥타이를 집어 올렸다. 일주일만 참자, 일주일만. 그렇게 스스로를 다독이며 깊게 잠든 여자를 내려다보았다.

가는 한숨으로 아쉬움을 접고 몸을 뒤로 돌렸다. 하지만 딱 두 걸음 만에 다시 발이 멈추었다. 그녀의 몸에 감겨 있는 옷이 불편해 보이는 것은, 조금 전의 상황이나 잠을 잘 때나 별반 다를 것이 없었다. 서준은 그 자리에 서서 고민하기 시작했다. 편히 잠들 수 있도록 저 옷을 벗겨놓고 갈 것인가, 아니면 이대로 사라 져 줄 것인가에 대해.

그렇게 자리에 서서 한 3분쯤. 심각히 고민하던 남자가 침대로 다시 다가갔다. 그리고 가장자리에 조심조심 걸터앉았다. 여자의 재킷은 벌써 단추 세 개가 풀어져 안에 입은 속옷이 살짝 내비쳤 다. 그리고 그 사이로 동그란 모양임을 짐작케 하는 가슴골이 눈 에 들어왔다. 도대체 무슨 생각으로 단추를 이리 풀어헤친 것인 지. 중간에 멈추지 않았다면 내일 어떻게 얼굴을 볼까 하는 생각 을 했다.

여자는 깊은 잠에 빠졌는지 쌔근거리는 숨소리만 들려왔다. 이 옷을 벗겨 놓고 나중에 무슨 소리를 들을지 모를 일이지만 그 냥 밀어붙이기로 했다. 어차피 결혼할 사이. 이런 정도는 각오하 고 대담한 것이겠지.

손을 올려 나머지 단추를 툭툭 풀어냈다. 그리고 양옆으로 옷 자락을 걷어내자 실크처럼 부드러운 느낌의 슬립이 드러났다.

여자들이 속에 이런 옷을 입던가? 안 입던가? 여자를 가까이 한 지가 워낙 오래전의 일이라 잘 기억이 나지 않았다.

그리고 그 순간 떠오른 건 하영의 모습. 여자를 마지막으로 안 았던 것이 5년 전 하영이었으므로, 서준이 그녀를 떠올린 것은 당연한 일일 수밖에 없었다. 그는 불쾌한 듯 얼굴을 찡그리며 머 리를 흔들어 생각을 떨쳐냈다. 그리고 우리의 팔을 들어 조심조 심 옷소매를 잡아당겼다.

재킷을 완전히 벗겨내자, 아이보리색의 슬립 위로 동그란 가슴 이 삼분의 일쯤 수줍게 모습을 드러냈다. 마른 체구에 비하면 꽤 보기 좋은 훌륭한 크기였다. 그 가슴 위로 살그머니 손을 얹어보고는 싶지만, 마른침을 삼키며 눈을 여자의 허리 부분으로 돌렸다.

스커트의 지퍼는 다행히 서준이 앉아 있는 자리, 그녀의 왼쪽 허리 부분에 위치하고 있었다. 그는 훅을 잡아 풀어내고 지퍼를 천천히 내렸다. 그리고는 몸을 일으켜 스커트 아랫단을 끌어 당겼다. 스커트가 가리고 있던 부분, 바로 그 위에까지 슬립이 가는 다리를 덮고 있으니 그나마 다행이랄까? 그렇게 대강 옷을 벗겨 옷걸이에 걸었다.

그러자 이번에는 여자의 스타킹을 신은 다리가 눈에 들어왔다. 서준의 얼굴이 일그러졌다. 스타킹까지는 아무래도 무리였다. 그는 고개를 저으며 방을 나섰다. 혹여 그것에까지 손을 댔다가는 뺨을 맞을지도 모른다는 생각이 머리를 스치며 피식 웃음을 흘렸다.

소리가 나지 않도록 조심스럽게 방문을 닫고 거실로 나왔다. 냉장고를 열어 생수병을 꺼내고 물을 벌컥벌컥 들이켰다. 술 때문인지 다른 이유 때문인지 갈증이 나고 속이 탔다.

현관으로 나아가 신발을 신으려던 서준이 잠시 멈칫거렸다. 그의 눈이 다시 여자가 잠들어 있는 방문을 향했다. 술에 취한 사람을 그대로 두고 나가기가 왠지 망설여졌다. 더군다나 짓궂은 제 친구들 때문에 잔뜩 마신 터라 더욱 미안한 마음이기도 했다. 물론 토요일인 내일도 일 때문에 출근해야 하긴 하지만, 아침 일찍 서두를 필요는 없으니 밤새 지켜줘야겠다는 생각이 들었다.

서준은 신발에 반쯤 꽂아 넣었던 발을 다시 빼내고 거실로 올라섰다. 싱글사이즈의 침대 위에서 함께 자는 것은 턱도 없는 일일 것이고, 거실에 있는 2인용 소파는 기다란 그의 몸을 눕히기에는 매우 작아 보였다. 하지만 달리 선택의 여지가 없으니 어쩔 수 없는 일이다. 서준은 넥타이를 풀어 탁자 위에 던져 놓고 소파에 앉았다. 손을 올려 와이셔츠의 단추를 두 개 풀어내고서 그대로 몸을 깊게 묻었다.

잠자리가 불편한 탓이었는지 서준은 몇 번을 뒤척이다가 잠에서 깨어났다. 그때마다 눈은 여지없이 그녀의 침실을 향했지만, 여자가 잠들어 있는 방을 함부로 들여다볼 수는 없는 일이라 다시 잠을 청하곤 했다. 그리고 그 뒤로 그가 눈을 떴을 때는 날이 훤히 밝은 아침이었다. 피로와 불편한 자세로 개운치 않은 몸을 일으키며 손을 들어 마른세수를 했다. 부은 듯한 눈두덩을 꾹 눌러주고서 욕실로 들어섰다.

여자 혼자 사는 집이라 일회용 면도기 같은 건 기대할 수 없었지만, 욕실 서랍장 안에서 다행히 포장을 뜯지 않은 새 칫솔을 발견했다. 면도는 나중으로 미루기로 하고 서준은 양치질과 세수만 간단히 하고 욕실을 나섰다.

"아, 잘 잤습니까?"

문을 열고 나오는 순간 그 앞에 서 있던 여자와 마주쳤다. 욕실에 들어갈 때만 해도 기척이 없었는데, 언제 일어난 것인지 그녀는 이미 옷을 갖춰 입고서 붉어진 얼굴로 서 있었다.

"미안해요, 허락 없이 하나 썼습니다."

서준은 사용한 칫솔을 들어 올려 보이며 어색하게 웃음을 지었다. 결혼을 약속한 사이에 그깟 칫솔 하나 쓴 것이 무슨 문제

대표님? 목에 상처는……. 269

가 되겠느냐마는 뻘쭘한 마음에 그저 불쑥 튀어나온 말이었다.

"잠은 어디서⋯⋯."

우리는 부끄러운 듯 눈을 마주치지 못하고 서준에게 물었다.

"그냥 소파에서 잤습니다. 나 때문에 취했는데 두고 가기가 좀 그래서요."

"많이 불편하셨을 텐데요."

여자는 옷을 벗긴 일에 대해서는 아무런 말도 없었다. 어쩌면 부끄러움에 입에 담지 못하는 것인지도 모를 일이었다.

"혹시 제가 어제 실수는 안 했는지 모르겠어요."

"기억⋯⋯ 안 납니까?"

혹시나 싶은 마음에 서준이 되물었다. 하지만 제아무리 기억이 난다고 해도 쉽사리 '기억납니다'라는 대답을 할 만큼 가벼운 일은 아니라는 생각이었다. 그에 서준은 잔뜩 긴장한 표정으로 대답을 기다리는 여자를 향해 피식 웃어버렸다.

"없었어요, 그런 거."

그의 대답에 여자는 조심스럽게 한숨을 뱉어내며 긴장을 푸는 모습이었다.

"속은 괜찮습니까? 해장이나 하러 갈까요?"

"대표님 오늘 출근하셔야 하잖아요."

역시 이런 상황에서도 여자는 비서로서의 본분을 잊지 않았다. 그녀의 대답에 서준은 흡족한 미소를 지으며 말했다.

"주말인데 조금 늦게 나간다고 누가 뭐라고 하겠습니까. 어차피 아침도 먹어야 하고. 서두릅시다. 오늘도 어머니 만나기로 했다면서요."

"네, 대표님."

그녀는 가볍게 고개를 끄덕이며 대답했다. 그리고 욕실을 향해 발을 움직이려다가 서준의 옆에서 우뚝 멈춰 섰다.

"대표님? 목에 상처는……."

갑자기 여자의 손이 불쑥 올라와 서준의 목으로 향했다. 순간 그의 머릿속에 지난밤 현관문을 열 때 제 목을 빨아들이던 그녀의 모습이 떠올랐다. 그는 우리의 손을 피해 목을 움츠렸다.

아, 이게 자국이 남았던가? 서준은 미간을 살짝 찡그렸다. 이런 키스 마크나 남기고 다닐 만큼 문란한 생활을 하는 사람이 아니거늘. 어쩌다 보니 사람들에게 딱 오해를 살 만한 상황이었다. 더군다나 몸에 흠집을 낸 그 당사자는 저렇게 말간 표정으로 모르쇠를 주장하고 있으니 더욱이 미칠 일이었다. 간밤의 일부터 이 상처까지 뭐하나 억울하지 않은 게 없었다.

"별 거 아닙니다. 어서 준비해요."

서준은 가벼운 한숨을 토해내고서 대답했다. 그의 말에 여자는 알았다는 듯 더는 묻지 않고 욕실을 향해 발을 옮겼다.

남자를 지나쳐 욕실 문손잡이를 붙잡는 우리의 얼굴에 희미한 미소가 떠올랐다. 서준은 생각보다 훨씬 더 무거운 사람이었다. 어쩌면 꽉 막힌 쪽에 가까운 것일지도 모르겠지만. 취기를 가장해 기회를 주었는데도 불구하고 그는 그것을 날려 버린 셈이다. 하지만 서준의 그런 점이 우리는 오히려 마음에 들었다. 몸을 섞는 일을 가벼이 생각하는 사람들이 대개 마음도 가볍게 움직이곤 했다. 그런 면에서 이 남자는 합격점. 여자 쪽에서 먼저 불을 붙인 것이 분명함에도 몸을 제어하고, 욕구를 억누르고, 또 상대방을 존중할 줄 아는 사람이었다. 혹시라도 이런 식으로 떠본 것을 그가 알게 된다면 화를 낼 수도 있겠지만, 연애기간조차 없이 결혼해야 하는 우리의 처지로서는 별다른 방법이 없었다.

우리가 준비를 마치고 나오기를 기다려 가까운 해장국집을 찾아 들어갔다. 2인분의 식사를 주문하고서 말없이 앉아 있다가 서준이 불쑥 입을 열었다.

"앞으로는 나 없이 술 마시지 맙시다."

그의 얼굴에는 아무런 표정도 실려 있지 않았지만 목소리는 어딘지 모르게 화가 난 것도 같았다. 혹시라도 이 여자가 또 술에 취해 어젯밤과 같은 행동을 다른 남자에게 하는 건 아닐까 우려되었던 탓이다.

"대표님, 정말 제가 무슨 실수라도……."

우리는 그런 남자의 얼굴을 살피며 조심스럽게 다시 물었다. 그가 무엇 때문에 이런 말을 꺼내는지 알기는 하지만, 모른 척할 수밖에 없는 처지였다.

"먹어요, 얼른. 그냥 어제처럼 정신 잃을까 봐 걱정 돼서 하는 얘기예요."

두 사람의 앞에 막 놓인 뚝배기를 가리키며 서준이 그녀의 말을 가로막았다.

식사를 마치고, 그는 우리가 어머니와 약속했다던 백화점으로 차를 몰았다. 그냥 혼자 가겠다는 여자를 굳이 차에 태우고서 승주의 앞에 함께 모습을 드러냈다. 하지만 그것이 또 오해를 사게 되리라고는 생각하지 못했다.

"백서준! 잠깐 이리 좀 와봐."

서준의 목에서 뭔가를 발견한 승주는 우리를 세워 둔 채 몇 발짝 떨어진 곳으로 그를 이끌었다. 승주의 마음에는 상반된 두 생각이 한꺼번에 공존했다. 어떻게든 하루라도 빨리 손자를 안아 보고 싶다는 욕심과, 또 한편으로는 여자와의 관계를 쉽게 여기는 아들에 대한 실망감이.

"넌 날 잡았다고 아예 대놓고 외박이니? 전화 한 통도 없이? 뭐 엄마야 당장 손자가 급하니까 더 이상은 말 안 하는데……."

"어머니, 오해십니다. 어젯밤엔 친구들이 좀 짓궂게 술을 먹여서요. 그래서 어쩔 수 없었어요."

"오해는 무슨 오해, 이 녀석아. 너 목에 이 꼬라지를 좀 보고 얘기해. 참나, 남세스럽게."

승주의 손이 여지없이 그의 목에 난 자국을 가리켰다. 서준은 더 이상 변명도 하지 못하고 얼굴만 구길 뿐이었다.

"너! 그 대신 피임 같은 거 하지 말고 아이부터 가져. 알았니?"

백화점 한복판에서 흥분한 승주의 목소리가 크게 울려 퍼졌다. 사람들의 이목이 서준 모자에게 집중되었다. 바르고 반듯한 남자 백서준. 그의 체면이 땅바닥으로 곤두박질치는 순간이었다.

월요일 아침, 회사에 출근한 서준은 인사부장에게 전화를 넣고 바로 9층으로 달려갔다. 결혼할 여자인데 사진 한 장도 없느냐는 준호의 말에 주말 내내 고민해서 얻은 결과물이었다. 우리에게 직접 달라고 할까 생각도 해 보았지만, 얼굴이 근질거려 도저히 말을 꺼내지 못했다. 서준이 들어서자, 그의 모습을 확인한 인사부장이 몸을 벌떡 일으키며 허리를 굽혀 인사했다.

"제가 부탁한 건 찾아 두셨습니까?"

"예, 여기 있습니다."

인사부장은 책상 위에 있던 서류를 집어 얼른 서준에게 내밀었다. 그 서류의 앞에는 큼직한 글씨로 '인사기록카드'라고 쓰여 있었고, 하단에 조금 작은 글씨로 '여우리'라는 이름이 보였다.

"감사합니다. 이건 당분간 제가 보관하겠습니다."

"어떤 경우에라도 인사기록카드는 인사부 보관입니다만, 혹시 무슨 일이라도 생겼습니까?"

인사부장의 얼굴에 당혹스러운 빛이 스쳐 지나갔다. 임원진 중에서 간혹 아래 직원의 신상을 파악하기 위해 인사기록카드를 요청하는 경우는 있었지만, 이번처럼 아예 보관 자체를 하겠다고 나서는 경우는 처음이었다. 비록 그 사람이 대표라고는 해도 예외적용을 하기란 쉽지 않은 일이었다. 더군다나 그 대상이 사장과 한 사무실에서 근무하는 비서이다 보니, 혹시 직원이 잘못을 일으키거나 큰 실수를 한 것은 아닌지 걱정이 되고도 남았다.

"아, 그런 건 아닙니다. 그리고 인사기록카드는 나중에 꼭 반납하도록 하겠습니다."

서류를 받아들고 돌아서는 서준의 뒷모습을 보며 인사부장은 고개를 갸웃거렸다.

그로부터 두어 시간쯤이 지난 후였다. 거래처와의 약속으로 서준이 자리를 비우고 우리가 책상을 정리하기 위해 그의 방으로 들어섰다. 결재를 마친 서류들을 챙겨 한 손으로 가슴에 받쳐 안고, 또 한 손으로는 빈 커피 잔을 집어 들었다. 그때, 발밑으로 서류 하나가 툭 떨어지기에 그녀는 잔을 책상 위에 다시 내려놓고 허리를 굽혔다.

서류를 집기 위해 손을 뻗는 찰나였다. 그녀의 눈에 '인사기록카드'라는 글씨가 들어오고, 자연스레 눈동자가 이름이 쓰여 있는 아랫부분으로 옮겨졌다. 그리고 그 카드에 적힌 '여우리'라는 이름을 확인하고는 눈이 휘둥그레졌다.

이 남자가 무엇을 확인하기 위해 제 인사기록카드까지 가지고 있는 것인지 이해되지 않았다. 그녀는 손에 들려 있던 결재서류들을 다시 책상에 내려놓고 카드를 열었다. 그리고 잠시 후.

"푸흡!"

터져 나오는 웃음을 참아내느라 손을 들어 얼른 입을 막았다. 하지만 결국은 참지 못하고 하하하 큰소리로 웃기 시작했다. 그녀가 들고 있는 인사기록카드에는 명함판의 사진이 떨어져 나간 채 그 풀칠한 자리만이 하얗게 번져 있을 뿐이었다.

그녀는 서준의 방을 나와 제 서랍 안의 휴대폰을 꺼냈다. 그리고 그 안에서 자신의 사진을 몇 장 골라 남자의 번호를 찍고 전송 버튼을 누르기에 이르렀다.

종일 일을 하면서도 몇 번이나 그 생각이 떠오르고, 그럴 때마다 우리는 억지로 웃음을 참느라 곤혹을 치렀다. 다른 비서실 직원들과 점심을 먹으면서도 혼자 실실거리고 웃는 바람에 작은 오해를 사기도 했다.

점심시간이 끝나고, 자리에 앉아 서류를 정리하던 우리는 순간 떠오른 생각에 손을 우뚝 멈추었다. 서준의 그런 성격이 서른여섯이라는 나이에 맞지 않게 나름 귀엽기는 해도, 한편으로 생각하면 답답한 일이었다. 결혼할 사이에 사진 한 장 달라는 말도 하지 못한다면 애정표현에서도 남들보다 훨씬 어려울 것은 보나 마나 빤한 일이었다. 그렇다면 이십여 년을 부모의 사랑조차 받지 못하고 외롭게 보내왔던 것처럼, 앞으로도 내내 해바라기처럼 그 남자를 바라보기만 해야 한다는 얘기였다.

여덟 살에 사고로 부모를 잃고 남동생과 함께 할아버지의 손에 맡겨졌었다. 하지만 남동생인 성표와는 다르게 우리는 여자라는 이유로 늘 할아버지에게 외면당하고 차별받으며 자라왔다. 유학 문제만 해도 그랬다. 성표는 대학에 입학하며 할아버지의 권유로 유학길에 올랐지만 그녀는 그러지 못했다. 여자와 접시는 밖으로 내돌리면 깨진다며 입버릇처럼 말하던 할아버지 때문에 꿈도 꾸지 못할 그런 일이었다. 그녀에게는 늘 부족하던 관심과 사랑, 그것 또한 오로지 동생 성표만을 향해 있었다. 제 부모 잡아먹고 혼자 살아남은 기 센 계집아이. 그게 우리를 향한 할아버지의 눈빛이었다.

그녀는 할아버지 생각을 애써 떨쳐내며 다짐했다. 백서준 그 남자를 이대로 두어서는 안 될 일이었다. 결혼하고서도 내내 외로움에 허덕이기는 죽기보다 싫다는 생각이 들었다. 그렇다면 무엇보다도 애정표현만큼은 확실히 할 수 있도록 애초에 길을 들여놓아야 한다고 마음먹는 우리였다.

8.

그럼…… 제가 소파에서 잘까요?

기다리던 결혼식 날이었다. 서준은 우리를 승주의 단골 숍으로 데리고 오겠다며 일찌감치 집을 나섰다.

서정은 준비를 마치고 2층 계단을 내려오다가 거실 소파에 앉아 있던 기범을 보고 기절할 듯 놀라며 몸을 돌렸다.

"얼른 안 내려오고 뭐하니?"

때마침 방에서 나오던 승주가 서정의 뒷모습을 보고 냅다 큰소리로 외쳤다. 아직 이른 시간임에도 아들의 결혼식에 들떠 혹시 늦을까 아침부터 독촉이었다. 하지만 서정은 기범이 이곳에 앉아 있으리라고 생각을 못 했으니 난감할 수밖에 없었다.

지난 열흘간 수시로 걸려오는 그의 전화와 문자를 피하느라 서정은 휴대폰을 꺼놓고 살았다. 무료함에 잠깐 친구들과 수다라도 떨어볼까 해서 전화를 켤 때마다 여지없이 들어오는 기범의 문자에 마음이 흔들리고는 했었다.

처음에는 그저 왜 밥하러 오지 않느냐, 돈은 언제 갚으려고 일을 안 하느냐, 주로 그런 멘트들을 날려대던 남자가 서정이 며칠간 전화를 받지 않자, 급기야는 문자로 좋아한다는 고백을 하기에까지 이르렀던 것이다. 누군가에게 좋아한다는 말을 들어본 것은 중학교 시절 이후로 처음이었다. 그러니 그 한마디에 마치 사춘기 소녀처럼 마음이 떨리는 것도 당연했다.

사실 그를 피해야 할 이유는 없었다. 왜 피하고 있는지도 잘은 모르겠다. 그냥 부끄러움에 얼굴을 마주할 수가 없을 것만 같았다. 문제라면 하필 그 순간에 전남편을 떠올린 것이랄까? 행여 꿈에서라도 다시 보고 싶지 않은 그 얼굴. 생각만으로도 욕지거리가 치솟는 인간이었다.

계단에서 돌아서지도 않고 안절부절못하고 있는 서정의 모습을 보며, 기범은 터져 나오려는 웃음을 억지로 참아냈다. 역시나 운전기사를 대신해 일을 자청한 보람이 있었다. 서준과 한승주 여사가 한사코 말렸지만, 서정을 봐야겠다는 생각에 기꺼운 마음으로 움직이기로 한 것이다.

"어서 출발하시죠. 차 밀리면 대책 없습니다."

기범이 서정을 향해 큰 목소리로 재촉했다. 이 정도 한마디면 서정이 다음 행동을 결정하는 데에 충분하다는 것을 기범은 그동안의 경험으로 알 수 있었다. 대책 없이 철없는 여자인 것 같지만 마음이 여리고 순진한 사람이었다. 물론 키스 후에 개자식 소리를 들을 만큼 자신에게 마음이 없다는 것이 상처가 되긴 했어도 포기하고 싶지는 않았다.

서정이 고개를 푹 숙이고 몸을 돌렸다. 손에 한복을 담은 커다란 상자를 들고 있는 것이 기범의 눈에 띄자 그는 얼른 소파에서 몸을 일으켜 그녀에게 다가갔다.

"제가 들겠습니다."

기범이 가까이 다가오자 서정이 몸을 바짝 움츠렸다.

그 몸짓에 기범은 왠지 마음이 상해 버렸다. 승주가 쳐다보는 앞에서 뭘 어쩔 것도 아니요, 또 마음을 담은 키스 한 번이 뭐 그리 큰 잘못이라고 이렇게까지 민감하게 반응하는 것인지를 알 수가 없었다.

그는 서정이 들고 있는 가방을 향해 손을 뻗었다. 그러고는 가방을 건네받는 척하며 그녀의 손을 붙잡았다.

"왜, 왜 이래요!"

승주가 들을세라 서정이 작은 목소리로 속삭였다. 사과처럼 잔뜩 달아오른 얼굴이 그제야 남자를 향하며 눈이 마주쳤다.

"그러니까 얼른 줘요. 차에 실게."

승주가 눈여겨보고 있다는 것도 모른 채 두 사람은 옥신각신 계단에서 승강이를 벌였다. 결국 기범은 뺏어들다시피 가방을 낚아채고 먼저 1층으로 내려섰다.

"출발하시죠, 사모님."

성급히 나가는 최 실장도, 또 시뻘겋게 얼굴을 붉히고 뒤따르는 서정도 어쩐지 평소와 같지 않았다. 왠지 좀 수상하다고 해야 할까? 승주는 두 사람의 모습을 번갈아 훑어보며 고개를 갸웃거렸다.

차 안에서도 승주는 연신 두 사람을 흘깃거리기에 바빴다. 서정이 평소 누구 앞에서 부끄러워하거나 하는 성격이 아닌데도 이상하게 최 실장과는 눈을 마주치지 않으려는 모습이 수상쩍었다. 하지만 이렇게 둘이 엮일 만한 일이 뭐가 있을까 싶어 그녀는 이내 생각을 접었다.

"최 실장 나이가 올해 몇이죠?"

"서른여덟입니다, 사모님."

"어이구, 우리 서준이만 닦달했더니 여기 노총각 하나 또 있네."

승주의 한탄 섞인 말투에 기범이 슬쩍 웃음을 흘렸다. 그러면서도 눈은 백미러를 통해 서정을 쳐다보았다.

"최 실장은 왜 여태 결혼 안 했어요? 아, 이런 질문 실례되는 건가?"

"아닙니다, 사모님. 그냥…… 아직 결혼하고 싶은 사람이 없었습니다."

"여자 고르는 눈이 좀 까다로운가 보네."

"아뇨, 그건 아닙니다, 사모님. 아직 마음 맞는 사람이 없었을 뿐입니다."

승주의 말에 기범이 기겁하며 대답했다. 혹시 모를 상황이 머릿속에 퍼뜩 떠올랐기 때문이다. 남녀의 만남에 있어 까다롭다는 말은 결코 득이 될 수 없을 것이다. 그러니 미래에 장모님이 될지도 모르는 사람에게 그런 인상을 남겨 주고 싶지는 않았다.

"그래요? 그럼 내가 중신 좀 설까?"

승주의 얼굴에 활짝 웃음이 번지기 시작했다. 그토록 염원하던 아들의 결혼식을 치르게 되니 이제야 다른 사람도 눈에 들어오는 모양이었다. 하지만 기범은 대답이 얼른 나오지 않았다.

"왜요, 싫어요?"

"아, 아뇨, 그게…… 사모님."

기범이 진땀을 빼며 말을 더듬었다. 딱 잘라 싫다고 대답하는 것도 이상했고, 또 서정은 아직 저에게 마음이 없으니 다짜고짜 '따님을 주십시오'라고 말할 수도 없는 상황이었다. 더군다나 그 옆에서 서정이 인상을 쓰고 있으니 환장할 노릇이다.

"아하! 우리 최 실장님 쑥스러워서 그러는구나. 에이, 뭘 그런 걸 가지고. 우리 서준이 옆에서 늘 애쓰는데 내가 그 정도 신경은 써야죠. 안 그래요, 최 실장? 내가 참한 아가씨 골라볼 테니까 사양하지 마세요. 알았죠?"

그가 다른 말을 하지 못하도록 승주가 한 번 더 쐐기를 박았다. 분위기상 기범도 대꾸하지 못하고 입을 다물었다.

차 안은 다시 조용해지고 어느새 숍에 도착했다. 서정과 승주가 먼저 안으로 들어가고, 기범은 차에서 한복 가방을 꺼내 뒤따랐다. 숍에 들어가 가방을 내려놓으며 그는 팔꿈치로 옆에 있던 서정을 툭 건드렸다.

"이따가 얘기 좀 합시다."

"무, 무슨 얘기를요."

기범이 목소리를 낮추며 속삭였다. 서정은 자동으로 어깨를 움츠리고, 고개를 그의 반대쪽으로 돌려 버렸다.

"자꾸 피하지만 말고 예식 끝나면 그때 얘기합시다. 그럼 이따 봐요."

여자의 대답은 듣지도 않은 채 그는 숍을 빠져 나갔다. 일하기로 한 운전기사를 보내 버렸으니 다시 서준의 집으로 가서 할아버지를 모셔 와야 했고, 또 숍에서 화장을 마친 모녀를 호텔까지 태워야 하니 그에게도 꽤 바쁜 날이었다. 또한 저녁에는 신랑신부를 공항까지 태워다 주는 것도 그의 몫이었지만, 그래도 내내 피하기만 하던 서정을 이렇게라도 만나게 되었으니 이런 봉사쯤 기꺼이 해줄 수 있었다.

결혼식은 양가의 친인척들과 친구들만을 초대하였는데도 꽤 북적거렸다. 청첩장을 보고 왜 킹스 호텔이 아니냐면서 투덜거리던 준호는 어차피 클럽 영업시간 이전이라며 일찌감치 식장에 나타났다.

"자식, 하나 남은 친구놈마저 날 버리고 장가를 간다 이거지?"

축하한다는 말을 애매하게 건네며 내미는 준호의 손을 서준이 잡아 악수했다. 그리고 역시 대꾸할 가치가 없다고 판단했는지 준호의 투덜거림에 빙긋 웃기만 할 뿐, 입을 열지 않았다.

"어차피 부조해 봤자 돈이 아쉬운 놈은 아닐 테고, 내가 특별한 선물 하나 할까?"

수표가 들었을 법한 봉투 하나를 손에 들고 준호가 서준에게 말했다. 입가에 달고 있던 웃음이 거두어지고, 꽤 진지한 표정으로 바뀌었다.

"붉은여우 말이야, 내가 클럽에서 오래 일한 애들 불러서 좀 알아봤거든. 그런데……"

준호는 말을 하다 말고 서준의 얼굴을 힐끗 살폈다. 말을 해야 하는지 망설이는 듯한 모습이었지만, 이미 입을 연 이상 그만 둘

놈은 아니었다.

"뭐야, 말해."

"여태까지 한 번도 부킹에 응한 적 없다더라. 그리고 술에 취한 적도 없었고. 그날 내가 본 모습하고는 너무 상반된 얘기라서 말이지. 어떤 의미의 선물이 될지는 모르겠다만, 어차피 판단은 네 몫이야. 나야 뭐, 네 녀석이 잘못된 선택을 하는 건 본 적 없으니 알아서 할 거라고 믿지만."

준호의 말을 듣고도 서준의 표정에는 미세한 변화조차 없었다. 준호는 그런 서준의 어깨를 가볍게 두어 번 툭툭 두드리고 자리를 벗어났다.

서준은 준호가 했던 말의 의미를 머릿속으로 되새겼다. 클럽에서 꽤 유명한 여자 치고 부킹에도 응하지 않고 술에 취한 적도 없다는 말은, 그녀가 가벼워 즐기며 관계를 갖는 사람은 아니라는 뜻이었다. 그럼에도 뭔가 개운치 않다는 그 표정은 서준이 그녀를 품에 안고 룸을 잡았던 그날만큼은 어째서 예외였는지를 묻고 있는 것이다. 혹시라도 의도적인 접근이 아닐까 하는 그런 의문을 갖기에 충분한 일이지만, 서준은 일축하기로 했다. 그날의 일이 의도적인 것이든, 아니면 우연한 사건이든, 어차피 두 사람의 관계에 있어 매달려야 하는 쪽은 자신이었으니.

예식 시간이 가까워지자 인사하기 위해 서준을 찾는 하객이 한꺼번에 몰려들었다. 정신이 없는 터라 그는 준호의 얘기를 머릿속에서 비워냈다. 어차피 준호도 서준의 그런 성격을 잘 알고 있기에 결혼식을 치르는 날임에도 불구하고 얘기를 꺼냈음이 분명했다.

예식이 시작되고, 먼저 입장한 서준은 버진 로드의 반대편에 조부의 팔짱을 끼고 서 있는 우리의 모습을 바라보았다. 이미 준호의 이야기를 깨끗하게 잊은 그는 하얀 드레스를 입고 선 여자가 안쓰러울 뿐이었다.

할아버지의 손에 자랐다는 여자. 하지만 서준이 느꼈던 그 할아버지의 싸늘함은 결코 그녀가 사랑 받고 컸다고 보기에는 무리가 있었다. 그랬던 탓에 할아버지의 손을 잡고 입장하는 모습이 그리 달갑게 느껴질 리가 없었다.

부드러운 음악 소리와 함께 신부가 입장하고, 두 사람 앞에 나아간 서준이 그녀의 조부 앞에서 정중히 허리를 굽혔다. 우리의 손을 건네받아 팔짱을 끼고, 그는 자그마한 손을 부드럽게 토닥였다. 이제는 완벽하게 내 여자가 되었음을 마음속에 새기며 그녀와 눈을 맞추었다.

문 앞에서 두 사람의 모습을 지켜보던 기범은 왠지 모를 한숨이 터져 나왔다. 주례사가 시작되자 앞쪽에 앉아 있던 서정이 몸을 일으켜 다가오는 것이 보였다. 한복을 곱게 입고 그에 알맞은 단아한 화장으로 꾸민 모양새를 보고 있으려니 심장이 간질거렸다. 그녀가 가까이 다가올수록 기범의 입이 점점 벌어졌다. 하지만 서정은 그를 휙 지나쳐 화장실 쪽으로 걸어갔다. 허무한 표정으로 그녀의 뒷모습을 보고 있던 기범은 성큼 발을 놀려 그 뒤를 따랐다.

"어머, 뭐예요?"

뒤에서 그가 서정의 손목을 낚아채자 깜짝 놀란 그녀가 뒤를 돌아보았다. 당황한 모습이 얼굴 표정에서 확연히 드러났다.

"얘기 좀 합시다."

"아, 아직 식 안 끝났잖아요."

"그러니까요. 지금 조용할 때 좀 보자고요."

"어디로 가는데요!"

기범은 그녀의 손목을 붙잡아 화장실의 반대쪽으로 이끌었다. 서정은 그의 힘 때문에 어쩔 수 없이 끌려가듯 뒤를 따랐다. 두 사람이 발을 멈춘 곳은 서준의 결혼식이 열리고 있는 대연회장의 맞은편에 위치한 작은 연회장이었다. 오늘은 대관이 없는지 불조차 켜져 있지 않았다. 그 대신 복도의 밝은 불빛으로 서로의 얼굴 정도는 인식할 수 있었다.

"백서정 씨, 내가 그렇게 싫습니까? 개자식 소리가 나올 만큼?"

기범은 밖에서 보이지 않도록 그녀를 코너로 밀어 넣고 벽에 손을 기댄 채 다짜고짜 물었다. 벌써 열흘, 그녀가 연락을 받지 않는 동안 수백 번 묻고 싶은 말이기도 했다.

"아뇨, 그, 그게 아니라……."

서정은 그날의 일을 떠올렸다. 달콤한 입술, 부드러운 입맞춤, 그리고 아찔한 그 느낌. 심장이 두근거리기 시작했다. 그 개자식이 기범을 향한 것이 아니라고 변명을 해야 함에도 입이 떨어지지가 않았다.

"그게 아니면요. 싫지는 않다는 말입니까? 그럼 그 개자식 소리는 대체 뭣 때문인데요?"

"아뇨, 싫은 게 아니라…… 그러니까 그게 사실은…… 아이,

그럼…… 제가 소파에서 잘까요?　285

뭐라고 해야 하지? 그게…… 실장님, 나도 좋아요. 나도 실장님 좋아한다고요."

"네?"

한참을 헤매며 말을 더듬던 여자가 갑작스레 고백했다. 서정의 뜻밖의 말에 기범은 눈이 휘둥그레졌다. 개자식이라고 하기에 마냥 싫어하는 줄로만 생각했었다. 열흘을 전화조차 받지 않고 문자에 답 한 번이 없으니 무조건 피하는 것으로만 알고 있었다. 그러니 서정의 좋아한다는 말은 예상치를 한참 벗어나 있었다. 기범은 동그란 눈으로 입도 다물지 못하고 서정을 쳐다보았다. 그런 기범의 눈을 피해 아래만 내려다보던 그녀가 갑작스레 고개를 쳐들었다.

두 눈이 마주치고, 서정의 심장이 미친 듯 쿵쿵거리기 시작했다. 다디단 입술이 바로 눈앞에 있었다. 침이 꼴깍 소리를 내며 목을 타고 내려가고, 입안은 메말라 타는 갈증이 일었다. 필요하다. 지금 당장 이 남자의 입술이 필요하다. 누군가가 그녀의 머릿속에서 외치고 있는 것만 같았다. 서정은 숨을 크게 들이키며 팔을 기범의 목에 감고, 동시에 그의 입술에 입술을 겹쳤다. 뜨거운 숨이 마주치고, 기범은 입술을 열어 머뭇거리는 그녀의 혀를 받아들였다.

머리가 어질어질 정신이 하나도 없었다. 높은 굽의 고무신을 신은 서정의 다리가 후들거리고, 심장은 터질 듯이 쿵쾅거렸다. 어딘가 몸을 의지할 곳이 필요했던 그녀는 그의 목에 감은 팔에 더욱 힘을 주어 매달렸다.

서정의 몸짓 때문인지 그의 혀가 더 깊숙이 밀고 들어왔다. 그녀의 혀를 감아 깊게 빨아들이고, 타액을 모조리 마셔 버렸다. 핏줄이 툭 불거진 커다란 손이 그녀의 등을 타고 내려와 허리를 감싸 안았다. 그는 팔에 힘을 주어 그녀의 몸을 바짝 끌어당겼다. 입안을 온통 헤집으며 뜨거워진 하체를 밀착시켰지만, 풍성한 한복 치마와 또 그 속에 입었을 속치마 때문에 서걱거리는 소리만 들려올 뿐이었다.

그녀는 부들부들 몸을 떨었다. 동생의 결혼식이고 뭐고 그런 건 잊은 지 오래였다. 어두운 연회장 안에 오로지 기범과 자신만이 존재하는 듯, 아무것도 거리낄 것이 없었다.

거세게 빨아들이던 힘이 서서히 풀어지며 감미롭게 움직이기 시작했다. 서정의 몸을 끌어안고 있던 기범의 팔도 점차 힘을 잃고 그녀의 등을 가볍게 쓰다듬었다. 아랫입술을 아프지 않게 살짝 물었다가 놓아주며 그의 입술이 멀어져갔다.

"저녁에 집으로 올래요?"

기범이 숨을 고르고 있는 서정의 귓가에 조용히 속삭였다. 이렇게 불이 붙은 상태로 그녀의 얼굴을 보지 않으면, 야밤에 속이 새카맣게 타버릴지도 모를 일이었다. 그리고 또 아직 듣지 못한 그 개자식이란 말의 의미도 알아내야 했다.

"알았…… 어요."

서정이 고개를 천천히 끄덕이며 대답했다. 기범은 만족스러운 미소를 입가에 담고, 그녀의 손을 잡아 어두운 연회장을 빠져나왔다.

서준의 결혼식으로 오랜만에 만난 친척들이 집으로 잔뜩 몰려

들었다. 식사는 호텔에서 해결했다고는 해도 한쪽에서는 술판이 벌어지고, 또 한쪽에서는 수다 삼매경에 빠져 있었다. 그러니 서정은 아주머니를 도와 주방 일을 하느라 눈코 뜰 새가 없었다. 잠깐 짬을 내어 기범에게 나갈 수 없다는 문자를 보내고서 과일 접시를 나르던 참이었다.

"언니, 서준이 보냈으니 이제 서정이도 신경 좀 써야지. 요새 이혼이 무슨 흠이라고 젊은 애를 집에서 끼고 있어. 내가 좋은 자리 있나 알아볼까?"

막내 이모의 오지랖에 기범을 떠올리며 실실거리던 서정의 얼굴이 일그러졌다. 남의 일에는 신경을 좀 꺼주었으면 좋으련만. 왜 어른들은 모이기만 하면 짝이 있네, 없네, 이런 쪽에만 신경을 쓰는지 모를 일이다.

"이모! 됐거든! 미쳤다고 그 징글징글한 결혼을 또 해요?"

"어머, 얘 좀 봐. 너 이제 겨우 마흔이야. 앞길이 구만리인데 너 혼자 살겠다고? 네 엄만 늙어 죽을 때까지 네 뒤치다꺼리나 해야 하니? 사람이 나이를 먹으면 옆에 짝이 있어야 외롭지도 않고 서로 의지하는 법이야. 그리고 너 이혼하면서 위자료 한 푼도 못 챙겼다며? 언제까지 동생한테 손 벌리고 그렇게 살래?"

"누가 이모 보고 그런 걱정해 달래? 결혼이고 뭐고 한 번 겪은 걸로도 아주 지긋지긋해. 난 그냥 이렇게 살다가 죽을 거야. 그놈의 돈 내가 식당에 가서 설거지를 하는 한이 있더라도 앞으로는 식구들한테 손 안 벌릴 테니까 관심 꺼요."

서정이 픽 토라져서 쿵쿵거리며 계단을 올랐다. 그동안 아무리 속없이 살았다지만 지렁이도 밟으면 꿈틀한다고, 그렇게 무시하는 이야기는 참을 수가 없었다. 남들처럼 사회생활도 좀 해보고, 기범의 말처럼 돈도 적당히 벌어서 쓰고 했더라면 저도 이렇게 속 빈 강정이 되지는 않았을 것이다.

10년의 결혼생활을 정리하고 남은 것이라고는 아무것도 없었다. 세상 돌아가는 일도, 뭣도 아는 게 없다 보니 야무지게 행동하질 못했다. 남편에게 여자가 있다는 것을 눈치채고 증거를 남겨놓기 전에 추궁부터 했던 것이 문제였다. 친구들의 성화에 뒤늦게 증거를 잡으려 했지만 얼마나 깔끔히 주변 정리를 했던지 이미 늦은 후였다. 전남편은 오히려 그녀의 과소비를 문제 삼았고, 결국 그 지긋지긋한 집에서 나오기 위해 서정은 위자료도 포기해야 했다. 물론 아버지에게서 받은 유산이 있기는 했지만 과소비 때문에 모두 승주가 관리했고, 지금 이 자리에서 그런 것으로 왈가왈부할 수는 없었다.

서정은 휴대폰을 꺼내 기범에게 다시 문자를 보냈다. 이 순간 위로가 될 사람은 그 남자 하나뿐이라는 생각에 보고 싶은 마음이 간절했다.

〈상황 봐서 나갈게요. 조금만 기다려요.〉

한 30여 분을 죽은 듯 방에 앉아 있다가 그녀는 입고 있던 옷 그대로 1층으로 내려왔다. 현관을 나서는 모습에 승주가 제동을 걸었다.

"넌 야밤에 어딜 가니?"

9시가 훌쩍 넘은 시각. 그럼에도 아직 거실을 지키고 있는 엄마와 이모들 때문에 서정은 슬금슬금 눈치를 보았다.

"그냥, 요 앞 편의점에."

"편의점엔 왜?"

얼떨결에 둘러댄 말에 승주가 또 토를 달고 늘어졌다. 웬만한 건 다 구비해 놓고 사는 집이라 야밤에 딱히 뭔가를 사러 갈 만한 것은 없음에도 밖에 나가는 모양새가 수상했다. 혹시 아까 일로 토라져 밤거리를 싸돌아다니려는 것은 아닌지 그런 걱정도 되었다.

"생리대 사러 가요, 됐수?"

잠깐 머리를 굴려 절대 말리지 못할 핑계를 내세우고 얼른 집을 빠져나왔다. 서정은 얼굴에 승리의 미소를 가득 담고서 가벼운 발걸음으로 기범의 집을 향했다. 그러나 10여 미터도 채 가지 못하고서 뒤따라오던 누군가에게 팔목을 붙잡혔다.

"어머!"

소스라치게 놀란 그녀가 뒤를 돌아보았다. 그리고는 곧 눈이 휘둥그레졌다.

"최 실장님?"

"어딜 그렇게 신 나서 가요?"

그녀의 목적지가 어디인지는 빤히 알면서도 얄궂게 물어오는 남자 때문에 서정은 얼굴을 붉혔다. 그러면서도 배시시 기분 좋은 웃음은 거둘 수가 없었다.

"여긴 웬일이에요?"

"웬일은요, 서정 씨 마중 나왔지."

"정말요?"

기범이 슬쩍 손을 내밀었다. 지난번 영화관에서는 비록 실패했지만, 오늘은 분명 성공하리라는 확신에 가득 차 있었다. 서정은 뒤를 돌아 주변을 한 바퀴 살피고 그의 손을 슬며시 붙잡았다. 그러고는 은근슬쩍 그의 옆에 바짝 들러붙었다.

"그런데 옷이 왜 이래요? 우리 집에 오려고 나온 거 아닙니까?"

아무리 여름에 가까운 늦봄 날씨라지만 아침과 밤은 제법 쌀쌀했다. 일교차가 큰 기간이라 감기 걸리기에도 쉬운 그런 날에 그녀는 얇은 반소매 티셔츠 차림이었다. 기범은 잡은 손을 풀고 제 카디건을 벗어 서정의 어깨에 걸쳐 주었다.

"괜찮은데. 그냥 앞에 뭐 사러 간다고 빠져나왔어요. 이모들이 갈 생각을 안 하잖아요."

서정의 대답에 기범은 손을 들어 지나가는 빈 택시를 붙잡았다. 기껏해야 동네 어귀에 간다는 핑계였을 테니 시간이 촉박함을 느낀 탓이었다. 몇 분도 안 되는 그 거리를 총알처럼 달린 택시가 3분 만에 그들을 아파트 앞에 내려놓았다. 그는 재빠른 걸음으로 서정을 이끌고 엘리베이터에 올라탔다.

조용한 공간에 단둘이 남자, 이제껏 평온하던 마음이 괜스레 두근거렸다. 사랑이 시작되는 그 순간의 떨림은 나이와는 별 상관이 없는 모양이다. 다만 다른 것이 있다면 나이를 먹을수록 몸이 더 빨리 동한다는 것이 조금의 차이점이랄까.

서정의 얼굴을 가만히 내려다보던 기범이 고개를 기울였다. 뭔가를 사러 간다는 핑계로 나왔다면서 옅은 화장을 한 것을 보며 입가에 미소를 담았다. 립글로스를 바른 입술이 불빛에 반짝 빛

나고 있었다. 그는 입을 벌려 그 핑크빛 입술을 입안에 머금었다.

땡 하는 신호음과 함께 엘리베이터의 문이 활짝 열렸다. 기범은 얼른 입술을 떼어냈다. 다행히 아무도 없었지만 민망함에 머리를 긁적였다.

현관문을 열고 두 사람이 안으로 들어섰다. 신발을 벗고 거실에 올라서며 기범이 서정의 손을 떼어냈다.

"여기서 잠깐만 기다려요."

기범은 불도 켜지 않고서 혼자 안으로 휙휙 걸어 들어갔다. 무슨 이유인지는 알 수 없지만 서정은 그의 말대로 현관 입구에 서서 기다렸다. 잠시 후 그가 다시 다가왔다. 그녀의 손을 붙잡고 그는 어두운 거실을 지나 주방 쪽으로 걸어갔다.

"어머, 이게 뭐예요?"

식탁 위에 차려진 작은 케이크와 그 위에서 빛을 밝히고 있는 촛불 하나. 그리고 두 개의 와인 잔과 레드 와인 한 병이 준비되어 있었다.

"여기 앉아요."

기범이 의자를 빼내며 서정에게 환하게 미소를 지어 보였다. 그녀는 기범에게서 눈을 떼지 못하고 자리에 앉았다.

"별건 아니고, 그냥 우리 두 사람이 한마음이 된 걸 축하하는 조촐한 기념파티요. 그렇게 생각하고 먹어요."

"요샌 이런 걸로도 파티해요? 난 뭐 그 흔한 연애 한 번 못 해봐서……."

쑥스럽고 머쓱한 마음에 서정이 중얼거렸다. 누군가가 자신을 위해 이렇게 챙겨주는 것은 아마도 처음인 것 같았다. 기범이 와인 병을 따서 빈 잔을 채웠다. 서정은 눈물이 그렁그렁한 채 움직이는 그의 손을 바라보았다.

"글쎄요. 이런 파티를 하는지는 나도 잘 모르겠지만, 높은 사람들 모시려니까 작은 일들도 챙기게 되더라고요. 일종의 직업병? 뭐 그런 겁니다."

기범은 대수롭지 않다는 듯 웃으며 대답했다. 별것도 아닌 일에 감격하는 여자를 보니 역시 챙기길 잘했다는 생각이 들었다.

"그거 알아요? 여자들은 작은 일이라도 이렇게 챙겨주고, 신경 써주고 그런 거에 더 감동하고 행복해 하는데. 그동안 최 실장님 만났던 여자들은 정말 좋았겠다."

"그래요? 그렇다면 그 행복, 앞으론 서정 씨가 마음껏 누려 봐요."

그가 와인 잔 하나를 서정에게 내밀었다. 그리고는 잔을 맞부딪쳤다. 챙, 가볍게 잔이 부딪치는 소리와 함께 그녀의 눈에서 또르르 눈물 한 방울이 흘러 떨어졌다.

잔을 내려놓은 기범이 그녀의 뺨에 손을 올렸다. 그리고는 엄지손가락을 살살 움직여 눈물을 닦아냈다.

서정의 얼굴에 수줍은 미소가 피어올랐다. 행복해서 흘리는 눈물이란 말의 의미를 이제야 알게 되었다. 마치 좋은 꿈을 꾸고 있는 것처럼 기분이 그랬다. 그런데 그게 한편으론 불안하기도 했다. 정말 눈을 뜨고 나면 단숨에 사라져 버릴 것만 같았다.

기범은 서정의 잔을 잡아 식탁에 내려놓았다. 그리고 천천히 고개를 기울였다. 살짝 빨아들인 입술에서 씁쓸한 와인 맛이 감돌았다. 하지만 그 어떤 술보다도 달고 향긋했다. 뺨을 감싼 손이 그녀의 목 뒤로 옮겨지며 바짝 끌어당겼다. 그는 살짝 벌어진 입안으로 혀를 밀어 넣었다.

콧소리와 섞여 흘러나오는 신음이 그를 더 자극했다. 혀를 감아 세차게 빨아들이고, 손을 그녀의 가슴 위로 올렸다. 제법 동그랗고 큰 가슴이 손안에 들어왔다. 언젠가 그녀의 속옷을 사며 점원에게 들었던 글래머란 소리가 머릿속에 절로 떠올랐다. 그 위에서 살살 손을 놀리자 그녀의 입에서 거친 숨이 쏟아져 나왔다.

기범이 천천히 입술을 떼어냈다. 서정은 아쉬운 듯 떨어지는 그의 입술을 따라 달라붙었다. 그가 의자에서 일어서며 서정의 손을 잡아 끌어당겼다. 그녀는 그의 얼굴을 올려다보며 몸을 일으켰다.

기범은 침실을 향해 걸었다. 서정도 말없이 그 뒤를 따랐다. 딸깍 방문이 열리고, 두 사람은 침대 위에 걸터앉았다. 그는 두 손을 서정의 허리로 가져가 티셔츠를 위로 걷어 올렸다. 한동안 기범의 닦달에 운동해온 덕인지 군살 없는 상체가 눈에 들어왔다. 그녀는 부끄러운 듯 고개를 떨어뜨렸다. 그는 두 팔로 서정의 몸을 감싸듯 안으며 등 뒤의 브래지어 훅을 풀어냈다. 그러자 허전한 기운과 함께 동그란 가슴이 드러났다.

흥분에 쌓인 깊은 숨으로 가슴이 오르락내리락 움직였다. 기범은 티셔츠를 올려 벗고 그녀를 다시 마주보았다. 고개를 기울여 입술을 마주하며, 몸에 힘을 실어 서정을 침대 위로 쓰러뜨렸다.

동그란 가슴을 쓰다듬는 손길은 무척이나 감미로웠다. 온몸에 자잘하게 뿌리는 키스에도 서정은 몸이 달아 미칠 것 같았다. 이렇게 부드럽고 황홀한 키스를 받아본 적은 있었던가. 그녀는 기범의 손안에서 몇 번이나 부르르 떨며 몸을 내맡겼다. 입 사이로 터져 나오려는 신음을 참아내느라 입술을 꼭 깨물었다.

"소리 내도 괜찮아요."

기범은 손가락으로 그녀의 입술을 풀어주며 속삭였다. 하지만 서정은 다시 입술을 깨물며 신음을 삼켰다. 그 언젠가 전남편과의 관계에서였다. 아무런 전희도 없이 쳐들어오는 남자 때문에 아픔에 몇 번 소리를 낸 적이 있었다. 그건 분명 지금의 흥분과는 차원이 다른 것이었다. 오로지 고통에 찬, 아픔뿐인 그런 소리였다. 하지만 전남편은 손으로 그녀의 입을 틀어막았다. 두어 번쯤은 그 때문에 뺨을 맞은 적도 있었다. 그녀에게 남녀관계란 늘 그런 것이었다.

한바탕 쌓였던 갈증을 풀어내고, 서정은 기범의 품에 폭 안긴 채 지난날을 떠올렸다. 기범과의 관계 끝에 느낀 것은 전남편은 개자식보다 더 나쁜 놈이라는 것이었고, 또 삼식이 그 녀석도 여자에 대한 배려보다는 그저 힘자랑이나 하고 내뺐다는 것이다. 남녀의 관계가 이토록 행복하고 짜릿한 것인지를 처음 맛보았다. 그녀는 운동으로 단련된 기범의 가슴을 지분거리며 한껏 달아오른 몸을 식혔다.

"그 개자식 소리요, 이유나 좀 알고 넘어갑시다."

아무래도 그 소리가 아직도 맺혀 있는 것인지, 아니면 원래 이렇게 뒤끝이 있는 사람인지 그는 시큰둥한 목소리로 서정을 바라보며 물었다.

"아, 그거요. 그거 실장님한테 한 소리 아니에요. 신경 쓰지 마세요."

서정의 대답에 기범이 벌떡 상체를 일으켰다. 첫 키스를 하는 그 순간에 다른 놈을 떠올렸다는 그런 소리를 들으니 이건 왠지 개자식 소리보다 더 기분이 나빴다. 기범은 미간을 잔뜩 찡그리며 서정에게 물었다.

"그래서, 그 개자식이 대체 누굽니까?"

발끈하는 기범 때문에 서정도 뒤따라 몸을 일으켰다. 그녀는 이불을 끌어 올려 가슴을 가리며 고개를 떨어뜨렸다.

"전남편이요. 사실 나, 결혼 생활을 10년이나 했지만, 한 번도 사랑받아 본 적이 없었어요. 이 나이 먹도록 실장님처럼 그렇게 부드럽게 입을 맞춰준 사람도 없었고요. 키스가 그렇게 좋은 건 줄 실장님 덕분에 처음 알았어요. 그런데 그 순간에 하필 그 인간이 떠오르더라고요. 그래서 나도 모르게 그만……."

서정은 얼굴을 붉히며 고백을 하듯 길게 대답했다. 그런 모습이 안타까워 기범은 팔을 들어 그녀의 몸을 감싸 안았다.

여섯 시간 반을 날아 푸껫 국제공항에 도착했을 때는 어느덧 밤이 되어 있었다. 예정에 없이 갑작스레 치러진 결혼식이라 길게 스케줄을 빼기도 어려웠다. 그러니 신혼여행이라고 해도 장소 선택의 폭이 그리 넓지는 않았다.

입국 수속을 마치고 나오자 습하고 더운 열기에 얼굴이 절로 찌푸려졌다. 서준은 고개를 돌려 우리의 기분을 살피며 손을 내밀었다. 다소 피곤한 얼굴을 한 우리가 천천히 그 손을 붙잡았

다

다. 기온도 맞지 않는데다가 결혼식으로 온종일 신경을 곤두세웠던 터라 몸이 지치고 힘들었지만, 그래도 서준을 향해 웃어주는 것은 잊지 않았다.

서준은 공항 밖으로 발길을 돌렸다. 휴식이 주목적이긴 하더라도 편의를 위해 개별 가이드를 신청해 둔 상태였다. 가이드를 만나 합류하고, 두 사람이 도착한 곳은 까따 비치에 위치한 풀빌라였다. 일정이 짧은 만큼 우리에게 미안한 마음에 서준은 여행사에 최고급 사양의 장소를 요구했고, 눈앞에 펼쳐진 광경은 그 요구에 맞는 합당한 위용을 자랑하고 있었다.

보수적인 할아버지 때문에 지난번 서준과의 일본 출장을 제외하고는 아직 한 번도 해외여행을 해본 적 없는 우리에게 이곳은 별천지와 같았다. 사진으로만 보던 그 절경에 여자는 눈이 휘둥그레졌지만 남자의 앞에서 티 내지 않기 위해 애를 썼다.

"마음에 안 듭니까?"

'이 정도면 신부님도 충분히 마음에 들어 하실 겁니다'라던 여행사 사장의 말과는 다르게 우리의 얼굴은 별다른 표정 변화가 없으니 그의 마음이 불안한 것도 당연했다. 나름 신경 써서 준비한 장소가 빛을 발하지 못하자 여행사를 소개해 준 준호가 원망스러워지기 시작했다.

우리는 서준의 표정을 살피고는 몰래 웃음을 삼켰다. 긴장한 상태로 자신의 대답을 기다리는 모습이 왠지 재미있었다. 그녀는 오션뷰로 넓게 트인 전망과 넓은 실내를 쭉 훑어보며 입을 열었다.

"멋진 곳이에……."

살짝 미소를 띠고 대답하던 여자는 어느 한 곳에 시선이 고정되며 나머지 말을 잊지 못했다. 그녀의 갑작스러운 반응에 서준도 우리의 눈이 위치한 곳으로 시선을 던졌다. 그리고 그곳에서 무언가를 발견한 그의 얼굴도 바짝 굳어버리기는 마찬가지였다.

두 사람이 서 있는 거실의 왼쪽에는 커다란 침대가 놓여 있었고, 앞에는 탁 트인 바닷가 전망과 함께 커다란 월풀 욕조가 떡하니 자리 잡고 있었다. 하지만 문제는 침실과 욕조 사이를 가로막고 있는 투명 유리벽. 이렇게 된 이상 저 욕조는 절대 무용지물이라는 생각이 서준의 머릿속을 스치고 지나갔다. 아주 운이 좋다면 내일쯤? 그때는 써먹을 수 있으려나? 두 사람은 얼굴이 발그레해진 채 서둘러 시선을 돌리며 가방을 꼭 붙잡았다.

"짐부터 풀어야겠어요."

"피곤해 보이는데, 대충 샤워하고 내일 합시다."

서준이 그녀의 손을 덥석 붙잡았다. 밤이 깊은 시간인데다, 내일 오전도 별다른 일정이 없으니 짐 정리 따위를 서두를 이유가 없었다.

"먼저…… 씻으세요."

우리는 가방을 열어 그 안에서 서준의 옷을 꺼내 건넸다. 그는 별말 없이 그것을 받아 욕실로 들어갔다. 화장실과 함께 샤워기가 설치된 욕실이 따로 있으니 그나마 다행이다.

샤워를 마치고 물기를 닦은 그는 우리에게 건네받았던 옷을 집어 들었다. 속옷과 함께 잠옷이 정갈하게 개켜져 있었다. 연애라도 했던 사이라면 굳이 잠옷 따위가 필요 없을 테지만, 그게 아닌 상황이다 보니 그래도 기본 예의는 차려야 할 일이다. 서준은 쓴웃음을 지으며 옷을 입고 욕실을 나섰다.

서준이 샤워하는 사이 우리는 그가 만류했던 짐 정리를 대강 마친 상태였다. 그리고 제 옷을 챙겨 들고 서 있다가 젖은 머리를 닦고 있는 남자를 피해 욕실로 몸을 감추었다.

서준은 거실로 가서 냉장고를 열었다. 가이드에게 미리 부탁했던 와인이 간단한 안주와 함께 준비되어 있었다. 그는 우리가 샤워하는 동안 테이블에 와인과 빈 잔을 챙겨 두었다. 그간 관찰해 온 여자의 평소 행동과 음주 후의 행동을 비교해 볼 때, 과하게만 하지 않는다면 어색함이 예상되는 오늘 밤에 조금쯤은 도움이 될 수 있을 것이다.

우리가 나오길 기다리며, 그는 자리에 앉아 유리벽 너머 검푸른 바다로 시선을 던졌다. 자정을 막 넘긴 시각이라 눈에 보이는 것은 별로 없었지만, 간간이 작게 들려오는 파도 소리만으로도 긴장감이 다소 완화되는 느낌이었다.

일주일 전, 술에 취한 여자의 돌발행동에 몸에 잔뜩 붙었던 불이 그간 완전히 꺼지지 않고 있었다. 그 작게 남은 불씨는 지금 막 타오를 기세로 그의 가슴을 요동치게 만들었다.

어느덧 욕실의 물소리가 그치자 그는 깊게 심호흡을 하며 와인병을 집어 들었다. 딸깍, 작게 들린 문소리에 서준은 코르크 마개를 따던 손을 멈추고 고개를 들어올렸다. 그러고는 눈에 들어온 여자의 모습에 순간 흡, 숨을 멈추었다. 남자의 놀란 눈동자가 크게 흔들렸다. 그도 그럴 것이, 저에게는 아주 얌전한 잠옷을 입혀 놓고서, 그녀가 걸친 것은 속이 훤히 비치는 야시시하고도 짧은 슬립 형태의 잠옷이었다. 그는 가까이 다가오는 우리에게서 눈을 떼지 못하고 넋을 잃고 바라보았다.

"아, 옷차림이 좀…… 어머님이 준비해 주신 거라서요."

여자는 부끄러운 듯 얼굴을 붉히고 맞은편 의자에 가볍게 앉았다. 그러자 꽤 짧은 길이의 잠옷이 위로 더 기어 올라가 하얀 허벅지가 반 이상 그의 눈앞에 드러났다. 서준은 성급히 눈동자를 돌렸다. 이러다간 와인이고 뭐고 당장 여자를 덥석 안아들고 침대로 달려가게 될 것 같았다.

그는 피가 중심으로 쏠리는 것을 참기 위해 길게 심호흡을 하며 와인을 잔에 따랐다. 오늘 같은 날일수록 급히 서두르는 것보다는 분위기를 위해 조금 참는 게 훨씬 나을 것이라는 판단이었다.

"한잔하고 자요. 가볍게 마시면 피로 회복에 도움이 될 겁니다."

서준이 잔을 들어 우리에게 건넸다. 여자가 와인 잔을 받아들자 그가 가볍게 제 잔을 부딪쳤다.

"저, 서준…… 씨."

잔을 들고 머뭇거리던 여자의 입에서 어렵게 그의 이름이 흘러나왔다. 겨우 호칭 하나에도 마음이 두근거렸지만, 혹시 여자가 무안해 할까 염려되는 마음에 그는 내색하지 않았다.

"부탁할 게 있어요."

"부탁? 뭐든 말해 봐요."

서준은 입가에 미소를 지으며 흔쾌히 대답했다. 지금 이 순간만큼은 무슨 부탁이 됐든 들어주지 못할 이유가 없었다.

"전에 하셨던 그 약속이요."

"약속이라면……."

서준은 재빨리 머리를 굴렸다. 하지만 무엇을 말하는 것인지가 얼른 떠오르지 않았다. 그래도 혹여 여자가 실망할까 싶은 마음에 어떤 약속이냐 물을 수도 없는 처지였다.

"결혼하자고 할 때 약속하셨던 거요. 식 올리고 나면 순서대로 하겠다고 말씀하셨던……."

"아!"

우리가 지난 기억을 되짚어주자, 그제야 머릿속에 그날의 대화가 떠올랐다. 결혼식을 올리고 나면 다른 사람들처럼 서로 알아가고, 마음을 열고, 그렇게 순서대로 하겠다던 그 약속.

"그 약속 지켜주셨으면 해요."

"물론입니다. 노력할게요."

"이해해 주셔서 고마워요. 그럼…… 제가 소파에서 잘까요?"

우리의 손가락이 가리킨 작은 소파를 서준이 멍하니 바라보았다. 하지만 퍼뜩 이해가 되지 않는 상황에 그는 미간을 잔뜩 찌푸리고서 다시 여자에게로 눈길을 옮겼다.

"그러니까 지금 우리 씨 얘긴……."

"네, 순서대로요, 대표님. 아, 서준 씨. 우리 아직…… 잠자리를 같이 할 만한 사이는 아니잖아요."

"아!"

쑥스러운 듯 얼굴을 붉히며 말하는 여자의 모습을 보고, 서준은 이제야 뭔가 깨달은 듯 낮은 탄성을 자아냈다.

"그러니까 제 마음부터 먼저 갖는 게 맞는 순서인 것 같아요."

"우리 씨, 말이 맞아요. 좋습니다. 그럼 난 우리 씨 허락이 있을 때까지 기다리죠."

그는 생각한 것보다 훨씬 쉽게 수긍해 주었다. 하지만 그녀가
원한 것이 그런 대답은 아니었기에 다소 실망스러울 수밖에 없었
다. 여우리라는 한 여자를 손에 넣기 위해 안달하는 모습. 제 앞
에서만큼은 그 반듯함을 버리고 허물어지는 것을 보고 싶었다.
하지만 그는 쉽게 움직여주지 않았다. 그 킹스 호텔 클럽에서도,
또 일주일 전 제 집에서도.

잠시 후, 작은 소파를 차지하고 앉아 있는 사람은 우리가 아닌
서준이었다. 서로 소파에서 자겠다며 옥신각신하던 끝에 결국 서
준이 승리 아닌 승리를 거두고 여자에게 침대를 양보했다. 신혼
첫날밤에 신부를 소파에서 재울 수는 없는 일이니 당연한 선택이
었다.

크기가 작은 2인용 소파라 기다란 몸을 눕히고 보니 다리가
허공에서 흔들거렸다. 에어컨으로 적당히 알맞은 온도를 맞춰둔
상태여서 이불은 별 필요가 없었다. 불을 끄고 눈을 꼭 감았지만
잠이 올 리 만무했다.

일주일 전, 그녀의 도발에 차라리 일을 저질렀더라면, 이런 신
세는 면했을지도 모른다는 생각이 머릿속에 자리 잡았다. 물론
똑같은 상황이 다시 닥친다고 해도 분명 같은 선택을 할 테지만,
그래도 이 순간만큼은 왠지 후회되었다. 그 언젠가 반듯하고 바
른 것도 적당해야 한다던, 너무 그러면 지루하다던 붉은여우의
말이 귓가를 스치듯 떠오르고, 그는 피식 허무한 웃음을 흘려냈
다.

또 한편으로는 우리의 말을 십분 이해할 수 있었다. 마음이 아

직 충분히 가지 않은 상태에서 몸을 취하려 한다면 그저 욕구만 풀어내는 것과 무엇이 다를까. 비록 결혼은 했다고 하더라도 그 건 남들에게 보이기 위한 형식적인 절차일 뿐, 일단은 마음이 먼 저였다. 더군다나 준호 녀석이 말해주지 않았던가. 클럽에서도 부킹에는 절대 응하지 않던 여자라고. 그런 생각을 하고 있으려 니 일주일 내내 몸이 달아 오늘을 기다렸던 자신이 부끄러울 뿐 이었다.

자리를 잡고 잠을 청한 것이 두어 시간 전쯤이었다. 남자는 좀 처럼 잠을 이루지 못하는 것인지 내내 뒤척이다가 이제야 쌔근거 리는 숨소리가 들려왔다. 눈을 감고 있던 우리는 서준의 기척을 살피며 천천히 침대에서 일어나 앉았다. 그리고 잠든 남자에게 눈길을 옮겼다.

신혼 첫날밤에 소파에 잠을 재운 것은 매우 미안한 일이지만 어쩔 수 없었다. 그 사진이 뜯긴 인사기록카드를 떠올리며 그녀 가 다짐한 것이 있었다. 앞으로 함께할 긴 시간을 외롭지 않게 보 내려면 당장은 어쩔 수 없는 일이다. 평소의 품성답게 제 유혹에 도 넘어오지 않는 것을 보아 쉽사리 변할 남자가 아니었다.

"얼마나 버티나 보자고요, 백서준 씨."

작은 소파에서 불편한 자세로 잠든 남자를 보며 우리는 보일 듯 말 듯 옅은 웃음을 담았다.

아무런 일정이 없는 신혼여행은 지루하기 짝이 없었다. 더군다 나 남들처럼 눈만 마주치면 불이 붙는 진한 사이도 아니요, 또 특별히 관광에 목적을 둔 것도 아니라 더욱 그랬다. 신혼부부라면 환호하며 반길 월풀 욕조도 텅텅 빈 채 놀고 있었고, 침대도 그저 잠을 자는 용도 외에는 불필요한 것이었다. 밤에 자고 일어났던 침실에 한 명, 소파에 한 명. 그렇게 각각 자리를 잡고서 그저 책이나 파고 있는 최악의 신혼여행이 되어가는 중이다.

"해변이라도 나가 볼까요?"

아까부터 서로의 눈치만 슬슬 보던 차에, 결국 서준이 먼저 책을 덮어버리고서 여자를 향해 물었다. 그녀도 침대 머리에 기댔던 몸을 일으키며 책을 덮었다.

"좋아요."

꽤 무료하기는 했었는지 우리는 냉큼 대답하고 준비를 위해 침대에서 내려섰다. 장을 열어 수영복과 타월을 챙기고 이리저리 분주하게 돌아다니더니 어느새 욕실로 사라졌다. 그리고 잠시 후, 딸깍 문이 열리며 그녀가 나타났다.

"다 했어요. 나갈까요?"

준비를 마치고 서 있는 서준의 모습을 보며 우리가 물었다. 하지만 욕실에서 나온 그녀의 모습에 그는 멍하니 넋을 빼놓았다.

잘록한 허리와 보기 좋게 동그란 가슴을 간신히 가린 비키니 차림. 그 위에 몸이 훤히 드러나는 비치가운은 입으나 마나 한 것이었다.

"후우!"

서준은 그녀에게서 몸을 돌리며 짧고 큰 숨을 내쉬었다. 오늘도 긴긴 밤을 홀로 허벅지라도 꼬집으며 잠들어야 하는 것인가 하는 생각에 눈앞이 암담해졌다. 하지만 먼저 해변에 가자고 했던 것이 자신인 만큼 후회해 봐야 소용없는 일이었다.

우리의 손을 잡고 밖으로 나섰다. 드넓게 탁 트인 해변을 거닐며 그는 힐끔힐끔 그녀를 쳐다보느라 정신이 없었다. 파란 바닷물이고 뭐고, 발에 부드럽게 감기는 모래알갱이고 뭐고, 그런 건 아무런 감흥도 없었다. 오로지 옆에 서 있는 여자의 모습과 향기만 머릿속에 가득할 뿐이다.

해변에는 생각보다 많은 사람들이 누워 있었다. 파랗고 맑은 날씨에 비해 파도가 높아 수영이 금지되어 있는데도 서핑을 하는 사람들이 몇몇 눈에 띄었다. 선탠을 위해 상반신을 완전히 드러낸 여자들도 가끔 있었지만 그런 광경도 역시 서준의 눈길을 끌지 못했다.

조금 한적한 곳에 파라솔과 선탠 의자를 대여해 자리 잡았다. 물에도 들어갈 수가 없으니, 이 좋은 해변에서도 할 수 있는 것이 그것밖에 없었다.

선글라스에 가려진 서준의 눈동자는 오일을 바르고 있는 우리의 모습을 내내 흘깃거렸다. 매끈한 다리와 팔이, 그리고 가운을 벗은 하얀 상반신이 몸에 바른 오일 때문에 햇빛에 더욱 반짝거리고 있었다. 그는 침을 꼴깍 삼키며 눈을 감았다. 갖지도 못할 것을 보고 욕심내는 것은 정신 건강에 해롭다는 생각에서였다.

"저, 서준 씨."

뭔가 주저하는 듯한 우리의 목소리에 그는 다시 눈을 떴다. 고개를 돌려 여자를 바라보자 그녀는 오일이 담긴 병을 서준에게 내밀었다.

"죄송하지만 등에 좀 발라주실래요?"

"……아, 그래요."

서준은 잠시 머뭇거리다가 몸을 일으키며 대답했다. 우리가 내민 오일을 손에 받아들고 그녀가 엎드린 자리로 옮겼다. 그녀의 옆에 살짝 걸터앉아 손바닥에 오일을 덜어 하얀 등에 조심스럽게 문지르기 시작했다.

푸껫의 뜨거운 공기만큼이나 손에 닿은 여자의 살결도 뜨거웠다. 매끄럽고 부드러운 감촉이 손에서부터 느껴졌다. 그 황홀한 감각이 머리에서부터 심장을 타고 허리 아래로 전달되었다. 너무 오랜 기간 금욕 생활을 해온 탓에 더욱 민감해진 것도 같았다. 그는 흡 하고 숨을 멈추었다. 어떻게든 참아야 했다. 제대로 마음을 다스리지 못했다가는 겉으로 티가 날 만한 상황이 닥칠지도 모를 일이다.

그녀의 매끄러운 살결을 따라 손을 움직이며, 머릿속으로는 회사 일을 떠올리느라 애를 썼다. 1주일 후에 잡혀 있는 요쓰비시와의 새로운 계약 조건을 머리에 담고 중얼거리기도 했다. 그런데도 손끝에서 전해지는 감각은 여전히 수그러들 줄을 몰랐다.

3박 4일의 신혼여행 일정은 허무하게 끝이 났다. 서준은 짬짬이 노트북을 켜서 회사 업무를 보았고, 뜨거운 볕이 가실 때쯤 우리와 손을 잡고 한가롭게 산책을 즐기는 정도. 그리고 여전히 한 사람은 침대에서, 또 한 사람은 소파에서 밤을 보냈다.

인천공항에 도착해 입국장을 빠져나오자, 기범이 두 사람을 기다리며 서 있었다. 신혼여행에서 방금 돌아온 신혼부부보다 훨씬 밝은 얼굴이었다.

"그동안 회사엔 별일 없었습니까?"

서준은 기범의 얼굴을 보자마자 물었다. 이만하면 병인 것도 같다. 겨우 3박 4일, 신혼여행에 가서도 여러 번 전화했던 사람이 오랫동안 자리를 비웠던 것처럼 그렇게 말하고 있었다.

"아무 일 없었습니다."

기범은 그가 원하는 대답을 주고 차 문을 열었다. 제 아래 직원이었던 우리에게도 깍듯이 고개를 숙여 인사하고 운전석에 올랐다. 기범은 차를 출발시키며 백미러로 두 사람을 흘깃 살폈다. 여느 신혼부부들처럼 팔짱을 낀다던지, 어깨를 다정히 감싼다던지 하는 친밀한 모습도 보이지 않았다. 더군다나 서준의 낯빛은 어두워 보였고, 잠도 깊게 자지 못한 것처럼 꽤 피곤한 얼굴을 하고 있었다.

"다녀왔습니다."

현관에 들어서며 서준이 큰 소리로 외치고, 세 사람이 안으로 들어섰다. 주방에서 음식을 하던 승주가 반갑게 달려 나왔다.

"누나는요?"

"2층에 있다."

안을 둘러보던 서준이 묻자 승주가 대답했다. 두 사람의 대화를 듣고 서 있던 기범은 신혼부부의 캐리어를 들어 올렸다.

"2층에 가져다 놓겠습니다."

"괜찮습니다, 최 실장님. 제가 할 테니까 그냥 두세요."

아무리 수족처럼 움직이는 비서실장이라고 한들, 사적인 일은 제 손으로 하자는 것이 서준의 원칙이었다. 그러니 공항까지 와준 것만 해도 신경이 쓰이는 터에 가방을 옮기는 일까지 시킬 수는 없었다. 하지만 기범은 부드럽게 웃음을 지으며 캐리어를 들고 계단을 올랐다. 그의 민첩한 행동을 말리지 못하고 서준과 우리는 할아버지께 인사를 드리기 위해 안방으로 향했다.

"어! 실장님?"

기범이 캐리어를 서준의 방 앞에 놓는 순간 서정이 방에서 삐죽 고개를 내밀었다. 소리를 듣고 서준 내외를 보기 위해 나오는 길이었다. 기범은 크게 발을 떼어 그녀의 가까이 다가갔다. 그러고는 서정을 벽으로 밀어붙였다. 그는 다급하게 그녀의 입술을 덮고, 혀를 깊숙이 밀어 넣었다. 그 순식간의 상황에 그녀는 어리둥절했지만, 생각지도 못했던 일이라 어쩐지 더 짜릿하고 흥분되었다. 입안을 한참 어르던 혀가 빠져나가며 거친 숨이 쏟아졌다. 기범은 그녀의 입술에 다시 한 번 살짝 입을 맞추고 몸을 떼어냈다.

"내려갑시다. 오늘은 이걸로 만족해야겠네."

길게 숨을 내쉬고 몸을 돌렸다. 공항에서 이곳으로 오는 내내 그는 서정을 떠올렸었다. 뒤에 앉은 서준 부부처럼 한 침대에서 함께 자고 함께 눈을 뜨면 얼마나 좋을까 그런 생각을 했다. 서른여덟의 나이, 뒤늦게 붙은 불은 뜨겁게 활활 타올랐다.

"저기, 실장님."

뒤로 돌아선 남자를 서정이 다시 불러 세웠다. 그는 고개를 돌려 그녀를 바라보았다. 그리고 부른 이유를 묻는 듯 눈썹을 치켜올렸다.

"잠깐만요."

서정이 앞으로 바싹 다가왔다. 그리고 손을 들어 손가락으로 그의 입술을 문질렀다.

"묻었어요, 립스틱."

"아! 그냥 내려갈 걸 그랬네."

그가 실실 웃으며 말하자 서정은 미간을 찡그리며 손바닥으로 그의 가슴을 내려쳤다. 장난이라는 것은 알지만 심장이 쿵 떨어지는 것 같았다. 그런 모습을 엄마가 봤다가는 무슨 사달이 날지 장담할 수가 없는 일이다.

기범은 입가에 웃음을 달고 계단을 내려왔다. 그리고 서정은 립스틱을 다시 바른다며 방으로 들어갔다. 거실에 발을 내리며 그는 위로 휘는 입꼬리를 애써 내렸다.

식사 준비가 끝나고, 기다란 식탁에 모두 모여 앉았다. 기범도 저녁을 먹고 가라는 승주의 성화에 함께 자리했다.

이것저것 가지각색의 음식들이 예쁜 그릇에 담겨 올라왔다. 그 모양만큼 향긋한 냄새도 식욕을 자극했다. 서준은 젓가락을 집어 들어들었다. 며칠간 맛보지 못했던 한식을 보자 반가운 마음이었다. 하지만 순간 멈칫, 뭔가 평소와 다른 상차림에 그는 인상을 찌푸렸다.

"이게 다 뭡니까?"

전복에 장어, 부추무침에 굴전까지. 평소에 상에 잘 올라오지 않던 음식들이 서준의 앞에 집중되어 놓여 있었다. 무엇에 좋다는 음식들인지 익히 들었던 것들이라 의심을 하지 않을 수가 없었다.

"복분자주도 한잔 할래?"

혹시나 했던 생각이 승주의 한마디에 더욱 확실해졌다. 우리는 터져 나오려는 웃음을 참느라 입을 꾹 다물고 고개를 숙였다.

"뭐긴 뭐야, 전부 정력에 좋다는 음식들이잖아."

서정이 시큰둥하게 대답하고 나서 '아차!' 하며 입을 막았다. 그리고는 벌겋게 얼굴을 붉히며 옆에 앉은 기범을 힐끗 쳐다보았다.

"잘 먹겠습니다, 사모님."

기범은 희미하게 웃음을 담고 큰 소리로 인사를 했다. 하지만 정작 이런 종류의 음식들이 한참 필요할 새신랑은 오히려 난감한 얼굴이었다.

"서준아, 남기지 말고 다 먹어. 알았지?"

승주가 의미심장한 한마디를 날리며 회심의 미소를 지었다. 그런 어머니의 모습에 서준은 한숨을 푹 내쉬고, 우리는 여전히 고개를 숙인 채 조심스럽게 젓가락질을 했다.

서준은 슬쩍 눈을 치켜뜨며 우리의 얼굴을 살폈다. 그녀가 어떤 표정을 짓고 있을지 정말 궁금한 까닭이었다. 하지만 깊이 숙인 얼굴은 마주 앉은 자리에서도 잘 보이지가 않았다.

"최 실장, 이거 가져가요."

식사를 마치고 기범이 집에 가기 위해 일어섰을 때였다. 승주가 반찬을 담은 쇼핑백을 그에게 건넸다.

"감사합니다. 이렇게까지 안 챙겨주셔도 되는데요."

"뭐 우리가 남인가요? 아들 같아서 그러지. 그나저나 내가 요새 괜찮은 아가씨 알아보고 있는 중이니까 나중에 시간이나 좀 내줘요. 알았죠?"

"아뇨, 사모님. 신경 써주시는 건 감사합니다만, 안 그러셔도 됩니다."

기범은 눈동자를 돌려 서정의 눈치를 보며 대답했다. 서정은 그저 입술만 살짝 삐죽이고 있었다.

기범이 나가고 몇 분쯤이나 지났을까? 서정의 휴대폰에 문자가 도착했다는 알림음이 울렸다.

〈나올 수 있어요? 아직 집 근처에 있는데.〉

주방 일을 마무리하고 막 2층으로 올라왔던 그녀는 문자를 받고 입이 찢어져라 웃었다. 쿵쿵거리며 계단을 내려오자 아직 거실에 있던 승주와 눈이 마주쳤다.

"야밤에 어디 가려고 그러니?"

"아, 그냥 잠깐 바람 좀 쐬려고. 동네 한 바퀴 돌고 올 테니까 엄마 먼저 자."

그녀는 뒤도 돌아보지 않고 현관을 벗어났다. 몇 미터를 달리다 보니 흐뭇한 미소를 달고 있는 기범이 보였다. 그녀는 빠른 속도로 다가가 그의 팔에 매달렸다.

서정이 스스럼없이 팔짱을 끼자 그가 얼굴에 야릇한 표정을 지었다. 그는 고개를 슬쩍 기울여 그녀의 귀에 속삭였다.

"우리 집으로 갈래요?"

"집에요?"

"가서 확인해 봐야죠."

기범은 손에 들고 있던 쇼핑백을 서정의 눈앞에 들어 올렸다. 조금 전 식사하면서 그녀가 말한 '정력에 좋다는 음식'을 두고 하는 말이었다.

"어머, 엉큼해!"

서정이 주먹을 살짝 쥐어 남자의 가슴을 콩콩 두드렸다. 기범은 그녀의 손목을 붙잡아 내리며 팔로 어깨를 감싸 안았다.

식사를 마치고 방으로 올라온 서준과 우리는 난감한 얼굴로 침대를 내려다보았다. 방 안에 잠을 잘 수 있는 공간은 오로지 침대 하나뿐. 빌어먹을 소파 따위도 없고, 바닥에 깔고 잘 이불 같은 것도 없었다. 혹여 있다고 해도 어려서부터 침대 생활만을 해온 서준에게는 소파도 아닌 딱딱한 바닥에서 잔다는 것은 절대적으로 무리였다. 더군다나 벌써 며칠째 작은 소파에서 불편하게 잠을 잤던 터라 온몸이 다 뻐근하고 아팠다.

"그냥 침대에서 주무세요. 그 대신 약속만……."

여자가 부끄러운 듯 작은 목소리로 제안했다. 하지만 그게 어디 쉬운가? 피 끓는 삼십대에 5년이나 금욕 생활을 한 사람이다. 그런 남자가 좋아하는 여자를 옆에 눕혀두고 그냥 얌전히 잠만 잔다는 것은 거의 불가능한 일이 아닌가. 게다가 저녁 식단은 또 어땠고? 이름만 들어도 몸이 불끈불끈해질 만한 것들을 잔뜩 먹여놓고 여자는 '내 알 바 아님'이라며 시치미를 뚝 떼고 있었다. 한숨이 깊게 터져 나오려고 했지만 가까스로 참아냈다. 서준은 심정만큼 너덜너덜해진 몸을 침대에 털썩 눕혔다.

욕실에 들어갔다가 잠시 후에 나온 여자는 오늘도 역시 그 짧은 슬립처럼 생긴 잠옷을 입고 조심스럽게 침대에 올랐다.

만지지도 못하게 할 거면 옷이라도 제대로 갖춰 입던가! 서준은 항변하고 싶었지만 그 말을 차마 입 밖으로 낼 수는 없었다.

'순서대로'를 먼저 입에 담았던 건 저였고, 이미 깊어진 제 마음과는 달리 여자는 아직 함께 잠자리를 할 만큼 마음을 열지 못했다고 하니, 바늘로 허벅지를 찌르는 한이 있더라도 어쩔 수 없는 일이다. 손주를 눈 빠지게 기다리는 어머니와 할아버지의 마음을 이해 못 하는 것은 아니지만, 처지에 떠밀려 결혼한 만큼 그녀에게도 지킬 것은 지켜줘야 했다.

침대에 누워 두어 시간이 지난 후였다. 여태 잠을 이루지 못한 서준은 조용히 몸을 일으켰다. 우리는 깊게 잠이 들었는지 새근거리는 숨소리가 들려왔다.

"이 여자도 잠버릇이 얌전하진 않군."

그는 잠이 든 여자를 내려다보며 탄식 섞인 웃음을 흘렸다. 벌써 몇 번째, 이불을 덮어 주었는데도 그녀는 여전히 이불을 차낸 채 허연 다리를 밖으로 드러내고 있었다. 적당한 온도 탓에 이불을 굳이 덮지 않아도 춥거나 하진 않을 테지만, 그가 죽어라 이불을 덮어 주는 것에는 다 그만한 이유가 있었다.

어쩌면 어머니가 차려준 저녁상이 큰 효과가 있는 것일까? 여자의 하얀 다리만 눈에 들어오면 자꾸만 몸에 불끈불끈 열이 오르고 피가 거꾸로 솟구쳤다. 그래서 눈에 띄지 않도록 이불을 덮어놓는 것임에도 그게 단 몇 분을 가지 못했다.

"하! 고문이 따로 없네."

작은 목소리로 중얼거리고, 서준은 스마트폰을 열어 조용한 음악 몇 곡을 선곡했다. 이어폰을 찾아 귀에 꽂고 침대 옆 협탁을 뒤져 안대까지 꺼내 눈을 덮었다.

"대표님, 이번 도쿄 출장 항공권과 호텔 예약 사항입니다."

기범이 결재판에 끼워 놓은 몇 장의 종이를 서준의 앞에 내밀었다. 종이를 들추며 내용을 확인하는 서준에게 기범이 한마디를 덧붙였다.

"직원들 눈도 있고 해서 룸은 일단 두 개로 잡았습니다."

결혼식이 비공개로 진행되었던 터라, 비서실 직원들조차도 아직 두 사람의 관계를 아는 이가 없었다. 그래서 결혼으로 인해 바뀐 두 사람의 호적이나 가족관계 서류들도 전부 기범의 손으로 직접 처리해 둔 터였다. 하지만 출장으로 발생하는 항공권이나 호텔 이용료 같은 경비의 경우 예산집행을 하려면 따로 직원의 손을 거쳐야 하는 일이라 어쩔 수 없었다.

"최 실장님, 이번 출장은 저 혼자 갑니다. 번거로우시겠지만 여우리 씨 예약은 취소 부탁합니다. 그리고 통역은 좀 신경 써서 구해주세요."

뭔가 못마땅한 듯한 얼굴로 예약 사항을 확인하던 서준이 결재판을 탁 소리가 나도록 덮으며 말했다.

"예? 그게 무슨 말씀이십니까? 사모님께선 함께 가는 걸로 알고 계시던데요. 더군다나 통역 문제도 그렇고요."

"제 단독 결정입니다. 일단 그렇게 처리해 주십시오. 그리고 우리 씨한테는 제가 직접 얘기하도록 하겠습니다."

"예, 알겠습니다."

기범은 살짝 찡그려지려는 얼굴을 애써 고치며 몸을 일으켰다.

그리고 가볍게 고개를 숙여 묵례하고 문을 열었다. 기범의 모습이 보이자 자리에 앉아 서류를 챙기던 우리가 얼른 일어섰다. 그녀는 기범을 향해 밝게 미소 지었다.

"저, 혹시……."

기범이 그녀의 앞에서 발을 멈추고 입을 열었다. 그는 출장에 관한 이야기를 하며 내내 얼굴을 굳히고 있던 서준을 떠올렸다. 하지만 그에 반해 이 여자의 표정은 너무나 밝고 여유로웠다.

기범이 보기에는 이 두 사람 사이에 뭔가 석연치 않은 구석이 있었다. 부부가 된 마당에 왜 굳이 함께 출장 가기를 거부하는 것인지 도대체 이해가 가지 않았다. 더군다나 어렵게 통역을 구해가면서까지 말이다. 거기에 신혼여행에서 돌아오던 날의 그 어색한 분위기를 기억해내고 보니, 문제가 있는 것만큼은 분명하다는 생각이 들었다.

"아닙니다. 그럼 수고하십시오."

기범은 우리를 향해 인사하고 사무실을 나섰다. 무엇이 문제인지 내심 궁금하긴 했지만, 비서실장이라고 해서 부부 사이의 문제까지 알려고 들 수는 없는 일이었다. 물론 사적인 감정들이 일과 결부되어 있을 경우에는 문제 삼을 수도 있는 일이긴 해도, 사람인 이상 감정이 앞서는 것만큼은 어쩔 수 없으니 모르는 척해주는 것이 맞는 처사였다.

"서준 씨 혼자요?"

침대에 오르기 바로 전이었다. 서준이 우리에게 도쿄 출장에 관한 이야기를 꺼내자 그녀가 놀란 목소리로 되물었다.

"네, 이번 출장은 그렇게 합시다."

"왜요? 좀 번거롭지 않으시겠어요?"

"많이 불편하겠죠. 그리고 또…… 보고 싶기도 할 거고."

우리의 말에 서준은 고개를 끄덕이며 대답했다. 그리고 그 불편함에 다른 사항 하나를 더 추가시켰다.

"그런데 굳이 왜."

이해할 수가 없었다. 그저 함께 가면 간단히 해결될 일임에도 그는 딱딱하게 굳은 표정으로 통보하듯 말하고 있었다. 더군다나 보고 싶을 거라는 말로 사람을 잔뜩 설레게 해 놓고서.

"그냥 그렇게 따라주면 안 되겠습니까?"

남자의 말은 꽤 단호했다. 하지만 그녀로서는 무턱대고 따르고 싶지 않았다. 무엇 때문인지 충분히 납득할 만한 이유가 필요했다.

"알고 싶어요, 서준 씨. 왜 혼자 가려는 건지. 설명도 없이 무조건 따르라는 그런 말은 우리 관계에 절대 도움이 될 수 없어요."

그녀의 말에 서준은 길게 한숨을 내쉬었다. 그리고 뭔가 고민하는 듯한 표정이었다. 그녀의 얼굴을 잠시 들여다보던 남자가 마침내 무겁게 입을 열었다.

"하야토 상 때문이에요."

"네?"

전혀 생각지 못한 대답에 우리가 놀라 크게 눈을 떴다. 이 남자가 그 일을 여태 마음에 담아두었던가? 하지만 분명 오해 없도록 해명했다고 생각했고, 또 결혼까지 한 마당에 그게 문제가 될

만한 일이던가?

"대표님, 그건……."

우리가 다시 한 번 그 상황에 대한 정확한 설명을 하려고 입을 여는 찰나였다. 그리고 지금의 유쾌하지 않은 감정도. 하지만 그녀의 말을 가로채며 서준의 목소리가 흘러나왔다.

"다른 사람이 우리 씨를 그런 눈으로 보는 거, 그게 싫어요."

출장을 앞두고 내내 그게 마음에 걸렸었다. 물론 당시에 그녀가 딱 잘라 거절했다는 것도 확실하게 느낄 수는 있었다. 하지만 사람을 향한 마음이 단번에 변할 리는 없다. 그러니 우리와 동행을 했다가는 하야토가 그녀를 바라보는 눈빛에 어쩌면 주먹을 올릴지도 모를 일이었다.

서준의 대답에 우리의 눈동자가 크게 흔들렸다. 생각지도 못했던 말에 그녀의 가슴이 뜨거워졌다. 우리는 그에게 한걸음 가까이 다가갔다. 천천히 두 팔을 올려 남자의 허리에 감고 머리를 넓은 가슴에 기댔다.

"그런 생각 하시는 줄 몰랐어요. 뜻대로 할게요."

서준도 팔을 올려 여자의 등을 끌어안았다. 그리고 길게 안도의 숨을 내쉬었다. 말없이 제 뜻을 따라준 것에 대한 고마움을 담아 그녀의 정수리에 입술을 올렸다. 혹여 너무나 속 좁고 옹졸해 보이는 짓은 아닐까 하던 걱정이 머릿속에서 전부 사라졌다. 그리고 조금 더 자라난 욕심. 이제 겨우 한 발짝 다가온 여자가 제 마음을 빨리 알아주었으면 하는 바람이었다.

요쓰비시 사와의 계약은 대체적으로 잘 마무리되었다. 계약서에 사인을 마치고 나니 하야토 상이 왜 여우리 씨는 함께 오지 않았느냐고 물어왔다. 순간 서준은 미간을 찡그렸지만 아내가 결혼식으로 몸살이 난 것 같다며 두 사람이 결혼한 사이임을 은근슬쩍 내비쳤다. 그에 하야토 상은 축하한다는 인사말을 건네더니 이내 기운이 쭉 빠진 모습이었다.

이틀간의 출장을 마치고 서준은 인천공항에 도착했다. 신혼여행과 연이은 출장 등으로 일이 밀려 있기는 했지만, 퇴근 시각이 지난 터라 집을 향해 차를 움직였다. 단 이틀인데도 우리의 얼굴을 본 지가 까마득하게 오래전인 듯 느껴졌다.

"다녀왔습니다."

그가 도착한 것은 9시가 넘은 시각이었다. 인사를 올리고 2층을 올라가는 서준을 우리가 바로 뒤따랐다. 방 안에 들어가 가방을 내려놓고 그는 슈트 재킷을 받아드는 우리의 얼굴을 뚫어지게 쳐다보았다.

"……왜요?"

그 뜨거운 눈빛이 민망해 우리는 손으로 볼을 슬쩍 감추었다. 이렇게 쳐다보는 눈길에는 단단히 먹은 마음이 자꾸만 약해진다.

"그 사이 별일 없었습니까?"

"네, 없었어요. 겨우 이틀이잖아요."

우리가 대답하며 수줍은 미소를 떠올렸다. 그 사이라는 남자의 말이 왠지 우스웠다. 마치 굉장히 오래 자리를 비운 것처럼 얘기하지만, 고작 이틀의 출장이었다. 게다가 서너 시간마다 한 번씩 전화로 목소리를 들은 터였다. 그때마다 그는 별일 없느냐는 질문을 던졌었고, 그녀는 그렇다는 대답과 함께 일의 진행상황을 물었었다. 두 사람의 대화 내용은 늘 그런 식이었다. 신혼부부의 통화라고 하기에는 건조한, 하지만 뭔가 아쉬움이 가득 담긴 목소리. 마음을 터놓기에는 아직 커다란 벽이 그 사이를 가로막고 있는 것처럼 느껴졌다.

"겨우 이틀?"

여자의 대답이 마음에 들지 않았는지 서준의 미간이 잔뜩 구겨졌다. 그 표정을 읽은 우리는 입가에 가볍게 미소를 담았다.

"씻으세요, 식사하셔야죠. 저도 안 먹고 기다렸어요."

그렇게 은근슬쩍 마음을 내비치고 돌아서려는 우리를 서준이 덥석 붙잡았다. 그는 가녀린 팔을 제 품안으로 가볍게 끌어당겼다.

"보고 싶었어요. 차라리 같이 올걸, 후회도 했고."

서준이 조용히 속삭이며 그녀의 이마에 입술을 찍었다. 그리고 몸을 살짝 떼어내며 천천히 고개를 기울였다. 그의 입술이 그녀의 입술 언저리에서 멈추며 뜨거운 온기를 내뿜었다. 쥐죽은 듯 조용한 방 안에 교차하는 숨소리만이 귓가를 맴돌았다.

"여기까진 허락해 줄 겁니까?"

말을 하느라 입술을 달싹일 때마다 뜨거운 입김이 그녀의 입술을 간질였다. 우리의 허락을 기다리는 그 잠시의 시간, 몸은 조금씩 달아오르고 숨소리가 점점 거칠어졌다. 두 사람을 감싸고도는 긴장감이 몸 안의 피를 데우고 있었다.

우리가 보일 듯 말 듯 천천히 고개를 끄덕였다. 보고 싶었다던 고백에 대한 보상이었다. 그녀의 대답에 서준의 입술이 바로 달라붙었다. 뜨거운 두 입술이 맞닿고, 그는 서서히 입을 벌려 여자의 아랫입술을 담았다. 살며시 벌어지는 작은 입안으로 뜨거운 혀가 파고들어갔다. 그 안에서 두 혀가 얽히고, 서로 부드럽게 쓰다듬었다. 타액을 섞으며 입안을 깊게 헤집었다. 달콤하고 향긋했다. 그동안 애가 닳았던 만큼, 그만큼 더욱 짜릿하고 아찔했다.

점점 뜨거워지던 피가 절절 끓는 것만 같았다. 더는 주체할 수가 없었다. 서준은 팔에 힘을 주며 그녀의 허리를 힘껏 끌어안았다. 손에 꽉 힘을 주어 참지 않으면 무슨 짓을 저지를지 알 수 없는 일이었다.

"하아!"

입술을 떼어내며 뜨거운 숨을 깊게 내뱉었다. 붉게 상기되어 있는 그녀의 얼굴을 뚫어져라 쳐다보았다.

우리가 품안에서 몸을 바르작거렸다. 빤히 쳐다보는 눈빛이 뜨거워 참을 수가 없었다. 이렇게 마주하고 있다가는 약속이고 뭐고 모두 물거품이 될 터였다.

서준이 안고 있는 팔에 힘을 풀며 우리를 놓아주었다. 그리고 동시에 한숨이 푹 새어나왔다. 몸을 틀어 빠져나가려는 모양을 보니 그녀의 마음은 아직도 저 멀리에 있는 것 같았다.

"씻고 내려갈게요."

서준은 몸을 돌렸다. 그리고 욕실을 향해 걸었다. 그 힘 빠진 뒷모습을 바라보던 우리는 어쩐지 미안한 마음이 들었다.

식사를 마치고 일어나려는 찰나 승주가 서준과 우리의 앞에 쟁반을 내려놓았다. 그 위에는 두 개의 사발과 한약인 듯 쓴 냄새를 풍기는 시커먼 약물이 찰랑거리고 있었다.

"먹어둬. 파란 그릇이 네 거야."

"이게 뭡니까?"

그릇을 내려다보던 서준이 승주를 향해 물었다. 한약인 것을 모르는 바는 아니지만 무엇 때문에 먹으라는 것인지는 알아둬야 할 일이었다.

"그냥 뭐, 아이 빨리 들어서서 나쁠 건 없잖니. 할아버지도 기다리시고. 부부가 같이 먹어야 한다더라."

승주의 말에 서준은 인상을 썼다. 1년이면 두어 차례씩 보약을 먹고는 했지만 왠지 이런 약은 마음에 들지 않았다. 더군다나 임신이라는 게 약만 먹는다고 해결이 되나? 하늘을 봐야 별을 따지.

"어머니, 저희 식 올린 지 며칠이나 됐다고 벌써 이러십니까."

서준이 승주를 향해 대꾸했다. 그러고서 눈을 슬쩍 건너편으로 던지며 우리의 표정을 살폈다. 그와 눈이 마주치자 여자는 묘한 표정을 지으며 그릇을 향해 손을 뻗었다. 그 표정이 뭐랄까, 어쩐지 저를 약 올리는 것 같은 그런 얼굴이랄까?

"백서준? 말은 바로 하자. 너 식 올린 지는 얼마 안 되지만, 그렇다고……."

"어머니! 알았어요. 먹을 테니까 그만하세요."

그가 다급하게 승주의 말을 가로챘다. 어머니의 입에서 어떤 말이 나올지 충분히 예상되었기 때문이다. 그 콘돔을 발견한 일부터 결혼식 일주일 전의 외박까지 모두 어머니의 착각이었지만,

그럼…… 제가 소파에서 잘까요?　321

그 말을 우리가 들었다가는 오해가 생길 여지가 다분했다.

"후우, 미치겠네."

침대 위에서 몇 차례 몸을 뒤척이던 서준이 상체를 벌떡 일으켰다. 몸이 자꾸 불끈거려 잠을 잘 수가 없었다. 혹시 약 기운 때문은 아닌지 의심스럽기도 했다. 그는 옆에서 곤히 잠든 우리를 마음에 들지 않는다는 듯 은근히 노려보았다.

정말 야속한 여자 같으니라고. 자신은 그 신혼여행부터 계속 잠도 못 자고 밤이 괴롭건만, 어쩌면 이렇게 잘도 자는지 정말 기가 막혔다. 더군다나 저녁의 그 키스 때문에 저는 몸이 후끈 달아올랐는데도 그녀는 아무런 감흥이 없는 것처럼 보였다.

서준은 베개를 집어 바닥으로 툭 던졌다. 이 여자와 달싹 붙어서는 절대 한숨도 잘 수 없을 것 같았다. 차라리 이불이 없더라도, 딱딱한 바닥이더라도 그 편이 훨씬 나을 것이다.

그는 침대에서 몸을 내려 바닥에 누웠다. 찬 기운이 올라와 몸에 느껴지기는 했지만, 열이 오른 몸을 식히기엔 오히려 알맞은 것 같았다.

몇 시쯤인지 시간을 가늠할 수는 없었다. 아직 방 안은 어두웠고 슬금슬금 잠에 빠져들 무렵이었다. 무언가 갑작스레 품속으로 폭 파고드는 느낌에 서준은 떠지지 않는 눈꺼풀을 억지로 떼어냈다. 검은 어둠과 정적으로 눈에 정확히 보이지는 않아도 느낌으로 알 수 있었다. 지금 제 품속을 파고든 것이 바로 우리라는 것을.

"우리 씨?"

서준이 한숨을 푹 내쉬며 작은 목소리로 여자의 이름을 불렀다. 무슨 억하심정으로 바닷가지 따라 내려와 이러는지를 알 수가 없었다. 전생에 이 여자한테 죄라도 지었다면 모를까. 그렇지 않다면 정말 너무한 일 아닌가.

"잠깐…… 잠깐만 이러고 있을게요."

여자의 목소리가 가늘게 떨렸다. 혹시 무서운 꿈이라도 꾼 것일까. 방금 전까지 끓어오르던 속은 순식간에 사라지고, 걱정되는 마음에 서준은 그녀를 떼어내며 얼굴을 살폈다.

"무슨 일 있습니까? 왜 그래요?"

"저, 그냥 잠깐만……."

그 순간 창밖에서 불이 번쩍였다. 그리고 곧 우르르 쾅! 천둥소리가 하늘을 울렸다. 창문이 덜컹거리고 비가 거세게 들이치는 소리가 이제야 서준의 귀에 들려왔다.

천둥소리에 여자가 꺅 소리를 지르며 품속으로 더 깊게 파고들어왔다. 그렇게 한 치의 틈도 없이 바싹 달라붙어서는 품안에서 바들바들 떨었다. 아마도 천둥소리가 무서워서 이러는 모양이다. 서준이 손을 들어 우리의 뒤통수를 부드럽게 쓰다듬었다.

두어 번의 천둥소리가 더 꽝꽝 울려댔고, 그때마다 여자는 그의 품속을 파고들었다. 그리고 어느덧 하늘이 잠잠해지자 그녀도 별 기척이 없었다.

"이제 괜찮습니까?"

여자의 볼을 살살 쓰다듬으며 서준이 조용히 물었다. 하지만 우리에게서는 아무런 대답이 없었다. 그 대신 아이의 숨처럼 쌕쌕거리는 소리만 간간이 귀에 들려왔다.

아, 잠들어 버렸네. 이렇게 허무할 수가 없다. 마치 작정이라도 한 사람처럼 밤마다 사람을 있는 대로 흔들어놓고는 늘 이런 식이다. 그는 또 한 번 긴 숨을 내쉬며 머리를 헤집었다. 그리고는 몸을 일으켜 여자를 안아 올렸다. 잠이 깨지 않도록 천천히 침대 위에 눕히고서 가만히 그녀를 내려다보았다. 축 늘어진 몸이 안 쓰럽게 느껴졌다.

커다란 천둥소리와 빗소리는 잦아들었지만, 잠든 여자의 얼굴은 여전히 편치 않은 모습이었다. 그녀는 미간을 잔뜩 찡그린 채 몸을 웅크렸다. 서준은 그 옆에 붙어 앉아 손가락으로 찡그린 여자의 미간을 살살 문질렀다.

밤을 거의 새우다시피 하고, 출근을 위해 아침상이 차려진 식탁에 앉았다. 잠을 못 잔 탓인지 머리가 개운치 않았다. 승주가 서준의 앞에 국그릇을 내려놓았다.

"할아버지 시골로 다시 내려가신단다."

어머니의 말에 서준이 놀란 눈으로 고개를 번쩍 들어 올렸다. 집에 계신 동안 식사도 잘 하시고 꽤 호전된 모습을 보이기는 했지만, 어쨌든 건강 악화로 얼마나 사실지도 모른다고 하지 않았나?

"예? 몸도 안 좋으신데, 왜요?"

"너희 결혼식도 끝났고, 그냥 공기 좋은 데서 편히 계시겠대. 여기서야 뭐, 방 안에만 계시니까 답답하기도 하고. 그래서 말인데, 네들도 분가해."

"예?"

뜻밖의 말에 우리도, 서준도 놀란 눈으로 승주를 바라보았다.

결혼하고 함께 산 지가 채 며칠도 되지 않은 상태에서 분가라는 말은 생각지도 못한 소리였다.

"그래도 어머님, 전 이대로……."

"그냥 그렇게 해. 내가 좀 편해지고 싶어서 그래. 나야 처음부터 분가시키고 싶었는데, 할아버지 때문에 말 못 했어. 대치동에 아파트 있는 거 비웠으니까 그리로 들어가."

승주의 말투는 무척 단호했다. 편해지고 싶다는 말에는 더 이상 대꾸를 할 수가 없었다.

"그 대신 너희들, 아이 갖는 건 미루지 마라. 할아버지 애타게 기다리셔. 얼마나 사실지도 모르는데, 어쨌든 소식이라도 빨리 전해드려야 하지 않겠니?"

우리가 고개를 푹 떨어뜨렸다. 어쩐지 죄를 짓고 있는 것 같아 마음이 불편했다. 계획대로 무조건 밀고 나가다가는 불화가 생길지도 모른다는 그런 불안감도 느껴졌다. 그렇다고 해서 다짜고짜 '이제 그만 합방합시다' 할 수도 없는 노릇이고. 서준이 화끈하게 움직여 주지 않는 바에야 별다른 방도가 없질 않나. 아침부터 이상야릇한 생각으로 우리의 머릿속이 복잡해지기 시작했다.

"일어납시다."

그런 우리의 생각을 읽기라도 한 듯 서준이 출근길을 재촉했다. 그 상황에 우리는 고마움을 느끼며 몸을 일으켰다.

"어머! 네들 약 챙겨야지. 내 정신 좀 봐."

두 사람의 발목을 붙잡는 승주의 한마디에 그녀의 마음이 또 여지없이 불편해졌다.

"어디 나가니?"

서정은 기범과의 약속을 위해 외출 준비를 하고 방을 나섰다. 계단을 내려가는 사이 거실에 앉아 있던 승주가 그녀를 올려다보며 물었다.

"그냥 친구 만나러. 근데 그 사진은 뭐야?"

승주를 향해 다가온 서정이 그녀의 손에 들린 여자 사진을 흘낏 쳐다보고 물었다.

"아, 저번에 내가 최 실장 중신 선다고 했었잖아. 마침 참한 아가씨가 있어서."

승주의 말에 서정은 눈살을 찌푸렸다. 순간 기분이 언짢아지고 심술이 났다. 왜 꼭 어른들은 자기 자식뿐만 아니라 주변에 있는 사람들까지 결혼을 시키지 못해서 안달들인지 모르겠다. 그게 뭐가 그렇게도 좋은 거라고.

"정말로 소개하려고? 하여간 한승주 여사 오지랖도 넓으셔. 나 나갔다 올게."

서정이 샐쭉해진 표정으로 쿵쾅거리며 현관을 나섰다. 이상하게도 과한 반응을 보이는 서정의 뒷모습을 보며 승주는 고개를 갸웃거렸다.

주말이라 그런지 공원은 가족 단위 산책을 나선 사람들로 꽤 북적였다. 기범은 서정의 허리에 팔을 두르고서 옆구리를 주물럭거렸다.

"하지 마요!"

서정이 몸을 비틀며 그의 손에서 빠져나갔다. 오늘따라 웃지도 않고 말도 거의 하지 않는 것을 보니 무엇엔가 토라진 것이 분명했다.

"서정 씨, 무슨 일 있어요? 왜 그럽니까?"

"내가 뭘요?"

자신이 뭘 어쨌기에 그러냐는 듯 여자는 되물었지만 목소리가 퉁명스러웠다. 그가 눈을 빤히 들여다보자 서정은 몸을 휙 돌려 걷기 시작했다. 기범이 바로 뒤를 쫓았다. 그리고 그녀의 손목을 붙잡아 가까이 끌어당겼다.

"혹시 나한테 서운한 거 있어요? 아니면, 내가 뭐 잘못한 거라도……."

"아뇨, 그런 거 없어요. 그냥 기분이 좀 우울해서 그래요."

기범의 말에 금세 미안해진 서정이 입을 삐죽 내놓으며 대답했다. 어머니가 들고 있던 사진이 내내 눈앞에 아른거려 자꾸 짜증이 일었었다. 그걸 괜히 그에게 성질을 부렸으니 영문을 모르는 남자는 그녀의 눈치를 살피느라 마음이 불안했다.

"어머! 저기 좀 봐요. 너무 예쁘다."

돌이나 조금 지났을까? 몇 가닥 되지 않는 머리카락을 분수처럼 꼭대기에 묶어 올리고, 핑크색 원피스를 입은 여자아이가 저 앞에서 아장아장 걷고 있었다. 그 아이가 서정의 눈길을 끌었고, 그녀는 언제 그랬냐는 듯 얼굴에 활짝 웃음을 담으며 아이에게 가까이 다가갔다.

"한 번만 안아 봐도 돼요?"

아이의 옆에 있던 젊은 남녀가 고개를 끄덕이자 서정이 아이를 안아 올렸다. 그러고는 소중한 것을 품듯 두 팔로 꼭 감쌌다.

"정말 예쁘다."

그녀는 아이를 안은 채 눈을 꼭 감았다. 금세 흐를 듯한 눈물을 참아내기 위한 것이었다.

"엄마!"

제 엄마를 찾아 팔을 뻗는 아이를 보내주고 서정은 아쉬운 얼굴로 한참을 쳐다보았다. 그 눈빛이 어쩐지 평소와 사뭇 달랐다. 쓸쓸해 보인다고 해야 할까? 어딘지 모르게 공허해 보이는 그런 느낌도 들었다. 기범은 그녀를 향해 미소 지으며 손을 붙잡았다.

"예전에요, 결혼하고 한 3년쯤 지났을 땐가? 아기가 너무 갖고 싶었어요. 저렇게 예쁜 딸이면 참 좋겠다 했었는데. 남편이란 사람은 늘 냉랭하고, 또 시댁은 정 붙이기가 힘들고. 너무 외로웠거든요. 살기 싫다는 생각도 수없이 했었어요. 그래도 내 핏줄이라도 하나 있으면 좀 살고 싶지 않을까, 정 붙일 데라도 있으면 좀 낫지 않을까 그랬는데, 그 남자는 아이 얘긴 입 밖에도 꺼내지 못하게 했어요."

가슴속에 꼭꼭 묻어둔 말을 끄집어내며 서정은 눈물을 삼켰다. 미련하게도 왜 그렇게 참고 살았는지 스스로도 이해가 되지 않았다. 전남편에게 아이가 갖고 싶다는 말을 딱 한 번 했다가 비웃음을 당한 적이 있었다. 겨우 일 년에 한두 번, 그 관계에서도 그는 철저하게 피임을 하며 서정에게는 기회를 주지 않았다. 술에 잔뜩 취해 인사불성이 된 상황에서도 그것만은 지켰던 남자였다.

"정 붙일 아이만 있으면 그래도 참을 수 있을 거라고 생각했었어요. 지금 생각해 보면 없는 편이 차라리 나았던 것도 같고. 그 집에서 내 마음대로 할 수 있는 거라곤 오로지 돈 쓰는 일밖에 없었어요. 돈이라면 아쉽지 않은 집안이었으니까. 그러다보니까 마음이 자꾸만 밖으로 돌게 되더라고요. 또 내가 돈을 쓰는 만큼 주변에 친구들도 달라붙고. 그래서 이 꼴이 됐어요. 사치도 하게 되고, 쓸데없는 곳에 돈 퍼붓고. 나 사실 그것 때문에 상담 받으러 병원도 다녔거든요. 그런데 근본적인 걸 해결하지 못하니까 소용이 없더라고요."

서정의 말에 기범은 가슴 한구석이 쓰리고 아팠다. 이 여자에게 그런 아픔이 있는 줄은 차마 몰랐었다. 그도 서준 덕에 서정의 전남편을 두 번 본 적이 있었다. 하지만 인간성도 꽤 좋고 덕망도 있는 그런 사람이라고 알고 있던 것이 문제였다. 그래서 두 사람의 이혼도 서정만의 문제인 것으로 그렇게 생각하고 있었는데 실상은 그렇지 않은 모양이다.

여자가 억지로 참던 눈물을 한 방울 똑 떨어뜨렸다. 기범은 손을 올려 그녀의 뺨을 가볍게 닦아냈다.

"갑시다."

"어디를요?"

서정이 눈을 동그랗게 뜨고 물었다. 산책이나 하자며 공원에 데려온 지가 20분도 채 지나지 않았는데, 또 어딜 가자는 것인지 의아했다.

"아이 만들러."

기범이 입가에 씩 웃음을 달고 대답하자, 서정은 기가 막힌다는 표정으로 남자의 손을 뿌리쳤다.

"뭐예요? 이봐요, 최기범 씨!"

하지만 서정은 발을 멈추고서 정색했다. 생각지도 못한 그녀의 과한 반응에 기범의 얼굴도 굳어졌다.

"왜요, 싫다는 뜻입니까?"

"하! 그럼 좋겠어요? 지금 이게 말이나 돼요?"

"아니, 왜 말이 안 됩니까?"

서정이 보는 기범은 평소 믿음직스럽고 책임감 또한 남다르게 강한 사람이었다. 그러니 이런 기가 막힌 일은 생각해 본 적이 없었다. 그런데도 그는 너무나 태연했다. 서정은 확실하게 따져야 겠다는 태도로 팔짱을 끼고 그를 노려보았다.

"아무리 아이가 갖고 싶다고 해도 그렇지, 이혼녀가 덜컥 임신부터 해요? 지금 내 몸뚱어리 하나도 어쩌지 못해서 친정에 얹혀 사는 판에, 아빠 없이 애까지 키우라고요?"

서정은 제 처지를 조목조목 따져가며 그에게 말했다. 평소 사려 깊은 사람이라고도 생각했었거늘, 이렇게 생각 없고 단순한 남자인지는 처음 알았다.

"서정 씨, 지금 그게 무슨 뜻입니까? '아빠 없이'라니, 아빠가 왜 없어요? 그럼 난…… 난 뭡니까?"

"최 실장님이 애 아빠를 하겠다고요? 그럼 나랑 결혼이라도 하겠다는 소리예요?"

서정의 말에 그는 당황스럽고 난감했다. 저는 아주 당연하다고 생각했던 일을 그녀는 전혀 뜻밖인 듯 얘기하고 있었다. 그러니까 그 말은 결국, 그녀가 생각하는 미래에 최기범이라는 남자는 없다는 그런 얘기였다.

"그럼 안 하려고 했습니까?"

기범이 멍하니 얼빠진 얼굴로 물었다. 지난 시간, 그리 길지는 않지만 그녀가 앞치마를 두르고, 저를 위해 밥을 하고, 집에서 기다리고 있던 모습. 그 모습을 보며 내내 설렜다. 그래서 38년 만에 처음으로 결혼하고 싶다는 생각을 했다. 그런데 지금 이 여자의 반응은,

"뭐, 뭐요? 결혼을…… 한다고요? 나하고?"

고작 이런 것이었다.

"싫어요! 안 해요! 못 해요!"

서정이 아주 다부지게 외쳤다. 평소에 보던 모습과는 완전히 다른 사람인 것 같았다. 그리고 그 단호한 외침은 기범에겐 적지 않은 상처였다.

"대체 왜요? 이유가 뭡니까?"

"그냥 싫어요. 결혼 같은 거 이제 다시는 안 해요! 정말 끔찍하다고요."

기범의 물음에 그저 '무조건'을 외친 그녀가 휙 돌아섰다. 그리고 성큼성큼 혼자 걷기 시작했다. 기범은 재빨리 그 뒤를 쫓아가 앞을 막아섰다.

"서정 씨! 결혼 생활이라는 게 다 그런 건 아니에요. 서정 씨가 얼마큼 힘들게 살았는지는 나도 잘 모르지만 그 마음 이해할 수 있어요. 하지만 날 그 사람하고 같다고 생각하진 말아요."

"아뇨, 최 실장님이 그렇다는 게 아니라, 난 그냥 결혼 자체가 싫어요. 죽어도 싫어요. 안 할래요."

한풀 꺾여 들어간 목소리와 함께 서정의 눈에서 눈물이 또 글썽였다. 이렇게 막무가내로 말을 들으려 하지 않으니 기범도 눈앞이 캄캄했다. 그녀를 붙잡고 있는 손에 스르륵 힘이 빠졌다. 그

순간 서정이 갑자기 큰길로 달리더니 지나가는 택시를 붙잡아 얼른 몸을 실었다.

"서정 씨! 백서정!"

바로 뒤를 따라 달렸지만 눈앞에서 여자를 놓치고 말았다. 택시는 어느새 저만큼 멀어져갔다. 기범도 손을 들어 빈 차를 잡으려고 했지만 안타깝게도 뜻대로 되지 않았다.

뒤늦게 택시를 잡아 그녀의 집 앞에 도착했다. 하지만 전화기가 꺼져 있으니 문자고 음성녹음이고 아무런 소용이 없었다. 커다란 집의 대문 앞에 서서 안절부절, 왔다 갔다, 똥 마려운 강아지처럼 그렇게 서 있었다.

"백서정 씨, 제발 전화 좀 받읍시다, 제발."

휴대폰을 열고 중얼거리며 다시 전화를 걸었다. 그러나 역시 원하는 목소리는 들려오지 않았다.

전화를 끊고, 2층 서정의 방 창문을 올려다보며 망연자실 서 있을 때였다. 갑작스럽게 울리는 전화벨 소리에 기범은 정신이 번쩍 들었다.

[최 실장님, 시간 날 때 집에 좀 들러줄 수 있어요?]

때마침 한승주 여사에게서 걸려온 전화였다. 지금 같은 상황에서 이보다 더 반가운 전화는 있을 수 없었다. 아주 적절한 기회에 걸려온 최고의 찬스였다.

"예, 사모님, 제가 마침 댁 근처에 있습니다. 곧 가겠습니다."

쇠뿔도 단김에 빼랬다고, 더는 감추고 싶지 않았다. 당당하게 교제 사실을 밝히고, 허락과 함께 서정의 마음을 돌리는 일에 집중해야 했다.

5분쯤을 기다렸다가 벨을 누르고 당당히 들어섰다. 승주는 기범을 소파에 앉히고, 여자의 사진 한 장을 앞에 내밀었다.

"최 실장님, 여기."

사진 상으로는 서른 초반쯤 되어 보이는, 단정한 타입의 여자였다. 승주가 무슨 뜻으로 그 사진을 내밀었는지는 기범도 단박에 알아챌 수 있었다.

"괜찮아 보이죠?"

"사모님, 뜻은 감사합니다만, 전 이미 마음에 둔 사람이 있습니다. 진즉 말씀드리지 못해 죄송합니다."

기범의 대답에 승주의 얼굴이 굳어졌다. 참한 아가씨를 찾는다고 고생한 것도 물론 있기는 하지만, 그의 속도 모른 채 무턱대고 나섰던 것이 미안하기도 했다. 처음부터 슬쩍 거절하는 모습을 그저 인사치레라고 생각해 버린 것이 잘못이었다.

"네? 그럼 이미 교제 중인 거예요?"

"예, 사모님. 그렇긴 합니다만……."

두 사람의 얘기는 생각보다 길어졌다. 그리고 그 집을 나설 때는 기범도 승주도 모두 환하게 웃는 표정이었다. 목표했던 서정의 얼굴을 보지는 못했어도, 그 결과는 매우 흡족했다.

둘이서 생활하는 것도 그런대로 괜찮았다. 사이도 좀 더 스스럼없이 가까워졌고, 서준은 종종 가벼운 스킨십을 시도했다. 일이 늦게 끝날 때가 많아 퇴근길에 함께 외식을 하는 일들도 잦았고, 밤늦게까지 소파에 가까이 붙어 앉아 영화나 TV를 보며 즐기기도 했다. 본가에 있을 때에는 무조건 방으로 올라가 둘이 있으라는 승주의 눈치에 자유로운 생활이 어려웠지만, 지금은 오히려 분위기를 즐기기에 좋았다.

하지만 문제는 단 하나. 여전히 해결되지 않는 그것에 서준은 밤잠을 제대로 이루지 못하는 날이 많았다. 연애기간도 없이 결혼한 것을 생각하면, 이제 겨우 시작한지 한 달밖에 안 되는 새내기 커플에 가까웠다. 그러니 아직은 시기상조임이 분명한데도 마음이 조급해졌다.

몸은 자꾸 달아오르고 안달이 났다. 이렇게까지 참을성 없는 성격이 아니었음에도 이 여자를 마음에 둔 이후로는 내내 그랬다. 남자의 본능이라는 것이 어쩔 수 없는 것이라고는 하지만, 마음도 없이 몸을 탐하는 것을 별로 좋아하지 않았다. 그러니 이제 겨우 마음을 열기 시작하는 여자를 함부로 취할 수도 없는 일이었다.

밤잠을 제대로 자지 못한 날들이 쌓이면서, 서준의 얼굴도 점점 푸석푸석해져갔다. 전날도 몇 번을 뒤척였는지 새벽 늦게야 잠이 들고, 아침이 되어서도 눈을 제대로 뜨지 못했다. 입맛이 없어 밥도 뜨는 둥 마는 둥 하다가 겨우 출근 준비를 마쳤다.

"로션 바르셨어요?"

현관을 나서려다가 남자의 푸석한 얼굴을 보며 우리가 물었다. 서준이 고개를 가로젓자 그녀가 방으로 얼른 뛰어 들어갔다가 다시 나타났다.

"잠깐 얼굴 좀."

그녀가 바로 코앞에 다가왔다. 여자는 살짝 까치발을 들며 손에 덜어온 로션을 그의 얼굴에 찍어 발랐다. 그리고 손으로 살살 두드리다가 남자의 뜨거운 눈빛에 멈칫하고 말았다.

서준의 볼에 닿은 손가락이 미세하게 떨리고 있었다. 심장은 두근거렸고, 숨은 크게 내쉴 수조차 없었다. 우리는 손가락을 오므리며 그의 얼굴에서 천천히 떼어냈다.

그 순간, 서준은 멀어지려는 그녀의 손목을 확 휘어잡았다. 그의 행동에 깜짝 놀란 우리의 눈이 커다래졌고, 가쁜 숨에 가슴이 크게 오르락내리락했다.

"서준…… 씨."

우리의 입술이 달싹이며 서준을 자극했다. 그는 다급히 얼굴을 내리며 그녀의 입술을 찾아 입안에 담았다. 도저히 참을 수가 없었다. 피는 끓어오르고, 눈앞의 여자는 눈부실 만큼 아름다웠다. 그리고 빛이 났다. 이런 여자를 옆에 두고 밤마다 참아낸다는 것은 거의 고통에 가까웠다.

살짝 닫혀 있는 입안을 서준의 혀가 파고 들어갔다. 금세 부드러운 혀가 맞닿으며, 머릿속이 아찔해졌다. 한 손은 여자의 허리를 강하게 끌어안으며, 다른 손으로는 등을 부드럽게 쓰다듬었다. 마주한 입술 언저리에서 뜨겁게 호흡이 부딪히고, 그녀의 입안을 헤매던 혀는 점점 더 깊은 곳을 탐험하고 있었다. 혀를 감아 빨아들이며, 이제 참을성이 한계에 닿았음을 그녀에게 알렸다.

거세던 혀의 움직임이 서서히 부드러워졌다. 그리고 지금이 출근 시간이라는 것을 겨우 자각한 남자가 아쉽게 입술을 떼어냈다. 여자는 품 안에서 몸을 떨며 눈을 내리깔았다. 서준이 그녀의 턱을 잡아 천천히 위로 올렸다.

우리의 표정이 궁금했다. 그리고 눈빛이 궁금했다. 결국 참아 내지 못한 자신을 그녀가 어떻게 생각할지가 궁금했다. 하지만 그녀는 고개를 들어 올리고서도 여전히 눈을 마주치지 않았다.

"나 좀 봐요."

서준이 조용히 속삭였다. 지금 이 순간 이 여자의 눈빛이 절실 하게 보고 싶었다. 우리가 천천히 눈꺼풀을 올렸다. 그리고 그와 눈을 마주했다. 눈동자가 작게 흔들렸다.

"늦겠…… 어요."

한참 눈을 마주하고 있던 여자가 천천히 입을 열었다. 아마도 서준보다는 우리 쪽이 좀 더 이성적인 모양이다. 그가 가볍게 탄 식의 한숨을 내뱉으며 허리를 감은 손을 풀어냈다. 그리고 그녀 의 손을 꼭 붙잡고서 무겁게 현관문을 나섰다.

퇴근길에 서준은 준호의 클럽에 들렀다. 결혼식 이후로 처음 만난 것이니 거의 한 달 만이기도 했다. 최근 일정이 바빠진 탓에 우리와 함께할 시간조차 별로 나질 않았다. 그러니 아무리 친한 친구이기는 하지만 준호에게까지 신경 쓸 여력이 없었다. 그나마 오늘은 우리가 약속이 있다고 했고, 또 분가까지 하고 보니 텅 빈 집에 혼자 들어갈 맛이 나지 않아 이쪽으로 직행한 것이다.

"오호! 신혼 재미가 좋은가 보네. 얼굴 보기도 힘들고."

"신혼은 무슨."

서준의 얼굴을 보자마자 준호가 장난기 어린 얼굴로 얘기했 다. 하지만 서준은 마뜩치 않은 말투로 대답을 툭 던졌다. 새신 랑답지 않게 어둡고 까칠한 얼굴이 준호의 촉을 건드렸다.

"여우 씨는 잘 있냐? 요샌 클럽에도 통 안 나타나던데."

"너, 그 호칭 뭐냐?"

서준이 잔뜩 인상을 썼다. 생각해 보니 지난번 친구들과의 모임 때부터 그는 우리에게 여우 씨라는 호칭으로 일관하고 있었다. 그때는 우리가 과음한 탓에 그걸 걸고 넘어갈 여유가 없었지만 오늘은 유난히 귀에 거슬렸다. 그리고 여우 씨라는 호칭은 붉은여우를 연상하게 하니 더욱 그럴 수밖에 없었다.

"왜, 맞잖아, 여우 씨."

서준의 그런 반응에도 준호는 얼굴을 빙글거리며 대답했다. 격한 반응이 돌아올 때마다 더욱 놀려주고 싶은 것이 사람 마음인지라, 그가 발끈하면 할수록 준호의 장난도 점점 수위를 높여갔다.

"죽을래? 그러다가 그 사람 앞에서도 그렇게 부르겠다."

서준이 이번엔 정색을 했다. 그의 얼굴에서 이런 표정을 본 것은 굉장히 오랜만의 일이었다.

"너 왜 이렇게 민감하냐? 새신랑이 되어 가지고 꼭 욕구불만 같다?"

"정말!"

서준의 얼굴이 화르르 붉어졌다. 이 정도 장난은 늘 통했던 사이었다. 비록 준호 쪽에서 거의 일방적이기는 했지만, 서준이 이렇게 대놓고 열을 낸 적은 거의 없었다. 뭔가 일이 잘 풀리지 않고 있는 것인지, 아니면 여우리 그 여자와 혹시 불화라도 있는 것인지 걱정이 되기도 했다.

"너 정말 왜 그래? 무슨 일 있는 거야?"

그럼…… 제가 소파에서 잘까요?　　337

준호가 표정을 바꿔 걱정스러운 얼굴로 그를 쳐다보았다. 분명 평소와는 많이 달랐다. 그리고 특히 그 여자의 이야기에 유난한 반응이 어쩐지 마음에 걸리기도 했다. 아무리 생각해도 두 사람이 정상적인 궤도로 결혼에 골인한 것이 아니라, 더욱 그쪽으로 마음이 쏠렸다.

"그런 거 없어. 나, 간다."

서준은 술잔에 입도 대지 않고서 자리에서 일어섰다. 요즘 들어 유난히 짜증이 나고 별일 아닌 것에도 자꾸 신경이 거슬리는 것이 저도 이상하기는 했다. 어쩌면 준호의 말대로 정말 욕구불만인 것도 같았다. 그런 것쯤 그 여자를 위해 잘 참아줄 수 있다고 생각했었는데, 실은 그렇지 않은 모양이다.

서준은 깊게 한숨을 내쉬고서 몸을 돌렸다. 그런데 그 순간 그의 발목을 붙잡는 준호의 목소리가 들려왔다.

"하영이 귀국한 거 알고 있냐?"

"알 필요 없잖아."

서준은 몸도 돌리지 않은 채 대답했다. 놀라거나 하는 모습은 아닌 것으로 보아 이미 알고 있다는 얘기였다. 말은 알 필요 없다고 하지만 여전히 목소리는 무거웠다.

"저희 왔습니다."

승주의 호출로 서준과 우리는 퇴근길에 본가로 발길을 향했다. 남들에게는 황금과 같은 불금이라지만, 식구들과 모여 식사하며 얼굴이나 보자는 것이 어머니의 뜻이었다.

"그래 어서 와. 어때, 너희 둘이 사니까 좋지?"

"아뇨, 어머님. 전 어머님이랑 같이 사는 게 더 좋은걸요?"

우리가 반짝거리는 미소를 지으며 냉큼 대답했다. 저한테도 이런 얼굴 좀 보여줄 것이지. 다른 사람한테만 그 여우 기질을 백분 발휘하고 있는 것 같아 서준은 왠지 섭섭했다. 승주는 밉지 않은 며느리의 대답에 크게 소리 내어 웃었다.

"호호호, 어머 애 그럴 리가 있니? 입에 침이나 바르고 거짓말해라."

승주가 말도 안 된다는 듯 대꾸하고, 서준은 보일 듯 말 듯 가벼운 미소만 지을 뿐이었다. 함께 모여 사나, 단둘이 사나 결과는 크게 달라진 게 없으니 그에게는 별 의미도 없는 얘기였다.

"왔니?"

절간처럼 조용했던 집에 웃는 소리가 들려오자, 서정이 계단에서 내려왔다. 저녁시간이면 뭐가 그렇게 바쁜지 코빼기도 보이지 않던 그녀가 최근 며칠은 내내 집에만 붙어 있는 눈치였다.

"누나는 요새 무슨 일 있어? 얼굴이 영 별로네."

"일은 무슨."

"애 요새 집에서 한 발자국도 안 나가더라. 네가 끊어준 헬스도 안 가고, 저녁만 되면 미꾸라지 빠져나가듯 나가더니 요샌 방에 콕 처박혀만 있어. 밥도 잘 안 먹고, 말도 안 하고. 꼭 실연당한 사람 같다니까."

"엄마! 엄만 무슨 쓸데없는 소릴."

승주의 말에 서정이 버럭 하고 나섰다. 방귀 뀐 놈이 성낸다고, 유난히 과한 반응에 무슨 일이 있다는 것만큼은 확실히 느껴졌다.

"올 때가 됐는데. 우리 식사는 조금 이따가 하자."

잠깐 시계를 들여다 본 승주가 누군가를 기다리는 듯 얘기했다. 그냥 가족 식사라고 해놓고서 또 올 사람이 있는가 싶어 궁금함을 참지 못한 서정이 먼저 물었다.

"왜, 누구 또 와?"

"응, 최 실장 불렀어. 총각이 혼자 밥 챙겨 먹기도 그렇고, 우리한테는 남 같지 않은 사람이잖아. 그리고 내가 좀 할 말도 있고, 괜찮지?"

멍하니 앉아 있던 서정의 눈이 휘둥그레졌다. 최 실장이라는 말에 그녀가 다급하게 몸을 돌리려는 순간 벨소리가 들려왔다.

"어서 와요, 최 실장."

기범이 안으로 들어서자 승주가 평소보다 훨씬 반갑게 맞아들였다. 기범은 거실로 올라서며 인사를 하고 바로 서정을 향해 눈을 돌렸다. 서정은 발갛게 얼굴을 붉히고서 도망치듯 주방으로 사라져 버렸다.

"바로 식사하죠."

자리를 옮겨 식탁에 모여 앉고, 승주는 서정의 옆자리를 기범에게 내어 주었다. 뭔가 어색한 분위기에 서준은 힐끔힐끔 기범과 서정의 눈치를 살폈다.

"내가 오늘 최 실장님한테 할 말이 있어서요."

식사가 거의 끝나갈 무렵이었다. 승주가 기범을 바라보며 입을 열었다.

"예, 사모님. 말씀 하십시오."

"음, 다른 게 아니라 할아버지도 시골로 내려가시고, 또 서준이도 분가하고 보니까 집이 좀 너무 쓸쓸해서. 큰 집에 여자만 둘이 있으려니까 무섭기도 하고. 그래서 말인데 최 실장님. 신혼인애들을 다시 불러들이기는 좀 그렇고, 최 실장님이 들어와 살면 어때요? 원래 사람 든 자리는 몰라도 난 자리는 표 난다고, 내가 너무 헛헛해서 그래요. 무리한 부탁인지는 알지만."

승주의 얘기에 서준은 심하게 눈살을 찌푸렸다. 아무리 가깝게 지냈다고는 해도, 회사에서 일하는 사람에게 이런 사적인 부탁을 하는 것은 아니라는 생각이 들었다. 그래서 승주를 말리기 위해 입을 여는 찰나, 그보다 한발 빠르게 기범의 목소리가 먼저 튀어나왔다.

"저야 마다할 이유가 있겠습니까, 사모님. 오히려 제가 더 감사한 일이지요. 저도 오래 혼자 생활해서 그런지 외롭고 허전하고 그런 마음입니다. 텅 빈 집만큼 들어가기 싫은 곳이 없거든요."

서슴없는 대답에 서준의 눈이 기범을 향했다. 그러다가 순간 승주와 기범이 슬슬 서정의 눈치를 살피는 것을 발견했다. 그리고 서정은 아까부터 볼이 부어 있었다.

"아니, 엄마, 그런 게 어디 있어! 어떻게 여자들만 사는 집에 남자를……."

"얘는. 최 실장님이 어디 남이니? 실장님 앞에서 섭섭하게 정색은."

승주가 서정의 말을 가로막으며 눈치를 주었다. 그러자 서정은 더 이상 말을 잇지 못하고 고개를 푹 숙여 버렸다. 그리고는 뭔가 못마땅한 듯 입은 연신 무언가를 중얼거렸다.

그럼…… 제가 소파에서 잘까요?　　341

"그럼 최 실장님은 언제 들어올 수 있겠어요? 난 좀 빠를수록 좋겠는데."

"예, 저야 뭐 몸만 들어와도 상관없는 처지인데요. 당장은 옷 몇 벌만 옮기면 되니까 내일이라도 좋습니다."

"호호, 우리 최 실장님 화끈해서 좋네. 그럼 서준이 쓰던 방, 오늘 정리해 놓을 테니까 그렇게 해요."

승주와 기범의 얼굴은 활짝 피어 웃음이 끊이지 않았고, 반대로 서정은 귀까지 벌겋게 달아올라 여전히 고개를 숙인 채였다. 이쯤 되니 의심을 하지 않을 수 없었다. 최 실장이 이렇게까지 환하게 웃음을 보인 적이 있었던가 하는 생각이 서준의 머릿속을 스쳤고, 그는 어머니와 기범이 계략을 꾸미고 있음을 확신했다.

식사를 마친 후, 우리와 서정이 설거지를 하는 동안 서준은 승주를 따라 방으로 들어섰다. 저 모르게 무슨 일이 진행되고 있는 것인지를 알아내야 했다.

"대체 무슨 생각이십니까?"

"응? 뭐가?"

서준의 물음에 승주는 시치미를 떼었다. 하지만 그의 날카로운 눈빛을 모른 척할 수가 없었다.

"최 실장 말입니다. 무슨 생각으로 집에 들이려는 거냐고요."

"아, 그게…… 최 실장, 서정이랑 사귄다더라. 그동안 서정이가 저녁마다 뻔질나게 나다녔던 게 아마 최 실장 집에 드나들었던 모양인데, 결혼 얘기에 기겁을 했나 봐. 나도 최 실장이면 믿을 만하기도 하고, 또 우리 서정이한테 그만한 사람이 어디 있겠니. 그래서 내가 좀 나서보려고. 서준이 네 생각은 어때?"

승주의 이야기를 서준은 담담히 받아들였다. 그녀의 이야기가 아주 그렇게 놀라운 사실은 아니었다. 그가 기범에게 서정 대신 돈을 갚겠다고 봉투를 내밀었을 때도, 또 이 집에서 함께 식사하며 기범의 눈이 서정을 좇고 있었을 때에도 살짝 의심이 가긴 했던 일이었다.

"최 실장 정도라면 뭐 반대할 일이 있겠습니까. 누나만 좋다면 그만이지. 그래도 너무 억지로 밀어붙이진 마십시오. 누나도 상처가 큰 사람이라 쉽지 않을 겁니다. 그러다 역효과가 생길 수도 있으니까 그냥 두 사람한테 맡기세요."

"나야 뭐, 기회만 만들어주는 거지. 서정이가 요새 아예 전화도 안 받고 얼굴도 안 보여준다잖아. 붙어 있어야 마음을 돌리든, 아예 끝을 보든 할 거 아니니. 자리는 깔아 줬으니까 이제 최 실장한테 맡겨야지."

"예."

서준이 짧게 대답하고 일어섰다. 그리고 몸을 돌리려는 순간 승주가 다시 입을 열었다.

"그건 그렇고, 너희는 아직 소식 없니?"

그녀의 물음에 서준의 뱃속에서 뭔가가 울컥하고 치밀어 오르는 것 같았다. 그는 하마터면 어머니를 향해 버럭 소리를 지를 뻔했다.

"저희 결혼한 지 아직 한 달밖에 안 됩니다. 괜한 소리로 저 사람 스트레스 주진 마십시오."

스트레스를 받고 있는 사람이 누구인지는 모르겠지만, 그는 애써 끓어오르는 속을 가라앉히며 굳은 목소리로 대답했다. 그리고 몸을 돌려 성큼 방을 나섰다.

"그럼 조심히 가거라. 최 실장님도 조심히 가시고, 내일 봐요."

"예, 사모님."

서준과 우리는 밤 10시 가량이 되어서야 집을 나섰다. 집까지 태워다 주겠다는 서준의 말에 기범이 거절하며 슬쩍 서정을 쳐다보기에 서준은 두 번 묻지 않고 우리와 함께 차에 올랐다.

"우리 씨는 혹시 알고 있었습니까?"

차가 출발하고, 집 앞에 선 사람들의 모습이 멀어지자 서준이 그녀에게 물었다. 우리는 차창 뒤를 힐긋거리고서 피식 웃음을 지었다.

"네."

"대체 언제부터?"

서준이 인상을 썼다. 식구들이 모두 알고 있는 일에 왠지 혼자만 따돌림을 당하고 있는 것 같아 기분이 언짢아졌다.

"음, 우리 신혼여행 다녀왔던 날이요. 그날 식사하는데 최 실장님 계속 아가씨만 쳐다봤어요. 아가씨도 마찬가지고. 그래서 그런가 보다 했어요."

들어서 알고 있는 것이 아니라 눈치로 알아냈다는 얘기였다. 저도 그다지 눈치가 없는 편은 아니라고 생각했는데, 이제 보니 그것도 아닌 모양이다. 그렇다면 혹시 이 여자가 말로 직접 하지 못해 눈치껏 보내는 사인도 못 알아채고 있는 것은 아닐까? 갑작스레 그런 생각이 들었다.

그렇다면 노출이 과한 잠옷을 입고, 가끔 잠든 척하며 품으로 파고드는 것도 혹시 손을 뻗어주길 바라는 것이었을까? 순간 머리가 멍해지고, 아무런 생각이 떠오르지 않았다. 도대체 속을 보여주지 않는 여자의 마음을 알 길이 없으니 가슴이 터질 듯 답답하기만 했다. 아무래도 오늘 밤은 그냥 넘기면 안 되겠다는 생각을 하며 그는 엑셀을 힘껏 밟았다.

서준의 감은 눈 위를 해가 밝게 비추고 있었다. 일주일간 겹겹이 쌓인 피로에 늦잠이라도 잔 것인지 그냥 느낌으로도 평소보다 꽤 늦은 시각임을 알 수 있었다. 더군다나 본가에 다녀와 서재에서 새벽녘까지 서류를 훑었으니 몸이 개운할 리가 없었다.

서준은 손으로 눈두덩을 비비며 정신을 차리기 위해 애를 썼다. 눈꺼풀을 간신히 들어 올리자, 옆으로 누워 마주보고 곤히 잠든 여자의 얼굴이 코앞에 와 있었다.

단정한 눈썹에 오뚝한 콧날, 그리고 풍성하게 내려앉은 속눈썹이 눈에 들어왔다. 입술은 여전히 붉고 탐스러웠으며, 뚜렷한 선을 그리고 있는 인중도 그녀의 외모를 한층 더 돋보이게 만들었다. 이렇게 태평한 얼굴로 자고 있는 여자의 얼굴을 보고 있으려니, 간밤의 일이 떠올라 한숨이 절로 흘렀다.

뜨거운 밤을 기대하고 과속까지 하고 달려온 건 아니었지만, 어쨌든 평소보다 빠른 시간 내에 집에 도착했었다. 우리가 먼저 샤워하는 사이 그는 머리맡 스탠드의 조도를 낮춰 분위기도 만들어 두었다. 그런데 하필 그때 중요한 전화가 걸려왔다. 수주가 큰 거래처의 대표이사인데다가 최근 명진의 경쟁 업체에서 한참 물밑 작업 중이라는 얘기가 들려 차마 무시할 수가 없었다.

꽤 길었던 통화가 끝나고 침실에 들어갔을 때, 그녀는 이미 잠들어 있었다. 그래도 그를 기다리기는 했던 것인지, 작정하고 누운 편한 자세는 아니었다. 허무하고 허탈한 마음에 피식 기운 빠진 웃음을 흘려내고 서재로 향했다. 그리고 넘쳐나는 힘을 고작 서류더미에나 쏟아 부었던 것이다.

예쁜 아내의 얼굴을 살펴보고 있으려니 아침부터 뱃속이 간질거리기 시작했다. 만지고 싶었고, 입 맞추고 싶어졌다. 이 붉은 입술을 입안에 담고 마음껏 빨아대고 싶은 마음이 간절했다. 언제부턴가 농밀해진 스킨십에도 별로 거부하는 느낌이 없었으니 서준의 몸과 마음이 부쩍 달아오른 상태였다.

그런 속도 모르고 곤히 잠든 여자를 바라보다가 그의 눈길이 여자의 가슴께에 머물렀다. 볼륨이 꽤 훌륭해 보이는 동그란 가슴. 그를 향해 몸을 옆으로 눕히고 있는 자세라 헐렁한 슬립은 그 가슴을 절반쯤 밖에 가리지 못했고, 풍만한 가슴이 만들어낸 깊은 계곡은 남자의 마음을 뒤흔들기에 충분했다.

하얗고 부드러운 살결이 그를 유혹하고 있었다. 허리쯤에 놓인 남자의 손이 움찔움찔 움직이기 시작했다. 그리고 제 의지와는 상관없이 자연스레 여자의 가슴을 향해 다가갔다.

고운 피부가 손가락 끝에 닿았다. 미지의 세계를 탐험하는 것처럼 그렇게 가슴이 설렜다. 어떤 맛일까, 또 어떤 느낌일까. 머릿속을 가득 채운 궁금함에 더는 참을 수가 없었다.

서준은 손을 펴서 겉으로 드러난 살결을 살살 쓸어내렸다. 그 맞닿은 곳에서부터 심장으로 퍼져오는 찌릿찌릿한 감각은 남자의 몸에 활활 불을 지폈다. 거친 숨을 내뱉었다. 그리고 눈길을 여자의 얼굴로 올리는 순간 그가 흠칫, 몸을 굳혔다.

말간 두 눈동자가 남자를 향하고 있었다. 그리고 가슴에 달라붙어 있는 남자의 뜨거운 체온을 느끼며 그녀의 숨소리도 거칠어지고 있었다.

서준이 상체를 일으켰다. 그리고 손을 조금 더 깊은 곳으로 밀어 넣었다. 더 이상은 참을 여유도, 또 참고 싶은 마음도 없었다. 그저 마음에 충실하고, 본능에 충실해지고 싶었다. 이 사랑스러운 여자를 품에 안고 마음껏 느끼고 싶을 뿐이었다.

그의 입술이 우리의 입술에 맞닿았다. 남자는 말랑하고 부드러운 그 입술을 거세게 입안으로 빨아들이며 손으로 동그란 가슴을 움켜쥐었다. 오랫동안 참아왔던 탓에 몸에 붙은 불은 순식간에 타올랐다.

하체로 피가 쏠리고, 심장은 터질 듯이 쿵쿵거렸다. 이렇듯 한번에 터져 버린 감정은 더 이상 주체할 수가 없었다. 금세 혀가 뒤섞이고 몸이 겹쳐졌다. 그녀도 막을 생각은 없는 것인지 팔을 올려 그의 목을 감고 끌어당겼다.

서준이 입술을 천천히 떼어내며 여자의 눈과 마주했다. 분명 거부하는 몸짓은 아니었지만 그래도 그녀의 마음을 정확하게 알고 싶었다.

여자는 말간 눈으로 그를 주시했다. 얼굴은 붉게 홍조를 띠어 더욱 요염해 보였다. 잠시 그녀의 눈을 들여다보던 서준은 다시 입술을 겹쳤다. 아무 말도 없었지만 그 눈빛만으로도 충분하다고 여겨졌다.

남자의 혀가 다시 우리의 입술 사이를 가르고, 손가락은 가슴

위 수줍게 오른 정점을 살짝 잡아 비틀었다. 그러자 여자의 입에서 작은 신음이 흘러나왔다. 그 소리에 더욱 자극을 받은 서준은 그녀의 어깨에 걸린 가느다란 끈을 잡아 내렸다.

그때였다. 여자의 가슴이 눈앞에 온전히 드러나던 그 순간, 정말 얄궂게도 둘 사이를 방해하는 인터폰 소리가 귓가에 흘러들었다.

"하아! 누구 올 사람 있나?"

서준의 입에서 탄식에 가까운 한숨이 흘러나왔다. 그는 잔뜩 찌푸린 얼굴로 우리에게 물었다.

"아, 어머님께서 오늘 요리사 보내신다고……."

그는 두 눈을 질끈 감았다. 하필이면 오늘이 친구들의 성화에 집들이를 하기로 한 날이었다. 아마도 우리가 힘이 들 것을 염려해 어머니가 요리사를 보내기로 한 모양이었다.

"후우!"

서준은 땅이 꺼지도록 깊게 한숨을 내쉬며 몸을 일으켰다.

"내가 나가볼 테니까, 옷 입고 나와요."

그는 잠옷 위에 가운을 걸치고서 먼저 방을 나갔다. 그런 남자의 뒷모습을 바라보며 그녀도 깊은 숨을 내쉬었다.

서준은 거실 소파에 앉아 음식 준비를 하는 우리의 뒷모습을 훔쳐보느라 정신이 없었다. 돕고 싶은 마음에 주방을 서성여 보기도 했지만, 1분도 채 안 돼 내쫓기고 말았다. 이런 주방일이야 단 한 번도 해 본 적이 없는 사람이라, 마음이 바쁜 그녀의 입장에서는 그의 도움이 방해로 느껴질 수밖에 없었다.

앞치마를 두른 여자가 살랑살랑 움직일 때마다 서준은 심장이

두근거렸다. 더군다나 아침의 일이 내내 여운이 남은 터라 몸이
자꾸만 움찔거렸다. 눈은 신문에 꽂혀 있지만, 머릿속은 오로지
한 가지 생각밖에 없었다. 오늘 만큼은, 오늘 밤 만큼은 절대 봐
주지 않으리라.

부엌일이 얼추 끝이 나고, 친구들이 오기로 한 시간도 거의 다
가와 있었다. 요리사는 일을 마치고 사라지고 다시 둘만 남았다.

커다란 상 두 개를 붙여 놓고, 예쁜 접시에 담긴 음식들을 빈
틈없이 올려놓았다. 꽤 힘이 든 모양인지 우리는 몸을 세우며 주
먹으로 허리를 콩콩 두들겼다.

"고생시켜 미안해요."

"아뇨, 괜찮아요."

밝게 웃으며 대답하는 여자의 몸을 살짝 당겨 끌어안으며 그
가 이마에 입술을 가져갔다. 하지만 그것만으로는 절대 부족했
다. 그는 이마에서 입술을 떼어내고 다시 여자의 입술에 맞대었
다. 반짝거리는 립글로스에 촉촉이 젖은 입술을 살며시 입안에
담았다. 그리고 혀로 그 입술을 살살 핥으며 달콤한 맛을 음미했
다.

9.

제가 먼저였어요

　남자 셋에 여자 하나. 집들이용 선물을 손에 하나씩 든 사람
들이 주차장에 차를 세우고 차 안에서 몸을 내렸다. 휴대폰에 서
준의 주소를 저장해 둔 남자가 동, 호수를 확인하고서 건물 입구
에 들어섰다. 엘리베이터로 이어진 보안 문에서 서준의 세대 번
호를 누르려는 순간 건물 안에서 나오던 웬 학생 덕에 열린 문 안
으로 쉽사리 들어섰다.

　네 사람이 엘리베이터에 올라 11층을 누르고 문이 닫히길 기
다렸다. 그중 유난히 멋을 낸 여자는 입가에 살짝 웃음을 담고
서 있었다. 그리고 남자들은 그런 여자를 불안한 눈빛으로 바라
보았다.

　"정말 괜찮겠냐?"

　뭔가 꺼림칙한 마음에 민우가 조심스레 여자의 눈치를 보며 물

었다. 하지만 여자는 여전히 웃음을 담은 채 그를 향해 고개를 돌렸다.

"다 지난 일이잖아. 뭘 그렇게 신경 써?"

여자는 대수롭지 않다는 투로 대답하고 다시 고개를 돌렸다. 엘리베이터가 11층에 도착하고, 땡 하는 신호음과 함께 문이 열렸다. 네 사람이 함께 발을 내리고, 양쪽으로 마주보고 있는 현관을 두리번거린 후, 왼쪽으로 몸을 틀었다.

"잠깐만, 내가 할게."

여자가 앞으로 불쑥 나서며 벨을 누르려던 민우를 살짝 밀어냈다. 그리고는 도어락 덮개를 열어 거침없이 숫자를 눌러나갔다.

우리의 입술을 빨아대던 서준은 띡띡거리는 도어락 버튼 소리에 얼른 입술을 떼어냈다. 그리고 순식간에 이상한 예감에 사로잡혔다. 우리와 단둘이 사는 신혼집에 비밀번호를 누르는 사람이라니. 어머니나 누나도 사전 연락 없이는 오지 않았다. 그렇다면 비밀번호를 알고 있는 또 다른 한 사람은 최 실장. 하지만 그가 토요일 날 신혼집에 찾아와 제멋대로 번호를 누르고 들어올 몰상식한 인간은 아니다.

그 이상한 예감을 떨치지 못하며, 서준의 발이 성큼성큼 현관으로 향했다. 그리고 그가 앞에 선 순간 잠금장치가 풀리며 문이 스르륵 열렸다.

"어, 정말 열리네? 난 그냥 혹시 해서 눌러본 건데."

환하게 웃는 여자의 얼굴은 사악하고 잔인했다. 그녀의 정체를 확인한 서준은 일순 표정을 굳혔다. 죽은 듯 고요한 정적이 흘렀다. 그 상황에 어느 누구도 입을 열지 못한 채, 마치 시간이 정지한 것처럼 그렇게 서 있었다.

"나…… 그냥 갈까?"

하영이 먼저 어색하게 입을 열었다. 하지만 서준은 대답도 하지 않고 뚫어져라 그녀를 쳐다보았다.

"어서 오세요. 왜 안 들어오시고 서 계세요?"

서준의 뒤에 다가온 우리가 밝은 웃음과 함께 그 정적을 깨뜨렸다. 그제야 친구들은 신발을 벗기 시작했고, 하영이 가장 먼저 거실로 올라섰다. 그녀는 여전히 꼼짝 않고 서 있는 서준의 옆으로 팔을 휙 스치며 지나쳤다. 그리고 뒤따라 올라선 민우가 그의 앞에 다가왔다.

"미안하다. 시영이가 너 집들이한다고 얘기한 모양이야. 내가 계속 말려보긴 했는데……."

강하영과 민우의 아내 시영. 둘은 사촌지간이었다. 그러니 민우가 서준의 집들이에 오는 것은 시영도 당연히 알았을 것이고, 하영은 시영을 통해 전해 들었을 것이다. 하지만 하영이 이곳에 찾아오리라고는 절대 예측하지 못했다. 이미 그녀의 얼굴을 보지 않은 세월이 5년. 이젠 서준이 하영의 소식을 알고 싶지 않은 것처럼, 그녀도 그에 대해서는 관심을 끄고 살고 있을 것이라 생각했었다.

"됐다. 들어가."

어쩔 줄 모르고 서 있는 민우를 들여보내고, 서준은 눈을 질끈 감았다가 떴다. 새가 부리로 머리를 쪼듯 머리 꼭대기에서부터 편두통이 몰려왔다. 하지만 그런 고통도 잠시, 그의 머릿속을 가득 채운 건 여우리라는 여자였다. 서준은 몸을 돌려 주방으로 다가갔다. 혹시 그녀가 눈치챈 건 아닌지, 오로지 그것만이 걱정되기 시작했다.

"이것 좀 도와줄래요?"

우리가 음식이 담긴 쟁반을 서준에게 내밀었다. 그녀의 얼굴에는 아무런 표정이 없었다. 말투도 평상시와 같은 어조로 한 치의 흐트러짐이 없었다. 서준은 심장이 두근거리기 시작했다. 지금 거실에 자리 잡고 앉아 있는 하영보다 이 여자가 백만 배쯤 더 신경 쓰였다.

"우리 씨."

"식사는 다른 분들 다 오시면 시작할 거죠? 일단 맥주부터 몇 병 꺼내 드려요."

서준의 부름에 그녀는 딴청을 부렸다. 그리고 슬쩍 눈길을 돌린다. 그런 모습에서 그는 확신했다. 이미 그녀도 알고 있다는 것을.

"이따가 얘기합시다."

서준은 바늘로 찌르는 듯 따끔거리는 심장을 손으로 지그시 누르며 몸을 돌렸다.

아주 잠시 이 여자와 행복함에 젖어 있었던 아침, 그때 여자의 눈동자에 담긴 제 얼굴을 보며 그렇게 기쁠 수가 없었다. 그리고 그 순간, 두 사람의 마음이 한 곳에 닿았음을 비로소 느꼈었다. 그런데 지금 그의 눈길을 외면하는 그녀의 모습에는 한없이 찬 기운만이 서려 있을 뿐이다.

서준이 술병을 꺼내 준비하는 사이 인터폰이 울리며 몇 명의 친구들이 또 한차례 들이닥쳤다. 집 안은 어느새 시끌벅적 요란해졌고, 하영과 서준의 5년 만의 재회는 그렇게 조용히 묻혀가고 있었다.

"너도 이리 와서 앉아라."

집 구경을 한다며 서재를 두리번거리던 하영을 민우가 불러 앉혔다. 준호는 일이 있어 늦는다는 연락을 해왔고, 나머지는 식사를 하기 시작했다.

서준은 여전히 머리가 무거운 상태였다. 그의 눈이 계속 우리를 좇았지만, 그녀는 서준과 눈을 마주치려 하지 않았다. 우리는 겉으로 티를 내지 않으려 애쓰며, 서준의 친구들이 건네는 말에 간간이 웃음을 지었다.

"훗, 행복한가 봐."

오로지 아내의 뒤를 좇는 서준의 눈길에 하영이 못마땅한 듯 한마디를 툭 던졌다. 그러자 서준이 무섭게 하영을 노려보았고, 그녀는 그의 눈빛을 받아내며 한쪽 입꼬리를 올려 비웃었다.

인터폰이 다시 한 번 울리고, 화면에 준호의 모습이 나타났다. 서준이 버튼을 눌러 문을 열고, 잠시 후 준호가 현관 안으로 들어섰다.

"새신랑, 재미 좋냐?"

준호가 신발을 벗고 올라서며 시답잖은 인사를 건넸다. 그리고 친구들을 향해 인사를 하려던 순간 그의 얼굴이 바짝 굳어졌다.

"강하영! 너 뭐야, 네가 왜 여기 있어!"

준호가 무섭게 소리를 질렀다. 그 목소리에 순식간에 집 안이 싸늘하게 얼어붙었다.

"왜? 내가 못 올 데라도 왔어? 나도 준호 씨처럼 친구로 온 거야. 그렇게 예민하게 굴지 마."

"뭐, 친구? 네가 그런 말 할 자격이 있어? 얼른 안 나가!"

준호가 다시 한 번 버럭 소리를 내질렀다. 그러자 옆에 서 있던 서준이 준호의 팔을 붙잡았다.

"그만 둬. 그냥 앉아라."

"미안한데, 난 그냥 못 앉겠다. 적어도 쓰레기는 치우고 앉아야 하지 않겠냐?"

서준의 말에 준호가 빈정거리며 대답했다. 그리고 하영을 향해 차가운 눈빛을 쏘아붙였다.

"알았어. 갈게, 가."

하영이 가방을 들고 일어서며 서준과 우리를 번갈아 쳐다보았다. 그리고 훗, 콧방귀를 뀌며 입을 열었다.

"그래, 쓰레기는 꺼져줄게. 그리고 그 고결한 인생들은 얼마나 행복하게 잘 사는지도 지켜봐 줄게. 잘 있어."

하영이 서두르지 않고 현관으로 걸어가 문밖으로 사라졌다. 서준은 그런 하영의 모습을 외면한 채 몸을 돌리고 서 있었고, 우리는 주방으로 피해 버렸다.

"시끄럽게 만들어서 미안한데, 난 앉을 자리는 가려서 앉는 편이라서. 쓰레기 뒹구는 데서는 잠깐도 못 있는 성미거든."

준호가 낮게 한마디를 날리고 그제야 자리를 잡고 앉았다. 다른 친구들은 아무런 말도 하지 않았다. 지금의 일이 충분히 이해가 가는 상황이라 입을 열 수가 없었다.

하영과 서준의 일은 모두 익히 알고 있는 것이었다. 하지만 하영이 집들이에 함께 가겠다고 나섰을 때, 이런 일까지는 예상하지 못했다. 하영의 말로는 분명 이제 편해진 사이라고 했기 때문이었다.

우리가 어찌하고 있을지 걱정된 서준은 친구들의 눈길을 뒤로하고 주방을 향해 성큼성큼 걸었다. 이 일을 어떻게 해명해야 할지, 또 이 여자의 마음을 어떻게 풀어줘야 할지 염려되어 눈앞이 캄캄했다.

집들이는 꽤 이른 시각에 끝을 맺었다. 자리를 싸하게 만든 준호가 어떻게든 분위기를 띄워 보려고 노력했지만, 다들 서준의 눈치를 보느라 준호에게 집중을 하지 못했다. 결국 그의 노력은 물거품이 되고, 모두들 일찌감치 몸을 일으켰다.

"미안하다. 내 성질 알잖아. 갑자기 그 얼굴을 보니까 참을 수가 있어야지. 제수씨 괜찮겠냐? 걱정되는데."

"하아! 정말 이럴 땐 어떻게 해야 하나. 방법을 모르겠다."

서준은 친구들을 배웅하고 마지막에 남은 준호에게 한탄하며 속을 내보였다. 그녀와의 관계가 끊어져 버릴 것 같은 불안감. 아직 두텁게 쌓지 못한 정이 그를 더욱 불안하게 만들었다.

"무조건 빌어, 인마. 진심이야 통하겠지. 그럼 난 간다."

준호의 차가 멀어지는 것을 보며 서준은 몸을 돌렸다. 어떻게든 이 난관을 빨리 해결해야만 할 것이다.

친구들을 배웅하기 위해 서준이 나가고, 우리는 소파에 깊게 몸을 묻었다. 빈 그릇이며, 술병이며 정신이 없는 상태였지만, 그런 것에 신경을 쓸 여유가 없었다.

서준의 옛 여자 강하영. 그녀에 대해서는 우리도 익히 알고 있는 일이었다. 그 일은 우리뿐만이 아니라 회사 직원들이라면 거의 대부분이 다 알고 있는 얘기이기도 했다. 그의 비서로 일하게 된 후 2개월쯤, 그때 비서실의 누군가에게 전해들은 것이었다.

"전에 우리 회사에서 제화 쪽으로 사업 확장을 하려고 한 적 있었거든. 그때 당시에 그 여자가 디자인팀 팀장이었어. 소문으로는 대표님하고 유학도 같이 한 사이고, 또 약혼까지 한 사이였다고 하더라고. 그리고 신규 런칭하면서 제화 브랜드는 아예 그 여자한테 떼어줄 거라는 얘기도 있었어. 그런데 있잖아, 제품 출시 하루 전날 다른 업체에서 똑같은 디자인이 딱 나온 거야, 글쎄. 와, 그땐 정말 얼마나 아찔했던지. 아주 회사가 발칵 뒤집혔었어. 근데 정말 기막힌 건, 대표님이 그 무지막지한 손해를 감수하고 제화 사업을 접어버린 거야. 주주들이나 이사진들은 런칭을 뒤로 미루고 빨리 다른 제품으로 뽑아내자고 막 난리를 쳤는데, 대표님이 자기가 모두 감수하겠다고 그러고 확 엎어버렸어. 그 뒤로 그 여자는 아웃되고, 대표님은 그 손실 메우느라 엄청나게 일만 파고들었고. 뭐 그래서 그때부터 일벌레가 된 거래."

남자의 나이 서른여섯. 그 나이를 먹도록 과거가 없을 것이라는 생각은 애초에 해본 적이 없었다. 그 과거를 따져볼 생각 또한 없었다. 그리고 그 여자의 일로 그가 어떤 손해를 입었었는지도 대강은 알고 있었다. 하지만 그 여자가 눈앞에 나타나 이렇게 유치한 일을 벌일 것이라고는 생각해 보질 못했다. 머리로는 모두 이해가 가는 일이긴 하지만 터질 듯한 가슴은 저도 어쩔 수가 없는 일이었다.

"미안해요."

언제 들어왔는지, 그가 우리의 앞에 서 있었다. 그녀는 그의 목소리에 천천히 몸을 일으켰다.

"비밀번호, 의미 있는 건가요? 그 여자랑?"

"아니, 그런 거 아닙니다. 그저 단순히 어렸을 때부터 쓰던 번호예요."

"그래도 조심했었어야죠. 서준 씨 위치일수록, 보안 관련은 더더욱."

이런 식으로 말한다면 꽤 억울하기는 했다. 통장 비밀번호, 카드 비밀번호, 그리고 현관 번호와 그 외에 비서실에서 관리하는 각종 비밀번호들이 혼자만의 것은 아니기에 대부분은 같은 번호를 공유하고 있었다. 하지만 회사의 계약이나 기밀사항 같은 보안자료에 있어서는 누구보다도 철저하게 관리했다. 그게 이미 한 번의 과오가 있었던 탓에 당연히 그럴 수밖에 없었지만 지금 그것을 굳이 따져봐야 분위기만 훨씬 악화될 뿐이다.

"잠깐만 앉아 봐요. 당신한테 할 얘기가 있어요."

몸을 돌리려는 여자의 팔을 서준이 붙잡았다. 들쑤시고 싶지 않은 과거지만 이 여자에게 감추고 싶은 마음은 없었다. 혹시라도 오해가 더 깊어지기 전에, 이제 겨우 가까워진 그 사이가 틀어지기 전에, 어떻게든 막아야 했다.

"그 여자 얘기라면 저도 어느 정도는 알아요. 그리고 당신 과거를 문제 삼고 싶은 생각도 없어요. 다만, 당신 친구들 앞에서 이런 꼴이 된 게 화가 나요. 그러니까 그냥 며칠만 저 좀 놔둬 주세요."

우리는 서준의 손에서 팔을 빼내고 몸을 돌렸다. 그리고 잔뜩 쌓인 설거지를 해결하기 위해 주방을 향했다.

"이런 거 하지 말아요. 그냥 내일 도우미 불러서 하고 머리나 좀 식히러 나갑시다."

뒤를 따라 들어온 서준이 그녀의 손에 든 그릇을 빼앗았다. 하지만 여자는 고집스럽게도 다시 그릇을 빼앗아 들었다.

"저 좀 그냥 두세요. 지금은 이런 거라도 하지 않으면 미쳐 버릴 것 같다고요."

여자의 눈에 눈물이 글썽글썽 고이기 시작했다. 흥분된 마음에 가슴은 크게 오르락내리락했고, 거친 숨소리가 그의 귓가를 아프게 자극했다. 서준은 그녀의 허리 뒤로 손을 뻗으며 앞치마의 매듭을 풀어 벗겨냈다.

"나, 내일 부산 가는 건 기억하고 있습니까? 3일이에요. 오늘 얘기하지 않으면 그 사이에 나는 미쳐 버릴지도 모릅니다."

그가 우리의 손을 찾아 붙잡자 그녀는 그의 손을 매정하게 뿌리쳤다. 하지만 여기서 포기할 수는 없었다. 어떻게든 제 마음을 이 여자에게 알리고 싶었다. 서준의 손이 다시 그녀의 손을 붙잡아 손가락에 깍지를 끼웠다. 이렇게 억지로라도 그녀와 함께해야 한다는 생각에 어쩔 수가 없었다.

손을 꼭 그러쥔 채 주차장으로 내려왔다. 우리를 보조석에 밀어 넣듯 태우고 서준도 얼른 운전석에 올라탔다. 그는 말없이 차를 달렸다. 그리고 곧 도착한 곳은 서울 근교에 위치한 조용한 카페였다. 어둠이 짙은 곳에 은은한 조명만 두 사람을 맞이하고 있었다.

한쪽 구석 조용한 창가에 자리 잡고, 서준은 가벼운 칵테일과 안주를 주문했다. 테이블 위에 켜져 있는 작은 초가 춤을 추듯 불씨를 흔들며, 두 사람의 얼굴에 어리어리한 그림자를 만들어 냈다.

"내가 그 여자를 처음 만난 건 10년쯤 전이에요. 아까 집에 온 민우라는 친구 결혼식에서 만났습니다."

"서준 씨, 난 그 여자 얘기 듣고 싶지 않아요."

서준이 입을 열자 우리가 다급하게 말을 가로막았다. 이미 들은 이야기로 두 사람의 사이가 왜 이렇게 틀어졌는지도 충분히 짐작할 수 있는 일이었다. 그걸 굳이 재확인하고 싶지는 않았다. 게다가 그의 입으로 그 여자 이야기를 하는 것을 듣고 있을 수가 없었다.

"지난 시간, 내가 어떻게 살아왔는지는 궁금하지 않아요? 다른 사람들 통해서 들은 얘기를 온전히 다 믿습니까? 내 얘긴 듣지 않고, 그냥 그렇게 떠도는 소문들로 나에 대해서 다 안다고 말하려는 겁니까?"

"……미안해요."

서준의 말에 우리는 고개를 숙였다. 다 안다고, 다 이해한다고 말한 것은 오만이고 위선이었다. 그의 말처럼 떠도는 소문은 쉽게 믿어버린 채, 정작 본인이 하려는 이야기는 듣지 않으려고 한 것은 분명 잘못된 생각이었다. 그녀는 칵테일 잔을 만지작거리며 조용히 그의 이야기를 기다렸다.

"5년을 만났어요. 많이 사랑했었고, 결혼도 약속했었죠. 사람들 말처럼 유학을 함께 갔던 것은 아닙니다. 서로 공부하는 분야가 달랐고, 거리상으로도 꽤 먼 곳이라 두세 달에 한 번씩 그렇게 만났어요. 아버지가 건강이 악화되시면서 내가 먼저 귀국해서 사업을 맡았고, 난 그 여자와 함께하기 위해 제화 사업에 손을 댔던 겁니다. 소문은 들었다니까, 우리 씨도 알고 있는 얘기일 겁니다. 내가 그 일로 어떤 손해를 봤는지."

그날의 일은 정말 생각만 해도 아찔했다. 브랜드 출시를 하루 앞둔 그날, 경쟁 업체에서 출시된 신상품들은 명진에서 주력으로 만든 디자인이었고, 그 관리는 모두 하영이 맡고 있었다. 조사 끝에 디자인 파일을 넘긴 건 같은 디자인 팀의 강창호라는 남자 대리라는 것이 밝혀졌고, 그는 하영의 대학 후배이기도 했다. 그런데 그가 가지고 있던 파일에는 하영이 대학 때부터 그려온 모든 것이 담겨 있었다. 그리고 그 출처가 하영의 침실에 딸린 데스크탑이라는 것을 서준은 녀석에게 직접 들었다. 그는 잡힌 물고기라도 방치했다가는 어장을 빠져나가는 법이라며 비릿한 웃음을 함께 짓기도 했었다.

믿을 수 없는 현실에 서준은 하영을 다그쳤다. 입을 꼭 다물고 눈물만 흘리던 그녀는 수십 번 반복된 서준의 물음에 결국 믿을 수 없는 대답을 내놓았다.

"미안해, 서준 씨. 하지만 정말 딱 한 번이었어. 나 잘못한 건 아는데, 그냥 용서해 주면 안 돼? 이번 일은 며칠만 미뤄 주면 내가 어떻게든 해결해 볼게. 응? 제발."

　그녀는 차가운 바닥에 무릎을 꿇고 울며 사죄했다. 하지만 서
준은 냉정하게 돌아섰다. 그저 어쩌다 한 번의 실수였다면 차라
리 용서할 수 있을 것 같았다. 그냥 모르는 놈과 술에 취해 이성
을 잃고 원나잇이라도 한 거라면, 그렇다면 눈 꼭 감고 봐줄 수도
있을 것 같았다. 하지만 상대는 하영과 오래 친분을 쌓았던 관
계. 몸만 동한 것이 아니라 그만큼 마음도 함께 움직였다는 얘기
였다. 그래서 서준은 하영을 위해 시작했던 제화 사업을 접기로
마음먹었다. 믿음이란, 한 번 깨져 버리면 절대로 되돌릴 수 없
는 것이다.

　그때의 일이 머릿속에 떠오르자, 서준은 깊은숨을 내쉬었다.
정말 고되고 힘든 시간이었다. 회사에 끼친 손실을 만회하기 위
해 그는 밤낮을 가리지 않고 일을 해댔다. 몸도 많이 망가졌고,
또 스트레스와 정신적인 고통도 힘들었지만, 무엇보다 그를 힘들
게 했었던 것은 믿었던 사람의 배신. 사랑했던 하영의 배신이 그
를 더욱 아프고 못 견디게 만들었다.

　그 일이 있고 얼마 후, 임시 주총이 소집되고 대표이사의 해임
안이 결의되었다. 하지만 아버지의 손으로 어렵게 일으킨 회사를
이런 식으로 망칠 수는 없었다. 서준은 계획하던 아이템을 다급
히 구체화하고, 주주들을 찾아다니며 설득시키느라 여념이 없었
다. 다행히도 아버지와 함께 회사를 일으켰던 대주주들의 지원
으로 겨우 해임을 면하고, 손실을 메우기 위해 죽어라 일에만 전
념하며 살아왔던 것이다.

낮은 목소리로 어렵게 이야기를 끝낸 서준은 눈앞에 놓인 알코올을 단번에 들이켰다. 하지만 타는 갈증이 그것으로 해결되지는 않았다.

"그 당시, 그 여잔 용서를 구하겠다고 수십 번 날 찾아왔었습니다. 하지만 난 다시 보고 싶지 않았어요. 그 여자는 결국 미국으로 떠나 버렸고, 그렇게 연락을 끊은 지 5년이 지났어요."

남자의 고백에 우리는 눈물을 글썽였다. 이 남자도 저 못지않게 큰 아픔을 지닌 사람이었다. 그녀는 천천히 손을 뻗어 서준의 손 위에 올렸다.

서준이 고개를 들어 여자를 마주 보았다. 그와 눈이 마주치자 그녀는 살짝 고개를 숙여 그의 눈을 피했다. 눈에 맺힌 눈물을 그에게 보이기가 싫어서였다.

서준은 우리의 손 밑에 놓인 제 손을 빼내어 그녀의 손 위에 다시 얹었다. 그리고 힘을 주어 여자의 손을 꼭 그러쥐었다. 이해해 주어서 고맙다는 무언의 감사, 그리고 사랑한다는 그 말 대신이었다.

집으로 돌아와 침대에 몸을 뉘었다. 몸도 마음도 너무 지쳐 버린 힘든 하루였다. 기진맥진한 몸에 술까지 곁들였던 터라 정말 손가락 하나 까딱할 수가 없었다.

우리는 서준의 팔을 베고서 가만히 눈을 감았다. 여전히 복잡한 머릿속은 지끈거렸고, 몸은 침대 위로 축축 늘어졌다. 그는 우리를 조심스럽게 감싸 안았다. 그리고 여자의 정수리에 입술을 맞대고 그대로 잠을 청했다.

"잘 잤어요?"

기지개를 켜며 방을 나서던 서정은 남자의 목소리에 화들짝 놀랐다. 2층 소파에서 신문을 읽던 기범이 그녀를 밝은 웃음으로 반겼다.

엄마의 황당한 제안이 있던 그날, 서정은 엄마와 그가 한통속이 되어 미리 일을 꾸몄다는 것을 뒤늦게 알아차렸다. 그리고 바로 어제 오후, 기범은 짐을 싸들고서 서정의 집에 들어왔다. 그 모습을 본 서정은 방에 들어가 내내 콕 처박혀 있었고, 어찌할까 하는 생각에 밤새 발을 동동 굴렀었다. 하지만 새벽이 되어서 잠이 들고는 그 사실을 까맣게 잊고 있었던 것이다.

그녀는 기지개를 켜던 팔을 얼른 내려 손가락으로 눈가를 훑었다. 침대에서 일어나 눈곱도 떼지 않고 나온 모습을 그에게 보였다는 것이 미치도록 민망했다. 그런 여자의 모습을 웃음 띤 얼굴로 바라보던 기범이 소파에서 몸을 일으켰다.

"자고 일어난 모습도 예쁘네요. 같이 잤으면 더 좋았을 걸 그랬네."

코앞까지 다가온 남자가 능글맞은 얼굴로 미소를 지었다. 그 소리에 더욱 얼굴이 붉어진 서정은 그를 피해 한걸음 뒤로 물러섰다.

"왜 이래요? 집에 엄마도 있는데 말은 좀 가려서……."

서정이 당황스러움에 말을 더듬었다. 그리고 계단 아래쪽으로 시선을 던졌다. 그렇게 쳐다본들 그 위치에서 1층이 보일 리는 없지만 그래도 마음이 불안한 탓이다.

"아, 몰랐어요? 사모님 안 계시는데."

"네? 엄마 없어요? 아침부터 어딜 갔기에?"

"친구분들이랑 유럽여행 가기로 하셨답니다. 한 보름 있다가 오신다고 해서 제가 새벽에 공항까지 모셔다 드리고 왔습니다만."

놀란 토끼처럼 동그랗게 눈을 뜨고 묻는 서정의 반응에 기범은 억지로 웃음을 참아가며 대답했다. 오늘부터 보름간 이 집에는 그와 서정 외에 아무도 없다는 얘기다.

"이것도 엄마랑 짠 거예요? 최 실장님 대체 왜 이래요? 난 결혼 같은 거 하기 싫다고 했잖아요."

서정은 세차게 고개를 흔들며 얘기했다. 몇 번을 말했는데도 막무가내로 밀어붙이는 엄마와 기범이 이해가 가지 않았다.

"결혼이 대체 왜 그렇게 싫은데요? 그 이유를 말해 봐요. 설마 내가 옛날 그 남자랑 같을 거라고 생각하는 겁니까?"

"아니라는 건 알아요. 하지만 난 그냥 결혼 자체가 싫어요. 이젠 누군가한테 얽매여 사는 거 싫다고요. 애초에 이런 마음으로 실장님 만난 건 미안해요. 난 실장님이 나하고 결혼까지 생각할 줄은 정말 꿈에도 몰랐어요. 그땐 그냥 누가 날 좋아해 준다는 게 너무 좋아서……."

"그래요, 나 서정 씨 많이 좋아해요. 서정 씨가 생각하는 것보다 훨씬 많이. 그래서 나도 생전 처음으로 결혼하고 싶다는 생각했습니다. 그런데 서정 씨가 이렇게 무턱대고 밀어내면 내가 얼마나 아플지는 생각해 봤습니까?"

기범은 낮은 목소리로 얘기하며 우울한 표정을 지었다. 많이 좋아한다는 그 말은 진심이었다. 물론 아프다는 말도.

서정은 고개를 숙였다. 가슴이 아픈 것은 저도 마찬가지다. 이 남자를 세차게 밀어내고는 있지만 쉽지는 않았다. 자꾸 심장 한 곳을 송곳으로 쑤시는 듯 가슴이 찌르르하게 아팠다. 그럼에도 그보다 먼저 앞서는 두려움.

누구도 저를 사랑해 준 적이 없는 것처럼 이 남자도 곧 변할 것이 분명하다는 생각. 조금 반반한 얼굴 외엔 모조리 단점뿐인 자신을 그리 오래 사랑해 줄 리가 없다. 그나마도 나이 마흔. 외모는 곧 시들어 버릴 것이고, 마음이 변한 사람을 붙잡고 결혼이라는 족쇄 때문에 또다시 감옥 같은 생활을 하고 싶지는 않았다.

"아픈 건 잠깐일 거예요. 지금 잠깐 참기 힘들다고 또 같은 실수를 반복하고 싶진 않다고요. 그러니까 제발 나 좀 그냥 놔둬요."

서정은 눈물을 글썽였다. 자꾸만 지난 과거가 떠올라 참을 수가 없었다. 그녀는 방으로 다시 들어가 문을 잠갔다.

낮 시간을 우리와 함께 보내고, 서준은 부산 출장을 위해 저녁 무렵 준비를 하고 집을 나섰다. 우리가 그를 배웅하겠다며 아파트 주차장까지 따라 내려왔다. 서준의 차 앞에는 기범이 이미 도착해 그를 기다리고 있었다. 기범은 두 사람이 가까이 다가오자 고개를 숙여 인사하고 먼저 운전석에 올랐다.

"잘 다녀오세요."

"그래요, 가서 전화할게요."

우리와 인사를 마치고도 서준은 차에 얼른 오르지 못하고 미적거렸다. 오전에 나가 함께 영화를 보고 외식도 하고, 이래저래

같이 시간을 보냈는데도 여전히 아쉬움이 남았다. 더군다나 하영 때문에 불화가 있었던 상태에서 바로 출장을 가려니 그것도 불안했다.

아직 완벽히 해소하지 못하고 남아 있는 그 앙금과 또 자신이 없는 사이 무슨 일이 생기지는 않을까 하는 불안감. 그것이 그의 발목을 붙잡고 늘어졌다.

"실장님 기다리세요."

제 손을 잡고 갈 생각을 하지 않는 서준을 우리가 독촉했다. 조금이나마 마음을 놓을 수 있도록 그를 향해 환하게 웃어 보였다.

서준이 고개를 돌려 기범을 흘깃 쳐다보고는 얼른 우리의 이마에 입술을 내렸다. 신혼부부야 이런 장면을 연출하는 것이 지극히 자연스러운 일이지만, 사람들 앞에서 이런 행동을 해본 적이 없었기에 그것도 쉽지 않았다.

"그럼 갑니다."

서준이 차에 올라타고, 기범은 시동을 걸었다. 차가 천천히 주차장을 빠져나가며 여자의 모습이 점점 멀어졌다. 서준은 백미러로 끝까지 그녀의 모습을 지켜보며 아쉬운 마음을 깊은 한숨으로 달랬다.

서준이 없는 집안은 쓸쓸했다. 그가 없는 탓에 퇴근 시간도 유독 빨랐던 터라 그 허한 마음이 더했다. 이럴 줄 알았다면, 그가 떠나기 전에 먼저 안아줄 것을. 우리의 마음속에 후회가 몰려왔다.

휴대폰 알림음에 우리는 액정을 확인했다. 서준이 보낸 문자

메시지였다. 마음이 편치 않았는지 그는 짬만 나면 전화를 하고 문자를 보냈다. 그녀는 저녁은 먹었느냐고 물어오는 남자에게 답장을 보내고 소파에서 일어섰다. 허전하고 외로운 시간을 어떻게 보낼까 잠시 고민하다가 서재로 발걸음을 옮겼다.

빼곡히 책이 꽂혀 있는 책장 앞에 서서 우리는 제목을 주시하며 훑어나갔다. 그러다가 문득 한 곳에 눈이 머물더니 손이 천천히 그 앞으로 나아갔다. 대부분이 경제서적이나 고전문학이라 표지 또한 어둡고 검은 것이었다. 그런데 핑크색에 화려한 표지를 가진 책 한 권이 반쯤 몸을 비집고 삐져나와 있었다. 마치 누군가가 눈에 띄기를 바라는 마음에 일부러 삐딱하게 놓은 듯, 그런 모양새였다.

우리는 그 책을 잡아 빼내었다. 그러자 그 사이에서 무언가가 툭하고 바닥으로 떨어졌다. 그녀의 시선이 아래를 향했다. 시커먼 뒷면을 내보이고 있는 폴라로이드 사진 한 장. 우리는 손을 뻗어 그것을 집어 들었다.

손이 부들부들 떨렸다. 눈동자는 사진속의 두 사람을 응시한 채 파도에 휩싸인 돛단배처럼 흔들렸다. 행복한 표정의 서준과 그의 볼에 입술을 맞대고 있는 여자 강하영. 그 누가 보더라도 아주 다정한 한 쌍의 연인이었다.

이 남자가 이런 얼굴을 보인 적이 있었던가. 이 남자도 이런 표정을 가지고 있는 사람이었던가. 사진을 노려보던 우리는 기가 막혔다. 저는 한 번도 본 적 없는 그의 밝은 얼굴이 그 여자를 향하고 있었다. 순식간에 질투에 휩싸였고, 화가 치밀어 올랐다. 우리는 있는 힘을 다해 사진을 꼭 움켜쥐었다.

"하!"

기가 막혀 헛웃음이 흘러나왔다. 며칠 전 집들이를 하던 그날 서재 주변을 서성거리던 그 여자의 모습이 순간 떠올랐다. 우리는 손을 펴서 잔뜩 구겨진 사진을 내려다보았다. 틀림없는 그 여자의 짓이었다. 누가 봐도 명백한. 백 번 머리를 굴려도 달리 생각할 수가 없는 일이었다.

우리는 깊게 심호흡을 하며 떨리는 마음을 천천히 가라앉혔다. 이런 일일수록 침착하고 냉정하게 판단해야 탈이 없다. 눈을 감고, 길게 숨을 내쉬며 머릿속에 서준을 애써 떠올렸다. 그날 밤, 카페에서 그 여자와의 일들을 힘들게 고백하던 그의 슬픈 표정. 서준에게 그 여자는 지난 일이었고, 그가 가진 아픔일 뿐이었다.

흔들리지 말자, 흔들리지 말자. 우리는 입으로 작게 중얼거리며 눈을 떴다. 그리고 주방으로 떨리는 다리를 옮겼다. 사진을 인덕션 위에 던지듯 올려놓고 스위치를 돌려 전원을 넣었다. 빨갛게 열이 올라오고, 시간이 지나자 하얀 연기가 솔솔 피어오르기 시작했다. 어느덧 연기의 색이 점점 짙어져가며, 밝게 웃고 있는 사진속의 남녀도 서서히 모습을 잃어가고 있었다. 이미 그녀가 알고 있는 그의 과거는 질투와 시기의 대상이 아닌, 단지 그녀가 보듬어주어야 할 상처였다. 이런 의미 없는 사진을 두고 마음을 끓이기에는 그 남자를 향한 제 마음이 너무도 커져 있었다.

사진은 어느새 까맣게 그을려 처음의 모습을 완전히 잃어버렸다. 그것을 보며 우리는 쓰게 미소를 지었다. 절대 그 여자가 바라는 대로 흔들려 줄 생각은 없었다.

클럽에 출근하던 준호는 로비에서 우연히 하영의 모습을 발견하고 그녀의 손목을 잡아챘다. 하영이 이곳에 머물고 있다면 그 이유는 분명 하나뿐일 것이다. 서준이 준호를 만나기 위해 가끔 들락거리는 곳이라는 그 이유.

준호는 하영을 억지로 끌고 커피숍으로 자리를 옮겼다. 잠깐이라도 쳐다보고 싶지 않은 얼굴이지만 서준을 위해서라면 조금쯤은 참아 줄 수 있었다.

"대체 무슨 생각인 거냐?"

그는 하영을 매서운 눈으로 노려보았다. 그리고 물었다.

"훗! 뭐가?"

하영은 콧방귀를 뀌며 되물었다. 물론 그 질문의 요지를 모르는 것은 아니다. 하지만 제3자인 준호에게 얘기하고 싶지 않다는 뜻이었다.

"무슨 생각으로 서준이 앞에 다시 나타난 거냐고! 너 때문에 그 녀석 그렇게 망가지고 이제 겨우 숨 좀 쉬고 살려는데, 왜 또 이래!"

준호가 흥분하며 소리쳤다. 최대한 침착하려고 했는데도 성격상 그게 잘 되지 않았다. 더군다나 형제와 다름없는 서준의 일이라면 제 일보다 더 신경이 쓰였다.

"망가진 게 그 정도였어? 회사 바로잡고, 결혼하고? 그럼 내 인생은 뭔데? 그때 일 때문에 아무리 실력을 키워도 날 원하는 곳이 없어. 가족들도, 친구들도 전부 내 잘못이라고만 하고, 내 나라에서 고개 들고 다니기가 힘들어서 들어와 살지도 못해."

다그치는 준호에게 하영은 가당치 않다는 듯 입가에 조소를 띠고 대답했다. 하지만 들을 가치도 없다는 듯 준호의 말이 그녀의 말을 가로막았다.

"그거야 네 잘못이 맞으니까. 네가 서준이 배신만 하지 않았어도 그런 일은 없었어."

"하! 모든 게 다 내 탓이지? 그건 너무 이기적이라고 생각하지 않아? 나 너무 외로웠어. 서준 씨한테는 늘 일뿐이었고, 난 매번 뒷전이었어. 그런 사람 바라만 보고 있는 것도 지치고 힘들더라. 실수는 정말 잠깐이야. 그런 상황에서 다정하게 위로해 주는 사람한테 넘어가지 않을 여자는 없어. 내 입장 한 번만 생각해 줬어도, 날 그렇게 내치지만 않았어도, 서로 이렇게 힘들진 않았을 거야."

하영은 표정을 싹 지우고서 냉랭하게 대답했다. 자신에게도 할 말은 있다고 늘 생각했다. 새 브랜드 출시를 앞두고 몸도 마음도 너무 지치고 힘들었다. 그렇게 힘들 때 생각나는 사람은 늘 서준이었다. 그에게 안기고 싶었고, 위로받고 싶었다. 하지만 서준은 그리 다정한 남자는 아니었다. 애정 표현도 인색했고, 자신보다는 늘 일이 먼저인 사람이었다. 그래서 항상 안달 나서 매달리는 쪽은 자신이었다.

브랜드 출시 때문에 스트레스가 극에 달했을 때였다. 그날도 하영은 서준에게 매달렸다. 위로받고 싶은 마음에 그의 사무실을 찾았지만, 그는 여전히 일 타령이었다. 잠깐 짬을 내서 차를 한잔 마시고 자신을 보내려는 남자의 입술을 베어 물었다. 그리고 그의 중심에 손을 올리며 진하게 유혹했지만, 그는 하영의 손을 떼어내며 정색하였다.

　"여기 사무실이야, 왜 이래."

　자존심이 상했다. 화가 나기도 했고, 남자의 마음이 변한 것은
아닌지 의심스럽기도 했다. 워낙 바르고 반듯한 사람이라 장소를
가린다는 것은 알지만, 밤늦은 시각이었다. 건물 전체에 직원들
도 거의 퇴근한 상태였고, 비서마저 자리에 없었다. 딱히 관계를
못 할 이유는 없었지만, 그냥 적당한 스킨십으로 기분만 맞추어
주었더라도 그 악몽 같은 일은 일어나지 않았을 것이다.

　울컥하는 마음에 하영은 그를 뒤로하고 바에 찾아갔다. 독한
술을 몇 잔 퍼붓고 창호에게 전화를 걸었다. 그 밤에도 그는 기꺼
운 마음으로 달려 나와 그녀를 위로해 주고 달래주었다. 취했다
며 집까지 바래다주겠다는 남자를 굳이 내치지 않았다. 그리고
남자가 품 안으로 천천히 끌어당겼을 때 하영은 모른 척 안겨 버
렸다.

　옛 생각에 머릿속이 복잡해진 하영은 자신을 노려보고 있는
준호를 두고 자리에서 일어섰다. 당사자도 아닌 남자에게 굳이
이해해 달라 말할 필요도 없었고, 그렇게 기운을 빼고 싶지도 않
았다.

　"그냥 장난 좀 쳐본 것뿐이야. 그렇게 예민할 필요 없잖아. 설
마 그 정도 장난으로 흔들릴 사이라면 애초에 그만두는 게 낫지
않겠어? 5년 사랑도 순식간이고 물거품이야. 난 그냥, 그 여자와
의 사랑은 얼마나 대단한지 그게 궁금했을 뿐이야."

하영이 다시 얼굴에 조소를 담으며 뒤로 돌아섰다. 그리고 가벼운 구두 소리를 내며 자리를 벗어났다.

"강하영! 서준이 잘못되면 넌 내가 가만 안 둬!"

뒤에서 들려오는 준호의 외침에 하영은 잠시 발을 멈추었다. 하지만 뒤를 돌아보지는 않았다.

서재에 두고 온 특별 선물을 아직 발견하지 못한 것일까? 그 후로도 서준에게서는 아무런 연락이 없었다. 그냥 이렇게 묻혀 버린다면 얼굴에 철판을 깔고 그의 집들이에 간 일이 모두 허사가 되는 것이다. 눈물과 후회, 그리고 저를 휴지조각 버리듯 팽개쳐 버린 서준에 대한 미움으로 입술을 깨물며 살아온 시간이 5년이었다.

물론, 제 잘못이 더 큰 탓에 복수를 한다기보다는 그냥 그 남자도 조금은 망가져 주길 바랐다. 그런데 그의 회사는 얼마 지나지 않아 다시 정상 궤도를 달렸고, 또 지금은 다른 여자를 만나 결혼까지 했다는 것에 화가 났다. 원래는 자신이 지키고 있어야 할 자리. 되돌리는 것은 불가능하더라도, 다른 여자에게 쉬이 내어 줄 수는 없었다.

호텔에서 나온 하영은 택시를 잡아타고 서준의 회사로 향했다. 집들이를 했던 날에 이어 사진까지 모두 무시를 당한 것 같아 마음이 잔뜩 비틀려 있었다. 거기에 준호까지 화를 돋웠으니 참고 있을 수가 없었다.

서준의 사무실 앞에 도착한 하영은 형식적으로 노크를 하고 바로 문을 열었다. 그리고 그 순간 자리를 지키고 있던 서준의 비서와 눈이 딱 마주쳤다.

"뭐야, 겨우 비서였어?"

생각지도 못했던 일에 놀라기는 했지만, 그것도 아주 잠시였다. 어쩌면 서준을 만나는 것보다 훨씬 효과적일 수도 있었다. 더군다나 신혼집 비밀번호를 풀고 들어오는 남편의 옛 여자를 철저히 무시해 버린 정도라면 상대하기에 심심치도 않을 것 같았다.

"대표님은 출장 중이십니다. 약속은 하고 오셨나요?"

놀란 모습으로 보아 서준이 비서와 결혼했다는 얘기까지는 듣지 못하고 찾아온 모양이다. 우리는 떨리는 심장을 감추며, 최대한 사무적으로 입을 열었다.

"나 그 남자랑 약속하고 들락거리던 사이 아닌데."

하영이 한쪽 입꼬리를 슬며시 끌어올렸다. 그리고 같잖다는 듯 대답했다.

"아, 그랬나요? 그런데 출장 가신 것도 몰랐다고요? 참 대단한 사이였네요?"

여자도 만만치 않았다. 화를 내기보다는 오히려 한껏 여유 있는 표정으로 또박또박 내뱉는 말투에 하영은 약이 올랐다. 생김새에서 그리 만만치 않을 것을 예상하긴 했지만, 생각보다 좀 더 강적인 것 같았다. 하영은 사무실을 천천히 둘러보며 소파에 자리를 잡고 앉았다.

"뭐 별로 변한 것도 없네. 비서 바뀐 거 빼곤."

하영이 다리를 꼬아 올리며 소파에 깊게 몸을 묻었다. 마치 익숙하고 편안한 곳에 왔다는 듯 그런 동작이었다.

"예전 비서랑은 참 다르네. 무슨 손님 접대를 이렇게 해? 나 시원한 거 한 잔만 줄래?"

하영은 고개를 삐딱하게 기울여 우리를 살짝 흘기듯 보며 말했다. 겨우 비서인 주제에 안주인 행세라니. 원래 제 자리였어야 할 곳을 떡하니 차지하고 있던 그 모습을 생각하니 속이 부글부글 끓어올랐다.

"아, 죄송해요. 약속하고 다니던 사이가 아니라기에 손님인 줄은 몰랐네요."

우리는 여자를 향해 대답하고 탕비실로 몸을 움직였다. 글라스에 냉수를 가득 채우고 얼음까지 몇 개 동동 띄워 하영에게 다가갔다. 그녀의 앞에 컵을 탁! 소리가 나도록 내려놓으며 고개를 삐딱하게 하영의 방향으로 기울였다.

"냉수 먹고, 빨리 속 차리는 게 좋을 거예요."

입가에 절제된 웃음을 담고, 낮고 가볍지 않은 말투로 한마디를 날렸다. 그녀의 말에, 그리고 그 냉정한 표정과 목소리에 하영은 손을 부들부들 떨었다. 정말 기가 막혀 입이 다물어지지 않았다. 흥분을 하면 감추지 못하는 성격이라 하영은 최대한 감정을 자제하기 위해 이를 악물었다.

"내가 준 선물은 아직 못 봤나 보지?"

하영이 우리를 향해 고양이처럼 눈을 흘겼다. 그리고 날카롭게 물었다. 손톱을 세워, 흔들림 없는 얄미운 얼굴을 확 할퀴어 주고 싶지만, 최대한 여유롭게 보이기 위해 간신히 참아냈다. 자존심을 건 싸움이었다. 이럴 때는 먼저 흥분하거나 화를 내는 쪽이 오히려 지는 법. 대신 심장에 생채기를 내주리라 하영은 마음먹었다.

"아, 그 사진 말이군요. 고마워요. 덕분에 어린 시절 떠올리면

서 불장난 좀 했어요."

사진을 언급하는 것을 보면 분명 발견했다는 얘기였다. 그런데도 저 얄미운 여자는 아무런 문제가 없다는 듯 하영을 보며 밝게 웃고 있었다. 결국 흥분을 감추지 못한 그녀가 숨을 가쁘게 내뱉었다.

정말 저렇게 여우 같은 여자는 난생처음이었다. 처세술에서는 남들에게 지지 않는 편이었는데도, 한마디 한마디를 더해갈수록 자신이 더 밀리고 있는 것이 분명했다. 하영은 떨리는 손을 감추지 못하고 냉수를 들어 벌컥벌컥 들이켰다.

"이제 저 일해야 하는데. 할 얘기 끝났으면 가보시죠?"

자리에 바르게 앉아 있던 우리는 출입문 쪽을 눈짓으로 가리키며, 하영에게 퇴장을 요구했다. 이미 잔뜩 흥분한 상태에서 머릿속이 하얘져 아무런 말도 떠오르지 않던 하영은 몸을 벌떡 일으켰다. 사진 얘기에도 저렇게 태연한 표정으로 태워 버렸다고 하는데, 시간을 더 지체해 봐야 별다른 뾰족한 수가 없을 것 같았다.

"그래, 얼마나 오래 잘 사는지 지켜볼게. 너도 그런 목석 같은 남자랑 살면 쉽진 않을걸? 매번 매달리고 구걸하는 느낌, 한번 겪어 봐."

"잘 모르나 본데, 목석 같은 남자가 오히려 더 쉬워요. 매달리기 싫으면 매달리도록 만들면 되죠."

우리는 아무 문제없다는 듯 다시 한 번 하영을 향해 웃음을 보였다. 마지막까지 제 뜻대로 그녀를 짓밟지 못한 하영은 성질을 이기지 못해 쾅 하고 문이 부서질 듯 거세게 닫고 사라졌다.

하영이 나가고 우리는 끓어오르는 속을 참기 위해 입술을 꼭 깨물었다. 최대한 속을 내보이지 않고 침착해지려고 정말 죽을 만큼 애를 썼다. 그럼에도 흥분으로 얼음장처럼 차가워진 손 때문에 아무런 일도 할 수가 없었다.

우리는 하영이 방금 전까지 앉아 있던 소파로 매섭게 눈을 돌렸다. 그 여자가 남긴 빨간 립스틱 자국이 선명한 글라스가 신경에 거슬렸다.

자리에서 벌떡 일어선 그녀는 소파로 재빠르게 걸어가 잔을 집어 들었다. 그리고 거센 팔놀림으로 하얀 벽을 향해 내던지고, 곧이어 챙 하는 파열음과 함께 바닥으로 유리조각이 산산이 흩어졌다.

그 후로는 시간이 어떻게 지났는지 알 수가 없었다. 분노한 감정을 다스리느라 일이고 뭐고 전부 내팽개친 상태였다. 힘겹게 마음을 가라앉히고서도 그 여자의 얼굴이 떠오를 때마다 심장이 터져 버릴 것만 같았다.

겨우겨우 하루 일과가 끝이 나고, 우리는 바로 몸을 일으켰다. 오늘만큼은 꾹꾹 눌러온 그 분노를 훨훨 털어버려야 할 것 같았다. 시원스레 속을 비워내고, 아무 일도 없었던 것처럼 그렇게 서준을 맞이하고 싶었다.

집에 도착해 그녀는 옷장을 열고 옷걸이를 뒤적였다. 그리고 가느다란 어깨끈이 달린 원피스를 꺼내들었다. 옷을 갈아입고서 그 위로 얇은 카디건을 걸친 채, 다시 집을 나섰다.

"나 친구들이랑 영화 보려고요. 전화 꺼둘 거예요."

어쩔 수 없이 그렇게 거짓말을 하고, 휴대폰을 껐다. 그녀는 애써 마음을 가다듬으며 감정을 표출하지 않기 위해 노력했다. 그의 목소리를 듣고 있으려니 자꾸만 눈물이 차올라 통화조차 하기가 힘들었다.

그리고 달려온 곳이 바로 이곳 킹스 호텔 클럽이었다.

현란하게 번쩍이는 사이키조명과 쿵쿵거리는 음악소리에 우리는 몸을 내맡겼다. 정신없이 몸을 흔들어대며, 종일 끓어오르던 속을 그렇게 가라앉혔다. 금요일이 아니면 웬만해선 발걸음을 하지 않던 곳이었지만, 오늘만큼은 정말 참을 수가 없었다.

몇 시간을 그곳에서 몸을 흔들고 나자 서서히 마음도 안정되어 가고 있었다. 그렇게 춤을 추다 보니 밤이 깊고, 어느새 스테이지는 인산인해가 되어 꼼짝을 할 수가 없었다. 남자들이 그녀에게 달싹 달라붙어 여기저기서 몸을 비벼대기 시작했다. 겨우 마음을 비우고 정신이 든 우리는 짜증이 일기 시작했다.

끈적하게 들러붙는 남자들 사이를 헤치고 스테이지를 벗어나 테이블에 앉았다. 시원한 맥주 한 잔으로 열을 식히고서 손목을 들어 시계를 확인했다. 생각보다 훨씬 더 늦어버린 시각. 그녀는 집으로 가기 위해 클럽을 나섰다.

"어!"

가방을 찾아 계산을 마치고 출구를 빠져나왔을 때였다. 생각지 못한 상황에 그녀는 발을 우뚝 멈췄다. 밖에는 비가 세차게 내리고 있었다. 순간 당황한 여자는 가슴이 콩닥거리기 시작했다. 비를 예상하지 못해 우산이 없다는 것도 문제였지만, 아침에 언뜻 지나치며 들었던 일기예보. 그리고 그 순간 여지없이 우르르 쾅 하는 거센 소리와 함께 하늘이 번쩍거렸다.

"악!"

놀란 우리가 크게 비명을 질렀다. 무섭고 두려워 눈물이 났다. 꽝꽝거리는 소리 때문에 심장이 멎을 것만 같았다. 번쩍거리는 번개 불빛과 함께 피를 흘리며 숨을 쉬지 않던 엄마아빠의 얼굴이 머릿속에서 번뜩이고, 공포에 젖은 여자의 얼굴은 하얗게 질려 있었다.

우르르 쾅!

다시 한 번 커다란 천둥소리에 우리가 비명을 지르며 귀를 막고 몸을 웅크렸다. 눈을 꼭 감고 이를 악무는 그 순간, 누군가가 그녀를 번쩍 안아 올렸다.

몸이 허공으로 붕 뜨는 느낌이 들어, 우리는 꼭 감고 있던 눈을 떴다. 익숙한 눈빛이 그녀를 깊게 바라보고 있었다. 누군지를 확인한 우리는 그 품으로 깊게 파고들며 다시 눈을 감았다.

몇 시간 전의 일이었다. 우리와 통화를 마치고, 서준은 주머니에 손을 꽂은 채 창밖을 내다보았다. 아직 해가 떨어질 만한 시간이 아닌데도, 먹구름 탓에 세상이 온통 새까맸다. 아침에 식사를 하면서 들었던 일기예보가 그의 심기를 계속 어지럽혔다.

[오늘 밤은 전국적으로 비가 내리겠습니다. 천둥번개를 동반한 강한 비가 예상되오니…….]

"최 실장님, 혹시 지금 바로 탑승 가능한 비행기 편이 있는지 좀 알아봐 주시겠습니까?"

전화를 끊고부터 서준은 고민했다. 하지만 답은 역시 하나. 그녀에게 가야만 한다는 생각이 그를 강하게 지배했다.

"예? 서울로 올라가시려고요?"

깜짝 놀란 기범이 눈을 크게 뜨고 되물었다. 부산에서의 일정이 아직 하루 남아 있는 상태라 서준의 의중을 파악하기가 어려웠다.

"예, 좀 알아봐 주십시오. 아무래도 올라가야 할 것 같습니다. 그리고 내일 일정은 실장님께서 수고 좀 해주셨으면 합니다."

"예, 그거야 뭐 어려운 건 아닙니다만. 일단 항공권부터 확인해 보겠습니다."

기범이 휴대폰을 들고 전화를 걸었다. 그리고 몇 마디 통화 끝에 전화를 끊고 서준을 바라보았다.

"대표님, 오늘 기상 악화로 항공스케줄이 전부 취소되었다고 합니다. 꼭 가셔야 한다면 내일 새벽에 출발하심이……."

"죄송하지만, 지금 사용할 수 있는 회사 차량이 있는지도 한번 알아봐 주십시오. 지금 꼭 가야겠습니다."

서울에서 내려올 때는 비행기를 이용했으니, 그의 차는 김포공항 주차장에 얌전히 모셔져 있는 상태였다. 그것만 아니었더라도, 마음처럼 이미 몸도 서울을 향해 달려가고 있을 터였다.

"하지만 대표님, 지금 기상 상황이 좋지 않습니다. 이런 날씨에 운전하시는 것도 쉽지 않으실 텐데요."

서준이 고개를 돌려 기범을 바라보았다. 마주친 그의 눈빛은 흔들림 없이 단호했다. 더 이상 토 달지 말고 바로 실행해 달라는 무언의 압박, 그것과 같았다.

"부탁합니다."

다시 한 번 서준의 음성이 무겁게 떨어졌다. 기범은 알겠다는 뜻으로 고개를 꾸벅이고 뒤를 돌아 문을 나섰다.

20여 분 후, 기범이 호텔 주차장에 차량을 준비해 두었다는 소식을 전했다. 서준은 이미 정리해 둔 가방을 들고 방을 나섰다.

"운전 조심하십시오."

"걱정 마세요."

그렇게 차를 출발시켰다. 금세 고속도로에 차가 들어서고, 그는 속도를 올려 서울로 향했다. 지난번, 천둥소리에 제 품으로 뛰어든 여자가 눈앞에 자꾸만 떠올랐다. 아침에 일기예보를 듣고 온종일 신경이 쓰여 일이 제대로 손에 잡히지 않았다. 회의를 하는 도중에도 발표자의 이야기를 몇 번 놓치기도 했다. 일에 있어서는 좀처럼 이런 실수를 한 적이 없었다. 하지만 지금 당장은 일보다 아내의 안위가 훨씬 더 중요했다. 어딘지 모르게 불안한 목소리. 떨리는 그 음성이 서준의 심장을 욱신거리게 했다. 평소와 뭔가 달랐다. 별 일 없다고 그녀는 몇 번을 반복해 말하지만, 왠지 느낌이 그랬다.

휴게소에 잠시 들러 서준은 휴대폰을 꺼냈다. 운전 중에 몇 번 벨이 울렸지만, 거세게 내리는 비와 어두운 밤길 탓에 선뜻 전화기로 손이 가질 않았다. 그는 휴대폰을 켜고 부재중 전화를 확인했다. 누구인지 발신자를 알 수 없는 전화 한 통과 준호에게서 온 전화가 두 통. 서준은 준호의 번호를 눌러 전화를 걸었다.

[어디냐?]

마치 기다렸다는 듯, 한 번의 신호가 울리자마자 준호의 목소리가 들려왔다. 서준은 어두운 하늘을 올려다보며 입을 열었다.

"고속도로. 서울 가는 길이다."

[어디 갔었어?]

"응, 부산 출장."

[얼마나 있어야 도착하냐?]

준호의 물음에 서준은 네비게이션 화면을 확인했다. 한참을 달렸음에도 아직 까마득히 남은 거리에 가슴이 답답했다.

"한 시간 반쯤? 왜, 무슨 일 있냐?"

[너 클럽으로 좀 와야겠다. 마나님 납셨어.]

"뭐?"

준호의 말에 서준은 상체를 발딱 세웠다. 친구들과 영화나 보겠다고 했던 여자가 클럽이라니. 이해할 수가 없는 일이었다.

[여우 씨 나타났다고. 지금 똥파리들이 주변에 득실거리는 중이다. 얼른 와라.]

"그래, 알았다. 끊자."

[그래도 운전은 조심하고.]

준호의 말이 끝나기도 전에 서둘러 전화를 끊어버렸다. 우리에게 달라붙는 똥파리 떼라니, 그것만큼 싫은 것이 없었다. 서준은 성급히 차에 시동을 걸고 엑셀을 힘껏 밟았다.

호텔 앞에 도착하자마자 클럽을 향해 내달렸다. 안에 들어서서 스테이지를 훑었지만 우리의 모습을 발견할 수가 없었다. 그는 휴대폰을 꺼내 준호에게 다시 전화를 걸었다.

"우리 씨 어디 있는지 알아?"

[아, 방금 막 나갔어. 붙잡을까 했었는데, 내가 나타나는 게 맞는지 아닌지 몰라서. 넌 어디쯤…….]

애기를 채 듣지도 않고 서준은 또 다시 전화를 끊었다. 혹시라도 길이 엇갈릴까 정신이 없었다. 아까부터 울려대는 천둥소리가 그의 마음을 더욱 다급히 만들었다.

계단을 뛰어올라 문을 열었다. 10여 미터 남짓한 거리 앞에 그녀의 뒷모습이 눈에 들어왔다.

"우리 씨! 여우리!"

서준이 그녀의 이름을 크게 외쳤다. 하지만 번쩍거리는 번개와 함께 울리는 커다란 굉음에 여자는 두 귀를 막으며 자리에 주저앉았다. 서준은 쏜살같이 다리를 움직여 우리에게 달려갔다. 눈을 꼭 감고 부들부들 떨고 있는 그녀를 번쩍 안아 올렸다.

몇 시나 되었을까? 정신이 들었을 때 그녀는 포근한 침대에 얌전히 눕혀져 있었다. 힘겹게 눈꺼풀을 들어 올리자, 자신을 안고 있는 남자의 가슴팍이 제일 먼저 눈에 띄었다. 와이셔츠에 양복 바지를 그대로 입은 채 서준도 잠들어 있었다. 우리는 깊게 숨을 들이마셨다. 그녀가 좋아하는 익숙한 서준의 향기가 마음을 편안하게 진정시켜 주었다.

조심스럽게 고개를 틀어 방안을 훑었다. 낯선 곳이지만 킹스 호텔 룸이라는 것은 대번에 눈치챌 수 있었다. 아마도 전날 밤 그의 품에 안겼을 때, 바로 정신을 잃고 잠들었던 모양이다. 극심한 스트레스와 몇 시간 클럽에서 몸을 움직였던 탓에 지칠 대로 지쳐 있던 상태였으니 당연한 일이다.

우리는 침대 옆 테이블에 놓인 시계로 눈을 돌렸다. '8:52'라는 숫자와 함께 커튼 틈새로 파고드는 햇살이 동시에 눈에 들어왔고, 그녀는 깜짝 놀라 몸을 일으키려 움칫거렸다. 하지만 자는 줄 알았던 남자의 팔이 그녀를 더욱 단단히 감아 끌어당겼다.

"그냥 이대로 있어요."

낮게 깔린 목소리가 우리의 귓가를 울렸다. 그렇지만 출근 시간이 몇 분도 채 남지 않은 터라 그대로 있을 수가 없었다.

"출근해야 해요."

여자의 대답에 그는 손으로 머리맡을 더듬어 휴대폰을 집어 들었다. 액정을 켜고 시간을 확인하고서 어디론가 전화를 걸었다.

"네, 백서준입니다. 오늘 여우리 씨 하루만 휴가 처리 좀 부탁합니다. 네."

그렇게 간단히 통화가 끝이 났다. 서준이 통화하는 소리를 듣고 우리는 몸을 벌떡 일으켜 앉았다.

"서준 씨, 지금 그 전화……."

"오늘은 그냥 쉽시다. 좀 더 누워 있어요."

"아뇨, 그게 아니라…… 이 시간에 서준 씨가 제 휴가 신청을 하면 지금 같이 있다는 얘기가 되잖아요."

"아닙니까?"

서준도 부스스 몸을 일으켜 앉았다. 그리고 우리의 말에 팔짱을 끼고 고개를 삐딱하게 기울이며 되물었다.

"물론 맞는 말이긴 하지만, 비서실에서 이상하게 생각할 거예요. 당신은 지금 부산에 있어야 하고, 저는……."

"부부가 아침에 같이 있는 게 왜 이상합니까? 사람들한테 언제까지 감추려고. 이제 그만 합시다."

단호한 서준의 말에 우리는 고개를 숙였다. 꼭 감추려고 했던 것은 아니다. 단지 이 남자의 아내라는 위치에서 야기될 사람들의 부담스러운 시선, 그것이 싫었다.

"그것보단 나한테 해명해야 할 일이 있을 텐데?"

서준이 간밤의 일을 따져 물었다. 덕분에 영화관에 간 것보다는 이 여자를 수월하게 찾아낼 수 있었지만, 그래도 자신을 속였다는 것만큼은 그냥 넘어갈 수가 없었다. 똥파리 떼가 주변에 득실거린다는 준호의 말에 얼마나 혈압이 솟구쳤던가 말이다. 부킹은 절대 하지 않는다고 듣기는 했어도, 제가 룸으로 불러들였을 때 잔뜩 취해 찾아온 것을 보면 그것도 완전히 믿을 수는 없는 얘기였다.

"그건…… 미안해요. 그런데 여긴 어떻게 온 거예요?"

사실 그녀도 모르는 것은 아니다. 서준의 친한 친구가 이곳의 관련자라는 것을. 킹스에서 서준을 마주쳤던 날 룸을 잡아 주고, '세 개다. 모자라면 전화해라'라고 짓궂게 외쳤던 그 목소리를 우리는 생생히 기억했다. 더군다나 붉은여우라는 제 애칭을 서슴없이 밝혀준 이가 아니던가. 다만 어제는 강하영이라는 여자 때문에 앞뒤 생각 없이 달려와 버린 것이다.

하지만 이곳에 나타난 서준에게도 문제가 있었다. 아내가 클럽에 등장했다는 이유로 한걸음에 쫓아오기에는 부산에서 서울은 너무나 먼 거리였다. 더구나 출장이 하루 남아 있는 상태에서 일마저 팽개치고 왔다는 사실에 우리는 은근히 기가 막혔다.

"지금 그게 중요한가?"

"서준 씨한테 거짓말하고 클럽에 간 건 잘못인 거 알아요. 하지만 나한테도 그럴 만한 사정이 있었어요. 그리고 서준 씨도 여기로 찾아온 거 보면 나한테 뭔가 숨기고 있다는 얘기인데, 아닌가요?"

역시 만만한 여자는 아니다. 이렇게 된 이상 서준도 솔직하게 밝힐 수밖에 없었다. 이 여자가 자신을 속인 것을 따져 물으면, 저는 계속해서 감출 수는 없는 일이었다.

"사실은 김준호 그 친구가 킹스 클럽 대표예요. 어제 우리 씨가 여기에 온 걸 보고 나한테 연락했어요."

"그래서 올라온 거예요? 그렇게 비가 왔는데, 부산에서?"

"아니, 출발은 그 훨씬 이전에 했었어요. 걱정돼서 올라온 겁니다. 천둥치는 거 무서워하는 거 같아서."

"네?"

생각지 못한 서준의 대답에 우리는 가슴이 먹먹해졌다. 이 남자가 저를 그토록 생각하고 있었다는 것이 고마웠고, 또 감격스러웠다. 다섯 시간이 넘게 걸리는 거리를 빗길에 그렇게 달려와 주었다는 사실에 너무나 행복했다. 잠시잠깐 그를 오해할 뻔했던 것이 정말 미안할 뿐이었다.

"고마워요. 정말 고마워요."

우리는 서준을 향해 몸을 기울이며 팔을 올려 그의 목에 감았다. 그리고 남자의 귓가에 조용히 속삭였다. 가슴이 두근거리고, 눈동자가 흔들리며 눈물이 글썽였다.

"내 물음엔 아직 대답 안 했어요."

서준이 여자의 팔을 잡아 떼어내며 엄한 목소리로 다시 한 번 클럽 일에 대해 들먹였다.

그냥 어물쩍 그렇게 넘어가고 싶지 않았다. 붉은여우라는 닉네임을 가질 만큼 클럽을 즐기는 여자라면 앞으로도 저를 속이고 또 클럽에 발을 들일 확률이 농후했다. 이 여자가 그곳에 가는 것이 그리 달가운 일은 아니지만, 꼭 가야겠다고 한다면 솔직히 얘기하고 가는 편이 오히려 나을 것이라는 판단이었다.

"서준 씨, 그건 정말 미안해요. 사실은 속이 너무 답답해서…… 그래서 그랬어요. 이해해 줄지 모르겠지만, 난 그래야 속이 좀 풀려요. 그 강하영이란 여자……."

우리는 잠시 고민했다. 하영이 찾아왔더라는 얘기는 그에게 하고 싶지가 않았다. 할 수 있다면 평생 묻어두고 싶은 일이었다. 이 일로 서준을 자극해 그가 강하영과 만나거나 하는 일들은 그녀가 바라는 것이 아니었다. 제아무리 다시 이어질 수 없는 관계라고 하더라도, 서준이 그 여자를 보는 것 자체를 용납할 수 없었다. 그래서 결국, 속 좁은 여자가 되기로 결심했다.

"집들이 했던 그날 일 때문에 계속 화가 났었어요. 속 좁게 굴어서 정말 미안해요. 하지만 이제 다 풀렸어요. 그리고 저…… 혹시 서준 씨가 오해할까 봐 미리 말할래요. 나 클럽에서 다른 남자 만난 적 없어요. 단 한 번도. 그때 서준 씨 룸에 갔었던 건…… 당신인 거 알았으니까 간 거예요."

우리는 얼굴을 붉히며 고개를 푹 숙여 버렸다. 마치 불이 붙은 것처럼 볼이 활활 타올랐다. 그날의 일을 제 입으로 고백하자니 창피함에 미칠 것만 같았다.

"그게 무슨 말입니까?"

서준이 미간을 찡그렸다. 이 여자가 말하려는 것이 무엇인지 얼른 감이 잡히지 않았다. 혹시 클럽에서 키스를 했던 그날의 일을 말하는 것이라면…… 이 여자가 그 일을 모두 기억한다는 말인가?

"클럽에서 당신이 나 불렀던 그날이요. 그때 봤어요. 룸으로 들어가는 당신 뒷모습. 먼 거리기는 했지만, 좋아하는 사람 뒷모습쯤은 구별할 수 있어요."

여전히 고개를 숙인 채 조곤조곤 말하는 여자. 그녀의 말을 듣는 순간 서준은 가슴이 터질 것만 같았다. 좋아하는 사람이라니. 지금 이 말은 이미 그때도 이 여자가 자신을 좋아하고 있었다는 얘기였다. 심장이 쿵쿵거리기 시작했다. 말뜻은 다 알아듣기는 했지만, 쉽게 이해할 수는 없었다. 마치 머리에 돌이라도 맞은 것처럼 그렇게 멍한 상태였다.

"제가 먼저였어요. 당신…… 좋아했던 거. 그때 이미 서준 씨 좋아하고 있었어요."

"아!"

그녀의 고백에 서준은 겨우 정신이 들었다. 입에서 짧고 낮은 탄성이 흘러나왔다. 그런 여자의 마음을 여태 모르고 있었다니, 정말 기가 막혔다. 이제껏 저 혼자만의 감정이라고 생각하며 고민했던 일들이 그렇게 억울할 수가 없었다.

서준은 팔을 뻗어 우리를 품에 당겨 안았다. 두 팔에 힘을 꼭 주고 그녀의 머리카락에 코를 묻었다.

"왜 진작 말하지 않았습니까?"

"그때 서준 씨는 나한테 아무런 관심도 없었어요. 그런 사람한 테 고백했다면 바로 거절당했을 테니까."

그녀의 대답에 남자의 입에서 긴 한숨이 흘러나왔다. 그 마음 을 진작 알아주지 못한 것이 한없이 미안했다. 그동안 애태웠던 제 마음처럼 이 여자도 그런 마음이었다고 생각하니 가슴이 아 팠다. 그리고 더욱 사랑스러웠다.

"미안해요. 늦은 만큼 내가 더 많이 노력할게요."

서준은 두 팔에 더욱 힘을 주어 여자를 끌어안았다. 하지만 그 녀는 손으로 그의 가슴을 밀어 몸을 살짝 떼어냈다.

우리가 고개를 올려 서준과 눈을 마주했다. 수줍게 떨리는 작 은 손이 조심스럽게 올라와 남자의 두 뺨을 감쌌다. 여자는 허리 를 세워 그와 높이를 맞추고, 입술을 마주했다. 붉고 탐스러운 입술이 살짝 벌어지며 남자의 입술을 입안에 담았다.

두 사람이 동시에 스르륵 눈을 감았다. 우리가 혀로 부드러운 그의 입술을 간질이자, 서준은 입을 열어 그 수줍은 혀를 받아들 였다.

여자의 혀가 거침없이 그의 입안으로 빨려 들어갔다. 서준은 뜨거운 혀를 삼키고, 거세게 빨아들였다. 그동안 묵혀온 오랜 갈 증이 한순간에 터져 온몸에 불이 활활 치솟아 올랐다.

그는 팔에 힘을 주어 여자를 제 다리 위로 안아 올렸다. 얇은 실크를 통해 전해오는 체온은 뜨겁기만 했다.

마주한 입술이 떨어지며 거친 숨을 몰아 내쉬었다. 서준은 고 개를 다시 반대쪽으로 기울여 그녀의 입술을 찾으며 손을 하얀 다리에 올렸다.

"서준 씨, 잠깐, 나 좀 씻고……."

여자는 다급하게 입술을 떼어내고 작은 목소리로 말했다. 얼굴은 발그스름한 빛으로 물들어 그 어느 때보다 더욱 사랑스러웠다.

"안 돼."

서준이 딱 잘라 대답했다. 오늘만큼은, 지금 이 순간만큼은 그 어떤 것도 그를 방해할 수 없었다.

"하지만……."

그래도 그를 처음 맞이하는 상황에 좀 더 예쁘고 깨끗한 모습을 보이고 싶은 것이 그녀의 마음이었다. 전날 클럽에서 몸을 흔들며 땀을 흘렸던 것도 은근히 걱정스러웠다.

서준이 중요한 일을 방해하려는 얄미운 입술을 깨물고, 그녀의 입안으로 혀를 밀어 넣었다. 커다란 손은 어느새 여자의 원피스 자락을 걷어 올리며, 허벅지를 타고 올라갔다.

서준과 우리가 호텔을 나선 것은 날이 어두워져서였다. 자꾸만 씻어야 한다며 엉덩이를 내빼는 여자 때문에 하는 수 없이 그는 우리를 안고 욕실로 들어갔다. 그렇게 역사적인 첫 거사를 호텔 욕실에서 치르고, 점심과 저녁을 모두 룸서비스로 해결해가며 서로를 안고 또 안았다. 그러니 집에 들어왔을 때는 거의 기진맥진, 우리는 소파에 가방을 던지듯 내려놓고 몸을 축 늘어뜨렸다.

서준이 옆으로 다가와 그녀를 향해 손을 뻗었다. 그러자 우리는 얼른 몸을 움츠렸다.

"스톱! 설마 또 할 거 아니죠?"

여자는 그의 눈치를 슬슬 살피며 몸을 피하기에 급급했다. 한 달을 넘게 바짝 애를 태운 벌을 한꺼번에 받고 있는 것 같았다.

"침대에 눕혀주려고. 그렇게 힘듭니까?"

남자의 입가에 보기 드문 웃음이 담겨 있었다. 그동안 어머니가 각종 보양식에 한약까지 특별히 지어 먹인 효과가 반짝반짝 빛을 발하고 있었다. 그러니 우리가 이렇게 힘들어하는 모습도 어쩌면 당연한 것이었다.

"그럼 정말 침대에만 얌전히요."

한걸음 또 바싹 다가서는 남자를 우리가 슬쩍 노려보며 대답했다. 서준은 여전히 웃음을 달고 여자를 안아들었다. 그리고 침대로 성큼성큼 발을 옮겼다.

천천히 그녀를 침대에 내려놓고 서준은 고개를 숙였다. 종일 시달려 통통히 부어오른 입술을 다시 슬금슬금 빨아올렸다. 온종일 맛보았던 것인데도 여전히 부족하기만 했다. 하지만 여자의 손이 그의 가슴을 살짝 밀어내자, 그는 아쉬운 듯 주춤거리다가 떨어져 나갔다.

"쉬어요. 난 내일 아침에 회의가 있어서 자료 좀 봐야겠어요."

서준이 입술을 떼고 말하자 우리는 움츠렸던 몸에서 겨우 힘을 뺐다. 그리고 그를 향해 부드럽게 미소 지었다.

"아침에 일어나면 나 좀 깨워주세요."

손을 뻗어 머리맡에 있는 시계의 알람을 맞추는 것조차 귀찮고 힘겨웠다. 더없이 행복한 시간이기는 했지만, 손가락 하나 까딱할 힘도 남아 있지 않았다.

"예, 대표님. 일은 잘 마무리 되었습니다. 걱정 마십시오. 예, 예."

기범은 공항에서 서준에게 전화를 걸어 보고했다. 무슨 일이기에 일을 팽개치고 서울로 부랴부랴 올라갔는지 알 수는 없는 일이지만, 그것이 여우리와 관계된 것임은 충분히 짐작할 수 있었다.

오전에 사무실에 전화를 걸었다가, 여우리 대리의 월차를 서준이 직접 전화해 지시했다는 얘기를 듣고 기범은 허탈한 웃음을 흘렸다. 그가 여자 때문에 일을 미룬 것은 함께 일했던 몇 년 동안 처음 있는 일이었다. 하지만 이해할 수는 있었다. 제 마음도 수백 번 서정을 향해 달려갔었던 것을. 백서준이라는 남자도 사랑 앞에서는 어쩔 수 없는 인간일 테니 말이다.

기범은 탑승을 기다리며 서정에게 전화를 걸었다. 받지 않을 거라고 생각했는데, 그간 심경의 변화라도 생겼는지 뜻밖에도 그녀의 목소리가 들려왔다.

[네.]

하지만 여전히 밝은 목소리는 아니었다. 기범은 욱신거리는 심장을 살짝 내리누르며 입을 열었다.

"나 지금 출발해요."

[알았어요.]

"저녁 밖에서 먹을까요? 도착하면 딱 저녁 시간일 텐데."

[아뇨, 그냥 집에 있을래요. 움직이기 귀찮아요.]

"그래요, 그럼. 내가 알아서 적당히 사 갈 테니까 집에서 먹읍시다. 힘든 모양인데 밥 같은 거 하지 말고 그냥 쉬고 있어요."

[네.]

그저 '네'라는 대답만 간간이 들려올 뿐 서정은 좀처럼 말이 없었다. 그렇게 용건이 끝이 났음에도 두 사람 다 전화를 끊을 생각을 하지 않았다. 기범도, 서정도 조용히 눈을 감은 채 상대방의 숨소리만 듣고 있을 뿐이었다.

"서정 씨?"

기범이 정적을 깨고 먼저 입을 열었다. 무언가 말을 하지 않으면, 그리고 듣지 않으면 가슴이 터질 것만 같았다. 네, 라는 그 간단한 대답이라도 좋았다. 그냥 그 여자의 마음이 떠나지 않았다는 것을 느낄 수만 있다면 그것으로도 만족할 수 있었다.

[네.]

또 가느다란 목소리가 들려왔다. 귀찮다는 좀 전의 말처럼 힘없이 늘어진 목소리였다. 기범은 감았던 눈을 뜨고 앉아 있던 자리에서 벌떡 일어섰다.

"보고 싶어서 미치겠네. 빨리 갈게요."

그녀의 대답은 듣지 않은 채 그는 전화를 끊어버렸다. 그리고 바로 탑승구를 향해 걷기 시작했다. 마음이 다급했다. 혼자만 서두른다고 비행기가 빨리 뜨는 것은 아니지만 이렇게라도 하지 않으면 정말 미쳐 버릴지도 모를 일이다.

기범이 집에 도착한 것은 그 후로 두 시간 반 정도가 지나서였다. 며칠간 밥도 제대로 챙겨먹지 않았을까 싶어 오는 길에 죽을 사서 포장했다. 그리고 작은 꽃다발을 하나 준비했다. 별 도움은 되지 않을 수도 있지만 그래도 조금의 기분 전환은 가능할 것도 같았다.

조심히 현관문을 열고 들어서자 거실 소파에 앉아 있던 서정이 발딱 몸을 일으켰다. 며칠 만에 보는 얼굴에 기범은 가슴이 쿵쿵거리고, 입가에 행복한 미소가 지어졌다.

"잘 지냈습니까? 집에서 혼자 안 무서웠어요?"

"그런 건 별로 안 무서워요."

기범이 성큼성큼 다가오자 서정은 고개를 숙이며 작게 대답했다. 그 며칠 새 얼굴은 더 야위고, 푸석푸석 윤기도 사라져 있었다.

"큰일이네. 무서울 건 안 무섭고, 안 무서울 건 무섭고."

자신과의 결혼을 겁내는 것을 빗대어 은근슬쩍 타박하고, 그는 손에 들고 있던 쇼핑백과 꽃다발을 탁자에 내려놓았다. 그리고 팔을 뻗어 그녀를 품에 안았다.

서정은 그의 품 안에서 몸을 빼려고 바르작거렸다. 하지만 그는 그녀가 빠져나가지 못하도록 더욱 힘을 주었다. 그러자 서정도 금세 포기했는지 힘을 뺀 채 그에게 몸을 내맡겼다.

"얼마나 보고 싶었는지는 압니까?"

귓가에 대고 조용히 속삭이는 말에 서정은 눈물이 핑 돌았다. 그건 저도 마찬가지였다. 지난 3일, 못 견디도록 이 남자가 보고 싶었다. 마음이 더 깊어지기 전에 발을 빼야겠다고 생각했는데, 그게 생각처럼 쉽지가 않았다. 그래서 어느 날은 보고픔에 눈물을 흘렸고, 또 어느 날은 허물어지는 마음을 다시 다지며 눈물을 흘렸다. 그렇게 마음이 왔다 갔다 수시로 변덕을 부렸다.

"서정 씨는 나 안 보고 싶었어요?"

"나도…… 그랬어요."

"그래요, 그걸로 됐어요."

기범은 만족한 듯 엷은 미소를 짓고 몸을 떼었다. 이 정도 반응이라면 생각보다 나쁘지 않았다. 아무래도 며칠 떨어져 있었던 것이 조금은 도움이 된 모양이다. 곁에 없을 때의 그 허전함과 그리움. 이 여자도 그걸 느낀 것이 다행이었다.

"그동안 밥 안 먹었어요? 얼굴이 아주 까칠하니 못 쓰겠네."

기범이 손을 들어 여자의 볼을 쓰다듬었다. 안쓰럽고 안타까웠다. 입술이 말라 허옇게 껍질이 일어나 있었다.

"죽 사왔어요. 일단 먹읍시다."

"그런데 이건 웬 꽃이에요?"

서정의 눈길이 그가 집어든 쇼핑백 옆에 머물렀다. 여러 가지 꽃들이 오밀조밀 섞인 작은 꽃다발을 보며 의아한 눈빛으로 물었다.

"음, 죽 잘 먹으면 선물로 주려고. 갑시다."

그는 가볍게 대답하고 서정의 손을 잡아 주방으로 이끌었다. 꽃을 먼저 주었다가 괜한 일에 또 눈물을 쏟고 기운을 빼는 건 아닐까 걱정이 되었다. 당분간은 최대한 부담을 주지 않는 게 그녀를 편하게 해주는 것이라 생각했다. 연애 경험이 많은 것은 아니지만 이런 일에는 완급 조절이 필요한 법임을 그도 잘 알고 있었다.

아직 식지 않은 따끈한 죽을 그릇에 담아 서정의 앞에 내려놓았다. 그녀는 물끄러미 죽 그릇을 내려다보기만 할 뿐, 먹을 생각을 하지 않았다. 기범이 숟가락을 꺼내 서정의 손에 쥐어 주었다.

"아픈 것도 아닌데 죽은 무슨."

또다시 눈물이 핑 돌았다. 이 사람이라면 정말 괜찮지 않을까 하는 생각에 마음을 또 흔들렸고, 그걸 티 내기 싫은 마음에 괜히 불퉁거렸다.

"그래도 이게 속이 편할 테니까. 어서 먹읍시다."

서정이 그릇을 다 비워내자, 그는 잘했다는 듯 머리를 살살 쓰다듬어 주었다. 그가 거실에 둔 꽃다발을 들고 서정에게 다가와 내밀었다. 그녀는 얼굴에 옅은 홍조를 띠며 손을 내밀어 받았다.

"누구한테 꽃 받아본 건 처음이에요. 졸업식 날 빼고는."

그 말이 또 기범의 마음을 아프게 만들었다. 나이를 그렇게 먹고도 처음인 게 너무도 많은 여자다. 그동안 어떻게 살아온 것인지 도무지 감이 잡히지 않았다. 이렇게 좋은 집에 살아도, 이렇게 많은 것을 누리고 살았어도, 결국 가슴속에는 아무것도 없는 빈껍데기뿐인 여자였다.

서정이 쑥스러운 듯 작게 미소를 지으며 길이가 긴 머그컵을 꺼냈다. 거기에 물을 담고 꽃을 꽂아 넣었다.

"집에 그 흔한 화병 하나 없네요."

"주말에 나가서 기분전환 좀 하고, 화병도 하나 삽시다. 꽃은 내가 질리도록 사 줄게요."

턱을 괴고 컵 안에 꽃을 정리해 넣는 여자를 보며 기범이 말했다. '질리도록'이라는 그 단어를 입에 담으며 가슴 한구석이 뭉클했다. 정말 질리도록 이 여자와 함께할 수 있다면 얼마나 좋을까. 그런 생각에 한숨이 절로 흘러나왔다.

TV를 켜놓고 나란히 소파에 앉았다. 눈에도, 귀에도 들어오지 않는 뉴스를 틀어놓고서 기범은 내내 서정의 손을 만지작거렸다. 며칠간의 출장에 몸이 피곤했는지 자꾸 졸음이 몰려왔다. 그렇게 앉은 채로 꾸벅꾸벅 졸다가 결국 그녀의 어깨에 머리를 기대고 눈을 감았다.

"최 실장님, 올라가서 자요. 피곤한가 본데."

서정이 그를 살짝 흔들어 깨웠다. 기범은 손으로 입을 막고 하품을 하며 머리를 바로 세웠다.

"싫어요. 피곤하긴 하지만, 그래도 같이 있는 게 좋아요."

그의 대답에 서정이 보일 듯 말 듯 옅은 웃음을 지었다. 기범의 이런 말들이 그녀를 늘 기분 좋게 만들었다.

"내일 출근도 해야 하잖아요. 얼른 올라가요."

그녀의 말에 기범은 미간을 찡그렸다. 걱정해 주는 것은 고맙지만 얼른 올라가라는 말은 절대 고맙지가 않다. 그는 정말 피곤하다는 듯 두 팔을 들어 올리며 기지개를 켰다.

"그러지 말고 서정 씨, 우리 같이 잘래요?"

"네?"

서정이 깜짝 놀라며 몸을 뒤로 물렸다. 생각보다 과한 그녀의 반응에 그는 또 다시 인상을 썼다.

"뭘 그렇게 기겁을 해요? 그냥 같이 있고 싶어서 그러는 건데. 누가 뭐 하잡니까? 피곤하니까 그냥 자자는 거지. 얼른 올라갑시다."

기범이 툴툴거리며 서정의 손목을 잡아 이끌었다. 그녀는 얼떨결에 그에게 잡혀 계단을 올랐다.

"아니, 저기 최 실장님."

"기범 씨요. 언제까지 그렇게 부르려고 그래요?"

기범이 눈을 흘기며 서정의 방문을 열고 그녀를 밀어 넣었다.

"자, 들어가서 옷 갈아입고 잘 준비하고 내 방으로 와요. 10분 내로 안 오면, 이 방으로 쳐들어옵니다."

서정을 향해 으름장을 놓고 기범이 몸을 돌렸다. 마음 같아서는 이 여자를 당장 안고 싶지만 오늘은 그러지 않기로 했다. 아직 그녀의 마음이 불안정한 상태인 만큼 서두르는 것보다는 기다려 주는 것이 맞는 일이었다.

세수를 하고, 양치를 하고, 잠옷까지 갈아입고 나니 얼추 십여 분. 그는 침대를 예쁘게 정돈해 놓고 서정을 기다렸다. 쉽게 제 발로 걸어올 것이라는 생각은 들지 않지만, 그래도 기다려보기로 했다.

침대 헤드보드에 기대앉아 다시 30여 분. 예상대로 그녀는 나타나지 않았다. 기범은 한숨을 깊게 내쉬고서 몸을 일으켰다. 어차피 크게 기대했던 일은 아닌데도 기분은 씁쓰레했다.

"서정 씨, 서정 씨?"

서정의 방 앞에서 문을 똑똑 두드렸다. 그런데 대답 소리도 들려오지 않는다. 이름을 부르고 문에 귀를 대 보아도 여전히 안에서는 묵묵부답. 심장이 쥐똥만 하게 쪼그라든다.

"서정 씨, 나 문 열고 들어갑니다."

그렇게 최후통첩을 하고서 천천히 문을 열었다. 하지만 침대 위에 그녀의 모습은 보이지 않았다.

"서정 씨?"

놀란 기범이 한 발짝 안으로 들어섰다. 그리고 고개를 돌리려는 순간이었다. 문 옆의 벽에 딱 붙어 서서 베개를 꼭 끌어안고 있는 여자의 모습이 눈에 들어왔다.

"왜……."

가슴이 뭉클했다. 벌써 30여 분 가까이, 이 여자는 이렇게 서서 내내 갈등하고 있었던 것이다. 그는 입을 다물고 서정의 손을 잡아 제 방으로 이끌었다. 여태껏 버티고 있었던 모습과는 다르게 그녀는 순순히 그의 뒤를 따랐다.

방안에 들어와서도 그녀는 멀뚱히 서 있기만 했다. 기범이 그녀의 베개를 빼앗아 제 베개 옆에 나란히 놓고 어서 누우라는 뜻으로 툭툭 두들겼다.

서정은 그의 눈치를 살피며 어색하게 침대 위로 올라앉았다. 그 어린애 같은 모습에 기범은 큭큭 웃음을 터트렸다.

"그냥 편히 누워요. 코를 골든, 이를 갈든, 흉 안 볼 테니까 편히 자자고요."

기범이 먼저 자리에 누웠다. 서정은 여전히 어색한지 침대에 앉은 채로 손톱을 물어뜯고 있었다. 그는 피식 웃으며 그녀를 잡아당겨 자리에 눕혔다. 여자의 목 아래로 팔을 끼워 넣고, 몸을 옆으로 기울여 살포시 품에 안았다.

"나 피곤해요. 얼른 잡시다."

남자의 품안에서 몸을 잔뜩 웅크린 여자는 아무런 대답이 없었다. 서로 살을 맞대고 부빈 경험이 몇 번 있지만 이렇게 안겨 잠을 자는 건 이 남자와도, 또 10년간의 결혼생활에서도 없던 일이다. 그 어색함에 얼굴을 붉히고 몸을 꼼지락거리던 여자가 작게 불퉁거리는 소리가 들려왔다.

"이런 건 꼭 진짜 부부 같잖아요."

"그래서, 싫어요? 도로 갈래요?"

"아, 아뇨, 아뇨."

그녀는 고개를 흔들어 도리질했다. 제 방에 서 있던 그 30여 분의 시간 동안 그녀는 고민을 거듭했다. 마음은 이미 그의 방을 향해 수십 번 움직였지만, 최소한의 양심이 그 뻔뻔한 발길을 붙잡았다. 아마도 이 남자가 데리러 오지 않았더라면 밤새 그 자리에 서서 같은 생각만을 거듭하고 있었을 것이 분명했다.

서정의 솔직한 반응에 기범은 팔에 힘을 주어 그녀를 꼭 끌어안았다. 그리고 스르륵 눈을 감았다.

두 시간이 지나도, 세 시간이 지나도 서정은 여전히 잠들지 못했다. 어색하고 불편한 것도 조금 있기는 하지만, 그보다는 가슴이 두근거려 잠이 오지 않았다. 서정은 살짝 고개를 돌려 눈을 감은 남자를 바라보았다. 잘생겼다기보다는 믿음직스러운 얼굴. 굵직굵직한 생김새가 남자다우면서도 다부져 보였다. 그녀는 저도 모르게 손을 그의 얼굴에 올렸다. 그리고 도둑고양이처럼 살금살금 그 얼굴을 만지작거렸다. 떨리는 손가락이 그의 입술을 훑고 있을 때였다. 기범의 손이 번개같이 그녀의 손목을 붙잡았다.

"힉!"

깜짝 놀란 서정이 손을 떼내려 했다. 하지만 기범은 놓아줄 생각이 없는 듯 손아귀에 더욱 힘을 주었다.

"하, 참! 죽기 살기로 참는데 불을 붙이네."

자는 줄 알았던 남자가 눈을 뜨고 그녀를 바라보았다. 이 사람도 잠들지 못하고 있었던 것인지, 지금껏 눈을 감고 있던 사람치고는 생생한 눈빛이었다.

서정의 손은 여전히 그의 입술 위에 머물러 있었다. 기범은 그 손가락에 입을 맞추었다. 향긋한 냄새가 머릿속으로 스며들며 꾹 참고 잠만 자겠다던 맹세를 뒤흔들었다.

그의 입술이 여자의 손등을 찍어내고 다시 손목으로 옮겨졌다. 어느덧 뜨거워진 서정의 숨결이 그의 볼을 살살 간질였다. 더는 참을 수가 없었다. 기범은 상체를 일으키며 그녀의 입술에 입을 맞추었다.

쥐죽은 듯 조용한 공간에는 두 입술이 마주하며 질척이는 소리뿐이었다. 서정은 두 팔로 그의 목을 감으며 더욱 가까이 끌어당겼다. 놓을 수가 없다. 놓치고 싶지 않다. 그녀의 마음속 그 무언가가 그렇게 강렬히 외치고 있었다.

죽은 듯이 잠이 들었다가 조금 늦잠을 자버렸다. 서준은 회의 시각에 늦지 않기 위해 우리와 함께 서둘러 집을 나섰다. 엘리베이터에 올라 버튼을 누르고, 그 손을 내려 여자의 손에 바로 깍지를 꼈다.

"옷이 좀 더워 보이네. 갑갑하지 않습니까?"

프릴이 목까지 올라오는 블라우스를 입고, 단추를 꼭꼭 잠그고 있는 그녀의 모습을 보며 서준이 물었다. 가느다랗고 하얀 목이 보고 싶었다. 유난히 희고 고운 목선. 어제 하루 동안 열심히 그 살결에 입술을 묻었지만, 여전히 아쉬운 마음이었다.

우리는 눈을 가늘게 뜨며 그를 노려보았다. 그리고는 프릴을 살짝 들춰 그에게 목을 내보였다.

"흠흠!"

그의 얼굴이 순식간에 붉어지며 헛기침을 하고 고개를 돌렸다. 울긋불긋한 자국이 도장처럼 몇 개가 선명하게 찍혀 있어 민망하기 그지없었다. 살짝만 욕심을 부린다는 것이 아마도 강도 조절을 잘못한 모양이다. 그러면서도 슬금슬금 웃음이 흘렀다. 호텔에서의 행복했던 시간이 머릿속에 떠올라 은근히 또 몸이 달아올랐다.

"웃음이 나와요?"

다시 눈을 흘기는 여자의 손을 서준이 꼭 그러쥐었다. 미안하다는 말은 별로 하고 싶지 않다. 이런 정도의 원망이라면 매일 받더라도 저 하얀 목에 붉은 자국을 끊임없이 남겨주고 싶다는 생각을 하며, 그는 우리 몰래 웃음을 삼켰다.

회사에 출근해 우리는 비서실을 찾았다. 전날 유선 상으로 신청했던 휴가 때문에 휴가계를 작성하고 사인을 하기 위해서였다. 문손잡이를 잡는 그녀의 손이 떨리고 있었다. 단단히 마음먹기는 했지만, 역시 쉬운 일은 아니었다. 그녀를 향해 쏟아질 질문과 눈초리, 그게 내심 부담스러웠다.

"좋은 아침입니다."

애써 꾸민 밝은 목소리로 인사를 하고 안으로 들어섰다. 순간 기범과 출근해 있던 몇몇 직원들의 시선이 동시에 그녀를 향했다.

"어서 와요, 여 대리. 잠깐 나 좀 봅시다."

"네."

기범이 우리를 회의실로 불러들였다. 아마도 전날 서준의 전화 때문에 직원들 사이에 말이 오간 것이 틀림없었다. 그녀는 쏟아지는 시선을 애써 무시해가며 조용히 기범을 뒤따랐다.

책상을 두고 마주앉아 기범은 그녀를 물끄러미 바라보았다. 얼굴에 홍조를 띠고 그의 눈길을 애써 피하는 모습. 게다가 목까지 올라오는 답답한 의상에 전날 무슨 일이 있었는지는 묻지 않아도 충분히 짐작할 수 있었다.

"즐거우셨습니까?"

"네? 아, 아니, 그게⋯⋯."

직설적인 질문에 우리는 난감했다. 얼굴이 금세 새빨개지고, 뭐라고 대답을 해야 할지 막막하기만 했다.

"제가 대표님과 일한 지 꽤 되지만, 대표님 그런 모습 처음 봤습니다. 남한테 일 미루고 그러시는 분 아니잖아요. 잘⋯⋯ 해드리세요."

"네."

기범의 말에 우리가 대답하며 고개를 끄덕였다. 기범이 말하려는 것이 무엇인지 그녀도 잘 알고 있었다. 하영이라는 여자에게 상처받고, 마음을 열기까지 쉽지 않았으리라는 것. 하지만 그녀 역시 결코 가벼운 마음은 아니었다.

서준보다 먼저 시작된 감정이었다. 그럼에도 신분상승을 위해 사장을 꼬여낸 여비서쯤으로 낙인찍히고, 또한 저에게 돌아올 사람들의 시선이 결코 곱지 않으리라는 것도 다 알고 있었다. 하지만 그녀는 기꺼운 마음으로 그 모든 것을 감수하기로 했다.

"일단 비서실에는 사실대로 얘기했습니다. 자꾸 쉬쉬하면 오히려 더 탈이 나는 법이라서요. 그 대신 밖에는 얘기 새나가지 않도록 잘 단속해 두었으니까, 너무 걱정하지 마십시오."

"감사합니다, 실장님."

우리가 고개를 숙이며 대답하고 자리에서 일어섰다. 몸을 돌려 문을 나서려다가 문득 떠오르는 생각에 다시 기범을 바라보았다.

"실장님은 잘 되어가고 있으세요?"

동병상련이랄까? 아니면 이미 한 가족이 된 듯한 그런 애착이랄까. 누구에게 들은 바는 없었지만, 함께 식사하던 자리에서 기범의 애타는 눈빛을 보고 충분히 짐작할 수 있는 일이었다.

"아, 글쎄요. 쉽진 않네요."

기범이 어색하게 웃음을 지었다. 지난 밤, 서정과 뜨거운 시간을 보내기는 했지만, 그것이 곧 성공이라고 단정 지을 수만은 없었다.

우리의 모습이 사라지자, 기범은 피곤한 눈을 비비고 휴대폰을 꺼내 들었다. 아침에 곤히 잠들어 있는 여자를 그대로 두고 나온 터라, 목소리라도 듣고 싶은 마음이 간절했다.

10.
대표님이 너무 열정적이시면,
아래 직원이 힘들거든요

책상 위로 커피 잔이 살며시 내려앉았다. 잔을 내려놓은 하얀 손이 나비처럼 팔랑거린다. 서준의 눈길이 그 움직임을 뒤따르다가, 책상에서 멀어지려는 순간 손을 들어 덥석 붙잡았다.

"대표님!"

침대 위에서 간드러지는 목소리로 '서준 씨'를 부르던 여자는 사라지고, 깍듯한 자세로 '대표님'을 외치는 착실한 비서만 남아 있다.

우리가 가볍게 눈을 흘기며 손을 빼내려고 하자, 서준은 그 손가락 사이사이에 제 손가락을 넣어 깍지를 끼며 더욱 단단히 붙잡았다. 그리고 잡은 손을 올려 그녀의 손등을 입술에 가져다댔다.

"점심, 같이 할까요?"

서준은 입술을 붙인 채로 눈만 치켜 올리며 물었다. 우리가 못 말린다는 듯 피식 웃으며 고개를 끄덕였다.

"호텔에서."

머뭇머뭇 그녀의 눈치를 살피다가 서준이 물었다. 우리의 눈이 가늘어지며 살짝 흘겨보자 그가 흠칫하며 입술을 뗐다.

"아, 농담…… 이었어요."

물론 호텔이라는 곳이 꼭 무엇을 해야만 하는 곳은 아니다. 그저 밥만 먹더라도 이상할 게 없는 곳이지만, 호텔이라는 단어가 주는 묘한 뉘앙스와 두 사람의 분위기, 그리고 서준의 끈적한 말투 그 3박자가 적절히 어우러져 그런 뜻이 아니라고 발뺌할 수 없는 상황이었다.

우리는 서준의 책상에 높게 쌓인 서류더미를 가리키며 '할 일이 꽤 많으시네요' 하고 중얼거리며 나갔다. 서준은 그녀의 뒷모습이 완전히 사라질 때까지 눈길을 떼지 않고 바라보다가 쌓여 있는 서류를 보고 뒷목을 주물렀다.

"책상을 아예 안으로 들일까?"

쓸데없는 혼잣말을 지껄이며 그는 통제가 되지 않는 마음을 쓴 커피로 달랬다. 최근 들어 머릿속에 나사 하나가 헐거워진 듯 일에 집중이 되지 않았다. 여자한테 이렇게 푹 빠져 본 것은 처음이다. 종일 옆에 두고 보고 싶고, 또 쉴 새 없이 만지고 싶기도 했다. 한 달을 넘게 옆에 두고서 안지도 못했으니 몸이 달아 그런 것이라고 생각했었는데, 꼭 그것만도 아니었다. 어제만 해도 몇 번을 안고 또 안았는데도 오늘은 더 애가 타고 몸이 뜨거워졌다. 그런 여자를 고작 문 하나 사이에 두고 앉아 서류만 들추고 있다는 것은 초인적인 인내심을 발휘해야 하는 일이기도 했다.

수출팀과의 미팅을 마치고 사무실로 돌아오는 길이었다. 얼추 점심시간이 다 되어가기에 서준은 발길을 서둘렀다. 우리와 함께 무엇을 먹을까, 점심 메뉴를 머릿속에 떠올려 보지만 역시 생각 나는 것은 스위트룸에서 룸서비스로 시켜먹는 것밖에 없었다. 하 지만 그걸 정말 하자고 했다가는 미친놈 소리나 듣겠지 싶은 생 각에 그는 쓴 웃음을 삼켰다.

한 손에 회의 자료를 들고 복도를 걷다가 저만치 앞에 누군가 와 함께 서 있는 우리를 발견했다. 하지만 그들을 본 서준의 얼굴 은 묘하게 일그러졌다.

"기획팀 김석우 팀장?"

안면이 있는 직원이다. 엘리트였고, 승진도 꽤 빨라 많지 않은 나이에 팀장 자리를 꿰차고 있는. 게다가 미혼이고 생김새도 훤 칠한 편이라 사내에서 주목받고 있는 인물이기도 했다. 회의석상 에서 프리젠테이션하는 모습을 보고 서준도 꽤 능력 있는 인재라 는 생각을 하기도 했었다.

"안녕하십니까, 대표님."

우리와 함께 서 있던 그가 얼른 허리를 굽히며 서준에게 인사 했다. 서준은 그의 인사를 받는 둥 마는 둥 하고서 우리 쪽으로 얼굴을 돌렸다. 그녀는 보일 듯 말 듯 희미한 미소를 담고 서준과 눈을 마주쳤다.

서준은 그 얼굴이 무지하게 못마땅했다. 조금 전 이 여자는 분 명 환히 웃고 있었단 말이다. 아주 환.하.게. 그것도 이 남자와 함께.

"여긴 웬일입니까?"

서준이 다시 고개를 돌려 석우를 향해 물었다. 미간을 잔뜩 찡그린 얼굴에는 감정이 고스란히 드러나 있었다.

"아, 이사님께 결재서류 올리러 왔습니다."

서준의 눈썹이 꿈틀거렸다. 그의 대답은 심하게 방향이 잘못 잡혀 있었다. 물론 팀장급들이 결재를 올리러 가끔 올라오는 것은 알고 있다. 하지만 서준이 묻는 것은 그런 당연한 일이 아니었다. 왜, 네 녀석이, 지금 여기에서, 이 여자와 함께, 웃고 있느냐는 그런 말이었다.

"그래서, 볼 일은 끝났습니까?"

"아, 예."

딱딱한 서준의 말투에 그가 순간 당황하는 모습이 느껴졌다. 서준은 눈에 힘을 주고 그를 노려보았다.

"그럼, 얼른 가서 일해요."

못마땅한 듯 한마디를 힘주어 날리고, 서준은 옆에 서 있던 우리의 손목을 냉큼 잡아 올렸다. 그리고 그녀가 어쩔 새도 없이 성큼성큼 사무실을 향해 걸었다.

서준의 힘에 이끌려 사무실에 도착하고, 우리의 등 뒤로 문이 쿵 하고 닫혔다. 갑작스러운 행동에 놀란 여자는 눈을 동그랗게 떴다.

"서준 씨."

그녀의 목소리를 듣고도 그는 아무런 말없이 얼굴만 뚫어지게 쳐다보았다. 뭔가 심히 못마땅하다는 그런 얼굴이다.

우리는 그의 눈을 깊게 응시했다. 입은 굳게 다물고 있지만 무언가 말하고 싶은 그 표정. 지금 상황은 어딘지 모르게 그때와 흡사했다.

처음 서준이 그녀에 대한 마음을 내비쳤던 도쿄 출장길에서였다. 하야토 상이 우리에게 구애했을 때, 꽤 민감하게 반응했던 그의 모습. 그리고 결혼 후에도 군이 도쿄 출장을 혼자 가겠다며 그녀에게 했던 말도 번뜩 뇌리를 스쳤다.

"다른 사람이 우리 씨를 그런 눈으로 보는 거, 그게 싫어요."

그러니 조금 전의 일도 그런 이유 때문인 것이 분명했다. 사실 김석우 팀장이 우리에게 데이트 신청을 했던 것은 꽤 여러 번 있었던 일이다. 우리가 서준의 비서로 입사해 한 달쯤 됐을 무렵부터였다. 업무를 통해 그녀를 알게 된 그 남자가 저녁을 먹자거나, 차나 한잔하자며 몇 번을 연락해 왔었다. 그때마다 우리는 번번이 거절을 해왔던 터였고, 조금 전 또 한 번 저녁을 먹자는 제안에 그녀는 얼마 전 결혼했다는 얘기를 제 입으로 꺼낼 수밖에 없었다. 그런 민망한 상황을 모면하고자 두 사람은 어색하게 마주 웃었을 뿐이다. 그런데 그 기막힌 타이밍에 나타난 서준이 다짜고짜 그녀의 손목을 붙잡았으니, 결국 기범이 직원들 입단속을 시켰던 일은 반나절도 안 되어 모두 허사가 된 셈이었다.

여전히 입을 다문 채 자신을 바라보는 남자를 향해 그녀가 팔을 뻗었다. 까치발을 들어 그와 키를 맞추고, 조심조심 두 팔을 그의 목에 둘렀다. 그녀의 입술이 그의 입술에 살짝 닿았다가 떨어졌다. 딱히 무슨 말로 이 남자를 안심시켜야 할지 잘 떠오르지 않았다. 그래서 선택한 것. 그냥 무언의 속삭임. 당신만을 사랑한다는 그 말을 수줍은 입맞춤으로 대신할 뿐이었다.

떨어지는 입술을 따라 남자의 입술이 쫓아왔다. 살짝 약만 올리고 가는 그 얄미운 입술을 서준이 덥석 베어 물었다. 이 붉고 탐스러운 입술로 다른 남자와 이야기를 했다 생각하니 왠지 더 괴롭히고 싶어졌다.

말랑한 입술을 은근히 깨물고, 집요하게 빨아들였다. 열린 입새로 혀를 깊게 섞고, 두 팔로 그녀의 허리를 잡아 바짝 끌어당겼다. 한 번 그렇게 터져 버린 욕심은 쉽게 채워지지가 않았다.

"하아, 서준 씨……."

숨쉬기가 힘들만큼 거칠게 달라붙던 입술이 마침내 떨어져 나갔다. 그런 남자를 원망이라도 하듯 그녀는 깊게 숨을 내뱉으며 가슴을 살짝 밀어냈다.

"여기, 사무실이에요. 이런 건……."

이대로 붙어 있다가는 무슨 일이 됐든 저지르고 말 것이다. 그 바르고 반듯하다던 남자는 어디론가 사라지고, 한 마리 늑대처럼 욕구와 욕망에 충실한 본성만 남아 있었다. 지금 상태로는 정말 이 여자의 손을 붙잡고 호텔에라도 들어야 할 것 같았다. 아니면 이 방에서 그대로 일을 치르거나.

"후! 나갑시다. 식사하러."

우리의 눈빛을 피하며, 서준은 깊은 한숨으로 겨우 마음을 가다듬었다. 순간 하영과의 5년 전 그날이 떠올랐다.

"여기 사무실이야. 왜 이래."

하영에게 했던 말과 똑같은 말을 우리에게 들었지만 상황은 달랐다. 하영은 저보다 더 마음이 상하고 자존심도 다쳤을 것이다. 그렇다고 함께 일하던 다른 사람의 품에 안긴 것을 이해해 줄 수는 없지만, 이제와 새삼 미안한 마음이 드는 것은 사실이다.

잔뜩 남은 아쉬움에 그는 입술을 두어 번 문지르고 사무실 문을 열었다. 우리도 번진 립스틱을 정리하고서 바로 그 뒤를 따라나섰다.

서준이 저만큼 앞장을 서고, 우리가 몇 발짝 뒤 간격을 두고 걷기 시작했다. 아직 붉어져 있는 얼굴과 진정되지 않은 심장 때문에 딱 달라붙어서 걷는 것이 왠지 부끄러웠다.

"여 대리!"

그때였다. 우리의 뒤에서 그녀를 부르는 누군가의 목소리가 들려왔다. 우리는 얼른 고개를 뒤로 돌렸다. 점심 식사를 위해 지영과 세정이 함께 팔짱을 끼고 그녀에게 다가왔다.

"우리 오늘 식사 같이 하자, 응?"

얼굴에 억지로 참고 있는 웃음이 가득 담긴 것이, 아마도 기범에게 들었던 두 사람의 결혼 소식이 못내 궁금한 표정이었다.

"아, 그게⋯⋯."

난감한 마음에 우리는 얼른 고개를 돌려 앞서 있던 서준을 바라보았다.

"혹시 대표님하고 점심? 에이, 집에 가면 실컷 같이 있을 거면서. 점심은 우리랑 먹자."

지영이 작은 목소리로 속삭였다. 그녀의 말에 우리는 더욱 난감해지고, 얼굴은 한층 더 짙은 홍조를 띠었다.

앞서 가던 서준이 그녀가 뒤따라오지 않는 것을 느끼며, 얼른 몸을 돌려 뒤를 돌아보았다. 그리고 곧 제 아내를 잡고 있는 두 여자가 눈에 들어왔다. 성큼성큼 서준이 가까이 다가오자, 지영과 세정이 고개를 숙여 인사했다.

"안녕하세요, 대표님."

"아, 예. 식사하러 갑니까?"

"네."

지영이 대답했다. 그리고 우리의 옆구리를 툭 치며 총대를 그녀에게 떠넘겼다. 우리를 데려가 두 사람의 비하인드 스토리를 듣고 싶지만, 또 막상 당사자가 앞에 떡 버티고 있으니 함부로 얘기하기도 어려웠다. 그러니 우리를 부추겨 서준을 떼어내는 수밖에 달리 방법이 없었다.

그 상황을 충분히 짐작하고 있는 우리는 정말 난감했다. 서준과 점심을 같이 먹자고 미리 철석같이 약속을 해놓은 것도 그랬고, 또 조금 전 김석우 팀장 때문에 벌어졌던 일들 때문에도 서준을 그냥 혼자 보낼 수가 없었다. 더군다나 혼자 밥 먹기를 무지 싫어하는 사람이라 더욱 그랬다. 그렇다고 또 지영과 세정을 떼어놓고 둘이 가기에도 난처하고 난감하달까? 아무튼 아주 애매하고 어려운 상황임에는 틀림없었다.

"어, 저기…… 대표님."

그 난감한 상황을 서준도 눈치챘다. 하지만 그렇다고 우리를 놓고 혼자 밥을 먹기는 죽기보다 싫었다. 그러니 별 수 없이 선택은 단 하나 뿐이었다.

"같이 갑시다. 어차피 우리도 식사하러 가는 길이니까."

결국 정말 하기 싫은 그 한마디를 내뱉었다. 말을 하면서도 그리 좋은 표정을 지을 수는 없었다. 목소리에서도 싫은 티가 살짝 묻어나오기는 마찬가지였다.

"아니, 저기 저희는…… 대표님?"

"어서 갑시다."

서준이 먼저 몸을 돌려 움직였다. 거기에 뭐라 토를 달 수 없는 나머지 세 여자도 할 수 없이 그 뒤를 따라 걷기 시작했다.

네 사람이 모여 했던 점심식사 자리는 불편하기 그지없었다. 지영과 세정은 궁금했던 질문을 단 한 가지도 묻지 못했고, 또 서준은 단둘이 하지 못한 자리가 불만스럽기만 했다. 그리고 그 중간에서 양쪽의 눈치를 보느라 우리는 마치 바늘방석에 앉은 것만 같았다.

그렇게 점심을 마치고, 서준은 오후 스케줄로 꽤 바쁜 시간을 보냈다. 저녁 역시 몇몇 경영인들과의 모임으로 함께할 수가 없는 상태였다. 모임은 평소보다 훨씬 더 고리타분한 이야기들로 가득 채워졌다. 자리를 박차고 나가고 싶은 생각이 굴뚝같았지만, 대부분이 서준보다 훨씬 높은 연배의 경영인들이라 그럴 수도 없는 위치였다.

술자리가 생각보다 깊어지고, 또 누군가가 서준을 붙잡고 딸자랑을 늘어놓기 시작했다. 그런 이야기의 끝에는 늘 '우리 딸 한 번 만나 볼 텐가?' 하는 빤한 질문이 날아오기 마련이었다. 그럴 때마다 아직 결혼 생각이 없다며 마다하느라 진땀을 뺐던 서준은 이번만큼은 호기 좋게 '저 결혼했습니다'라고 외쳐 버렸다.

그렇게 사람들을 떨쳐 버리고 겨우 집에 도착했다. 밤 12시가 다 되어가는 데다가 술도 꽤 마신 상태였지만, 아직 우리가 잠들어 있지 않았으면 좋겠다는 생각을 하며 현관문을 열었다.

거실은 작은 스탠드만이 켜져 있어 어두운 상태였지만, 도어락 버튼 소리를 듣고 쪼르르 달려 나온 여자는 서준의 앞에 불빛보다 더 환한 얼굴을 하고 서 있었다.

하루 종일 저를 안달 나게 했던 그 얼굴, 그 눈빛, 그 웃음. 하루 종일 맛보고 싶었던 붉은 입술. 그리고 온종일 안고 싶었던 작은 몸.

서준은 서둘러 구두를 벗고 현관에 올라섰다. 그리고는 눈앞에 서서 빙긋 웃는 여자를 번쩍 안아들었다.

"어머! 서준 씨."

순식간에 몸이 번쩍 들린 여자가 깜짝 놀라 그의 목을 꼭 끌어안았다. 서준은 만족스러운 미소를 지으며 방 안으로 성큼 들어섰다.

우리를 침대 위에 얌전히 내려놓고, 그 빨간 입술을 덥석 베어 물었다. 미치도록 달콤한 맛이 머리를 짜릿하게 만들었다.

서준은 몸을 일으켰다. 거친 손놀림으로 넥타이를 풀어 바닥에 던지고, 와이셔츠의 단추를 성급히 풀어냈다. 그리고 바지까지 순식간에 벗어버렸다.

"서준 씨, 술 많이 마셨어요?"

다시 남자의 얼굴이 바싹 다가오고, 우리가 그를 향해 조용히 물었다.

"음."

커다란 손이 여자의 잠옷 끝자락을 잡아 거침없이 위로 벗겨내
며 대답했다.

"꽤 많이."

다시 여자의 입술을 덥석. 아랫입술을 잘근잘근 깨물며, 손을
브래지어 안으로 집어넣었다.

"하아!"

우리의 입에서 뜨거운 숨이 쏟아져 나왔다. 서준은 그 열린 입
술 안으로 혀를 깊게 밀어 넣었다. 손은 동그란 가슴을 쉴 새 없
이 주무르고, 혀는 부드러운 입안을 헤집으며 타액을 연신 빨아
들였다. 입술이 떨어지고, 남자는 흔들리는 눈동자로 그녀를 바
라보았다. 수줍은 듯 두 눈을 살며시 피하려는 여자를 향해 그가
입을 열었다.

"여우리, 다른 남자한테 웃어주지 마."

거친 숨을 그녀의 얼굴에 쏟아내며 서준이 낮은 목소리로 으
르렁거리듯 말했다.

"……네."

"다른 남자랑 얘기도…… 하지 마."

가슴을 쥐어짜듯 주무르던 손이 어느새 허리를 지나 팬티 속
으로 파고들어가 있었다.

"……응. 아, 서준…… 씨."

거칠게 안으로 파고드는 손가락에 여자는 말을 제대로 할 수
가 없었다. 그저 숨을 빠르게 내뱉고 들이마시며, 팔을 들어 서
준의 목에 감아 매달렸다.

"미치는 줄 알았어."

여자의 팬티가 그의 손에 의해 아래로 휙 벗겨져 내려갔다. 그녀는 부끄러운 곳을 가리려는 듯 다리에 힘을 주어 꼬았지만, 남자의 힘을 당해 낼 수는 없었다.

서준이 여자의 양쪽 허벅지를 붙잡아 벌리고, 그 사이에 앉았다. 두 눈이 벗은 몸의 여자를 뚫어지게 쳐다보자 우리는 부끄러움에 눈동자를 옆으로 돌렸다.

"빨리 오려고 했는데."

그녀의 다리 사이에 뜨거운 숨이 와 닿았다. 우리는 고개를 뒤로 젖히며 가느다란 신음을 흘렸다.

"삼환그룹 최 회장이 붙잡았어."

입술로 여자의 하얀 허벅지를 간질이며, 서준은 그 위에 몇 마디 말을 쏟아냈다. 촉촉한 혀가 그 위를 적시고, 깊은 곳을 향해 점점 안쪽으로 다가왔다.

"나보고 자기 딸을 만나보래."

지금까지도 존댓말을 고수하며 깍듯이 예의를 차리던 서준은 어느새 사라지고, 제 여자를 향해 가득한 욕심을 드러내고 있는 남자만 존재했다.

"그래서 내가 결혼했다고 말했거든."

남자의 혀가 여자의 아래에 닿았다. 과음을 했다던 남자는 평소보다 열 배쯤 말이 많았다. 우리는 숨을 헐떡이며 그의 말에 집중했다. 하지만 너무나 뜨거운 혀의 자극이 그마저 방해했다.

"아, 서준 씨."

가느다랗고 색스러운 여자의 목소리가 남자의 귓가를 자극했다. 그는 고개를 살짝 들어 올리며 그녀의 얼굴을 내려다보았다.

서준은 드로어즈를 벗어 침대 아래로 던져 버리고, 팔을 뻗어 여자의 등 뒤로 가져갔다. 그리고 아직 거추장스럽게 붙어 있는 그녀의 브래지어를 풀어 바닥에 팽개쳤다. 제 몸을 그녀의 몸 위로 겹치며, 알코올 냄새가 가득한 입을 그녀의 붉은 입술 위에 올렸다.

　"나보고 도둑장가를 갔다고…… 자꾸 술을 먹이잖아."

　말을 할 때마다 입술이 달싹이며 여자의 입술을 간질였다. 그리고 마주한 얼굴 사이, 그 아주 좁은 공간에서 두 사람의 뜨거운 숨이 뒤섞였다.

　울먹이듯 거의 자지러지는 신음 소리가 방 안을 가득 채웠다. 땀과 흥분에 젖은 몸은 서로를 더욱 촉촉이 적시고 있었다. 살이 마주 닿으며 찰박이는 소리가 여자의 울먹이는 소리만큼 데시벨을 높였다. 빠르게 움직이던 몸이 어느 순간 잔뜩 힘을 주며 속도를 늦추었다. 그리고 그 움직임이 멈추는 순간, 두 사람은 동시에 몸을 부르르 떨었다.

　참을 수 없는 쾌감은 마치 전기가 오르듯 온몸을 훑어 내려갔다. 뜨거운 액체가 두 사람이 교합된 그곳에서부터 여자의 몸 안으로 서서히 퍼져 들어가는 것이 느껴졌다.

　서준은 그녀의 몸 위로 흘러내리듯 쓰러졌다. 여전히 헐떡이는 숨은 누가 더 하다고도 말할 수 없이 거칠었다. 터질 듯 쿵쿵거리는 심장도 한차례 화산처럼 뜨거웠던 시간을 증명하듯 귓가에 크게 울리고 있었다. 침대 위로 축 늘어진 남녀의 몸은 여전히 뜨거웠다. 우리는 손을 들어 땀이 흐르는 남자의 얼굴에 올렸다.

"조심해."

그녀의 손이 닿자, 눈을 감고 있던 남자의 입이 열리며 음험한 경고의 말이 흘러나왔다.

"네?"

그 말에 깜짝 놀란 우리가 조심스럽게 손을 떼었다.

"건들면…… 또 폭발할지도 몰라."

"하!"

어이없는 대답에 우리는 입을 떡 벌렸다. 기가 막혔다. 애초에 남자의 이런 속성도 모르고서, 그때 뭐라고 했었지? 너무 바르고 반듯하다고 했던가? 지루하고 재미없다고 했던가? 하여튼 그런 말을 뱉어낸 제자신이 아주 한심스러울 정도였다.

우리는 평소보다 일찍 일어나 북엇국을 끓였다. 지난밤은 꽤 많이 취했었는지 서준은 전혀 다른 남자가 된 것 같았다. 어쩌면 그 음험한 모습이 이 남자의 진짜 모습인지도 모른다는 그런 생각이 들 정도였다.

보글보글 국이 끓어오르고 간을 맞추는 사이, 언제 일어났는지 샤워를 한 남자가 향긋한 비누 향을 풍기며 가까이 다가왔다.

"잘 잤어?"

앞치마를 두르고 해장국을 끓이고 있는 여자가 사랑스러워, 그는 뒤에서 팔을 뻗어 그녀의 허리에 감았다.

"음, '잘'은 모르겠고요, 잠깐은 잔 거 같아요."

잘 잤느냐는 물음은 애초에 맞지 않았다. 밤새 남자는 그녀를 자도록 가만두지 않았다. 아무리 과하게 술을 마셨다지만, 옆에 누운 남자가 백서준이 맞는지 의심스러울 정도로 그는 평소와는 전혀 다른 모습을 보였다. 그리고 그 밤 이후로 말도 완전히 놓아 버렸다.

우리의 대답에 서준은 가볍게 픽 웃으며 팔에 더 힘을 주어 허리를 감싸 안았다. 그리고 그녀의 드러난 하얀 목에 입술을 붙였다.

"냄새 좋네."

"북엇국이요. 속 안 좋을 거 같아서."

"아니, 이 냄새."

여자의 말에 그는 픽 웃으며 부정했다. 그리고 입을 가볍게 열어 뽀얗고 부드러운 살결을 살짝 빨아들였다. 빨간 자국이 새끼를 칠까 봐 걱정된 그녀는 얼른 목을 움츠렸다.

"백서준 씨! 정말 너무해. 밤새 이랬던 거, 기억은 나요?"

"한 달을 넘게 애태워 놓고, 이게 너무해? 마음 같아선 지금 당장 저 식탁에 안아 올리고 싶은데?"

우리의 투정에 남자는 그녀의 귀에 대고 음험하고 낮은 목소리로 얘기했다. 그녀는 고개를 살짝 틀어 식탁을 흘깃 쳐다보았다. 이미 몇 개의 반찬이 접시에 예쁘게 담겨져 올라 있고, 수저까지 가지런히 놓여 있는 상태였다. 그것들이 순식간에 어질러지는 상상을 하며 그녀는 고개를 세차게 저었다.

"대표님? 그 마음, 제발 반만 접어주시죠? 대표님이 너무 열정적이시면, 아래 직원이 힘들거든요."

"반만?"

"네, 딱 반만요."

얼굴에 웃음을 가득 담고 대답하며 우리는 허리에 둘러진 남자의 손을 억지로 떼어 냈다. 그리고 얼른 국을 떠서 손에 들었다. 뜨거운 것이 들려 있으니, 함부로 건들지 말라는 무언의 협박이었다.

"어디 가는 건데요?"

말없이 운전하는 기범에게 서정이 물었다. 남자는 아침부터 그녀에게 외출 준비를 시키더니, 행선지도 밝히지 않고 꽤 오래 차를 달렸다. 서울을 벗어난 지가 벌써 한 시간 정도. 어쩐지 그의 마음도 서정의 마음처럼 무겁게 가라앉아 있는 것 같았다.

"우리 어머니한테요."

"예? 어머니요?"

"네. 서정 씨랑 같이 인사드리고 싶어서."

기범의 대답에 그녀는 깜짝 놀라 눈을 크게 떴다. 아직 어떤 결정을 한 것도 아닌 상황에 너무나 성급한 행동이었다.

"실장님! 이러는 게 어디 있어요? 나한테 사전에 한마디 말도 없이 어떻게……."

"왜요, 그렇게 싫습니까?"

"아뇨, 꼭 싫다는 게 아니라…… 난 아직 마음의 준비가……. 그리고 결정도 못했고, 또 반대하실 텐데……."

서정이 횡설수설하며 대답했다. 게다가 목소리도 개미 소리만큼 작아 알아듣기조차 어려울 정도였다. 이 여자가 무엇을 걱정하는지, 또 왜 망설이는지는 기범도 알 것 같았다. 아직 그와 어찌 해야 할지 결론을 내리지 못한 상태. 게다가 세상이 많이 바꿰었다고는 하지만 그래도 이혼녀라는 꼬리표는 어른들에게 절대 곱게 보일 리 없을 테니 말이다.

"걱정 말아요. 어머니도 좋아하실 거예요."

남자는 그렇게 씨알도 먹히지 않을 얘기를 위로라고 내뱉고서 다시 입을 다물었다. 그리고 얼마 지나지 않아 차가 주차장에 서서히 멈추었다.

"여긴……."

"내려요."

차창 밖을 살피다가 놀란 서정이 기범을 향해 고개를 돌렸다. 두 사람이 도착한 곳은 묘지 입구였다. 그가 말한 그의 어머니는 이미 이 세상 사람이 아니라는 뜻. 그것을 이제야 깨달은 서정은 마음이 숙연해졌다. 그리고 기범에게 미안한 마음도 들었다.

비서실장이라는 자리 탓도 있지만 기범은 그녀와 그 집안에 관해 모르는 것이 거의 없을 정도였다. 그런데 서정은 그를 좋아한다고 하면서도 한 번도 그의 부모나 과거에 대해 궁금하게 생각한 적이 없었다. 그냥 겉으로 보이는 대로 좋은 집안, 좋은 부모 밑에서 자란 평범한 엘리트 정도로 생각했을 뿐이었다.

기범이 차 트렁크를 열어 꽃다발을 꺼내 들었다. 그리고 서정에게 내밀었다.

"생각해 보니까 우리 어머니도 서정 씨처럼 이런 꽃 한 번 받아 보신 적이 없더라고요. 나 대신 서정 씨가 드려요. 아마 그걸 더 좋아하실 거예요."

서정은 대답 없이 꽃다발을 받아 들었다. 그리고 먼저 걷기 시작한 기범의 뒤를 따라 걸었다. 질서정연하게 세워진 비석들이 언덕 위로 쭉 모습을 드러내고, 남자는 중간쯤 위치한 비석 앞에서 걸음을 멈추었다. 그는 뒤를 돌아보며 몇 걸음 뒤에 서 있던 그녀를 향해 어서 오라고 손짓했다. 서정은 그의 옆에 바싹 다가서서 천천히 비석 앞에 꽃을 내려놓았다.

"인사드려요. 우리 어머니."

기범의 말에 서정은 맨 바닥에 무릎을 꿇고 두 번의 절을 올렸다. 그리고 몸을 일으키며 깊이 허리를 숙였다.

"우리 어머니는 아마 내가 여자를 데려올 줄 상상도 못 하셨을 겁니다. 난 죽어도 결혼 안 한다고 입버릇처럼 말했었거든요. 그래서 절대 반대 안 하실 거예요. 서정 씨처럼 착하고 고운 사람 데려왔다고 오히려 좋아하실 겁니다. 어쩌면 아들 구제해 준다고 춤이라도 추실지도 모르죠."

기범의 말이 억지라는 것을 알기에 서정은 피식 웃음을 터뜨렸다. 아마도 그녀의 마음을 편하게 해주려는 심산임에 분명했다.

"언제 돌아가셨어요?"

"내가 명진 입사해서 연수 받을 때였어요. 합숙 연수 중이라 연락을 늦게 받아서 임종도 못 지켰습니다. 첫 월급 타면 좋은 선물 해드리려고 했는데, 그새를 못 참으셨네요."

"그럼 아버지는……."

"뭐 어딘가 살아 있기는 하겠죠. 소식 못 들은 지는 좀 오래 됐지만."

들을수록 한숨 나는 얘기였다. 서정은 갑자기 그에 대해 궁금한 것들이 넘쳐나기 시작했다. 하지만 이 사람의 가족사가 평범하지 않다는 것을 안 상황에 더 물어야 하는지, 말아야 하는지

고민이 되었다.

기범은 주머니에서 손수건을 꺼내 바닥에 펼쳤다. 그리고 그 옆에 엉덩이를 붙여 앉으며, 손수건 위를 툭툭 쳐서 서정에게 앉으라는 신호를 보냈다. 서정이 머뭇거리다가 그 위에 앉았다. 기범은 그녀의 한 손을 끌어다 붙잡았다.

"아버지랑 어머니 사이에는 나 혼자예요. 배다른 형제가 있기는 하지만 얼굴을 본 적은 없어요. 내가 어렸을 때부터 어머닌 늘 혼자였어요. 아버지는 집을 나가서 몇 달에 한 번쯤 얼굴을 비췄고, 겨우 돈 몇 푼 쥐어주고 가는 게 전부였거든요. 뭐, 나중에는 그나마도 찾아오지 않았지만."

서정이 궁금해 하는 것들을 기범은 마치 다 안다는 듯 풀어놓기 시작했다. 그녀는 남자에게 잡힌 손을 뒤집어 그의 손가락에 깍지를 끼웠다.

"어머닌 늘 외로워했어요. 돌아오지도 않는 남자를 기다리며 매일 눈물을 흘렸죠. 그런 어머니를 보면서 난 결혼 따위 하지 않겠다고 다짐했었어요. 좋아하는 여자가 생기면 그 여자가 눈물 흘리는 모습은 죽어도 못 볼 것 같았거든요. 그게 내가 여태까지 혼자였던 이유예요."

"그런데 왜 갑자기 나랑 결혼하겠다는 생각을 했어요?"

서정이 작은 목소리로 물었다. 그의 말은 얼른 이해가 가지 않았다. 그런 다짐을 하고 독신으로 살아왔으면서 왜 굳이 자신과 결혼하려는 것인지 알 수 없었다.

"그게 참 이상하죠? 전에 서정 씨 집에서 저녁 먹을 때 말이에요. 서정 씨가 잠깐 눈물 흘리는 걸 봤었습니다. 그게 아마, 사모님이 서정 씨 전남편 얘기했던 그때일 거예요. 그날 서정 씨 보면서 갑자기 어머니 생각이 났어요. 서정 씨 눈물이 꼭 어머니 눈물을 닮았다는 그런 생각을 했거든요. 그 후로 서정 씨한테 자꾸 눈길이 가고, 그리고 또 이렇게 만나다 보니까 서정 씨가 어머니처럼 외롭지 않았으면 좋겠다는 생각도 들었어요. 그리고 나도, 당신이라면 외롭지 않게 해줄 자신이 생겼고."

기범이 잡은 손에 꼭 힘을 주었다. 그리고 서정의 눈을 바라보았다. 눈가에 그렁그렁 눈물을 매달고 있는 여자는 그의 눈을 피해 얼른 고개를 돌렸다.

"서정 씨, 지금 서정 씨가 마음을 열지 않으면 서정 씨도 늘 외로울 거예요. 그리고 나도 마찬가지일 거고요."

결국 참으려던 눈물이 볼을 타고 툭 떨어져 내렸다. 서정은 그에게 잡힌 손을 빼서 얼른 눈물을 닦으려고 했지만 기범은 잡은 손을 꼭 붙잡고 놓지 않았다.

집에 오는 길에 기범은 약속했던 대로 꽃 한 단과 작은 화병을 하나 샀다. 옆에서 서정이 괜찮다며 불퉁거렸지만 싫어서 그런 게 아니라는 것쯤은 알아챌 수 있었다.

집에 돌아온 서정은 피곤하다며 바로 방으로 들어가 버렸다. 그녀는 오는 길에 했던 식사도 거의 먹는 둥 마는 둥이었다. 또 산소에서부터 집에 도착할 때까지 거의 한마디도 하지 않았기에 기범은 그녀가 걱정스러웠다.

따뜻하게 데운 우유를 한 잔 들고 기범은 그녀의 방으로 올라갔다. 벌써 잠든 것은 아닐까 싶은 마음에 작게 노크하고 귀를 기울였다. 하지만 예상대로 안에서는 아무런 소리도 들리지 않았다. 기범은 작게 한숨을 내쉬고 몸을 돌렸지만 왠지 발걸음이 떨어지지가 않았다.

컵을 손에 든 채 그는 잠시 고민했다. 그리고 몸을 다시 되돌렸다. 잠든 얼굴이라도 봐야만 마음이 편할 것 같아 조심스럽게 그녀의 방문을 열었다.

"안 잤습니까?"

서정은 침대에 앉아 세운 무릎에 머리를 기대고 창밖을 내다보고 있었다. 잠든 것은 아니었지만 그녀는 문이 열리는 소리에도, 그의 목소리에도 고개를 들지 않았다.

"밥 제대로 먹지도 않던데, 이거라도 마시고 자요."

그는 침대 옆 협탁 위에 우유를 내려놓았다. 그리고 뭔가 아쉬운 듯 머뭇거리다가 천천히 문을 닫고 밖으로 나왔다.

누군가에게 난생 처음 털어놓은 가정사. 그게 꼭 부끄럽다거나 창피해서는 아니었다. 그러나 자랑거리도 아니기에 굳이 하고 싶지 않았던 이야기였다. 아마도 서정을 만나지 않았더라면 평생 묻어버릴 이야기인지도 몰랐다. 왜 결혼하지 않느냐고 수없이 받아본 질문에 한 번도 곧이곧대로 대답한 적이 없음에도, 서정에게만 유독 사실을 얘기했던 것은 그녀가 제 진심을 알아주길 바라는 마음 때문이었다.

기범은 침대에서 몇 번을 뒤척였다. 지척에 좋아하는 여자를 두고 얼굴도 마음껏 볼 수 없는 처지가 이렇게 힘이 들 줄은 미처 알지 못했다. 서른여덟 늦은 나이에 이렇게 지독히 누구에게 빠질 것이라고는 상상도 못해본 일이었다.

몇 시간을 그렇게 뒤척이다 잠이 들었는지, 어느새 스르륵 눈이 감겼다. 아주 얕게 잠이 든 상태에서 누군가가 방문을 조심스레 두드리는 소리가 들려왔다. 그 기척에 기범은 감은 눈을 번쩍 떴다.

"서정 씨?"

아주 작은 소리였기에 꿈결인지 생시인지 정확히 가늠할 수 없었다. 기범은 재빠르게 몸을 일으켜 방문 앞으로 걸어갔다. 그리고 벌컥 문을 열었다.

"서정 씨……."

문 앞에 베개를 꼭 끌어안은 여자가 얼굴을 붉힌 채 서 있었다. 그 여자의 얼굴을 보는 순간 기범은 가슴이 절절 끓어오르는 것만 같았다. 입을 열었지만 목이 꽉 막혀 한마디도 나오지가 않았다.

"나…… 할게요. 결혼."

눈도 마주치지 못하던 여자가 머뭇머뭇거리다가 겨우 입을 열었다. 모기 소리만큼 아주 작은 소리임에도 그 말은 기범의 귀에 선명하게 날아와 박혔다.

"서정 씨."

가슴이 벅차올랐다. 눈물이 날 것도 같았다. 이렇게 기쁘고 행복한 상황에 남자가 눈물 흘리는 모습은 꼴사나워 보일지도 모르겠지만, 그래도 그만큼 좋은 것은 어쩔 수가 없다.

기범은 팔을 벌려 서정을 덥석 끌어안았다. 하지만 서정이 안고 있는 베개가 두 사람 사이를 가로막았다. 그는 간신히 몸을 떼어내고 여자에게서 꼴도 보기 싫은 베개를 빼앗아 바닥에 내팽개쳤다. 그리고 다시 그녀를 세게 끌어안았다. 떨어지기 싫은 그 마음만큼 한 치의 틈도 없이 아주 격하게.

서정은 베개 대신 기범의 팔을 베고 그의 침대에 누웠다. 그는 품에 안은 여자의 입술에 쉴 새 없이 입을 맞추었다.

"그런데 왜 갑자기 마음이 변한 겁니까?"

"아까 실장님 말 듣고 한참 생각했는데, 난 실장님 어머니처럼 살긴 싫어요. 이렇게 헤어지면 나도 그분처럼 죽을 때까지 실장님 그리워하면서 혼자 살 거 같았어요. 그렇게 살긴 정말 싫어요."

서정의 대답에 그는 하얀 목을 지분대던 입술을 떼고 그녀와 눈을 마주했다. 그리고 입가에 빙긋 웃음을 담았다.

"서정 씨는 참 바보네요. 내가 여태껏 그렇게 얘기했는데, 그걸 이제야 깨닫다니."

"그러게 말이에요. 그냥 지금 헤어지면 쉬울 줄 알았어요. 그런데 마음이…… 그게 아니더라고요. 나 실장님 정말 많이 좋아하나 봐요."

그녀는 어느 때보다 말간 눈빛으로 그를 바라보았다. 그 눈빛에 더는 참기 힘들어진 남자가 천천히 그녀의 입술을 향해 얼굴을 내렸다.

새벽 무렵까지 회포를 푸느라 힘들었던 두 사람은 꽤 늦은 시각에 눈을 떴다. 함께 밥을 해먹고 소파에 딱 붙어 앉아 차를 홀짝였다.

"아, 참!"

서정은 뭔가 생각났다는 듯 찻잔을 테이블에 내려놓고 몸을 틀어 주머니를 뒤적였다. 그리고 곧 두툼한 하얀 봉투 하나가 기범의 앞에 내밀어졌다.

"이거요."

"이게 뭔데요?"

"빚진 거, 70만 원."

서정의 대답에 그는 피식 웃음을 지었다. 그리고 건네받은 봉투를 그녀의 손에 다시 쥐어주었다. 이래서 이 여자가 좋은 걸까? 나이답지 않게 순진하고, 또 솔직한 모습 때문에.

"안 갚아도 돼요. 그냥 서정 씨 필요한 곳에 써요. 어차피 이거 받자고 밥 해달라고 한 거 아니니까."

"응? 뭐야, 그럼 그때 이미 나 좋아한 거예요?"

"음, 아마도?"

기범이 대답하며 고개를 기울여 그녀의 입술을 가볍게 빨아들였다. 간밤에 지치도록 물고, 빨았는데도 떨어져나가는 입술은 여전히 아쉽기만 하다.

"아니, 그래도 갚을래요. 나 여태까지 사고 친 거 매번 백사장이 다 수습했거든요. 이번 건 내 손으로 해결하고 싶어요. 그리고 앞으론…… 사고 치지 않겠다고 약속해요."

작게 기어들어가는 목소리로 말하는 여자의 볼을 기범이 살짝 꼬집듯 붙잡았다. 나이를 어디로 먹었는지 어린애처럼 말하는 모습이 그렇게 귀여울 수가 없었다.

"아! 그리고 나요, 요리 학원도 다시 다닐래요. 전에는 한식만 했는데, 이번엔 양식도 배워볼까 봐. 그리고 되도록 자격증도 따려고요. 생각해 봤는데, 내가 제일 잘하는 게 요리 같아서요."

"하루아침에 철이 들어도 너무 들었네, 서정 씨. 좋아요, 그럼 그 학원비는 내가 낼게요."

"아뇨, 나 백사장이 용돈 준 거 아직 있어요. 요새 외출도 안 하고 그래서 하나도 안 썼어요."

"그래도, 내가 해주고 싶어요. 어차피 서정 씨 요리 배우면 덕 보는 건 난데?"

"뭐, 좋아요! 그럼 오늘 저녁, 내가 실력 발휘 한번 해볼까요? 뭐 먹고 싶은 거 있어요?"

서정의 물음에 기범이 눈을 반짝였다. 뭔가 확실히 먹고 싶은 게 하나 있기는 한데, 그걸 요리하는 건 그녀가 아닌 자신이어야 했다.

"……백서정."

"네?"

"먹고 싶다고. 백서정."

기범의 대답을 얼른 이해하지 못한 것인지, 아니면 민망해서 모른 척하는 것인지, 눈만 껌뻑이는 서정을 향해 그가 음흉한 웃음을 보였다. 그리고 손을 뻗어 그녀의 허리를 덥석 안아 당겼다.

승주가 여행에서 돌아오고, 기범과 서정은 결혼을 허락받았다. 이미 예상했던 터라 딱히 놀랄 일도, 또 반대할 일도 없으니 모든 것이 순조롭게 흘러갔다. 그리고 결혼식보다 앞서 두 사람은 기범의 방에 이미 둥지를 틀었다.

예식장을 잡고, 신혼 여행지를 알아보고, 또 신혼 살림을 준비하느라 꽤 바쁠 줄 알았으나…… 기범의 예상은 완전히 빗나갔다.

"결혼식이야 뭐, 그냥 조용히 했으면 좋겠어요. 어차피 실장님은 가족도 없고, 또 나도 처음이 아니라서……."

"괜히 그런 걸로 주눅 들고 그럴 필요 없어요. 새 출발을 알리는 좋은 일인데, 굳이 감출 필요도 없는 거고. 서정 씨 집안 체면도 있으니까."

"아뇨, 백사장도 조용히 했는데, 내가 요란 떨 필요는 없잖아요. 그냥 간단히 해요."

"그럼 신혼여행을 좋은 곳으로 갑시다. 서정 씨 가고 싶은 곳 없어요?"

"나야 뭐, 실장님이랑 같이 가는데, 어디든 상관없어요."

욕심을 부릴 줄 알았던 여자가 결혼식에는 전혀 열을 올리지 않았다. 그래서 기범은 서정을 데리고 열심히 백화점을 들락거렸다. 뭐가 됐든 결혼을 하는 마당에 그녀가 원하는 것은 다 사주고 싶은 마음이지만 서정은 그마저도 시큰둥했다.

"대체 왜요? 예물이라도 제대로 하든지, 아님 뭐 갖고 싶은 거라도 있으면 사요. 아무리 월급쟁이 신세지만, 나도 내 여자가 갖고 싶은 건 다 사주고 싶은 남자라고요."

사실 서정이 그동안 돈을 물 쓰듯 했던 건 허한 마음을 달래기 위해서였다. 그러니 지금처럼 마음을 꽉 채우고도 넘치는 사랑을 받는 터에 그런 게 아쉬울 리가 없다.

"별로 사고 싶은 것도 없는데요, 뭘. 필요 없는 물건을 사는 건 낭비잖아요. 그리고 어차피 여기서 그대로 살 텐데 살림살이가 따로 필요한 것도 아니고. 그리고 구두고, 옷이고, 핸드백이고, 그동안 사들인 것만으로도 차고 넘치는 거, 저도 안다고요."

"하, 참."

그렇게 사소한 언쟁이 끝이 났다. 달라져도 너무 달라진 여자 때문에 기범은 결혼에 대한 별 감흥조차 없었다. 결혼식이라면 대부분 여자들이 유난을 떤다고 들었는데, 서정은 또 그렇지가 않았다. 어쩌면 이미 한 번의 과거사가 있기 때문에 그러는 것은 아닐까 싶어 안타깝기도 했다.

기범은 그녀를 안고 침대에 누워 한참을 고민했다. 이 여자를 위해 뭔가 특별하게 해줄 것이 없을까, 어떤 선물을 해야 제 마음을 조금이라도 보여줄 수 있을까.

서정은 이미 잠이 들었는지 쌔근거리는 숨소리만 들려왔다. 고개를 기울여 그 얼굴을 들여다보고 있으려니 기범의 입가에 절로 미소가 감돌았다.

신혼여행 가방을 꾸린다고 기범은 퇴근길을 서둘렀다. 2층 방으로 올라와 문을 열어 보니 방이 폭격을 맞은 것처럼 난리였다. 짐 꾸리기를 먼저 시작한 서정이 방에서 온갖 물건들을 끄집어 내놓은 상태라, 난장판도 이런 난장판이 따로 없다.

"이게 다 뭡니까?"

"뭐긴요, 전부 여행가서 필요한 물건들이지. 아, 근데 이거 다 챙기려면 가방이 한 다섯 개쯤은 있어야 할 거 같은데요?"

"어디 이사 갑니까?"

기범은 바닥에 늘어놓은 물건들을 한쪽으로 밀어붙이고 그녀의 옆에 앉았다. 뭘 그리 많이도 챙겨 넣은 것인지, 이미 커다란 두 개의 가방이 꽉 차 있었다. 그 모양새가 하도 기가 막혀 이미 챙겨 놓은 물건들을 꺼내고, 확인 후에 필요한 것들만 다시 추렸다.

"여행 처음 가요? 뭘 이렇게 많이⋯⋯."

무심코 내뱉은 기범의 말에 부지런히 움직이던 서정의 손이 우뚝 멈췄다. 그와 마주한 눈동자가 금세 그렁그렁해지며 표정도 어두워졌다.

"그러게요. 학교 때 친구들이랑 놀러간 거 빼곤, 신혼여행이 마지막이네. 뭐⋯⋯ 그것도 거의 혼자 보냈지만."

서정의 말을 듣는 순간 기범은 또 속이 부글부글 끓어올랐다. 무릎 위에 있던 그의 손이 주먹을 꽉 움켜쥐었다. 박정훈 그 개자식, 나중에 만나면 얼굴을 아주 박살을 내버릴까, 그런 생각을 하며 인상을 썼다.

"이제부터 나랑 다니면 되잖아요. 시간 날 때마다 틈틈이."

"고마워요."

서정이 금세 표정을 풀고 그를 향해 씩 웃었다. 물론 그의 직업상 여행이 쉽지 않으리라는 것은 알고 있다. 서준은 주말에 출근하는 날도 꽤 많았고, 출장도 매우 잦았다. 그리고 그때마다 기범이 늘 함께하던 것도 알고 있었다. 그러니 지금 한 약속을 나중에 못 지킨다고 해도 그걸 투정할 마음은 없다. 어쨌든 결혼생활 10년 동안 휴가 때마다 다른 여자와 함께 여행 갔던 그 개자식과는 비교가 안 될 테니.

"샴푸, 린스, 비누, 수건, 치약, 칫솔 이런 건 호텔에 가면 다 있어요."

"그래도 나한테 안 맞을 수도 있고, 내가 쓰던 걸 써야…… 알 았어요."

뭐라고 반박하려던 서정이 그의 눈치를 보다가 얼른 수긍했다. 기범은 그 모습이 귀여워 슬금슬금 또 웃음이 나왔다.

"그리고 또 이건 뭡니까? 이 두꺼운 옷들은 뭐하게요. 몰디브 가 얼마나 더운데. 무슨 패션쇼하러 가는 것도 아니고."

"칫! 알았어요, 빼요. 햇볕 뜨거울까 봐 넣은 거라고요."

"그런 거라면 얇은 긴팔 하나면 되죠. 어, 그리고 이건 뭐……."

엄지와 집게로 뭔가를 집어올린 기범은 차마 말을 잇지 못했 다. 그리고 시뻘겋게 얼굴이 타올랐다.

"어머!"

자그마한 그 천 쪼가리를 서정이 휙 낚아챘다. 그리고 그녀도 얼굴을 붉게 물들이며 얼른 주머니에 넣어버렸다.

"그건 대체 무슨……."

물론 여자의 속옷을 처음 보는 것은 아니다. 하지만 생겨도 어 찌 그리 민망하게 생겼는지. 정말 손바닥보다 작은 천 쪼가리에 끈만 달랑. 이건 뭐 입으나마나 하게 생긴 모양이라 얼굴을 붉히 지 않을 수가 없다.

"그냥, 뭐…… 그래도 신혼여행이니까, 실장님 취향…… 맞춰 주려고……."

말을 하면 할수록 여자의 얼굴은 점점 더 붉게 타올랐다. 그리 고 마침내 두 손으로 얼굴을 휙 가렸다. 기범이 자꾸 상상하며 쳐다보는 것 같아 창피함에 차마 얼굴을 마주할 수가 없었다.

"취, 취향이라뇨? 내 취향?"

아니, 대체 이게 무슨 자다가 옆집 남자 뒷다리 긁을 얘기인가. 이렇게 야시시한 T팬티를 놓고 총각한테 취향이니 뭐니. 별로 그런 변태적인 취향은 없는데, 대체 이 여자가 왜 그런 오해를 했는지 알 길이 없어 어리둥절할 뿐이었다.

"그때 호텔에서 전화했을 때…… 실장님이 사다준 거잖아요."

서정은 손으로 여전히 빨간 볼을 감춘 채, 들릴 듯 말 듯한 목소리로 대답했다. 기범은 멍하니 생각하다가 겨우 그때의 일을 떠올렸다. 아마도 그때 샀던 것이 바로 그 T팬티인 모양이다. 그러니 돈을 갚으라는 말에 속옷값은 빼라며 서정이 방방 뛰었던 것도 무리는 아니었다.

"크큭, 푸하하하하."

그 일을 기억해낸 기범은 결국 크게 소리 내며 웃음을 터트렸다. 백서정 이 여자는 여태껏 그 속옷이 기범의 취향이라 생각하며 그나마 신혼여행에서 즐겁게 해준다고 그걸 입으려는 것이었다.

이런 여자를 어떻게 사랑하지 않을 수 있을까. 소리 내어 웃는 것은 겨우 멈췄지만, 여전히 피식피식 웃음이 흘러나왔다. 서정은 그의 반응이 못내 부끄러운지 자리에서 벌떡 일어섰다.

"그만 웃어요!"

여자가 방을 나가려고 쿵쿵거리며 기범의 앞을 지나치는 순간, 그는 그녀의 손목을 덜컥 붙잡았다. 그리고 힘을 주어 끌어당기자, 놀란 서정이 힘없이 기범의 무릎 위로 주저앉았다.

"백서정 씨, 그거 입은 거 꼭 보여줘요."

"이씨, 이거 놔요. 지금 나 놀리는 거죠?"

서정은 기범의 손에서 벗어나려고 몸을 버둥거렸다. 하지만 그는 팔에 힘을 주어 서정을 꼭 끌어안았다.

"아, 진짜 보고 싶네. 궁금해 미치겠네."

또 몇 번 피식거리며 웃음을 흘린 기범이 고개를 숙여 그녀의 입술을 베어 물었다. 그의 혀가 사랑스러운 여자의 입술을 살살 간질이고, 입을 굳게 다물고 반항하려던 그녀는 금세 몸에서 힘을 빼고 그의 목에 팔을 감았다.

이 남자가 주는 달콤함. 둘만의 은밀한 행위에 어느새 중독이 되어버린 것 같았다. 서정은 입을 벌려 부드럽게 밀려들어오는 남자의 혀를 받아들였다. 달콤하고 황홀한 기분. 키스만으로도 몸이 절절 끓어오르는 것 같았다.

안으로 들어온 그의 혀와 서정의 혀가 부드럽게 마주쳤다. 입안 깊은 곳에서 타액이 섞이고, 두 입술이 마주하며 질척이는 소리가 귓가를 자극했다. 여자의 등을 부드럽게 쓸어내리던 그의 손이 어느새 앞으로 옮겨와 탐스러운 가슴을 움켜쥐었다.

"하웃!"

그녀는 뜨거운 숨을 토해내며, 참을 수 없다는 듯 팔에 힘을 주어 남자에게 강하게 매달렸다.

"최 서방! 저녁 먹어야지!"

그때였다. 아래층에서 들려오는 승주의 목소리가 두 사람의 흥을 깼다. 기범은 서정에게서 입술을 떼어내고, 어느새 흩뜨려진 여자의 머리카락을 손으로 단정히 빗겨주었다.

"어머님 계신 걸 깜빡했네."

숨을 고르고, 머쓱해진 표정으로 웃으며 기범이 말했다. 아직 초저녁인 것도 잊고, 밥 먹는 것도 잊은 채 일을 저지를 뻔했으니, 그도 이 여자에게 중독된 것이 틀림없다.

"내려갑시다."

먼저 일어선 기범이 손을 뻗어 서정을 잡아 일으켰다. 그리고 함께 방을 나서 주방으로 향했다.

식사를 마치고 서정은 짐정리를 한다며 다시 뽀르르 방으로 올라갔다. 기범은 주방에 남아 뒷정리를 돕다가 승주를 향해 입을 열었다.

"어머님, 저 부탁드릴 게 하나 있습니다."

"그래, 뭔데? 우리 최 서방 부탁이야 뭐든 들어줘야지."

"집에 그릇들 좀 바꿔도 되겠습니까?"

"그릇? 그릇이 마음에 안 들어?"

승주가 의아한 듯 물었다. 보통 남자들은 이런 쪽에는 워낙 관심이 없어하는 터라 그 이유가 궁금했다.

"결혼 선물로 뭔가 해주고 싶은데, 딱 마음에 드는 게 없어서요. 서정 씨가 요리 배우겠다고 하니까, 제가 그릇을 좀……."

쑥스러운 듯 대답하며 기범이 머리를 긁적였다. 그런 그의 모습에 승주는 피식 웃음을 지었다.

"뭐 그렇게 해. 난 그릇 같은 데엔 크게 관심 없어서."

"저희 여행 간 사이에 집에 도착하도록 할게요. 그때 좀 다 바꿔주실 수 있으세요?"

"그래, 알았어. 뭐 어려운 것도 아니네."

승주가 흔쾌히 대답했다. 말 그대로 그리 어려운 부탁도 아니었다. 그런데도 기범은 평소답지 않게 부끄러운 듯 얼굴을 붉혔다.

서준과 우리는 본가로 향하는 중이었다. 서정과 기범이 신혼여행에서 돌아오는 날이라 다 같이 모여 저녁을 먹기로 했다. 운전을 하면서도 서준은 틈틈이 옆자리를 흘깃거렸다.

"괜찮아? 지금이라도 병원에 가 보는 게 어때?"

"아뇨, 괜찮아요."

좌석에 몸을 깊게 묻은 채, 축 늘어진 여자의 모습이 안타까웠다. 서준이 벌써 몇 번째 물었지만 우리는 그저 괜찮다는 대답뿐이었다.

최근 들어 눈에 띄게 피곤해하는 모습이었다. 얼굴도 생기를 잃었고, 웃음도 많이 줄어든 것 같았다. 그래서 서준도 그녀만 보면 불끈불끈 치솟는 욕구를 혼자 삭여야 하는 날도 있었다.

"아픈 게 아니라 그냥 피곤해서 그래요."

"그럼 그냥 집으로 다시 갈까?"

"어떻게 그래요. 괜찮으니까 그냥 가요."

결국 그녀의 고집을 꺾지 못하고 서준은 그대로 본가를 향해 내달렸다. 집안에 들어서자 승주와 서정, 기범이 함께 거실에 서 있었다. 커다란 짐 가방을 옆에 두고 서 있는 모양새가 방금 막 도착한 것 같았다.

"잘 다녀왔어?"

서준이 서정을 향해 묻고 몸을 돌려 기범이 내미는 손을 잡았다. 악수를 하기에는 뭔가 쑥스러운 사이랄까. 하지만 예전의 사장과 비서실장의 그런 관계가 아닌 매형과 처남 관계의 새로운 시작이었다.

"……매형, 여행은 즐거우셨습니까?"

아직은 호칭조차 어색할 뿐이었다. 기범도 순간 서준에게 뭐라고 해야 할지 머리를 굴리다가 결국 멋쩍게 대답했다.

"아, 예. 덕분에."

기범과 서정이 한복을 차려 입고 절을 올렸다. 승주는 딸의 행복을 보며 기쁨의 표현을 눈물로 대신했다.

"내가 좀 주책이지, 이 좋은 날. 우리 밥이나 먹자."

승주의 말에 다 같이 자리에서 일어섰다. 주방에는 이미 음식 냄새가 가득했다.

우리가 살짝 인상을 찌푸렸다. 내내 그녀의 인상을 살피던 서준은 걱정스러운 마음에 그녀 옆에 달싹 붙어 섰다.

"괜찮아?"

우리는 대답 대신 고개만 간신히 끄덕이고 서준이 빼주는 의자에 앉았다. 식탁에는 정성껏 차려놓은 음식이 푸짐하게 담겨 있었다.

"엄마, 그릇 바꿨어?"

평소 요리를 즐겨 했던 서정은 그릇 모양이 바뀐 것을 금세 알아차렸다. 그 질문에 승주는 입가에 씨익 미소를 담으며 기범을 흘깃 쳐다보았다. 그의 얼굴은 어느새 붉게 물들어 있었다.

"응, 그래. 어떤 남자가 선물해 주더라."

"뭐? 어떤 남자? 엄마도 연애해?"

남자의 선물이란 얘기에 서준과 우리, 그리고 서정까지 동시에 놀라 눈을 크게 떴다. 그리고 승주를 향해 눈길을 돌렸다.

"연애는 무슨."

승주는 시답잖다는 듯 피식 웃음을 흘리고 수저를 들었다. 오목한 접시에 푸짐하게 담긴 갈비찜이 식탁 가운데에 내려졌다. 그 순간, 우리와 서정의 얼굴이 동시에 일그러졌다.

"읍!"

"우읍!"

두 여자는 손으로 입과 코를 막고 자리에서 벌떡 일어섰다. 그리고 주방 입구에 더 가까이 앉아 있던 서정이 먼저 화장실로 달려갔다.

거실로 달려 나가며 어쩔 줄을 모르는 우리를 서준이 재빨리 뒤따랐다. 그리고 그녀의 손을 잡아 승주의 방에 딸린 화장실로 얼른 이끌었다.

"우읍!"

변기를 붙잡고 구역질을 해대는 우리를 서준이 안타까운 눈으로 내려 보며 등을 살살 두들겼다. 내내 컨디션이 좋지 않아 보이더니 결국 탈이 난 모양이었다.

"괜찮아? 안 되겠어. 병원으로 가자. 정 힘들면 박사님 집으로 부를까?"

서준의 말에 우리는 힘없이 손을 들어 절레절레 흔들었다. 그리고 서준이 건네주는 티슈로 입을 닦으며 겨우 몸을 일으켰다.

"안 그래도 될 거 같아요."

"너희 혹시……."

뒤늦게 따라 들어온 승주가 욕실 문 앞에 서 있었다. 그리고 입가에 희미하게 미소가 번져 있었다.

"네, 맞는 거 같아요, 어머니."

"어머나! 어머, 어머."

승주는 맨 발로 욕실에 달려 들어왔다. 그리고 우리의 가녀린 몸을 덥석 끌어안았다.

"어머나, 이게 웬 일이니. 고맙다, 아가야. 정말 고마워."

승주는 또 눈물을 글썽였다. 그 상황을 멍하니 지켜보고 있던 서준도 대충 무슨 일인지 짐작했다.

"혹시, 아이…… 맞아?"

서준의 말에 우리가 고개를 끄덕였다. 그리고 부끄러운 듯 얼굴을 붉혔다.

"아직 확실치는 않은데, 그런 거 같아요. 병원 가봐야……."

"어머님! 우리 서정 씨 임신한 모양입니다!"

또 한 남자가 승주의 방으로 들어서며 큰 소리로 외쳐댔다. 조금 전 거실 화장실로 달려간 서정도 아마 우리와 같은 증세인 것 같았다. 기범은 입이 아주 찢어질 듯 벌어졌다.

"세상에, 이게 무슨 일이라니? 그것도 동시에."

기범의 손에는 하얀 플라스틱 막대가 쥐어져 있었다. 그가 자랑스럽게 그 막대를 내밀자 빨간 줄 두 개가 선명하게 눈앞에 드러났다.

"해봤어?"

서준이 우리를 향해 물었다. 기범이 들고 있는 것이 무엇인지는 설명 듣지 않아도 눈치로 대강 알 수 있는 나이였다.

"아뇨…… 아직."

"저거 어디서 팔아?"

서준이 긴 손가락으로 막대를 가리키며 우리를 향해 물었다.

"서준아, 약국, 약국."

마음이 다급해진 승주가 우리 대신 대답하며 서준의 등을 떠밀었다. 그는 무슨 비상 상황이라도 되는 듯 쏜살같이 밖으로 달려 나갔다.

잠시 후, 백 미터 달리기를 열 번쯤 뛴 듯, 서준이 땀을 흘리며 달려 들어왔다. 그도 그럴 것이 10분쯤은 가야 있는 약국을 3분 만에 초스피드로 다녀온 것 같았다.

우리를 욕실 안으로 밀어 넣고, 승주는 문 앞에 서서 초초하게 기다렸다. 그리고 잠시 후, 욕실에서 나온 우리가 수줍게 고개를 끄덕였다.

"어머! 진짜네! 우리 딸, 며느리, 둘 다 모두 고생했어. 축하해, 애들아."

승주는 호들갑을 떨어댔다. 그리고 행복에 겨운 눈물을 흘렸다.

잠시 후, 다섯 사람은 다시 식탁에 모여 앉았다. 그리고 두 여자가 크게 반응했던 갈비찜을 물린 채 식사를 시작했다.

밥을 먹으면서도 승주는 피식피식 웃음을 흘리느라 정신이 없었다. 그런데 그게 단순히 딸과 며느리의 임신 소식 때문만은 아닌 것 같았다. 승주는 자꾸 피식거리며 웃고 있었고, 그 옆에 앉은 기범은 얼굴이 벌게진 채 조용히 밥을 먹었다.

"이게 뭐야?"

밥을 먹다가 그릇에서 뭔가를 발견한 서정이 음식을 한쪽으로 밀어냈다. 그리고 그와 동시에 서준과 우리도 뭔가 이상한 듯 그 릇을 뒤적였다.

"풉! 호호호호호."

그것이 무엇인지를 이미 알고 있는 승주가 제일 먼저 웃음을 터트리고, 그 앞에 앉은 서정은 창피한 듯 얼굴이 시뻘게진 채로 입을 막고 웃었다. 제 그릇에서도 뭔가를 발견한 서준은 다른 접 시까지 손을 뻗어 음식물을 들췄다. 그러자 여지없이 나타나는 서정과 기범의 캐리커처. 그리고 그 옆에는 입에 담기도 민망한 문구들이 새겨 있었다.

영원히 사랑해, 당신이 최고야, 나의 여왕마마, 우유빛깔 백서 정, 이 안에 너 있다, 당신 없인 살 수 없어, 당신만의 비서실장 최기범 등등, 보기만 해도 속이 느글거리고 얼굴이 붉어질 만한 그런 닭살 유발 멘트들이었다.

"아, 뭐, 말로 하긴 좀…… 민망해서요."

누가 묻지도 않았건만, 기범이 머리를 긁적이며 해명했다. 그 말에 기가 막힌 서준은 입을 떡 벌린 채 고개를 돌렸다가 옆에 앉 은 우리와 눈이 마주쳤다. 순간 그녀는 레이저 빔이라도 발사될 듯 강력한 눈빛으로 그를 쏘아보았다.

서준은 심장이 뜨끔했다. 제대로 된 청혼도 하지 못했지만, 결 혼 선물 역시 돈으로 쏟아 부을 줄만 알았지 뭔가 정성들여 해준 것이라고는 한 개도 떠오르지가 않았다. 그러니 이 상황에서 가 장 난감한 사람은 역시 서준이었다.

서정은 배를 부여잡고 웃어대고, 기범은 완전히 달아오른 얼 굴로 서정을 쿡쿡 찔러댔다. 승주도 역시 소리를 내어 웃느라 식탁은 완전히 아수라장이었다. 하지만 서준은 차마 웃을 수가 없었다.

집으로 돌아오는 차안에서부터 우리는 내내 말이 없었다. 힘든 몸도 몸이지만, 마음이 상해 있는 것이 분명했다.

차에서 내린 그녀는 손을 잡으려는 서준을 뿌리치고 혼자서 걸어 나갔다. 그리고는 곧바로 방으로 들어가 겉옷을 훌훌 벗었다. 서준이 뒤따라 들어왔는데도 그녀는 눈길 한 번 주지 않았다. 이내 잠옷을 걸쳐 입은 여자는 그를 등지고 침대에 누워버렸다.

우리가 마음이 상한 이유는 바로 기범이 서정에게 준 결혼선물 때문이었다. 남들과 비교하며 이렇게 화를 내는 것이 괜한 심술인 것은 알지만, 그래도 속이 상하는 것은 어쩔 수가 없었다. 연애도 제대로 해보지 못하고 결혼한 것도 억울한 판에, 프러포즈조차도 그 모양이었으니 마음이 상하지 않을 수가 없었다. 같은 여자로서 서정이 그런 기막힌 선물을 받은 것을 보고 속없이 웃고 싶지가 않았다. 무뚝뚝한 서준의 성격 때문에 기범과 같은 선물을 기대하는 것이 무리인 줄은 알지만, 그래도 부러운 마음을 감출 수 없었다.

문에 기대선 서준은 우리의 뒷모습을 보며 고민했다. 어떻게 저 마음을 풀어줘야 할까. 기범처럼 기막힌 선물은 당장은 무리일 테고, 그래도 어떻게든 마음을 보여줘야 하는데. 머리를 이리저리 굴리던 남자는 곧 뭔가가 떠올랐는지, 몸을 돌려 현관문을 나섰다.

그가 다시 돌아온 것은 20여 분쯤이 지나서였다. 그는 뭔가 부스럭거리는 소리를 내며 침대로 다가왔다. 우리는 여전히 눈을 감은 채였다. 피곤해서 잠을 청해보려 했지만 쉽게 잠들지는 못했다.

"자는 거야?"

등 뒤에서 남자의 목소리가 들려왔다. 하지만 그녀는 대답하지 않았다. 그가 다가와 침대에 앉았다. 그리고 이불 밖으로 드러난 그녀의 어깨에 손을 얹었다.

"여우리? 아직 잠들지 않았으면 잠깐 일어나 봐. 내가 지금 당장 어떤 선물을 해주진 못하지만, 그래도 우리 아기 축하는 해야지. 케이크 사 왔어."

아기라는 말에 우리가 몸을 흠칫거렸다. 순간 잊고 있었던 일. 괜한 심술을 부리느라 이렇게 기쁜 일을 생각지 못했다. 그녀는 아직 형체도 거의 없을 아기에게 미안한 듯 납작한 배에 손을 올리며 천천히 눈을 떴다. 그리고 옆에 앉은 서준을 향해 몸을 돌렸다.

"푸흡!"

그와 눈이 마주친 순간 우리는 웃음이 터져 나왔다. 점잖고 안타까운 얼굴과는 달리, 그는 목에 커다란 리본을 치렁치렁 매고 있었다.

"이게 뭐예요?"

여자는 언제 심술을 냈냐는 듯 웃음을 참지 못하며 발딱 일어나 앉았다. 그리고 남자의 목에 걸린 리본을 건드리며 물었다.

"당신한테 주는 선물. 결혼 선물은 이미 늦었으니까, 음, 임신 축하 선물이라고 해두지."

"당신이 선물이에요?"

여자는 여전히 참지 못한 웃음 때문에 킥킥거렸다. 서준도 제 모습이 민망하기는 했는지 뺨과 귀까지 붉게 물들어 있었다.

"응. 우리 아이와 당신한테 주는 선물이 바로 나야."

"그래도 이건 뭔가 속는 기분인데요?"

"왜?"

우리의 말에 그는 눈을 동그랗게 뜨고 되물었다. 창피함을 무릅쓰고 얼굴에 철판까지 깔았건만, 여자의 반응이 신통치 않다.

"이미 내 건데, 이렇게 리본 하나 달고 와서 선물이라고 하는 건 뭔가 손해 보는 느낌이라고요."

"아! 오늘은 남편 대신 몸종을 선물로 받은 거야. 내가 앞으로 충성을 다해서 모실 테니."

"흠, 그거 정말인가요?"

"아마도."

그의 대답에도 여자는 뭔가 의심스럽다는 듯 눈을 살짝 흘기며 바라보았다. 입가에는 여전히 웃음이 가득 담긴 채였다.

"증거를 보여줘?"

"어떻게요?"

"음, 잠시만."

서준이 몸을 일으켰다. 그리고 주방에서 뭔가를 하는 듯싶더니, 접시에 케이크 한 쪽과 음료를 담아 쟁반에 들고 왔다. 그걸 침대 옆 탁자에 놓아두고 또다시 몸을 돌려 나갔다. 그러고는 잠시 후, 그가 들고 들어온 것은 반쯤 물을 채운 대야였다.

서준이 대야를 바닥에 내려두고 바닥에 엉덩이를 대고 주저앉았다. 그리고는 그녀의 발을 끌어당겨 물에 담갔다.

"서준 씨, 이건 좀……."

남자가 움직이는 모습을 보고만 있던 우리가 민망했는지 얼른 발을 거둬들였다. 하지만 그의 손길은 단호했다.

"앞으로는 익숙해져야 할걸. 약속한 이상 한 번으로 끝낼 건 아니니까."

그는 여자의 발을 물로 살살 씻어주었다. 그리고 수건으로 물기를 닦아내고는 침대에 올라앉았다. 쟁반을 집어 음료를 건네주고, 포크로 케이크를 잘라 여자의 입가로 가져갔다.

"내가 먹을게요."

"그냥 입 벌려. 먹여줄게."

"화 안 낼 테니까 그냥 하던 대로 해요. 이런 건 정말 민망하다고요."

우리의 만류에도 서준은 여전히 케이크를 잘라 그녀의 입에 넣어 주었다. 그게 몇 번 반복되자 우리도 금세 적응했는지 날름 입을 벌려 잘도 받아먹는다. 접시를 어느새 비우고, 서준은 우리의 입가에 묻은 크림을 혀로 살살 핥아냈다. 달달하고 달큰한 맛, 그리고 그 입술의 부드러운 촉감이 더해지며 순간 몸이 달아올랐다.

서준이 손을 뻗어 접시를 내려놓고, 본격적으로 우리의 입술을 빨아들이기 시작했다. 입안에 혀를 밀어 넣자, 달고 부드러운 케이크의 맛이 한결 더해졌다. 우리가 서준의 목에 팔을 두르다가 부스럭거리는 리본이 걸리는지 입술을 떼어냈다.

"그런데 이건 어디서 났어요?"

그 모양새가 여전히 우스워 우리는 또 살살 웃음을 흘렸다. 그리고 손으로 리본을 풀어내며 서준에게 물었다.

"케이크를 사러 갔었는데, 리본을 상자에 달더라고. 그래서 선물은 그게 아니라 나니까 목에 달아달라고 그랬지."

"정말요?"

"응, 내가 뭐 리본 맬 줄을 알아야지. 그래서 직접 매 달라고 했어."

"그래서요? 이걸 목에 매고 집까지 왔어요?"

"몇몇 사람들이 쳐다보고 웃긴 했는데, 나름대로 괜찮았어. 당신 마음만 풀린다면, 그 정도야 뭐."

얼굴을 붉히며 대답하는 서준의 말에 우리는 한참을 소리 내어 웃었다. 그리고 두 손을 들어 남자의 뺨을 감싸 쥐었다. 그녀는 고개를 기울이며 그의 얼굴 가까이 다가갔다. 그리고 그의 입술에 살짝 입을 맞추었다.

"고마워요, 그리고…… 사랑해요."

"나도, 사랑해."

서준이 낮은 목소리로 대답했다. 그리고 달짝지근한 그녀의 입술을 찾아 다시 입을 열었다. 그의 혀가 우리의 입안으로 파고들었다. 그리고 큰 손으로 그녀의 등을 살살 쓸어내렸다. 우리는 몸을 일으켜 그의 무릎 위에 올라앉았다. 그리고 서준의 목을 꼭 당겨 안았다.

조금씩 배가 나오기 시작하고, 우리는 승주와의 약속대로 회사를 그만두었다. 그에 따라 기범은 급하게 또 비서를 구해야 했다. 하지만 이번에는 우리가 특별히 부탁을 한 것이 있는지라 더욱 뽑기가 힘들었다. 수십여 명의 면접을 본 후에야 간신히 비서를 채용했다. 하지만 마음이 편치는 않았다.

"안녕하십니까, 대표님. 남성훈입니다. 잘 부탁드립니다."

서준이 우리를 집에 두고 혼자 출근한 날이었다. 사무실 문을 열고 들어서자, 첫 출근한 비서가 자리에서 벌떡 일어서서 인사했다.

"아, 예."

우리가 매일 앉아 있던 자리를 듬직하게 생긴 남자가 차지하고 있었다. 순간 서준의 눈썹이 희미하게 꿈틀거렸다. 그는 방에 들어서자마자 전화기를 집어 들었다.

[예, 대표님.]

기다렸다는 듯 바로 기범의 목소리가 들려왔다. 서준은 잠시 뜸을 들이다가 입을 열었다.

"새로 채용한 비서 말입니다. 남자 직원은 좀 안 맞지 않습니까?"

남녀를 두고 차별을 하는 것은 아니다. 하지만 외부 일은 늘 기범과 함께였고, 사무실 안은 꼼꼼한 여성의 손길을 필요로 하는 일이 더 많았다. 그래서 직속 수행 비서직으로는 남자보다는 여자가 더 우수한 면을 보이기도 했다. 우리만 해도 그랬다. 그녀가 늘 옆에서 챙겨주던 모습을 떠올리니, 어쩐지 새로 뽑은 남자 비서와는 일이 잘 될지가 의문이었다.

[그게…… 사모님 특별 지시라서요.]

아, 이 여자 정말! 아무리 한 사무실에 있다가 마음을 준 관계라지만, 그렇다고 남편을 이렇게 못 믿어서야. 더군다나 다른 남자도 아니고, 여자 보기를 돌보듯 하던 백서준을 못 믿는다니.

"저한테 미리 언질이라도 주시지 그랬습니까?"

[흠, 그 부분은 사모님과 말씀해 보십시오. 전 그럼 끊겠습니다.]

하! 이젠 최기범 이 사람까지! 사적으로는 손윗사람이라 이건가?

기범의 반응에 기가 찬 서준의 손이 허무하게 수화기를 내려놓았다.

"욕심이 끝도 없는 아일세."

우리의 할아버지가 했던 말이 떠올랐다. 하지만 그는 고개를 가로저으며 그저 웃음을 지었다. 이런 욕심이라면 얼마든 부려도 상관없다. 서준으로서는 오히려 좋기만 할 뿐.

그나저나 핑크빛이 가득하던 사무실이 한 순간에 건조해졌다. 그게 새로 채용한 비서가 남자이기 때문은 결코 아니다. 단지 여우리 그녀가 없다는 사실이 그를 맥 빠지게 만들었다.

이제 무슨 재미로 일을 한다지? 서준의 입에서 한숨이 절로 흘러나왔다. 여우리가 있는 사무실이나, 없는 사무실이나 일하기 싫은 건 매한가지였다.

컴퓨터를 켜고, 서준이 제일 먼저 한 일은 다음 주 스케줄을 확인하는 것이었다. 대표이사 자리에 취임하고는 처음으로 여름 휴가를 가야겠다는 생각을 해버렸다. 그녀의 몸 상태도 상태인지라 관광지보다는 역시 휴양지가 더 나을 것이다.

서준은 신혼여행으로 다녀왔던 풀빌라를 떠올리고 여행사에 전화를 걸었다. 이번 여행만큼은 그 욕조가 쓸모 있을 것이라 믿으며 그는 회심의 미소를 담았다.

에필로그 1
매형도 그중 하나가 아닐까 싶은데

[장마전선이 북상하면서 내일부터는 전국적으로 비가 내릴 것으로 예상됩니다. 중부 지방에는 호우특보가 내려지는 등 내륙 곳곳에 천둥과 번개, 돌풍을 동반한 요란한 소나기가 쏟아질 것으로……]

반찬을 집던 우리의 젓가락이 순간 멈칫했다. 아무래도 뉴스에서 흘러나오는 일기예보가 문제인 것 같았다. 서준은 밥을 뜨던 숟가락을 식탁에 가지런히 내려놓고 우리를 바라보았다.

"병원에 가볼래?"

"네? 병원은…… 왜요?"

서준의 말뜻을 알아듣지 못했다는 듯 우리가 고개를 들어 그를 바라보았다. 눈을 동그랗게 뜨고 있는 모양새가 꼭 놀란 토끼 같았다. 평소 빠릿빠릿한 그 눈치와 두뇌 회전으로 미루어 볼 때, 그가 무슨 소리를 하는지 모르진 않는 것 같은데도 여자는 시치미를 떼고 있었다.

"당신 지금 일기예보 신경 쓰여서 그러는 거잖아. 혹시 트라우마 같은 거라면 심리치료를 받아 보는 게 좋지 않겠어?"

서준이 손을 뻗어 그녀의 손을 붙잡았다. 또 며칠을 이 여자가 불안에 떨 것을 생각하니 안쓰러웠다.

"아니에요, 그런 거."

우리가 슬쩍 고개를 돌려 그의 눈길을 피했다. 그리고 잡힌 손을 꼼지락거려 잡아 뺐다. 여자는 식탁에서 몸을 일으켰다. 먹던 밥을 치우고, 그녀는 몸을 분주히 움직이기 시작했다.

서준의 입에서 짧은 한숨이 흘러나왔다. 이 여자와 함께 살며 느낀 것이 있다면, 저도 별로 속을 드러내지 않는 편이었지만 그보다 더 지독한 사람이 바로 여우리였다. 물론 입을 꼭 다물고 사는 것은 아니다. 서준의 앞에서 조잘조잘 잘 떠들기는 했다. 하지만 제 속에 있는 얘기, 어린 시절 이야기, 가정사 등등 그가 궁금해 하는 것에 대해서는 한마디도 하지 않는 여자였다. 부모님의 일만 해도 그랬다. 사고로 함께 돌아가셨다고만 들었지, 무슨 사고였는지 그 정황을 몇 번이나 물었는데도 여자는 그때마다 말을 돌렸다. 그래서 결국 서준은 우리에게 직접 듣는 것을 포기하고 말았다.

"그럼 이번 주말에 찾아뵙도록 하겠습니다. 예, 예. 안녕히 계십시오."

서준은 우리의 할아버지께 전화를 걸었다. 주말엔 비가 오지 않는다는 예보에 그는 영광에 다녀오기로 마음먹었다. 마침 유학으로 미국에 있던 그녀의 동생도 귀국했다고 하니, 인사도 할 겸 좋은 기회였다.

"처남 귀국했다던데. 겸사겸사 해서 주말에 할아버님께 한 번 다녀오자고."

"전 별로 가고 싶지 않아요."

화장대에 앉아 머리를 빗던 여자의 얼굴이 순간 싸늘해졌다. 목소리도 평온치 않았다. 서준이 우리와 눈을 마주했다. 하지만 그녀는 얼른 그의 눈길을 피했다.

"그래도 한 번 다녀와야 하지 않을까? 결혼식 후로 여태 인사 한 번 못 드렸잖아. 그리고 처남은 얼굴도 못 봤는데."

"성표는 어차피 할아버지 뵙고 서울 올 테니까 그때 볼래요."

말을 마친 여자는 쌩하니 방을 나가 버렸다. 우리의 그 심상치 않은 반응에 서준은 눈살을 찌푸렸다.

결혼 전 허락을 구하러 갔을 때였다. 할아버지의 말투와 표정, 그리고 그 집안의 생활방식으로 미루어 볼 때 우리가 어떻게 살아왔는지는 대강 예상할 수 있었다. 하지만 이렇게까지 골이 깊을 것이라고는 생각지 못한 터라 당황스러웠다.

"흠…… 욕심이 많은 아이지. 그 욕심이 화를 부른 게야. 한번 제 마음에 둔 것은 갖지 못하면 안달이 났지. 그날도 그랬다네. 칠 줄도 모르는 피아노를 사달라고 생떼를 쓰기 시작했어. 결국, 애가 종일 굶는 게 안타까워 지 어미애비가 저녁 무렵에 애를 데리고 나갔다네. 자네도 동네를 봐서 알겠지만, 이런 시골구석에 악기 파는 곳이 뭐 있겠나. 더군다나 20년 전에 말일세. 꽤 먼 거리를 나갔는데 하필 그날 비가 쏟아졌었지."

하늘이 구멍 난 것처럼 비가 요란히도 퍼붓던 날이었다. 꽤 먼 거리를 달려갔던 터라, 집에 오는 시간이 늦어졌다. 쏟아지는 비에 앞은 잘 보이지 않았고, 빗물이 흐르는 길은 미끄러웠다. 그렇게 사고가 일어났다. 차는 인적이 드문 도로 아래로 전복되어 찾기가 쉽지 않았고, 여덟 살 여자아이는 천둥번개가 치는 무서운 밤을 숨이 멈춘 제 부모와 함께 견디어냈다. 불빛도 하나 없었고, 엄마, 아빠의 손길도 없었다. 아이의 눈에 보인 것은 오로지 번개가 칠 때마다 문득문득 비치는 피에 젖은 부모의 모습뿐.

"그 아이 고집만 아니었더라면 사고는 일어나지 않았을 게야. 기가 센 아이일세. 그러니 제 부모 잡아먹고 어린애 혼자 살아남았겠지."

할아버지의 말에 서준은 교자상 아래로 주먹을 꼭 쥐었다. 분노가 치밀어 올랐다. 제아무리 어른이라고 하지만 이런 억지스러운 말은 참아줄 수가 없었다.

이를 악물고 있던 서준은 자리에서 벌떡 일어섰다. 더 이상 듣고 싶지가 않았다. 애초에 그녀가 함께 오기를 꺼렸을 때 알았어야 했다. 그 마음을 헤아려주지 못한 것이 못내 미안했다.

"그래서, 그 사람한테도 이런 식으로 말씀하셨습니까? 그게 어떻게 그 사람 탓입니까? 인명재천이라 했습니다. 겨우 여덟 살 어린아이가 그 나이에 뭘 어떻게 해야 했습니까? 그동안 그 사람이 어떻게 자라왔는지 안 봐도 눈에 훤합니다. 어릴 때부터 이런 집안에서 이토록 차별받고 자라왔다면 그런 욕심이 없는 게 이상한 거 아닙니까?"

"뭬야?"

서준의 거친 말투에 할아버지도 얼굴에 노기를 띠었다. 안 그래도 주름이 가득한 얼굴이 더욱 깊게 일그러졌다. 서준은 그 얼굴을 똑바로 노려보았다. 예의고 뭐고 그런 걸 따질 상황이 아니었다.

"그 사람이 고향 집에 오길 그렇게 싫어하는 이유를 이제야 알겠습니다. 앞으로는 저도 발걸음 안 합니다. 그 사람이 오고 싶어 할 때까지는 얼굴 볼 생각 마십시오."

울컥하는 마음을 그대로 토해 버렸다. 그리고 방문을 박차고 밖으로 나와 버렸다. 욕을 하건 말건, 인연을 끊건 말건, 그런 것까지 일일이 생각하고 싶지 않았다.

"매형! 벌써 가십니까?"

신발에 발을 대강 끼워 넣고 마당으로 내려선 사이, 뒤에서 성표가 그를 불렀다. 조금 전 집 안에 들어서며 잠깐 인사말만 오갔을 뿐, 대화 한마디 하지 못한 터였다. 우리의 말대로 어차피 서울에 올라오면 볼 얼굴이라 별로 아쉽지 않았다.

"매형, 저 할 얘기가 많은데. 조금만 있다가 가시면 안 됩니까?"

"미안하지만 더는 못 앉아 있겠어. 나중에 서울 올라오면 그때 누나랑 함께 보지."

"그럼 밖에서라도요. 매형 처음 뵙는데 이렇게 보내드리기는 좀……."

남자의 아쉬운 표정이 서준의 발길을 붙잡았다. 그는 잠시 고민했다. 그리고 곧 성표의 뜻대로 잠시 머물기로 결정했다.

사업하면서 배운 것이 있다면, 상대가 내 편인지, 아니면 적인지를 먼저 파악해야 한다는 것. 이 어린 녀석이 할아버지 손에서 자라나 그 성질을 똑같이 이어받은 놈인지, 아니면 사리분별 정도는 하는 녀석인지를 알아봐야 했다.

술이나 한잔하고 내일 떠나라는 성표의 의견도 있었지만, 시간이 너무 이르기도 했고, 또 먼 길을 차를 달려야 했다. 별로 당기지 않는 술을 마시느라 우리를 밤새 혼자 두고 싶지는 않았다.

읍내로 나와 작은 식당을 찾아 마주 앉았다. 그곳에 2인분의 식사를 시켜놓고 처남이라는 남자를 찬찬히 뜯어보았다. 고양이처럼 살짝 올라간 눈꼬리가 우리와 똑 닮아 있었다.

스물여섯이라고 했으니 부모님이 돌아가셨을 때가 여섯살 무렵. 어린 나이에 부모를 잃고 살아가기가 쉽지는 않았을 테지만, 뭐 여우리만 했을까? 더군다나 집안의 분위기로 보아서는 이 녀석은 오냐오냐 떠받들어졌을 것이 빤한 일. 그런 생각들을 떠올리니 지금 눈앞에서 호의적인 웃음을 띠고 있는 녀석이 그리 좋게 보이지는 않았다.

"참 다행이에요."

처남이라는 남자가 두서없는 말을 건넸다. 그리고는 앞에 있는 물컵을 들어 입술을 축이는 사이 서준이 위아래로 그를 훑으며 스캔했다.

"뭐가?"

남자의 호의적인 웃음에 여전히 의심을 거두지 않은 서준이 물었다. 다행이라니. 방금 전 할아버지와 그런 언쟁을 벌이고 기분이 언짢은 사람에게 건넬 말은 아니었다.

"누나가 매형 같이 좋은 사람을 만나서요."

"좋은 사람? 그렇게 보이나?"

"아까 할아버지랑 말씀하시는 거 밖에서 들었습니다. 엿들으려고 했던 건 아니고요. 그래도 누나 입장에서 생각해 주시고, 또 누나 편이 되어주신 거 감사해요."

"당연한 거 아닌가? 나랑 평생을 같이 할 내 아내야. 내가 그 사람 입장에서 생각하지 못하면 어떻게 같이 살 수 있겠어."

서준의 가시 섞인 말에 성표는 또 한 번 웃음을 지었다. 남자가 제 식구들에게 꽤 적대감을 가지고 있다는 것이 말투에서 그대로 느껴졌다. 그도 그럴 것이 부모의 죽음이 우리의 탓이라던 할아버지의 평소 생각을 가감 없이 드러냈으니, 당연한 결과였다.

"이런 얘기 별로 듣고 싶진 않으시겠지만, 할아버지도 조금은 이해해 주셨으면 해요. 할아버지 입장에서는 자식을 잃은 거잖아요. 더군다나 장남이고."

"아무리 그래도 그렇지, 손녀딸도 핏줄이야. 어떻게 여덟 살짜리한테 그런 멍에를 씌울 수가 있어? 그건 절대 이해할 수 없어."

발끈하는 서준의 말에 성표가 쓴 표정을 지었다. 아무래도 중재는 어려울 것 같았다. 할아버지나 누나나 똑같은 고집을 가진 사람들이라 그게 늘 힘들었다. 혹시라도 서준이 두 사람 사이에 다리 역할이 되지는 않을까 살짝 기대했지만, 역시 무리였다. 그 대신 제 누나에게 든든한 지원자가 생긴 것으로 만족해야 할 일이었다.

"그 피아노 말이에요. 꽤 어렸을 때 일이지만 유난히 기억이 나요. 부모님 사고로 상을 치르고 그 후에 피아노가 배달됐어요. 누나는 며칠 동안 피아노를 한 번도 만지지 않고 쳐다만 봤고, 할아버지가 누나 앞에서 피아노를 부숴 버렸어요. 제 기억으로 그때 누나는 눈물 한 방울도 안 흘렸던 것 같아요. 울었던 건 오히려 나였어요. 할아버지가 노여워하시는 게 그냥 무서웠으니까요. 그때 누나는 나를 꼭 끌어안고 달래기만 했어요. 아마 그때부터였던 것 같아요. 할아버지는 누나가 갖고 싶어 하는 것은 유난히 더 채워주질 않았고, 또 할아버지에 대한 반발심 때문인지, 누나는 갖고 싶은 건 무조건 손에 넣어야 했어요. 가끔은 무서울 만큼 집착하기도 했고요. 모르긴 몰라도, 아마 매형도 그중 하나가 아닐까 싶은데."

성표의 말에 서준은 고개를 발딱 치켜들었다. 눈썹에 바짝 힘을 주고, 알 수 없는 소리를 해대는 남자를 바라보았다. 그는 보일 듯 말 듯 입가에 웃음을 띠었다.

"그게 무슨 소리야?"

"글쎄요. 한 번 잘 생각해 보세요. 두 분이 결혼하기까지 정말 모든 과정이 자연스러웠는지."

성표의 말에 서준은 미간을 잔뜩 찡그렸다. 그리고 우리와의 만남을 쭉 되짚었다. 하지만 연애기간조차 없이 다짜고짜 결혼하자고 했던 건 자신이었다. 그러니 요 어린 처남의 말은 별로 담아 둘 필요가 없는 얘기였다.

잔뜩 인상을 쓰고 있는 서준의 앞에 주문해 놓은 음식이 놓였다. 별로 밥이 내키지 않는 상황이지만, 함께 앉아 있는 사람이 불편해하지 않도록 일단 수저를 들었다.

먹는 둥 마는 둥, 밥을 끼적이다가 갑자기 머릿속을 언뜻 스치는 생각이 있었다. 서준은 젓가락질을 멈추고 생각에 빠졌다.

"클럽에서 당신이 나 불렀던 그날이요. 그때 봤어요. 룸으로 들어가는 당신 뒷모습. 먼 거리기는 했지만, 좋아하는 사람 뒷모습쯤은 구별할 수 있어요. 내가 먼저였어요. 당신······ 좋아했던 거. 그때 이미 서준 씨 좋아하고 있었어요."

우리와 첫 관계를 갖던 바로 그날이었다. 그 당시 그 여자와의 열기에 취해 그냥 넘겼던 말이다. 그런데 그 얘기에는 성표의 말처럼 뭔가 자연스럽지 않은 그런 기운이 느껴졌다.

룸으로 여우리를 불러들였던 날, 그녀는 분명 잔뜩 취해 있었다. 그리고 아저씨라 부르며 입을 맞춰 오기도 했었다. 하지만 룸으로 들어가는 제 뒷모습을 알아보았다고 했으니, 취했다는 말은 앞뒤가 맞지 않았다. 그렇다면 혹시 결혼식 일주일 전, 그녀의 집에 데려다 주었던 그날도 취한 것이 아니라 고의적으로 유혹한 것일까?

"처남, 저기 말이야, 혹시 우리 주량이······."

곰곰이 생각하던 서준이 입을 열었다. 뭔가 미심쩍은 일들이 머릿속에 줄지어 떠올랐다. 밥을 먹던 중이라는 사실도 잊은 남자는 심각한 표정으로 성표의 대답을 기다렸다.

"주량이라······. 뭔가 알 듯한데요."

성표의 얼굴에 짓궂은 미소가 걸렸다. 하지만 그는 쉽사리 입을 열지 않았다.

"잠깐!"

눈썹에 힘을 주고 그의 대답을 기다리던 서준이 손을 들어 올려 멈추라는 행동을 취하며 남자의 말을 가로막았다.

"말하지 않는 편이 낫겠어."

"예? 그건 또 왜……."

"음, 그게 어떤 의도였든, 난 그 사람이 원하는 대로 해주고 싶어. 그게 설사 연극이고 계획적인 거라도 말이지. 이게 정말일까 아닐까 의심하면서 받아주는 것보다는 그냥 모른 채 그 사람이 하는 그대로."

서준의 대답에 성표가 벌린 입을 다물지 못했다. 아무리 결혼한 지 얼마 안 된 신혼이라고는 하지만 매형의 마음이 정말 깊다는 것을 알 수가 있었다. 그래서 그도 더는 말하지 않기로 했다. 제 누나가 이 남자를 선택한 것이 정말 백 번 잘한 일이라는 생각뿐이었다.

식사를 대강 마치고 서준은 서둘러 서울로 차를 달렸다. 한 시라도 빨리 우리가 보고 싶었다. 머릿속에 그녀를 떠올릴수록 점점 더 애가 달았다. 몸이 미친 듯이 끓어오르고, 마음도 조급해졌다.

주차장에서 엘리베이터까지 그 짧은 거리를 거의 달리듯 해서 몸을 실었다. 한 층, 한 층, 천천히 올라가는 숫자판도 오늘따라 유난히 더딘 것만 같았다. 집 앞에 도착해 서준은 서둘러 비밀번호를 누르고 문을 열었다.

"어? 생각보다 일찍……."

현관문 소리를 듣고 달려 나온 여자를 서준이 덥석 당겨 안았다. 안쓰러운 사람, 안타까운 사람, 불쌍한 사람, 그리고 더없이 사랑스러운 사람. 갖고 싶던 것에, 욕심내던 것에 나도 해당된다면 마음껏 가져. 내 모든 것을 당신에게 내어 줄게. 어떤 것이 되었든 아낌없이 줄게.

"서준 씨, 갑자기 왜……."

여자는 이번에도 말을 다 잇지 못했다. 남자의 입술이 절대 놓아주지 않을 것처럼 그녀의 입술을 힘 있게 빨아들였다. 서준은 뜨거운 숨을 내뱉으며 여자의 허리를 잡아 바짝 끌어당겼다. 갑작스러운 행동에 놀라 몸을 빼려던 우리도, 어느새 깊은 키스에 집중하며 그의 목에 팔을 감았다.

거친 숨을 터트리며 여자의 입술에 집착했다. 몇 시간을 혼자 차를 달리며 일었던 그녀에 대한 갈증은 겨우 키스 정도로 해갈될 수준이 아니었다. 서준은 신발을 벗고 현관에 올라서며 그녀를 번쩍 안아들었다.

"무슨 일 있었어요?"

백서준 답지 않게 침착함을 잃은 그 행동에 우리가 의아해하며 물었다. 서준은 그녀와 지그시 눈을 맞추었다. 맑게 반짝이는 그 눈동자가 그를 말갛게 바라보고 있었다.

"보고 싶었어."

우리가 피식 웃음을 터트렸다. 마치 며칠을 못 본 사람처럼 무게 있게 말하는 남자가 기가 막혔다. 새벽 무렵에 집을 나섰으니 겨우 몇 시간. 그 몇 시간 사이에 무슨 일이 있었기에 이러는 것인지 알 수가 없었다. 할아버지에게 갔던 길이니 결코 좋은 얘기를 들었을 리가 없었을 텐데.

"미안하고, 또 고맙고…… 그리고 사랑해."

두서없이 쏟아내는 말들도 평소의 백서준 답지가 않았다. 우리는 손가락을 남자의 머리카락 속으로 끼워 넣으며 그의 얼굴을 가까이 끌어당겼다.

"나도요, 나도 사랑해요."

제 입술을 남자의 입술에 살짝 마주대고서 우리가 작게 속삭였다. 그리고 눈을 감으며 남자의 입안으로 수줍게 혀를 밀어 넣었다.

에필로그 2
비밀 하나 알려줄까?

"늦겠어요, 얼른 가세요."

서준이 허둥대며 신발을 신고, 우리가 그의 가방을 건네며 배웅했다. 기범은 이미 한참 전에 나가 차에서 그를 기다리고 있었다. 삼십여 년 동안 학교며 회사며 지각 한 번 해본 적 없던 서준이었건만, 결혼 이후 두어 달에 한 번씩 일어나는 일이었다.

늦게 일어났음에도 얼굴은 밤새 잠을 못 잔 사람처럼 퀭한 모습이었다. 그리고 그때마다 우리의 얼굴도 마찬가지였다. 아이 때문에 잠을 못 잤다고 하기에는 준영이는 밤에 울음소리 한 번 안 내고 아주 잘 자는 편이었다. 그렇다면 깨가 쏟아지는 부부가 밤새 무얼 하느라 못 잤는지는 빤한 일이겠지만, 심증만 있을 뿐 물증이 없으니 확인할 길은 없다.

서준이 나가고 현관문이 닫혔다. 그러고는 3초가 채 지나지 않아 다시 문이 벌컥 열렸다. 몸을 돌리려던 우리가 다시 그를 쳐다보며 물었다.

"왜요? 뭐 놓고 가…….'"

그녀의 말이 끝나기도 전에 서준이 쪽 소리를 내며 그녀의 볼에 입을 맞췄다. 그러고는 순식간에 다시 현관문을 열고 사라졌다.

"어머머머!"

거실 소파에서 승주와 서정이 그 광경을 고스란히 쳐다보고 있었다. 서정은 기가 막혔는지 '어머머머' 소리를 내며 벌린 입을 다물지 못했고, 승주는 그저 피식 웃을 뿐이었다.

"엄마, 쟤 내 동생 맞아? 언제부터 저렇게 뻔뻔해졌대?"

서준 내외가 다시 본가로 살림을 합친 후 꽤 자주 보이는 광경이었다. 그때마다 서정은 닭털 날린다며 너스레를 떨었다.

"놔둬라. 한창 좋을 때잖니."

"그럼 뭐 난 안 좋을 때유?"

"너도 해라. 누가 말린다니?"

두 사람이 옥신각신하는 사이 우리가 얼굴을 발갛게 붉히며 다가와 소파에 앉았다. 승주와 서정이 하는 얘기를 들었는지 눈을 차마 마주치지 못했다.

"어젯밤에 늦게 잤나 보네."

"예? 아, 조금…….'"

빙긋이 웃으며 놀리는 듯한 서정의 말투에 우리의 얼굴이 더욱 시뻘겋게 물들었다. 우리는 고개를 들지 못하고, 치맛자락만 만지작거렸다.

승주가 손을 뻗어 우리의 손을 부드럽게 감싸 쥐었다. 무뚝뚝

하고 말이 없던 아들이 이렇게 변한 것이 다 며느리를 잘 본 덕이다 싶어 고마운 마음이 들었다.

"덕분에 서준이 늘 같이 밥 먹어줄 사람도 있고 얼마나 좋으니. 정말 고마워, 우리 며느리."

"별말씀을요, 어머님."

서준이 늦는 날에도 우리는 꼬박꼬박 기다렸다가 그와 함께 밥을 먹었다. 워낙 혼자 밥 먹는 것을 싫어하는 사람이니 당연한 일이었지만, 승주는 그것을 고맙게 여겼다.

"혹시 서준이가 얘기하니? 왜 혼자 밥 먹는 거 그렇게 싫어하는지."

"아뇨, 어머님. 한 번 물어보긴 했는데, 말 안 해주네요. 그럴 만한 계기가 있었던 거예요?"

우리는 언제 얼굴을 붉혔냐는 듯 눈을 반짝였다. 승주는 잔뜩 기대하고 바라보는 우리의 표정에 피식 웃음을 흘렸다.

"사실 걔가 복숭아 알레르기가 있어. 그런데 여덟살 때까지 그걸 몰랐지 뭐니. 우리 집 양반도 복숭아 알레르기가 있어서 집에서 복숭아를 안 먹었었거든. 그때는 내가 일을 할 때라 바빠서 집을 자주 비웠었는데, 일하는 아주머니가 바뀌고 깜빡하고 그걸 안 일러뒀던 거야. 근데 있잖니, 아줌마가 샐러드에 복숭아 드레싱을 썼지 뭐니. 그날 서준이가 학교 다녀와서 혼자 밥을 먹고, 아줌마는 일이 있다고 집에 일찍 갔는데 글쎄, 알레르기 때문에 난리가 난 거야. 저녁에 내가 집에 들어왔더니, 애가 온몸에 막 두드러기가 나고 목까지 부어서 혼자 몇 시간을 그렇게 있었어. 옆에 사람이라도 있었으면 빨리 병원에 갔을 텐데, 그땐 정말 죽을 뻔했다니까."

승주의 말에 우리가 놀란 눈을 크게 떴다. 그의 습관에 그런 사연이 있는 줄은 생각조차 해보지 못한 일이었다. 처음 그 불편했던 식사 자리에서 마음속으로 불만을 담았던 일이 왠지 미안해졌다.

"정말 큰일 날 뻔했어요. 저도 몰랐는데."

"에휴, 그러게. 걔가 그런 얘길 제 입으로 할 녀석이 아니지. 하여간 그때부터 그랬어. 그 뒤로는 아마 혼자 밥 먹는 게 무서웠던 모양이야. 지금이야 뭐, 습관이 돼서 그런 거고."

승주의 말을 들으며 우리는 어린 서준의 모습을 떠올렸다. 지금처럼 인상을 쓰며 밥 먹는 모습을 생각하니 귀엽기도 하지만 한편으로는 가슴이 짠하고 안타깝기도 했다.

한 집에서 두 아이를 키우다 보니 웃을 일도 많지만 말썽도 많고 탈도 많았다. 겉으로는 크게 티는 내지 못하더라도 은근한 엄마들의 경쟁 심리를 무시할 수가 없었다. 더군다나 보름 차 밖에 나지 않는 아이들이라 더욱 그랬다.

아이가 처음 뒤집기 시작하고, 배밀이를 하고, 또 곧 기어 다니기 시작하고. 두 아이가 크게 차이가 나는 것은 아니었지만, 늘 며칠 상간으로 서정의 딸아이인 소원이가 먼저였다. 우리는 가끔 그게 속이 상할 때가 있었다.

"엄마!"

두 아이가 돌이 다 되어 갈 무렵이었다. 제법 야무지게 엄마 소리를 하는 소원이를 보며 우리는 슬쩍 몸을 일으켰다. 그리고 주방으로 들어가 물을 따라 들이켰다.

"속상하니?"

"예?"

언제 뒤따라 들어왔는지, 승주가 그녀의 뒤에 서서 웃음 지었다. 우리는 얼른 몸을 돌려 승주를 바라보았다.

"아뇨, 저 그런 거 없어요, 어머니."

아직 우리의 아이 준영이는 한 번도 엄마 소리를 해본 적이 없었다. 소원이가 엄마, 엄마 할 때마다 은근히 신경을 쓰는 우리를 눈치챈 모양이었다. 승주가 다가와 우리의 두 손을 꼭 잡았다.

"아이들마다 원래 차가 꽤 크기도 해. 그래도 준영이는 뭐든 늦은 편은 아니잖니. 괜히 속상해 말라고 하는 얘기야."

"아뇨, 어머니. 저 안 그래요."

"안 그러긴. 밤마다 애 붙잡고 엄마, 엄마, 해보라고 시키면서."

우리는 부끄러움에 얼굴을 붉혔다. 아무래도 한 집에 있다 보니 신경을 안 쓰려야 안 쓸 수가 없었다. 그리고 무엇보다 엄마 소리를 듣고 싶은 그 마음. 저는 여덟 살 이후로 해보지 못한 그 단어는 그녀의 가슴에 사무쳐 있었다.

"비밀 하나 알려줄까?"

"비밀이요?"

"서준이가 엄마 소리를 처음 한 게 만 두 살이 넘어서였어."

"네?"

"걔가 생각보다 꽤 늦었어. 말하는 것도, 또 뒤집고, 기고, 그런 거 전부. 준영이는 그래도 늦는 건 아니니까 널 닮았나 보다.

그리고 남자아이가 여자아이에 비해서는 약간씩 늦어. 나도 딸 하나, 아들 하나 키워보니까 알겠더라. 그래도 서준이는 좀 워낙 늦었어."

승주의 말에 우리는 고개를 숙였다. 아이를 놓고 그런 비교를 한 것이 부끄럽기도 하고, 또 아이에게 미안하기도 했다.

"그나저나, 우리야. 준영이 데리고 너희 할아버지께 한번 다녀와야 하지 않니?"

"예? 전 별로⋯⋯."

"그래도 그러는 거 아냐. 너도 맺힌 건 많겠지만, 너한테 준영이가 소중하듯이, 네 할아버지한테는 네 아빠가 소중한 자식이었으니까. 그걸 괜히 그렇게 푸신 거야. 네 탓이 아니라는 건 누구나 다 알아. 물론 할아버지도 아실 거고. 우리 너도, 준영이도 할아버지한텐 소중한 핏줄이야."

"어머니."

"이제부턴 내가 네 엄마 해줄게. 엄마한테 못 했던 거, 나한테다 해. 내가 다 받아줄 테니까."

"어머니⋯⋯."

주르륵 눈물이 흐르기 시작했다. 20년 넘게 입에 담지 못했던 엄마라는 단어는 목에 꽉 막혀 흘러나오지 않았다. 승주는 눈물만 줄줄 흘리고 있는 우리를 조용히 품에 안았다. 결국, 우리는 북받치는 마음에 엉엉 소리를 내어 울어버렸다.

어머니의 성화를 이기지 못해, 준영이의 돌을 며칠 앞두고 서준과 우리는 아이를 데리고 영광으로 향했다. 승주의 말에 한참을 고민하고 또 고민하다가 어렵게 마음먹은 일이었다.

하지만 할아버지는 여전히 데면데면했다. 80여 년이 넘는 인생을 그렇게 살아오신 분이라 어쩔 수 없는 모양이었다.

"이 녀석이 준영이냐? 어디 보자."

우리에게서 쌩하니 고개를 돌린 할아버지는 아이를 물끄러미 들여다보았다. 낯선 얼굴에 잠시 인상을 쓰던 아이는 뭔가 신기한 것을 발견했는지 할아버지를 향해 손을 뻗었다. 그리고는 하얗고 긴 수염을 손에 휙 쥐고 잡아당겼다.

"어머! 준영아!"

할아버지 얼굴이 순간 굳어지고, 우리는 당황함에 준영이의 손을 얼른 붙잡았다.

"괜찮다."

할아버지는 어느새 표정을 풀었다. 그리고는 팔을 뻗어 아이를 받아 안았다.

"요 녀석이 장난꾸러기일세."

준영이는 여전히 하얀 수염이 신기한지 연신 매만지고 잡아당기느라 정신이 없었다. 그럴수록 우리는 마음이 불편했다. 하지만 어느새 증손주를 바라보는 할아버지의 얼굴에 흐뭇한 웃음이 가득 담겨 있었다.

〈END〉

작가 후기

'우리의 백사장'을 완결 짓고 1년에 가까운 시간이 흘렀습니다. 충분한 시간을 두고 다듬고 다듬는다고 했는데도 손에서 원고를 떠나보내고 나니 또 많은 아쉬움이 남습니다.

사장과 여비서, 어쩌면 로맨스 소설 중에 가장 흔한 소재가 아닐까 생각합니다. 그럼에도 이 글을 시작하면서 제대로 된 비서물을 써보겠다, 라고 다부지게 마음먹었는데, 끝을 내고 보니 역시 흔하고 흔한 비서물 중 하나가 되고 말았다는 생각입니다.

글의 주인공인 서준은 제가 좋아하는 어떤 배우님을 상상하며 만든 캐릭터입니다. 좀 무게감 있는 배우이다 보니 말수가 적어 자연스럽게 이런 성격이 만들어졌어요. 여주인공 우리 또한 말수가 많은 인물이 아니라서 글을 이끌어가는 데 다소 어려움도 있었습니다. 또 제가 워낙 현실적인 인간이라 머니 냄새 진동하는 재벌 얘기를 별

로 안 좋아하는 탓에, 대기업 사장임에도 불구하고 최대한 재벌 느낌은 안 나도록 노력했어요. 아무조록 재미는 있어야 할 텐데요.

잘 다니던 회사를 그만두고 글을 쓰기 시작한 지가 어느덧 2년 반이 되었습니다. 원래 글재주가 있는 것도 아니고, 또 배운 적도 없는 사람이 무슨 호기였는지 모르겠어요. 여태껏 글이라면 학창시절에 썼던 글짓기나 독후감이 고작이었는데 말입니다. 처음에는 단편 공모전을 찾아 전전하는 신세였는데, 어느 순간 정신을 차리고 보니 이렇게 소설을 쓰고 있더랍니다.

글을 쓰기 시작하면서 갖게 된 꿈이 내 이름으로 된 책 한 권 내보는 것이었어요. 그리고 이 년 반. 여덟 편의 글을 완결 지었고, 그중에 여섯 번째 완결작인 '우리의 백사장'으로 드디어 꿈이 이뤄지려나 봅니다.

우선 저에게 꿈을 이룰 기회를 주신 청어람 편집장님과 관계자님께 감사인사 올립니다. 그리고 이런저런 기회를 주신 규규님도요. 또 늘 응원해주시고 격려해 주시며 오랜 기간 지켜봐 주시는 독자님들도 정말 감사합니다.

하루 종일 좁은 방구석에 틀어박혀 노트북과 씨름하다 보니 늘 외롭고 때로는 이러다가 우울증에 걸리는 건 아닌가 싶을 때도 있습니다. 그럴 때마다 채팅방에서 넋두리를 늘어놓는데도 귀찮아 하지 않고 응원해 주는 우리 다인 김민경 작가님, 그리고 아무것도 모르는 저를 글을 쓰도록 이끌어 준 스승과도 같은 썰 작가님, 감사합니다.

시시콜콜한 얘기도 잘 들어주고 재미있는 글 쓰도록 영감 주었던 혜원 씨, 또 우리 그린네모람 식구들도 모두 감사드려요. 그리고 항상 응원해 주고 힘이 되어주는 200칸 이야기 문우님들도요.

　　마지막으로 남들 부러워하는 직장 때려치우고 글 쓰겠다고 나섰을 때도 응원해 주고 용기 주셨던 우리 가족들. 이 지면을 빌어 사랑한다고 꼭 얘기하고 싶었어요.

　　앞으로 더 좋은 글, 더 재미있는 글 쓰도록 노력할게요.
　　감사합니다.